Der Sommer deines Todes

KATE

PEPPER

DER SOMMER DEINES TODES

Thriller

Aus dem Englischen
von Bettina Zeller

Weltbild

Die englische Originalausgabe erschien 2013 unter dem Titel
The money kill bei HarperCollins Publishers, London.

Besuchen Sie uns im Internet:
www.weltbild.de

Genehmigte Lizenzausgabe für Verlagsgruppe Weltbild GmbH,
Steinerne Furt, 86167 Augsburg

Übersetzung: Bettina Zeller
Umschlaggestaltung: Jarzina kommunikationsdesign,
Holzkirchen
Umschlagmotiv: Jarzina kommunikationsdesign, Holzkirchen;
Corbis, Düsseldorf (© Keith Levit / Design Pics / Design Pics)
Satz: Uhl + Massopust, Aalen
Gesamtherstellung: GGP Media GmbH, Pößneck
Printed in the EU
ISBN 978-3-86365-396-5

2016 2015 2014 2013
Die letzte Jahreszahl gibt die aktuelle Lizenzausgabe an.

Für meine Familie

Teil Eins

Kapitel 1

Montag, 25. Juni

Geht das?«, Mac fährt mit der Hand über seine Krawatte. Der Kleidersack für seinen besten Anzug, den er nur selten trägt, liegt vor dem Spiegel auf dem Boden. Auf der Hose entdecke ich einen hellen Fleck, auf den ich ihn lieber nicht hinweise. Heute Morgen vergeht die Zeit mal wieder wie im Flug und wir müssen uns beeilen.

»Du siehst toll aus.« Ich sitze auf der Bettkante und strahle meinen Mann an. In der Strumpfhose, in die ich mich gerade hineingequält habe, fühle ich mich wie die Wurst in der Pelle. Also ziehe ich sie kurzerhand wieder aus und schleudere sie quer durch den Raum, wo sie neben dem Kleidersack landet. »Wer auch immer diese Dinger erfunden hat, gehört aufgeknöpft.«

»Dann lass sie doch einfach weg.«

»Keine Ahnung, was ich mir dabei gedacht habe, im Sommer Nylons anzuziehen.« Mein Leinenkleid sieht mit nackten Beinen ohnehin besser aus.

»Du möchtest an Bens großem Tag eben gut aussehen.«

»Ich bin ziemlich nervös.«

»Ich auch.«

In dem Moment läuft Dathi an unserer Schlafzimmertür vorbei. Dem Anlass entsprechend – ihr kleiner Bruder kommt im Kindergarten in die nächste Gruppe – verzichtet sie heute auf ihre Röhrenjeans und trägt stattdessen Rock und Bluse. Der bevorstehende Empfang, festlich und auch ein wenig übertrieben, hat etwas von einer Abiturfeier, obwohl hier erst der Grundstein für eine Ausbildung gelegt wird, von der wir alle hoffen, dass sie mit dem College endet. Die Vorstellung, dass Ben nach der High School nicht aufs College geht, versetzt mich jedes Mal, wenn ich daran denke, in helle Aufregung, was mehr mit mir als mit ihm zu tun hat: Ich bin inzwischen vierzig, habe immer noch keinen College-Abschluss und glaube auch nicht mehr so recht daran, dass daraus noch etwas wird.

Barfuß und mit einem Paar schwarzen Ballerinas in der Hand kommt Dathi ins Zimmer. »Meine Schuhe passen mir nicht mehr.«

»Du schießt gerade wie Unkraut in die Höhe.« Auch ihre körperliche Entwicklung ist nicht zu übersehen – unter ihrer weißen Bluse zeichnen sich leichte Erhebungen ab. Ihr Gesicht hat sich allerdings kaum verändert, seit sie im vorletzten Winter aus Indien zu uns nach Brooklyn gekommen ist. Mit ihrem leicht gebräunten Teint und den dunklen Haaren ist sie eine wahre Augenweide.

»Ich komme da einfach nicht mehr rein.« Zur Demonstration lässt sie den linken Schuh fallen und versucht, ihren Fuß hineinzuzwängen.

»Hier, schau mal, ob die dir passen.« Ich reiche ihr die Sandalen mit den kleinen Absätzen, die ich für mich ausgesucht hatte.

»Nein, nicht die!«

»O doch. Keine Diskussion.«

Gutmütig schlüpft sie in meine Sandalen, die zwar ein bisschen zu groß sind, aber das muss gehen.

Mac wirft einen Blick auf seine Uhr und fragt: »Meinst du, ich kann noch kurz im Büro vorbeischauen, bevor wir uns auf den Weg machen? Mary braucht Hilfe und hat mir eine SMS geschickt.«

»Kannst du das nicht von hier aus erledigen?«

»Karin, bis zum Büro sind es doch nur ein paar Schritte.«

»Zwanzig Minuten«, rufe ich meinem bereits den Flur hinunterstürmenden Mann hinterher. »Wir klingeln dann.«

Dathi und ich sind eigentlich auch startklar. Während sie zum achten Mal an diesem Morgen ihre Facebook-Seite überfliegt, stelle ich die leeren Futternäpfe in die Küchenspüle. Wie immer dösen Jeff und Justin, unsere beiden einjährigen Kater, nach dem Frühstück auf der Couch. Ich streichele noch schnell über Jeffs orangenen Kopf und Justins seidigen schwarzen Schwanz. Jeff schnurrt leise im Schlaf.

An der Haustür warte ich auf Dathi.

»Fertig«, ruft sie und taucht endlich auf. Gemeinsam treten wir in den strahlenden Junimorgen hinaus. Die grünen Kronen der hohen alten Bäume spenden Schatten an diesem Frühsommertag, der warm zu werden verspricht. Die Bergen Street mit den alten Bürgersteigen, den Vordertreppen zu den rötlichbraunen Sandsteinhäusern und den großen Fenstern, die hier Wache zu halten scheinen, gleicht einem Stillleben.

Abgesehen von einer Dame, die uns entgegenkommt, ist die Straße wie ausgestorben. Selbst in unserer durchaus als gentrifiziert zu bezeichnenden Gegend wirkt die Frau in ihrer pinkfarbenen Bluse, der ordentlich gebügelten Hose und dem großen Diamantring reichlich deplatziert. Um diese Uhrzeit – das Heer der Berufstätigen, das in Manhattan arbeitet, ist längst verschwunden – begegnet man in diesem Viertel nicht solch elegant gekleideten Menschen. Bei denjenigen, die nicht in aller Herrgottsfrühe das Haus verlassen, handelt es sich größtenteils um Freiberufler in Jeans und mit zerzausten Haaren,

Studenten oder Eltern, die gerade nicht arbeiten. Als uns nur noch ein paar Meter trennen, steigt mir der schwere Duft ihres Parfüms – eine exquisite Komposition aus Jasmin und Rosen – in die Nase, der mich kurz neidisch werden lässt, da ich mir so einen Luxus nicht leisten kann.

Sie geht auf das Haus zu, in dem sich MacLeary Investigations das Erdgeschoss mit einem selbstständigen Grafikdesigner teilt, und läutet. Dass sie zu Andre möchte, der nur äußerst selten vor zwölf Uhr mittags auftaucht, erscheint eher unwahrscheinlich, denn sein Kundenstamm ist längst nicht so vornehm. Und auch unsere Klienten gehören für gewöhnlich einer anderen Schicht an. Im Geiste gehe ich unseren Kalender durch. Soweit ich mich entsinne, ist Bens Feier der einzige Termin, der heute ansteht.

»Hallo?«, tönt Marys Stimme aus der Gegensprechanlage.

»MacLeary Investigations?«

»Ja.«

»Es tut mir leid, dass ich hier einfach so auftauche, aber …«

»Warten Sie kurz, ich komme.«

Die Frau umklammert ihre Handtasche, wirft einen Blick nach hinten und entdeckt Dathi und mich. Aus Zeitgründen verzichte ich darauf, meinen Schlüssel aus der Tasche zu kramen, und warte stattdessen vor der Tür, bis Mac herauskommt.

»Hier ist kein Schild«, konstatiert sie. »Ich war mir nicht sicher, ob das die richtige Adresse ist.«

»Ja, das sollten wir schleunigst ändern«, platzte ich heraus und bereue auf der Stelle das *wir*. Obwohl ich mich energisch dagegen gewehrt habe, dass mein Name in der Firmenbezeichnung auftaucht, kann ich es nicht lassen, mich einzumischen. Wahrscheinlich wartet Mac nur darauf, dass ich klein beigebe und meine Mitarbeit offiziell verkünde. Und gelegentlich bin ich tatsächlich geneigt, ihm den Wunsch zu erfüllen, wäre da nicht die Sehnsucht, mich von dieser Art von Arbeit, die einen wie ein gefräßiges Tier verschluckt, durchkaut und wieder ausspuckt, endgültig zu verabschieden.

Ehe die Frau noch etwas sagen kann, geht die Tür auf. Und auf einmal hat sie diesen unsicheren Blick, den Menschen immer kriegen, wenn sie sich dazu durchgerungen haben, einen Privatdetektiv aufsuchen.

Mary zwinkert uns kurz zu, bevor sie dem unerwarteten Gast ein gewinnendes Lächeln schenkt. »Wie kann ich Ihnen helfen?« Die roten Stoff-Espadrilles, die sie für den Notfall unter dem Schreibtisch aufbewahrt, schauen unter ihren ausgefransten Schlaghosen hervor. Obwohl sie heute Morgen offenbar ihre braunen Haare gebürstet hat, wirkt sie ziemlich zerzaust.

Dann taucht Mac hinter ihr auf und fragt: »Alles in Ordnung?«

»Sind Sie …«

Er reicht der Frau die Hand. »Mac MacLeary. Es tut mir leid … Hatten wir einen Termin?« Er sieht zu Mary hinüber, die den Kopf schüttelt.

»Nein«, sagt die Frau, ohne seine Hand loszulassen, »ich bin Cathy Millerhausen. Bitte, entschuldigen Sie, normalerweise schneie ich nicht einfach so bei jemandem herein.«

»Im Moment passt es leider nicht, Mrs. Millerhausen. Ich bin gerade auf dem Sprung.«

»Bitte, es wird nicht lange dauern. Bitte.« Sie drückt seine Hand und sieht ihn flehend an. Auf ihrer Oberlippe bilden sich Schweißperlen. Ihre Verzweiflung ist deutlich spürbar und man kann förmlich sehen, wie ihr die Angst aus jeder Pore quillt.

»Wir könnten einen Termin für einen anderen Tag vereinbaren«, schlägt Mac vor.

»Bitte. Ich weiß, ich hätte vorher anrufen sollen, aber ich bin einfach so … Ich bin …«

Sein Blick wandert von Cathy Millerhausen zu mir. Einem Impuls folgend, lasse ich mich zu einem Zugeständnis hinreißen. Aus unerfindlichen Gründen habe ich Mitleid mit dieser Fremden, deren Probleme mich im Moment nicht kümmern sollten. »Falls du es schaffst, um elf dort zu erscheinen«, sage ich zu Mac, »wirst du bestimmt nichts verpassen.«

»Reichen fünfzehn Minuten?«, fragt er sie.

»Ich kann nicht abschätzen, wie lange so etwas normalerweise dauert.«

»Na, dann müssen wir uns eben sputen.« Mac tritt beiseite, damit sie eintreten kann.

»Viel Spaß!« Als Mary uns zuwinkt, fällt Mrs. Millerhausens Blick auf die Tätowierung in ihrer linken Hand: Ein Smiley von der Größe einer 25-Cent-Münze. Hätte Mary die rechte Hand gehoben, hätte unsere Besucherin eine Lotusblume gesehen. Bemerkenswerterweise verzieht Cathy Millerhausen keine Miene. Es braucht wohl mehr als eine lustige Tätowierung, um diese verzweifelte Frau in Erstaunen zu versetzen.

Mac macht einen Schritt in den dunklen Eingangsbereich und bittet Cathy Millerhausen herein. Im Schein der Neonröhre sieht ihre Haut alabasterfarben aus, was ihm draußen im grellen, alles nivellierenden Sonnenlicht gar nicht auffiel. Während sie krampfhaft versucht, sich ein Lächeln abzuringen, tauchen kleine Fältchen neben ihren hellen Augen auf. Ihr verängstigter Blick geht ihm ganz schön unter die Haut.

»Mein Büro liegt am Ende des Flurs.« Er führt sie den schmalen Korridor hinunter, wo rechter Hand drei Büros abzweigen: zuerst Andres, ganz hinten Macs und dazwischen ein fensterloser Raum, den sich Karin und Mary teilen. Da die beiden Frauen erst später dazugestoßen sind und nur stundenweise arbeiten, wurde ihnen dieses unattraktive Büro zugeteilt, obwohl diese Art von Logik Mac eigentlich fremd ist. Als er sich hier einnistete, wurde der mittlere Raum noch von einer Dichterin genutzt. Er wirft einen kurzen Blick durch die offen stehende Tür. Mary sitzt bereits wieder am Computer und recherchiert.

Mac nimmt hinter seinem Schreibtisch Platz. Durch die geöffneten Fenster, vor denen grüne Büsche wuchern, dringt kühle Luft. Um das dunkle Erdgeschoss etwas freundlicher zu gestalten, hat der Vermieter das Büro in einem hellen Gelbton streichen lassen. Eine Deckenleuchte aus grauer Vorzeit taucht den Raum in ein warmes Licht. An der gegenüberliegenden Wand hängt ein gerahmtes Poster. Darauf ist ein offen stehendes Fenster mit Meerblick abgebildet, das ihn daran erinnern soll, dass das Leben nicht nur aus Arbeit besteht. Die sich auf dem Schreibtisch stapelnden Akten, die Mac über reale oder hypothetische Seitensprünge angelegt hat, erwecken fälschlicherweise den Eindruck, er hätte viel zu tun. Mit leidgeprüften Klienten kennt er sich inzwischen aus, und wenn er ehrlich ist, berührt ihr Kummer ihn heute nicht mehr so sehr wie früher. Dennoch wird er aller Wahrscheinlichkeit nach auch für diese betrübte Frau arbeiten, obwohl er lieber seinem Herzen folgen und den Auftrag ablehnen würde. Ohne Karins Zutun hätte er Cathy Millerhausen wahrscheinlich einfach wieder weggeschickt.

»Wie kann ich Ihnen helfen?«, beginnt er.

Wie sie ihm da so völlig verkrampft gegenübersitzt – der Rücken kerzengerade, die Hände auf dem Schoß gefaltet – verspürt er eine leichte Irritation.

»Es geht um meinen Mann.«

Er nickt.

»Ich glaube, er ist mir untreu.«

Natürlich, was denn sonst. »Erzählen Sie mehr.«

»Er hat seine erste Frau betrogen – mit mir.« Sie korrigiert sich. »Godfrey hat seine erste Frau wegen mir verlassen.« Sie errötet. »Von daher weiß ich, wozu er fähig ist.«

Mac hört aufmerksam zu. Das alles klingt nicht ungewöhnlich. Er lehnt sich zurück, macht es sich bequem. Sie zieht ihren Diamantring bis zum Fingergelenk vor, schiebt ihn zurück, dreht den Stein kurz nach unten und dann wieder nach oben, wo er das Licht einfängt und sie blendet.

»Ich glaube, Männer wie Godfrey sind immer untreu. Sie können nicht anders.«

»Was für eine Sorte Mann meinen Sie?«

»Sehr reiche und mächtige Männer.«

»Da Sie seine zweite Frau sind, gehe ich davon aus, dass er auf einen Ehevertrag bestanden hat.«

Sie nickt. »Allerdings hat mein Anwalt eine Klausel zu meinem Gunsten durchgeboxt: Falls Godfrey Armstrong Millerhausen während unserer Ehe eine sexuelle Beziehung zu einer anderen Frau eingeht, falls die Ehe mindestens fünf Jahre währt und der Ehebruch nach fünf Jahren uneingeschränkten Zusammenlebens erfolgt, ist der Ehevertrag null und nichtig.«

»Sind Sie seit fünf Jahren verheiratet?«

»Seit neun.«

»Wären Sie finanziell ruiniert, falls er auf die Einhaltung des Ehevertrags besteht?«

»So würde ich das nicht sagen, aber ohne ausreichende finanzielle Mittel bin ich in Zukunft nicht mehr in der Lage …«

Er glaubt zu wissen, was kommt, und versucht, keine Miene zu verziehen: *… den Lebensstil beizubehalten, den ich gewöhnt bin.*

Gnädige Frau, was interessiert es mich, ob Sie wie eine Königin leben können, denkt er, ehe er sich wieder auf sie konzentriert.

»... die Betreuung für unseren Sohn zu finanzieren. Wir haben Zwillinge und einer der beiden hat besonderen Förderungsbedarf.« Sie umklammert die eine Hand mit der anderen, bis ihre Knöchel weiß anlaufen.

Neugierig beugt Mac sich vor und fragt: »Was für Förderungsbedarf?«

»Er ist geistig zurückgeblieben. Während der Schwangerschaft habe ich mir einen Virus zugezogen, durch den sich Ritchies Gehirn nicht normal entwickelt hat. Ansonsten sind die Jungs identisch. Oder wären es, meine ich. Sie sind acht. Bobby geht es gut, aber Ritchie ...« Sie verstummt.

»Dann braucht Bobby also keine besondere Betreuung?«

»Nein. Beide besuchen Privatschulen, aber die von Ritchie ist besonders teuer. Und die Therapeuten, die ihn außerhalb der Schule betreuen, kosten ein Vermögen. Dennoch sind sie nötig, damit er wenigstens minimale Fortschritte erzielt. Mit dem, was mir laut Ehevertrag zusteht, wäre ich nie und nimmer in der Lage, dies zu finanzieren.«

»Und Sie bezweifeln, dass Ihr Mann im Fall einer Scheidung für die Betreuung Ihres Sohnes aufkommt?«

»Mit hundertprozentiger Sicherheit kann ich das nicht sagen. Er interessiert sich nicht sonderlich für Ritchie, und ich bin davon überzeugt, dass er mir für den Virus die Schuld gibt, auch wenn das natürlich völlig irrwitzig ist. Aber so ist Godfrey nun mal: Irgendjemand hat immer Schuld und muss zur Rechenschaft gezogen werden.«

»Was bringt Sie auf die Idee, dass Ihre Ehe in Gefahr ist?«

»Sind Sie verheiratet, Mr. MacLeary?«

»Mac. Und … ja. Sie sind meiner besseren Hälfte vorhin begegnet.«

»Ach, draußen vor der Tür … die große Frau.«

»Karin. Wir arbeiten zusammen. Der Kindergarten veranstaltet heute eine kleine Feier, weil unser Sohn und seine Spielkameraden in die nächste Gruppe kommen«, meint Mac mit einem Blick auf seine Uhr und rutscht unruhig auf seinem Stuhl herum. Acht Minuten – mehr bleiben Mrs. Millerhausen nicht.

»Ich spüre es«, meint sie. »Zwischen uns läuft nicht mehr viel. Manchmal kommt es mir so vor, als hätte sein Interesse an mir und auch an den Jungs nachgelassen.«

»Sind Sie wirklich davon überzeugt, dass es eine andere Frau gibt?«

»Sicher bin ich mir nicht, aber ich würde mich wundern, wenn dem nicht so wäre. Sollte er mit dem Gedanken spielen, sich von mir scheiden zu lassen, brauche ich selbstverständlich Beweise, um den Ehevertrag anzufechten. Mehr, als das, was mir zusteht, will ich ja gar nicht. Ich bin nicht darauf aus, unsere Ehe zu retten … soll er sich doch mit einer anderen Frau vergnügen … So ist er nun mal gestrickt. Ich komme auch ohne ihn zurecht, aber meinen Jungs soll es an nichts mangeln.«

»Ich verstehe.«

»Wenn Ritchie auch in Zukunft betreut werden kann, muss ich mir seinetwegen wahrscheinlich keine Sorgen machen. Godfrey hat mal überlegt, ihn in einem Heim unterzubringen, aber allein der Gedanke bricht mir das Herz, Mr. MacLeary … Mac. Waren Sie mal in so einer Einrichtung?«

»Nein.«

»Die sind grauenvoll. Auch wenn sie ›hochmodern‹ sind –

oder mit was für anderen positiven Attributen sie werben – an so einem Ort liebt einen niemand. Niemand. Man ist allein, wird bis an sein Lebensende verwaltet.« Ihre Augen werden feucht. Ihre Verzagtheit geht Mac ungewöhnlich nah. »Wie soll ich es hinkriegen, dass Bobby ein ganz normales Leben führt und Ritchie gleichzeitig das kriegt, was er braucht? Zweiteilen kann ich mich leider nicht. Meines Erachtens geht das nur, wenn beide daheim sind … bei mir.«

»Klingt schwierig.«

»Das ist es in der Tat. Und es kostet eine ganz schöne Stange Geld, aber mein Mann hat davon ja mehr als genug.« Sie schluckt schwer und bemüht sich, die Contenance zu wahren, als hätte sie bereits genug Tränen vergossen. Und dann beugt sie sich vor und sagt voller Bitterkeit: »Godfrey ist extrem wohlhabend. Sein Vermögen hat er zu gleichen Teilen geerbt und sich erarbeitet. Sollte er die Hälfte seines Besitzes verlieren, wäre er immer noch obszön reich. Ich werde Sie fürstlich entlohnen, wenn Sie mir die Beweise liefern, die ich brauche, um den Ehevertrag anzufechten. Werden Sie mir helfen?«

»Wieso ich?«

»Weil man Sie in unseren Kreisen nicht kennt.«

Er schnaubt verächtlich. »Entschuldigung, aber das klingt so …«

»Ich bin mir durchaus bewusst, wie das klingt, und möchte mich dafür entschuldigen. Ich wollte damit sagen, dass wir in einer Welt leben, wo die Dinge auf eine ganz bestimmte Art und Weise gehandhabt werden. In unseren Kreisen besuchen alle dieselben Restaurants, heuern dasselbe Personal an. Wir essen alle das Gleiche und übernachten in denselben Hotels. Und – glauben Sie mir – wenn wir nach New York fahren, kommen wir nicht nach Brooklyn.«

»Sie schon.«

»Stimmt.«

»Wie haben Sie mich gefunden?«

»Ich bin im Internet über Sie gestolpert. Sie schienen den richtigen Background zu haben ... Expolizist, kleine Firma und Sie haben nicht mal ein Schild an der Tür, was ein weiterer Pluspunkt ist.«

»Und Sie haben telefonisch keinen Termin vereinbart, weil Sie fürchten, Godfrey könnte Ihre Telefonrechnung kontrollieren und Ihnen so auf die Schliche kommen.«

Als sie lächelt, tauchen wieder die Fältchen um ihre Augen auf, die sie nahbarer machen.

»Sie hätten sich den Weg sparen und mich von einer öffentlichen Telefonzelle aus anrufen können.«

»Glauben Sie mir, wenn ich Ihnen sage, dass es in Greenwich, Connecticut, keine einzige Telefonzelle gibt, die funktioniert?« Ihr Lachen – eine Mischung aus Verbitterung, Verletzlichkeit und Nonchalance – wirkt ansteckend und löst bei Mac einen Sinneswandel aus. Er erklärt sich bereit, ihr zu helfen und dafür zu sorgen, dass ihr Mann finanziell bluten muss.

Mac eilt an der Kirche vorbei, vor der eine Madonnenstatue steht, deren ungerührtem Blick nichts entgeht und der ihn jedes Mal verunsichert, was seiner katholischen Erziehung geschuldet ist. An diesem Vormittag ist aus dem angrenzenden Schulgebäude – wo heute eine städtische Grundschule untergebracht ist – kein Ton zu hören. Doch als er die Tür aufstößt, empfängt ihn ein Wirrwarr aus Kinderstimmen, das ihn wie immer fröhlich stimmt. Ein siebenjähriger Junge rast an ihm vorbei. Seine Turnschuhe hinterlassen schwarze Striemen auf dem auf Hochglanz polierten Fußboden. Als er um die Ecke flitzt und die Treppe hochsprintet, ruft er mit hoher Stimme: »Tschuldigung, Mister!«

Mac durchquert die Cafeteria mit den bemalten Betonziegelwänden, in der es vor dem Mittagessen mucksmäuschenstill ist. Über die hintere Treppe gelangt er in das Stockwerk, in dem die Räume des Kindergartens und der Vorschule untergebracht sind. Mac öffnet eine apfelgrüne Tür an der Blätter aus Zeichenpapier kleben, auf denen die Namen der Kinder stehen. Als er Bens Namen auf einem blauen Blatt entdeckt, rötet sich sein Gesicht vor Stolz.

Die Leiterin spricht vor einer Gruppe piekfein gekleideter Eltern, die sich auf Klappstühlen niedergelassen hat. Das leise Quietschen der Tür kündigt Macs Erscheinen an, woraufhin mehrere Besucher den Kopf drehen. Er hebt entschuldigend die Hand, erhascht Karins Blick. Sie schürzt die Lippen, und er muss grinsen, bis er merkt, dass sie ihm gar kein Luftküsschen schickt, sondern den Zeigefinger auf die Lippen legt und ihn damit ermahnt, leise zu sein. Die Feier ist schon in vollem Gang.

Kapitel 2

Mary Salter, die sich gerade die Hände waschen wollte, stürmt aus dem Büro-WC. Auf ihrem Handy klagt Mick Jagger voller Inbrunst *I can't get no satisfaction*. Das ist Fremonts Klingelton, der sich normalerweise nie während des Unterrichts meldet. Als er in die 4. Klasse kam und allein zur Schule ging, weil sie arbeiten musste und ihn nicht mehr begleiten konnte, kaufte sie ihm ein Handy. Und seit jenem Tag kriegt sie es jedes Mal mit der Angst zu tun, wenn er sie aus der Schule anruft, was zugegebenermaßen nur äußerst selten vorkommt.

Das Handy vibriert auf ihrem Schreibtisch und hüpft langsam zu dem Schreibblock hinüber, auf dem sie die Notizen zu Macs neue Klientin, Cathy Millerhausen, festhält.

»Bist du krank?«

»Hallo?«, fragt eine Mädchenstimme.

»Wer spricht da?«

Schweigen.

»Wieso haben Sie das Telefon meines Sohnes?«

»Wessen Telefon?«

»Das von meinem Sohn, Fremont. Warum ...«

»He, Free«, ruft sie, »ich hab' dein Telefon gefunden, die Kurzwahltaste 1 gedrückt, und jetzt behauptet da 'ne Lady, sie sei deine Mutter. Fang!«

Aus dem Handy dringt heiteres Gelächter, in das auch Fremont einstimmt, an dessen tiefe Stimmlage Mary sich immer noch nicht gewöhnt hat.

Das Mädchen legt auf und Marys Gedanken überschlagen sich. Sie erlebt mal wieder eine von diesen täglich wiederkehrenden, existenziellen Krisen, mit denen Eltern von Teenagern bestens vertraut sind. Sie drückt Fremonts Kurzwahltaste, wird sofort zur Mailbox umgeleitet und verzichtet darauf, eine Nachricht zu hinterlassen. Wozu auch? Fremont ist zwar ein guter Junge, aber erfahrungsgemäß ruft er nicht zurück. Sie wird es später noch mal versuchen, ihn ganz beiläufig nach dem Handy und dem Mädchen fragen und sich erkundigen, wie sein Tag so läuft.

Kopfschüttelnd klappt sie ihr Handy zu, legt es auf den Tisch, aber bringt es nicht über sich, das Gerät loszulassen. Freunde, darunter auch andere alleinerziehende Mütter, haben sie schon oft darauf hingewiesen, dass sie klammert. Doch wer kann schon nachvollziehen, was es bedeutet, in dieser Stadt als Weiße alleine einen dunkelhäutigen Teenagersohn aufzuziehen? Die Erfahrung hat Mary gelehrt, dass ein Junge mit einem weißen Elternteil – selbst im New York des einundzwanzigsten Jahrhunderts – immer noch als halbschwarz angesehen wird. Von dem Moment an, wo Fremont eine bestimmte Körpergröße erreichte, seine Stimmlage tiefer wurde und sich auf seiner Oberlippe leichter Flaum bildete, begannen die Menschen, einen großen Bogen um ihn zu machen. Zum ersten Mal fiel ihr das auf, als er irgendwann einmal vor ihr herlief. Seit jenem Tag achtet sie darauf, gelegentlich langsamer zu gehen, um ihre Theorie zu überprüfen. Und sie wird regelmäßig bestätigt: Dieser charmante Junge, ihr über alles geliebter Sohn, gehört auch zum Stamm junger schwarzafrikanischer Männer, die von der Pubertät an als Bedrohung empfunden werden. Und so kommt es, dass sie sich jedes Mal Sorgen macht, wenn er – wie meistens – allein unterwegs ist.

Mary versucht noch mal, ihren Sohn zu erreichen, der wieder nicht ans Handy geht.

Sie schließt die Augen, atmet tief ein und ganz langsam aus. »Oooommmmmmmm.«

Da Andre im Zimmer nebenan ihr Tun mit lautem Gelächter quittiert, schnappt sie sich Karins weichen Stressball und wirft ihn quer durchs Zimmer. Er landet zwischen dem Konzertplakat von Adele und dem Dartboard, woraufhin einer der Pfeile mit lautem Knall auf den Boden fällt.

Im Nachbarzimmer knarzt ein Stuhl, dann ertönen im Flur Schritte und schon steckt Andre den Kopf durch die offen stehende Tür. Wie immer ist sein Walrossschnauzer, der sein Lächeln unterstreicht, perfekt gewachst. »Mittagessen?«

»Gib mir eine halbe Stunde. Ich möchte diese Recherche für Mac noch fertig machen.«

»Du findest doch nie ein Ende«, moniert Andre, der ihre Arbeitsweise kennt und weiß, dass sie obsessiv recherchiert. Sie gehört zu jenen Menschen, denen das Internet, allein durch seine Existenz, das Leben erleichtert und erschwert.

»Halbe Stunde, versprochen.«

Bislang hat Mary schon einiges herausgefunden: Godfrey Millerhausen, wohnhaft in Greenwich, Connecticut, und auf der Park Avenue in New York, ist der Erbe von Hauser International. Das Unternehmen nahm vor hundert Jahren mit einem Lebensmittelgeschäft in Ohio seinen Anfang und wuchs mit der Zeit zu einer landesweiten Supermarkt- und Spirituosenladenkette namens Hauser heran. 1925 wurde die Unternehmenszentrale von Akron nach Manhattan verlegt. Hauser überstand (laut Wikipedia) den Börsencrash und die große Depression unbeschadet, weil die Unternehmensführung sich damals entschied, Schnaps von Toronto nach Buffalo zu schmuggeln und die illegale Fracht dann mit dem Lkw direkt ins durstige New York zu schaffen. Nach dem Ende der Prohibition im Jahre 1933 wurde Hausers Spirituosengeschäft noch größer und finanziell erfolgreicher, da die Firma inzwischen den hiesigen Markt kontrollierte. Der einzige Unterschied für Hauser bestand darin, dass die Mitarbeiter sich nun keine Sorgen mehr machen mussten, am Ende eines ganz normalen Arbeitstages verhaftet zu werden. In den Siebzigerjahren wurden die beiden Geschäftszweige getrennt. Godfreys Vater übernahm den Lebensmittelbereich und überließ die Spirituosenkette seinem Bruder Dean, der sie später seinem Sohn Preston vermachte. Preston Millerhausen steht heute laut *Forbes* auf Platz siebenundzwanzig der Liste der reichsten Menschen der Welt. Godfrey Millerhausen findet man auf Platz zweiundneunzig. Oha, denkt Mary. Wie nimmt es ein Typ mit einem Vermögen von nur drei Milliarden Dollar auf, dass sein Cousin fast zwölf Milliarden besitzt? Wenn da mal an den Feiertagen keine Spannungen aufkommen …

Solche Summen überfordern Marys Vorstellungskraft schlichtweg. Sie selbst wohnt in dem sich langsam gentrifizierenden Viertel Clinton Hill in Brooklyn und kann sich schon glücklich schätzen, eine mietpreisgebundene Wohnung gefunden zu haben. Während sie online die Ausgaben von *Forbes*, *Business Week* und *Moneyedup* liest, kann sie die Augen nicht vor der Tatsache verschließen, dass sie im Vergleich zu diesen Leuten zweifellos arm ist. Mrs. Millerhausen hat mit keiner Wimper gezuckt, als Mac sie darüber informierte, dass der Vorschuss zehntausend Dollar (doppelt so hoch wie sonst) beträgt und alle zwei Wochen weitere zehntausend Dollar fällig werden, bis der Fall abgeschlossen ist oder sie ihn feuert. Offenbar sind das für jemanden wie sie nur Peanuts. Er hätte zwanzigtausend verlangen und Mary eine Gehahltserhöhung geben sollen.

Ihr Finger drückt immer wieder energisch die Nach-unten-

Pfeiltaste, während sie einen Artikel durchscrollt mit dem Titel *Milliardär im Profil: Godfrey Millerhausen*. Darin steht, dass er aus ›gut betuchtem‹ Elternhaus stammt und nach seinem Abschluss an der Wharton Business School sein ererbtes Vermögen beträchtlich vermehren konnte. Er ist zum zweiten Mal verheiratet und hat drei Kinder: eine erwachsene Tochter aus erster Ehe und die Zwillinge aus der zweiten Verbindung.

Mary versucht abermals, Fremont zu erreichen. Vergeblich.

»Oooommmmmm.«

»Fertig?«, ruft Andre durch die Wand.

»Noch fünf Minuten.«

Für Mac stellt sie eine Liste zusammen mit Firmennamen, Büroadresse und Privatanschriften, Dan Stylos' Kontaktdaten – er ist der Geschäftsführer von Hauser Lebensmittel und offenbar Millerhausens engster Mitarbeiter – und Internetlinks, von denen Mary denkt, dass ihr Boss selbst einen Blick darauf werfen möchte. Bedauerlicherweise ist es ihr nicht gelungen, irgendetwas über die Exfrau, von der Millerhausen sich vor zehn Jahren getrennt hat, oder die erwachsene Tochter in Erfahrung zu bringen. So wie Mary Mac kennt, möchte er auf jeden Fall wissen, wo die erste Familie jetzt lebt und was sie treibt. Während sie ihre Schultertasche umhängt und in Andres Büro geht, fasst sie einen Entschluss. Falls Mac nach ihrer Mittagspause noch nicht zurück sein sollte, wird sie weiter recherchieren und versuchen, etwas über die beiden Frauen im Netz zu finden. Das Aufspüren von Personen ist ihre Spezialität, und Karin ist klar, dass Mac genau das von ihr erwartet. Warum also warten?

Dienstag, 26. Juni

Direkt gegenüber von 501 Madison Avenue, einem hohen Bürogebäude mit einem exklusiven Uhrengeschäft im Erdgeschoß, gähnt Mac. Wieder einmal wird ihm auf grausame Art und Weise vor Auge geführt, wie langsam die Zeit beim Warten verstreicht. Seit exakt zwei Stunden und sieben Minuten beobachtet er nun schon den Wolkenkratzer, in dem die beiden Geschäftszweige von Hauser International auf acht Stockwerken verteilt sind. Er überlegt, wie viele Stunden er im Lauf der Jahre mit Observierungen verbracht hat – Hunderte, wenn nicht gar Tausende. Muss er vor einem Gebäude stehen oder auf und ab gehen, wünscht er sich immer, sitzen zu können. Wenn er sitzt, würde er nichts lieber tun als sich zu bewegen. Egal, wie es ist, es ist verkehrt. Die grenzenlose Langeweile verdeutlicht ihm auch noch einmal, wie sehr er die Überwachung von untreuen oder besser gesagt vermeintlich untreuen Ehemännern hasst. *Empathie*, mahnt er sich selbst. *Du hast eine zahlende Klientin, die in deinen Augen aus unerfindlichen Gründen etwas Besonderes ist. Also, zeig ein bisschen Mitgefühl.*

Ein brauner UPS-Lieferwagen hält vor dem Eingang des Uhrengeschäfts. Mac wirft einen Blick auf seine Armbanduhr, als hoffe er, sie ginge schneller, was natürlich nicht der Fall ist. Seit sieben Uhr in der Früh harrt er hier aus. Da er die Gewohnheiten der Zielperson ja noch nicht einschätzen kann, legt er am ersten Tag einer Observierung immer zeitig los. Was ein Fehler war, denn bislang ist Godfrey Millerhausen noch nicht aufgetaucht. Daraus schließt Mac, dass der Mann wahrscheinlich in Greenwich und nicht in dem Apartment an der Park Avenue übernachtet hat. In vierundzwanzig Stunden werden sie deutlich mehr über Millerhausens Tagesablauf wissen. Und Mac hofft inständig, dass ihm das Glück hold ist und er schon heute Abend mit den Beweisen aufwarten kann, die Mrs. Millerhausen von ihm möchte.

Gerade als er sich den dritten Becher Kaffee genehmigt, fährt eine schwarze Limousine vor 501 Madison Avenue vor und Godfrey Millerhausen steigt aus. Demnach kommt der Chef erst nach den Sekretärinnen, die bereits gegen neun Uhr eintreffen, aber noch vor den Freiberuflern, die gegen zehn Uhr anfangen.

Millerhausen, der eigentlich ganz gut aussieht, trägt einen sündhaft teuren Sommeranzug, eine modische Kurzhaarfrisur und ist deutlich imposanter, als Macs Klientin ihn beschrieben hat. Er ist größer und dünner als Mac. Aus der Entfernung kann Mac die Augenfarbe des Mannes nicht erkennen. Sollte diese Info von Bedeutung sein, wovon er allerdings nicht ausgeht, kann Mary diesen Punkt klären.

Mac öffnet den Kalender in seinem Blackberry und notiert das Kennzeichen der Limousine und die Ankunftszeit – 9:19 Uhr. Dafür, dass er bereits gut zwei Stunden auf der Lauer gelegen hat, ist er mit seinem derzeitigen Erkenntnisstand überhaupt nicht zufrieden, doch in der Vergangenheit ist es durchaus schon vorgekommen, dass Mac einen ganzen Tag mit Warten verbrachte und die Zielperson überhaupt nicht zur Arbeit kam, sondern stattdessen irgendwo anders ein Schäferstündchen einlegte.

Um kurz nach halb eins verlässt Millerhausen das Gebäude in Begleitung eines Mannes in Anzug und Krawatte. Sein Begleiter ist kleiner, kräftiger und hat grau-braun meliertes Haar. Mac holt seinen Blackberry heraus und sucht ein Foto von dem Geschäftsführer Dan Stylos, das Mary ihm vor ein paar Minuten zugemailt hat. Bingo! Die beiden ins Gespräch vertieften Männer schlendern langsam zu einem Restaurant auf der 53th Street und kehren dort ein. Mit knurrendem Magen studiert Mac die ausgehängte Speisekarte: Hamburger zu fünfunddreißig, Salate zu dreißig und Cappuccino zu zehn Dollar. Dieser Spätjunitag hat es, was die Temperaturen angeht, in sich und als die beiden Männer anderthalb Stunden später das Restaurant verlassen, ist das Thermometer auf siebenundzwanzig Grad geklettert und Macs Hemdrücken feucht. Er folgt ihnen zur Madison Avenue, beobachtet, wie sie das Gebäude betreten, und flüchtet sich für einen Moment in den herrlich klimatisierten Crumbs Bake Shop nebenan, wo er der Frau mit dem schwarzen Haarnetz und der fleckigen weißen Schürze nicht mehr sagen muss, dass er einen kalten Kaffee mit Eiswürfeln möchte. Er bestellt noch einen Vanille-Kokosnuss-Cupcake und kehrt dann auf seinen Posten auf dem Gehweg zurück.

Um 17:23 Uhr hält die Limousine abermals vor dem Gebäude und wartet mit laufendem Motor. Knapp zwanzig Minuten später nimmt Godfrey auf der Rückbank Platz. Mac tritt auf die Straße und winkt eins der zahllosen gelben Taxis heran. Am frühen Abend besteht ihre Kundschaft vorwiegend aus Abteilungsleitern, die es sich zwar leisten können, nicht mit der U-Bahn zu fahren, aber auf die Art von Fortbewegung verzichten müssen, die Millerhausen zur Verfügung steht. Dass Mac nicht den geringsten Schimmer hat, wohin es gehen soll, schert ihn wenig. Er kann die Taxifahrt Cathy Millerhausen in Rechnung stellen, hat den ganzen Abend Zeit und ist hocherfreut, endlich sitzen zu dürfen.

Der Berufsverkehr auf dem Cross Bronx Expressway ist mörderisch und bessert sich erst, als sie mit zwei Wagenlängen Abstand hinter der Limousine auf der Interstate 87 nach Norden kriechen. Anscheinend fahren sie zu dem Haus in Connecticut, in dem Millerhausen mit Cathy und den Zwillingen lebt. Die Vorstellung, wie lang sich die Fahrt in diesem nach verschütteter Limonade riechenden Taxi hinziehen wird, begeistert Mac nicht gerade. Wie vertreiben sich reiche Typen wie Millerhausen eigentlich die Zeit, während normale Menschen einfach warten müssen? Wenn man so viel Geld hat, dass man sich alles leisten kann, was einem in den Sinn kommt, tut man es dann auch? Der Privatdetektiv spielt im Geist all die Möglichkeiten durch, die einem Milliardär zur Verfügung stehen. Er malt sich aus, wie Millerhausen mit ausgestreckten Beinen in seiner bequemen Limousine sitzt, sich einen Drink genehmigt und auf dem Flachbildfernseher ein Spiel der Yankees anschaut.

Ali Hussein Muhammad al-Adzhari (so heißt der Taxifahrer laut dem auf dem Armaturenbrett befestigten Ausweis) mustert Mac im Rückspiegel. »Machen Sie das jeden Tag?«

»Ich bin doch nicht verrückt.«

Als urplötzlich ein Rap-Song aus dem Radio dröhnt, ächzt Ali und schaltet 1010 WINS ein, wo gerade die Nachrichten laufen:

»Wetterchaos im Juni: Vor der Nordwestküste Floridas braut sich ein Hurrikan zusammen!«

»Dramatischer Absolventenrückgang an amerikanischen Highschools!«

»Stellvertretender Football-Trainer für schuldig befunden, über zwanzig Jahre Kinder an der Penn State missbraucht zu haben!«

»Killerbienenterror in Südmexiko. Erstes Todesopfer in eigenem Haus gefunden!«

»Suche nach dem vermissten Teenager aus Harrisburg, Pennsylvania, wird personell aufgestockt! Der Vater sagt: ›Wir hoffen immer noch, sie lebend zu finden!‹«

Mac beugt sich vor: »Könnten Sie einen anderen Sender einschalten?«

Ali wählt einen Musiksender, wo gerade eine originalgetreue Coverversion eines Joni-Mitchell-Klassikers läuft, den Mac früher einmal sehr gemocht hat.

»Danke«, meint Mac.

»Keine Ursache.«

Mac schließt die Augen und als er sie wieder öffnet, rollen sie über den baumbestandenen Hutchinson Parkway und fädeln sich in die Ausfahrt nach Rye Brook und Greenwich ein.

Schlagartig wirken die Straßen fast wie ausgestorben. Die wenigen Fahrzeuge, die man noch sieht, sind durch die Bank die allerneuesten Modelle der Premiumhersteller. Sie schlängeln sich durch idyllische Seitenstraßen mit so passenden Namen wie Riversville Road und Meadow Lane, bis sie in die Zaccheus Lane biegen und sich nun direkt hinter Müllerhausens Limousine befinden. Mac muss laut lachen. Er hat als Kind einen Bibelkreis besucht und erinnert sich an die Geschichte von Zacchaeus oder Zachäus, dem Zollpächter, der auf einen Maulbeerfeigenbaum geklettert ist, um Jesus besser sehen zu können. Das A aus dem Namen zu streichen und diese Straße Zaccheus zu nennen, hilft nicht. Greenwich ist eine der reichsten Städte Amerikas und das Letzte, was diese Menschen hier draußen sehen möchten, ist ein Zollpächter. Oder ein Privatdetektiv.

Die Limousine fährt in den Ashton Drive und rollt dann auf eine Auffahrt.

»Halten Sie hier«, bittet Mac Ali.

Das Taxi bleibt vor zwei Steinsäulen stehen. In einen Pfeiler ist der Name *Ashton Manor* eingemeißelt.

»Ist das Ihr Haus?«

»Machen Sie Witze?«

»Was weiß ich denn?«

»Parken Sie bitte hinter diese Bäume da und schalten Sie den Motor aus.«

Mac steigt aus, lässt die Tür einen Spaltbreit offen stehen und nähert sich auf leisen Sohlen einer Stelle, von wo aus er die lange, von Hecken gesäumte Zufahrt sehen kann, die vor dem Backsteinanwesen einen Halbkreis beschreibt. Die Limousine hält vor dem mächtigen weißen Portikus. Das Haus verfügt über riesige Sprossenfenster und vier Schornsteine, die aus dem Schindeldach ragen.

Kaum ist Millerhausen eingetreten, schließt sich hinter ihm die Tür.

»Was nun?«, fragt Ali, der auf einmal hinter Mac steht.

»Wir warten.«

»Wie lange?«

»Keine Ahnung.«

»Ihnen ist aber schon bewusst, was Sie das kosten wird, oder?«

»Sie meinen, was es *ihn* kosten wird.« Mac deutet mit dem Kopf auf das Haus.

Ali grinst. Seine schiefen gelben Zähne sehen aus, als hätte sie ihm jemand in den Mund gerammt. »Sie sind irre, Mann.«

Sie warten eine Stunde. Zwei. Drei. Als in dem Anwesen das Licht gelöscht wird, kommt Mac zu dem Schluss, dass Millerhausen nicht mehr wegfahren wird und er sich endlich auf den Heimweg machen kann.

Mittwoch, 27. Juni

In meinem kleinen Schwarzen, vielmehr ein kleines Rotes, das ich nur bei Observierungen trage, bedanke ich mich mit einem Nicken bei dem livrierten Portier, der mir die Tür vom Daniel's aufhält. Mac zufolge ist Millerhausen vor exakt fünfzig Minuten in diesem Restaurant eingetroffen. Aus dem Augenwinkel heraus beobachte ich, wie mein Mann an diesem lauen Sommerabend die 65th Street hinunter Richtung Park Avenue geht. Heute Abend darf er sich daheim ausruhen, während ich Millerhausen observiere.

Der Oberkellner, ein runzeliger Herr in schwarzem Anzug, begrüßt mich mit dem für seinen Berufsstand typisch steifen Lächeln. »Wie kann ich Ihnen helfen, Madam?«

Ich lächele genauso frostig zurück. »Ich treffe einen Freund an der Bar. Er hat mich gebeten, um sieben Uhr hier zu sein.«

»Es ist viertel vor sieben.«

»Ach ja?«

»Sein Name?«

»Er hat mich gebeten, seinen Namen nicht zu nennen.« Ich lächele kokett und gebe ihm zu verstehen, dass dieser Herr ein heimliches Date mit seiner Geliebten hat. Der Oberkellner mustert meinen kamelfarbenen Pashmina, als wisse er, dass ich ihn für fünf Dollar bei einem Straßenhändler ergattert habe.

»Bitte.«

Ich folge ihm durch mehrere, von Bögen und griechischen Säulen eingefasste Räume mit bernsteinfarbenen Wänden, dicken Teppichen, weiß gedeckten Tischen und dunklen Lackstühlen. Schwarz gekleidetes Personal schwebt leise durch das weitläufige Restaurant wie eine Legion diensteifriger, unsichtbarer Geister, deren einziges Ziel es ist, den Gästen zu dienen und ihnen jeden Wunsch zu erfüllen. Gerade so, als würden sie nur hier existieren und nach ihrer Schicht nicht in Turnschuhen in die Bronx, nach Brooklyn, Queens oder gar Staten Island fahren. Während ich zur Bar geführt werde, vorbei an Menschen, die alle aussehen, als würden sie eine Rolle spielen, lasse ich meinen Blick über die adrett frisierten Häupter und Kaschmirrücken schweifen … bis ich ihn entdecke, allein an einem Tisch, auf dem zwei halb volle Teller stehen.

Dass Godfrey Millerhausens Tisch so dicht an der Bar steht, bringt mich aus dem Konzept. Ich versuche, die Ruhe zu bewahren, damit ich kein Herzrasen kriege oder rot werde. *Du darfst nicht in Schweiß ausbrechen, du darfst keinen roten Kopf kriegen, du darfst dir nicht anmerken lassen, dass du eigentlich nicht in diese Welt gehörst.*

In Realität ist er attraktiver als auf den Fotos: Er wirkt nicht wie achtundvierzig, sondern deutlich jünger, und sieht aus, als wäre er frisch rasiert und käme direkt vom Friseur. Seine Seidenkrawatte changiert in dem gelbbraunen Licht, seine Augen glänzen … aber vielleicht bilde ich mir das alles auch nur ein. Er spielt mit seinem Ehering. Auf wen wartet er wohl? All dies erfasse ich mit einem Blick, der ihn nur kurz streift.

Cathy Millerhausen braucht ein Foto, das mehr zeigt als ein Treffen mit einer Geschäftspartnerin oder Bekannten. Ein verstohlener Kuss. Eine Hand, die unter dem Tisch ein Knie berührt. Oder dieses gewisse Lächeln.

Von der eleganten Bar aus habe ich einen erstklassigen Blick auf Godfreys Hinterkopf. Von hier aus kann ich auch die Person sehen, auf die er wartet. Der Oberkellner zieht einen freien Barhocker vor und fordert mich auf, Platz zu nehmen.

Er nickt höflich. Ich nicke höflich. Und dann verschwindet er.

Den Pashmina lasse ich auf die kleine Lehne gleiten. Da ich es nicht gewöhnt bin, zehn Zentimeter hohe Lacklederpumps zu tragen, freut es mich, endlich sitzen zu dürfen. In einem Anflug von Nonkonformismus streife ich einen Stiletto ab und fahre mit der nackten Sohle über die unterste Sprosse des Hockers, ehe ich meinen Fuß wieder in den Schuh zwänge.

»Haben Sie auch offenen Weißwein?«, frage ich den nachsichtig lächelnden Barkeeper, der sich sofort daran macht, die Sorten aufzuzählen.

»Danke, ich nehme den Pinot Grigio«, unterbreche ich ihn.

Der leichte Wein ist genau richtig temperiert. Das Kinn in eine Hand und den Ellbogen auf die Theke gestützt schlüpfe ich in die Rolle der entspannten Geliebten, die auf ihren Liebhaber wartet, und richte den Blick auf Godfrey. In Situationen wie diesen hilft es, groß, dünn und (nicht von Natur aus) blond zu sein. Eine Spionin in der Welt der Wohlhabenden.

Es vergehen keine fünf Minuten, ehe Godfrey Millerhausen, immer noch allein, aufsteht, die Krawatte zurechtrückt, das Kinn reckt und den Gürtel justiert. In der Annahme, dass er nicht länger auf die Person warten möchte, mit der er gespeist hat, mache ich Anstalten, mich zu erheben, um ihm zu folgen, doch er steuert auf die Bar zu. Also tue ich ganz cool, nippe an meinem Wein, atme tief durch, drehe mich um, sehe ihn an und lächele fast unmerklich.

Sein Blick bleibt an mir hängen und er nickt.

»Jeremy?«, spricht er den Barkeeper an.

»Whiskey Sour?«

»Danke.«

»Er kennt Sie«, sage ich ganz beiläufig zu Millerhausen.

Er mustert mich und entgegnet mit sanfter Stimme: »Ich komme häufig hierher. *Sie* kenne ich allerdings nicht.«

»Bin zum ersten Mal hier.« Ich kichere, so wie andere Frauen das gelegentlich tun, und komme mir total blöd vor.

Er wirft einen Blick auf seine Uhr – eine fette Rolex mit einem Armband aus schweren Goldgliedern – und steckt dann die Hand in die Hosentasche. Mit einem Lächeln erklärt er: »Meine Begleitung telefoniert bereits seit zehn, fünfzehn Minuten.«

»Es heißt, beim Warten vergeht die Zeit langsamer.«

»Dem kann ich nur beipflichten.« Wieder in diesem samtweichen Tonfall. Er ist mir nicht unsympathisch, aber das spielt keine Rolle, denn ich bin ja im Auftrag seiner Frau hier.

»Diese abendlichen Geschäftsessen …«, beginnt er und merkt dann, dass sein Bekannter an den Tisch zurückgekehrt ist. Mit einem angedeuteten Nicken und einem überaus charmanten Lächeln, das auf mich eher freundlich als anzüglich wirkt, geht er mit seinem Drink wieder an seinen Platz.

Der Mann, der ihm gegenüber sitzt, hat dickes stahlgraues Haar und ein stattliches Doppelkinn, das bei jeder Kopfbewegung hin und her wackelt. Ich kriege gerade noch mit, wie er sich bei Millerhausen entschuldigt, ehe seine Worte in der lautstarken Unterhaltung der anderen Gäste untergehen.

Während Godfrey die Rechnung begleicht, trinke ich meinen Wein aus, warte ein paar Minuten und folge dann den Männern nach draußen.

Gerade als ich aus dem Restaurant komme, steigt der grauhaarige Herr in ein Taxi. Ein Stück die Straße hinunter wartet Millerhausens Limousine mit laufendem Motor. Mit einem Handzeichen weist er den Chauffeur an, loszufahren, woraufhin sich der lange schwarze Wagen in den Verkehr einfädelt. Godfrey steckt die Hände in die Hosentaschen, biegt an der Ecke ab und geht zu Fuß Richtung Uptown und Park Avenue.

Ich nehme die Verfolgung auf, halte Distanz und fühle mich dank des Pashmina unsichtbar. Seine dezente Farbe kaschiert mein kleines Rotes, sodass ich auf der breiten, spärlich beleuchteten Straße nicht weiter auffalle. Dass es noch nicht allzu spät ist und genug gut betuchte Menschen unterwegs sind, erleichtert mir meine Aufgabe. Trotz der paar Worte, die wir gewechselt haben, hat Millerhausen an der Bar nicht wirklich von mir Notiz genommen – jedenfalls nicht so, wie triebgesteuerte Männer auf willige Frauen reagieren. Er hat mich irgendwie registriert, mit mir geplaudert und mich prompt wieder vergessen. Von daher bin ich mir ziemlich sicher, dass er mich nicht sofort erkennen würde, sollte er sich umdrehen.

Ohne einen Blick nach hinten zu werfen, schlendert er langsam und mit gesenktem Kopf sechs Blocks entlang, bis er zu einer grauen Markise gelangt, die sich um die Hausecke zieht. Kurzzeitig verschwindet er in einem diagonalen Schatten, ehe er wieder auftaucht und das Gebäude betritt. Von dem freundlich grüßenden Portier nimmt er keine Notiz. Marys Recherche zufolge ist 740 Park Avenue eine von New Yorks teuersten Adressen. Vor zehn Jahren haben die Millerhausens sich hier eine Zweitwohnung für neun Millionen Dollar zugelegt. Marys exzessive Nachforschungen haben ergeben, dass das Apartment, dessen Nebenkosten sich im Monat auf zwölftausend Dollar belaufen, heute auf dem Markt locker zwanzig Millionen erzielen würde. Meiner Meinung nach hat Mary es etwas übertrieben, doch auf der anderen Seite schadet es auch nicht, dass sie uns über alles unterrichtet, was sie herausfindet.

Ich werfe einen Blick auf meine Uhr: 20:47. Nachdem ich die Uhrzeit in meinem Blackberry notiert habe, rufe ich Mac an.

»Er hat mit einem älteren Herrn zu Abend gegessen und ist

allein nach Hause gegangen. Millerhausen wirkt auf mich ein bisschen verloren.«

»Was bringt dich denn auf die Idee?«

»Ich habe mit ihm gesprochen, an der Bar.«

»Worüber?«

»Nichts Besonderes.«

»Nimm ein Taxi und komm nach Hause.«

»So spät ist es noch nicht. Ich fahre mit der U-Bahn.«

»Nein, Karin, du nimmst ein Taxi. Die Kosten dafür kann ich Cathy Millerhausen in Rechnung stellen.«

Ich stelle mich an die Bordsteinkante, hebe den Arm, als wollte ich den Göttern der Park Avenue salutieren, und zeige genug Bein, um einen Aufruhr auszulösen. Drei Taxis halten auf mich zu und ich steige in das Fahrzeug ein, das mich zuerst erreicht.

Kapitel 3

Montag, 2. Juli

Mary, wir können uns zum Mittagessen treffen und dann reden. Wenn du dich jetzt gleich auf den Weg zur U-Bahn machst, bist du in einer halben Stunde hier.« Mac, der nun seit fast einer Woche täglich zwischen Brooklyn und der Madison Avenue hin- und herpendelt und im Fall Millerhausen keinen Schritt weiterkommt, kann die Fahrtzeit auf die Minute genau abschätzen.

»Warum besprechen wir das nicht am Telefon? Macht deutlich weniger Aufwand«, wendet Mary ein.

Mac stößt einen Seufzer aus. »Ist Karin da?«

»Nein, sie ist mit Ben noch auf dem Spielplatz und will dich heute Nachmittag ablösen.«

»Das halte ich für keine gute Idee. Sie hat mit Millerhausen geredet und ist damit aus dem Spiel.«

»Stimmt.«

»Was gibt es sonst Neues?«

»Ich habe noch mal alle Sommerlager angerufen. Kein freier Platz in Sicht.«

Dass einer von ihnen arbeitet und der andere während der jetzt schon endlos scheinenden Sommerferien einen aufgeweckten Fünfjährigen bespielt, ist für alle und vor allem für Karin anstrengend. Im Winter und Frühjahr, als sich die Sommerlager, die Kinder in Bens Alter aufnehmen, trotz horrender Gebühren vor Anmeldungen kaum retten konnten, sah es bei der Familie Schaeffer-MacLeary finanziell ziemlich mau aus. Dank Cathy Millerhausens Paranoia und der damit einhergehenden, durchaus großzügigen Entlohnung, wäre ein Aufenthalt im Sommerlager nun erschwinglich, doch inzwischen sind alle Plätze belegt. Dass Bens Freunde den Sommer im Ferienlager verbringen oder sonst wo Urlaub machen, ist der Situation nicht förderlich. Dathi passt hin und wieder auf ihren kleinen Bruder auf und Fremont springt auch gelegentlich ein, aber die Teenager schlafen bis Mittag und sind manchmal anderweitig beschäftigt.

»Danke, Mary.«

»Schon was von Dan Stylos gehört?«

»Nein.« Unter dem Vorwand, er sei ein Bekannter von Cathy Millerhausen, die ihm geraten habe, Dan wegen eines Jobs anzurufen, hat Mac an sechs aufeinanderfolgenden Tagen dessen Sekretärin kontaktiert. Entweder ist Stylos ein harter Knochen und scheut nicht davor zurück, die Frau seines Chefs zu verprellen, oder er versucht einfach, Mac, der sich unter falschem Namen vorgestellt hat, zu ignorieren.

»Soll ich es mal probieren?«, bietet Mary an.

»Schaden kann's nicht.«

»Du klingst gelangweilt.«

»Diese Warterei ist Ödnis pur.«

Eine Stunde später steht Mary zusammen mit Mac vor Crumbs Bake Shop auf der glühend heißen, belebten Madison Avenue. Beiden ist klar, dass er sie nur hierher bestellt hat, damit sie ihm Gesellschaft leistet. Sie teilen sich einen Schoko-Cupcake und trinken kalten Kaffee aus Plastikbechern.

»Da ist er.« Als Godfrey an ihnen vorbeiläuft, wirft Mac einen Blick auf seine Armbanduhr. »Auf die Minute. Er wird entweder allein oder mit einem Mitarbeiter eins von drei Restaurants im Umkreis von zwei Blocks aufsuchen und neunzig Minuten später ins Büro zurückkehren. Wir könnten jetzt ins Kino gehen und würden rein gar nichts verpassen.«

»Das wäre aber ein kurzer Film.«

»Du sagst es.«

In der vergangenen Woche hat Mac auf der Madison Avenue, während der Taxifahrten nach Connecticut oder vor der 740 Park Avenue fast achthundert Seiten von Charles Dickens' *Bleak House* gelesen, um sich in den langen Phasen, in denen Millerhausen sich nicht blicken ließ, die Zeit zu vertreiben. Kurz darauf hat er das schwere Taschenbuch gegen einen brandneuen E-Reader eingetauscht, dessen Gewicht er in der Jackentasche kaum spürt, und sich eine elektronische Ausgabe von *Bleak House* heruntergeladen. Dass er bereits das Taschenbuch gekauft hat, hat ihn nicht dazu verleitet, die im Internet verfügbare Raubkopie zu nehmen. Dickens ist zwar schon lange tot und kann die entgangenen Einnahmen verschmerzen, aber Mac hält nichts von Diebstahl.

Während einer Observierung zu lesen, verstößt gegen die Berufsethik, doch Mac ist inzwischen an einem Punkt, wo die unerträgliche Eintönigkeit schwerer wiegt. Sich dies einzugestehen, fällt ihm nicht leicht. Während er inmitten der chaotischen Monotonie auf einem Bürgersteig Manhattans im einundzwanzigsten Jahrhundert ins Yorkshire des neunzehnten Jahrhunderts eintaucht, spürt er beinah die kühle englische Luft, die über seine schweißnasse Haut streicht. In der vergangenen Woche hat er gelernt, dass die englische Gesetzgebung zu Dickens' Lebzeiten von Willkür geprägt war und dass sich Millerhausen trotz seines Reichtums und der damit einhergehenden Möglichkeiten beinahe sklavisch an einen festen Tagesablauf hält. Wieso seine Frau glaubt, er würde sie betrügen, ist Mac ein Rätsel.

Als Mary mit der Zunge einen braunen Krümel von der Unterlippe fischt, kommt es Mac für einen Moment so vor, als würde sie sich dafür schämen. Sehr untypisch für eine Frau, die über eine große Portion Selbstvertrauen verfügt. Eine Sekunde später ist sie wieder so cool wie eh und je.

»Ich habe Millerhausens Tochter auf Facebook gefunden. Sie heißt Blaine und ist zweiundzwanzig Jahre alt. Meines Erachtens benutzt sie den Namen ihres berühmten Vaters als Türöffner.«

»Wie das?«

»Sie bezeichnet sich als Dokumentarfilmerin, hat aber noch keinen einzigen Film fertiggestellt. Wie dem auch sei … sie gibt vor, an einem Projekt zu arbeiten oder eins in Planung zu haben. Offizieller Wohnsitz ist Paris, doch die Kleine reist viel. Hier.« Aus ihrer Tasche zieht sie einen zusammengefalteten Ausdruck von Blaine Millerhausens Facebook-Foto: Es zeigt eine junge und durchaus als hübsch zu bezeichnende Frau mit zerzauster brauner Kurzhaarfrisur.

»Wenn man sich's leisten kann, ist es leicht, den Ex-Pat zu spielen. Was gibt es über ihre Mutter?«

»Nur, dass sie Liz heißt, aber ich gebe nicht auf. Ich hielt es für keine gute Idee, Blaine eine Freundschaftsanfrage zu stellen, um so mehr über sie rauszufinden.« Mary knüllt die Cupcake-Tüte zusammen und wirft sie in den Mülleimer an der Ecke.

»Und was lernen wir daraus?«, möchte Mac wissen. »Über Godfrey Millerhausen, meine ich.«

»Er unterstützt seine erwachsene Tochter finanziell und scheint nicht die Sorte Vater zu sein, die sich abwendet. Wieso Cathy Schiss hat, irgendwann mit leeren Händen dazustehen, kann ich echt nicht nachvollziehen.«

»Nicht mit leeren Händen, aber mit deutlich *weniger*. Sie macht sich wegen Ritchie Sorgen.«

»Schön und gut, aber Millerhausen ist reich und kann bezahlen, was der Junge braucht, ohne sich einen Zacken aus der Krone zu brechen. Vielleicht geht es in Wahrheit um etwas ganz anderes.«

»Könnte durchaus sein, dass eine Trennung sie mehr schmerzt, als sie zugibt.«

»Bislang ist die Trennung nicht spruchreif.«

»Noch nicht. Ich fände es gut, wenn ich von der Exfrau erfahren könnte, wie die letzte Scheidung über die Bühne gegangen ist, und wie er seinen Seitensprung damals verheimlicht hat. Entweder schafft er es, mich hinters Licht zu führen, oder er betrügt Cathy nicht. Falls er tatsächlich nicht fremdgeht, können wir vielleicht wenigstens die Zweifel der jetzigen Mrs. Millerhausen ausräumen, unseren Lohn kassieren und die ganze Angelegenheit zu den Akten legen. Und dann kann sie sich über etwas anderes den Kopf zerbrechen.«

Just in diesem Augenblick marschiert Godfrey Millerhausen an ihnen vorbei. Macs Puls beschleunigt sich. Zum ersten Mal hat er nicht mitbekommen, wie der Mann sich ihnen nähert. Sie beobachten, wie er zusammen mit einigen Büroangestellten, die ebenfalls vom Mittagessen zurückkommen, in dem Büroturm verschwindet.

»Er wirkt … « Mary sucht nach dem richtigen Wort. »Langweilig.«

»Ich glaube wirklich nicht, dass er Cathy betrügt. Aber ich möchte auf Nummer sicher gehen und werde noch eine Weile an ihm dran bleiben.«

Mary sieht ihn an, als wisse sie genau, worauf er aus ist: Er möchte noch etwas länger abkassieren. Normalerweise gehört er nicht zu der Sorte Privatdetektiv, die so etwas tun, aber vielleicht hat Godfreys Geliebte für ein paar Tage die Stadt verlassen. In dem Fall sähe die Lage in einer Woche ganz anders aus. Und ja, Mac ist auf das Geld angewiesen. Sehr sogar.

»Jemand hat heute Morgen im Büro angerufen«, erwähnt Mary.

»Wer?« Anrufe auf dem Festnetz können zweierlei bedeuten: Telefonverkäufer oder ein neuer Klient, der im Internet auf sie gestoßen ist.

»Eine Frau, mir fällt gerade nicht ein, wie sie heißt, aber ich habe es im Büro notiert.«

Mac grinst: Noch eine Ehefrau auf der Suche nach Antworten.

»Sie arbeitet bei Kroll Consulting. Wollt ihr euch neu einrichten?«

»Hä?«

»Kroll Consulting. Innenarchitekten.«

»Quatsch, das ist eine Unternehmensberatung und Detektei mit Schwerpunkt Wirtschaftskriminalität. Weshalb melden die sich bei uns?«

»Klang so, als ginge es um etwas Geschäftliches.«

»Kroll ist riesig. Mir fällt nichts ein, was wir für die tun könnten.«

»Könnte doch sein, dass Ihnen unser exzellenter Ruf zu Ohren gekommen ist. Vielleicht wollen sie uns schlucken und blättern ein paar Millionen hin.«

Die Vorstellung einer Übernahme lässt Mac und Mary in schallendes Gelächter ausbrechen.

»Na, ich hatte jedenfalls den Eindruck, dass die Frau unbedingt mit dir reden will. Ich musste ihr versprechen, dass du sie später anrufst.«

»Warum hast du das nicht schon am Telefon erwähnt?«

»Weil du da darauf bestanden hast, dass ich herkomme. Und dein Wort ist mir Befehl, Boss. Also bin ich hier und erzähle dir davon.«

Dienstag, 3. Juli

Ein Trio uniformierter Empfangsmitarbeiter bewacht die beigefarbene Lobby der 600 Third Avenue und achtet darauf, dass niemand unbemerkt an ihnen vorbei gelangt. Mac trägt seinen guten Anzug, den er nach Bens Kindergartenfeier in die Reinigung gegeben hat. Sein Einsatz bei Quest Security vor zwei Jahren hat ihn gelehrt, dass man immer wie aus dem Ei gepellt erscheint, wenn man von einem großen Unternehmen zu einem Gespräch eingeladen wird und nicht die geringste Ahnung hat, warum. Lacie Chen, eine leitende Angestellte von Kroll, hat bei dem gestrigen Telefonat darauf bestanden, ihn umgehend zu treffen, ohne ihm den Grund dafür zu nennen. Gleichzeitig hat sie ihm versichert, dass es sich ›für ihn lohnen würde‹. Und so vertreibt er sich nun die Wartezeit, indem er vor dem riesigen Gemälde in Grellgrün, Lila und Petrol auf und ab geht.

Nach einer gefühlten Ewigkeit kommt ein adretter und vorzeitig ergrauter junger Mann aus einem der Fahrstühle hinter den Drehkreuzen. Sein Blick gleitet über die Besucher in der Lobby und bleibt an Mac hängen. »Mr. MacLeary?«

Mac tritt einen Schritt näher.

Der junge Mann lächelt mit geschlossenem Mund. »Ich bin Ms. Chens Assistent. Tut mir leid, dass Sie warten mussten.«

»Kein Problem.«

Nachdem der Assistent seine Ausweiskarte durchgezogen hat, passieren sie das Drehkreuz und fahren mit dem Lift in die vierte Etage, wo Mac in einen typischen Konferenzraum geführt wird. Auf dem großen Tisch sind ein linierter gelber Schreibblock, ein Stift und ein Glas Wasser mit einem Eiswürfel. Neben dem Block liegt eine Hochglanzbroschüre mit dem Aufdruck *Kroll: Wenn Sie Bescheid wissen wollen*. Eingängiger Slogan, denkt Mac. Obwohl er in derselben Branche arbeitet, kommt er sich auf einmal wie ein potenzieller Kunde vor, was ihm sehr missfällt.

Als er Karin von dem Treffen erzählte, reagierte sie ebenso verwundert wie er und konnte sich Krolls Interesse auch nicht erklären.

»Neugier ist der Katze Tod«, meinte sie.

»Ich gehe trotzdem hin.«

»Natürlich.«

In dieser Hinsicht sind sie sich sehr ähnlich: Sie suchen immer Antworten. Diese Eigenschaft hat sie beide bewogen, Polizisten zu werden und ist einer der Gründe, warum sie sich zueinander hingezogen fühlen.

Während er in dem klimatisierten Raum wartet, findet er es plötzlich doch ein bisschen töricht, die Einladung angenommen zu haben. Was will er eigentlich hier? Als er merkt, dass er sich in dem an der Wand befestigten Flachbildfernseher spiegelt, wendet er sich ab.

Eine kleine, hochschwangere Frau betritt den Raum und reißt ihn aus seiner Tagträumerei. Er erhebt sich, um ihr die Hand zu reichen, und bemerkt überrascht, dass sie in ihrem Zustand immer noch Stöckelschuhe trägt und ihm trotzdem nur bis zur Schulter reicht. Da sein Instinkt ihm sagt, dass sie es vermutlich nicht mag, wenn man auf sie herabschaut, beugt er sich nicht zu ihr hinunter. Sie legt einen Ordner auf den Tisch und schüttelt dann seine Hand.

»Lacie Chen«, sagt sie mit einem Lächeln. »Bitte, nehmen Sie Platz.«

Sie lassen sich an einem Ende des langen Tisches nieder. Mit den gestylten blonden Haaren, Sommersprossen und blaugrünen Augen hat Ms. Chen so gar nichts von einer Chinesin, auch wenn ihr Nachname diesen Schluss nahelegt. Ihre manikürte Hand zieren ein riesiger Diamant- und ein Platinehering. Tinte hat die Spitze ihres Zeigefingers schwarz gefärbt. Sie öffnet den Ordner, überfliegt eine Seite und rülpst.

»Tut mir leid.« Sie errötet und legt manierlich die Hand auf den Mund. »Das Baby drückt mir auf den Magen und tritt in einem fort gegen die Bauchdecke. Ich kann keinen Schluck Wasser zu mir nehmen ohne … ach, das wollen Sie gar nicht hören.«

Schmunzelnd erinnert sich Mac an die Zeit, als Karin mit Ben schwanger war. Die andere Schwangerschaft, die im sechsten Monat endete, versucht er aus seinen Gedanken zu verbannen. Lacie Chen hat recht: Er will das wirklich nicht hören. So beugt er sich vor und fragt: »Würde es Ihnen etwas ausmachen, wenn wir gleich auf das eigentliche Thema zu sprechen kommen?«

»Sie möchten erfahren, warum ich Sie hierhergebeten habe.« Ihr breites Lächeln versiegt, während ihr Blick von dem Ordner zu ihm wandert.

»Wie ich bereits am Telefon sagte, ermittle ich hauptsächlich in privaten Angelegenheiten.«

»Sie kennen Kroll Consulting?«

»Natürlich. Ihr Spezialgebiet ist Wirtschaftskriminalität … Due Diligence, Betrug und so weiter.«

»Und Sie wissen auch, dass Kroll über einen exzellenten Ruf verfügt.«

»Ja.«

»Dann dürfte Ihnen klar sein, vor was für Probleme eine verdeckte Ermittlung uns stellt. Sobald sich die Nachricht verbreitet, dass ein Ermittler für uns arbeitet, ist er oder sie verbrannt. Und zwar von jetzt auf gleich.«

»Suchen Sie neue Mitarbeiter?« Jetzt fällt bei ihm der Groschen: Hin und wieder werden kleine Außenseiter für ein Projekt angeheuert, wenn der Riese bei einem besonders heiklen Auftrag Unterstützung braucht.

»Nein.«

»Und wieso bin ich dann hier?«

»Wir suchen einen unabhängigen und hoch qualifizierten amerikanischen Ermittler, der in der Szene unbekannt ist.«

»Unbekannt.« Mac muss grinsen. Das ist eine nette Art, ihm zu sagen, dass er seine Karriere in den Sand gesetzt hat. Anderenfalls säße er – wie sie beide wissen – gar nicht hier, doch Chen ist entweder zu höflich, dies laut auszusprechen, oder ihr entgeht die Ironie.

»Unserer Meinung nach verfügen Sie über eine einzigartige Mischung aus Kompetenzen. Sie haben bei der Polizei eine beachtliche Karriere gemacht, für einen auf Unternehmenssicherheit spezialisierten Dienstleister gearbeitet und kennen sich daher in unserem Metier aus. Darüber hinaus sind Sie ein kompetenter Privatdetektiv. Aus diesem Grund sind Sie vielleicht genau der Richtige, um einen bestimmten Aspekt eines Falles zu bearbeiten, den wir übernommen haben.«

Bevor Mac darauf etwas entgegnet, geht er im Geist noch mal kurz ihre Lobeshymne durch, die ihn argwöhnisch werden lässt. »Wenn die Sache ein Kinderspiel ist, warum erledigt sie dann nicht einer von Ihren Leuten?«

»Wir haben schon eine beträchtliche Anzahl von Mitarbeitern für diesen Fall abgestellt, doch für diesen speziellen Aspekt benötigen wir ein ganz anderes Maß an Diskretion.«

Ah, Diskretion. Jetzt ist die Katze aus dem Sack: Sie schätzt an ihm, dass er ein vollkommener Niemand ist. Ihr Urteil ist ein Schlag ins Gesicht. An seiner beruflichen Unabhängigkeit gibt es ein störendes Element, an das er sich immer noch nicht gewöhnt hat: Ohne die Zugehörigkeit zu einer größeren Organisation ist man frei *und* auf sich allein gestellt.

»Wir brauchen jemanden, der ungebunden ist und ganz genau weiß, was er zu tun hat.«

Jetzt rück endlich heraus mit der Sprache, Lady. Mac lehnt sich zurück, hört sich die Lobhudeleien an und versucht, nicht zu grinsen. Er ist davon überzeugt, dass er so kompetent ist, wie sie ihn schildert, aber es ist ihm unangenehm, wenn das jemand laut ausspricht. Seine liebevollen und streng katholischen Eltern, noch in Irland geboren, haben ihm und seinen Geschwistern beigebracht, dass Stolz eine Sünde ist.

»Der Auftrag als solcher wird nur ein paar Stunden in Anspruch nehmen und unser Klient ist durchaus gewillt, sich Ihre Unterstützung ein stattliches Sümmchen kosten zu lassen.«

Gier ist ebenfalls eine Sünde, aber er ist ein erwachsener Mann in einer modernen Welt und seine Eltern sind tot. Die Zeiten sind hart und er muss eine Familie durchbringen.

»Wie stattlich?«, hakt er nach.

»Was halten Sie von zehntausend Dollar?«

»Ich würde sagen, das ist ein Anfang.«

»Unser Klient ist bereit, bis auf zwanzig hochzugehen.«

Da läuten bei Mac die Alarmglocken: Diese Summe ist für

einen halben Tag Arbeit nicht angemessen. Selbstverständlich ist er sich darüber bewusst, wie viel Schaden jemand in ein paar Stunden oder auch nur Minuten anrichten kann. Wie wenig es braucht, jemanden zu töten – oder selbst umgebracht zu werden. Sucht Kroll einen unauffälligen Typen, der jemanden ausschaltet? Geht es darum? Falls Ms. Chen sich einbildet, er würde seine Werte, seine Integrität und seinen Anstand für Geld über Bord werfen, täuscht sie sich gewaltig.

»War nett, Sie kennenzulernen«, lügt er, rutscht mit dem Stuhl nach hinten und macht Anstalten aufzustehen.

Fassungslosigkeit spiegelt sich in ihrem Gesicht. »Möchten Sie denn gar nicht erfahren, worum es bei diesem Job geht?«

»Ich denke, ich habe eine Vorstellung davon.«

»Meinen Sie etwa … Mr. MacLeary, ich garantiere Ihnen, in dem Geschäft sind wir nicht. Weit gefehlt.«

Das ist eine faustdicke Lüge. Sie selbst hat darauf hingewiesen, dass er mal für eine Firma gearbeitet hat, die Sicherheitslösungen anbietet. Dass sie beide einander etwas vormachen, ist überflüssig: Es gibt keine Grenzen, die nicht überschritten werden, und es findet sich immer jemand, der für die entsprechende Summe einen Mord begeht.

»Auf mich wartet Arbeit.« Mac geht auf die Tür zu, aber ehe er die Hand auf die Türklinke legt, unternimmt sie einen weiteren Versuch, ihn zu ködern.

»Es geht bei der Ermittlung um Geldwäsche. In London. Unser Klient ist bereit, bis zu dreißigtausend Dollar zu bezahlen, und da alle Auslagen erstattet werden, können Sie Ihre Frau mitnehmen. Die Hälfte erhalten Sie als Vorschuss, die andere Hälfte nach Erledigung Ihres Auftrags. So leicht haben Sie Ihr Geld noch nie verdient und Sie brauchen sich auch nicht die Hände schmutzig zu machen. Das verspreche ich Ihnen.«

Mac dreht sich um. »Woher wissen Sie, dass ich verheiratet bin?«

»Sie tragen einen Ehering.«

»Ich könnte ja auch mit einem Mann liiert sein.«

»Wie Sie ist Ihre Frau eine hervorragende Ermittlerin. Sie wird Sie bestimmt nicht von der Arbeit abhalten.«

Macs Überraschung verpufft. Offenbar hatte Lacie Chen sich erkundigt, wer er ist, wo er wohnt und mit wem er lebt, bevor sie zum Hörer gegriffen und ihn angerufen hat.

»Die Bekämpfung von Geldwäsche wird immer wichtiger, Mr. MacLeary. Seit 2008, als viele Banken in Schieflage gerieten, bearbeiten wir zunehmend mehr Fälle in diesem Bereich.«

Mac dreht sich um, steckt die Hände in die Hosentaschen und mustert sie. »Ja, ich habe darüber gelesen. Es gibt mehr und mehr Menschen, die ihr Geld verstecken – vor allem jetzt.«

»Vor allem jetzt«, betont sie. »Dann können Sie wohl auch nachvollziehen, dass wir Unterstützung brauchen, um alle Geldwäscheermittlungen entsprechend unseren sehr hohen Standards durchzuführen.«

»Dreißigtausend ... Wofür genau?«

»Würden Sie sich bitte wieder setzen?«

»Ich kann Ihnen auch im Stehen folgen.«

»Bitte.«

Er ist sich darüber bewusst, dass er Lacie Chen in die Hände spielt, falls er sich setzt. Von nun an wird sich alles ums Honorar drehen und die Aussicht, einen Teil seiner Schulden begleichen zu können, wird Macs Entscheidung beeinflussen. Er kann die Frau nicht leiden und traut ihr nicht über den Weg, aber Stolz und Gier sind miteinander verbündet und er hat sich schon vor einiger Zeit eingestehen müssen, dass es ihm in dieser Beziehung an Charakterfestigkeit mangelt.

»Das ist absurd viel Geld«, stellt er klar.

»So sehe ich das auch, aber für unseren Klienten ist das nicht so viel, wie man denken möchte.«

»Wer ist Ihr Klient?«

»Das kann ich Ihnen erst verraten, wenn Sie den Auftrag angenommen haben.«

»Wie gesagt, ich bin ganz Ohr.«

»Eigentlich ist das eine banale Geschichte. Ein leitender Angestellter, der mit uns bei mehreren Ermittlungen zusammengearbeitet hat, steht jetzt selbst unter Verdacht.«

»Und er weiß nichts davon.«

»Noch nicht. Allerdings befürchten wir, dass wir sofort auffliegen, wenn wir einen von unseren Leuten schicken, denn er kennt unsere Ermittler ja.«

Auffliegen. Sie nimmt kein Blatt vor dem Mund. Das ist bei jeder Ermittlung der Knackpunkt: Wenn man auffliegt, ist das Spiel aus, manchmal, bevor es überhaupt richtig angefangen hat.

»Was genau muss ich tun?«

»Das erklärt man Ihnen in aller Ausführlichkeit, wenn Sie den Klienten treffen.«

»Dann werde ich jetzt nicht erfahren, worum es bei dem Job geht und wer der Auftraggeber ist.«

Chen zuckt mit den Achseln. »Tut mir leid. So will es der Kunde.«

Frustriert stößt Mac einen Seufzer aus. »Das gefällt mir nicht.«

»Aber Sie werden den Auftrag übernehmen?«

»Bis wann muss er erledigt sein?«

»Gestern wäre prima.«

»Hören Sie, ähm … ich muss erst noch einen anderen Fall abschließen.« Doch ihn quält die Vorstellung, noch weitere Tage, vielleicht sogar Wochen auf der Madison Avenue herumstehen zu müssen, wenn es zunehmend schwüler und heißer wird, und dazu verdammt zu sein, auf etwas zu warten, was vielleicht gar nicht passieren wird.

»Nun, wenn der andere Job so wichtig ist … Die Entscheidung liegt natürlich bei Ihnen.«

Damit hat sie seinen Bluff entlarvt und ihm schießt unwillkürlich ein Gedanke durch den Kopf: Noch ein Kapitel und dann bin ich mit *Bleak House* durch. Die Gedanke, das Buch zu beenden, das ihn die letzte Woche davor bewahrt hat, den Verstand zu verlieren, das es ihm erlaubt hat, in die kühlen grünen Hügel Englands zu entfliehen, lässt ihn verzweifeln. Er könnte mit Karin *auf Spesen* nach London reisen. Für einen Tag Arbeit. Und eine absurde Menge Geld einstreichen. Eventuell sogar in Großbritannien einen kleinen Abstecher aufs Land machen und durch diesen kalten Nebel marschieren, den Dickens so eindringlich beschrieben hat, während Mac im hochsommerlichen New York die schweißtreibenden Hundstage durchstehen müsste. Sich dieses Angebot durch die Lappen gehen zu lassen, wäre ein Riesenfehler.

»Um ehrlich zu sein, sind wir mit dem Fall mehr oder minder fertig. Ich werde mich mit meinem Auftraggeber besprechen und prüfen, ob wir die Sache schnell zu Ende bringen können, und melde mich dann bei Ihnen.«

Ihr und sein Grinsen signalisieren, dass sich das Blatt gewendet hat. Auf einmal sind sie Partner auf einer nicht näher spezifizierten Mission und Mac ist schlichtweg zu müde, zu neugierig und zu pleite, um sich weiterhin dagegen zu sträuben. Er schüttelt ihre Hand und fragt: »Wann ist es denn so weit?«

»Neunundzwanzigster August. Hoffentlich hält sie es da drinnen so lange aus, denn ich habe noch viel zu tun.«

»Tut mir leid, Ihnen den Zahn ziehen zu müssen, aber daran wird sich auch in Zukunft nichts ändern.«

Ihr unbeschwertes Lachen beendet den geschäftlichen Teil ihres Treffens. »Ich soll befördert werden und wäre sehr erleichtert, wenn das vor der Geburtstermin passieren würde, wissen Sie? Außerdem ist mein Mann bis Semesterende noch sehr beschäftigt.«

»Wo lehrt er denn?«

»Am Rochester Institute of Technology ... auf dem Campus in Dubai.«

»Na, das verleiht dem Wort Pendler eine ganz neue Bedeutung.«

»Wir sehen uns nie. Eigentlich haben wir schon vor Monaten einen Haustausch organisiert und wollten uns nächste Woche in Italien treffen, doch gestern meinte mein Arzt, dass ich nicht fliegen kann.«

»Während der letzten drei Monate stellen Reisen immer ein gewisses Risiko dar.«

»Es war dumm von mir, solche Pläne zu schmieden. Jetzt musste ich dem Ehepaar versprechen, jemanden anderen für den Wohnungstausch zu finden, denn die beiden haben schon ihre Flüge gebucht. Was für ein Theater.«

»Klingt kompliziert.«

»Wenn die Ehepartner auf verschiedenen Kontinenten wohnen, ist alles ein Riesenaufwand, aber nach meiner Beförderung kann mein Mann nach New York ziehen und hier in aller Ruhe nach einer passenden Stelle suchen. So ist jedenfalls der Plan.«

»Was ist sein Forschungsgebiet?«

»Chemische Verfahrenstechnik. Wir haben uns während der

Promotion kennengelernt, aber für mich war das nicht das Richtige. Ich bin mittlerweile seit fünf Jahren bei Kroll und finde es super. Ich … « Sie muss noch mal aufstoßen und errötet.

Da sie für Macs Geschmack genug über ihr Privatleben geplaudert haben, erhebt er sich, woraufhin sie Anstalten macht, ebenfalls aufzustehen.

»Behalten Sie doch Platz«, meint er. »Und toi toi toi. Ich melde mich in den nächsten Tagen bei Ihnen.«

Kaum hat er den Fahrstuhl verlassen und die Lobby betreten, hat ihm Lacie Chen schon eine Mail aufs Handy geschickt. Er kann sich gut vorstellen, wie sie auf Stöckelschuhen im Büro auf und ab geht und die Nachricht eintippt, und fragt sich, was denn so wichtig ist.

In der Betreffzeile steht: *Waren Sie schon mal in Italien?*

Hat mich gefreut, Sie kennenzulernen, Mac, steht in ihrer Nachricht. *Ich hoffe wirklich sehr, dass Sie den Auftrag annehmen. Kaum waren Sie weg, hatte ich eine Eingebung. Wenn Sie nach London fahren, hätten Sie vielleicht Lust, Urlaub auf Sardinien zu machen? Immerhin ist der Wohnungstausch ja schon in die Wege geleitet und der Organisationsaufwand hält sich in Grenzen. Das Haus verfügt über drei Schlafzimmer und es steht sogar ein Wagen zur Verfügung. Sie könnten Ihre Familie mitnehmen. Bei Interesse – hier ist der Link.*

Mit wildfremden Menschen die Wohnung tauschen? Selbst wenn er die Zeit hätte, um in Urlaub zu fahren, würde er sich auf so was niemals einlassen und Karin bestimmt auch nicht. Dass Lacie Chen jemandem, den sie eben erst getroffen hat, einen derartigen Vorschlag unterbreitet, findet er ganz schön dreist. Andererseits schätzt er ihre Offenheit und sie ist in einer alles andere als einfachen Situation.

Kurzentschlossen öffnet er den Link. Auf dem Display erscheint ein Paar, das vor einem weiß verputzten Haus mit vergitterten Fenstern in der Sonne steht, an denen sich rote Blumen hochranken. Der dünne, große Mann hat einen schwarzen Bleistift hinter das rechte Ohr geklemmt, die kleine, füllige Frau mit braunem Teint grinst bis über beide Ohren. Unter dem Foto steht: *Hallo, wir sind Mario und Maria Rossi. Mario ist Comiczeichner und Maria Hausfrau. Wir hoffen, dass Sie in unserem Haus auf Sardinien einen schönen Sommer verleben!* Die Rossis machen einen glücklichen Eindruck. Ehe er die Seite schließt, muss Mac sich eingestehen, dass das Haus verführerisch aussieht.

London, vielleicht mit Karin – falls er den Job übernimmt.

Kapitel 4

Mittwoch, 4. Juli

Die Kinder, der laufende Fernseher, die durch die Fenster fallende Nachmittagssonne, das leise Surren der Klimaanlage – wieso empfinde ich all das als eine große Belastung?

Mucksmäuschenstill sitzen Dathi, Ben und Fremont auf der Couch und schauen sich zum x-ten Mal wie gebannt *The Invisibles* an – einer der wenigen Filme, auf den sie sich trotz ihrer Alters- und Interessenunterschiede immer einigen können. Dathi, deren T-Shirt-Träger über die knochigen Schultern gerutscht sind, sitzt links, in der Mitte thront Ben auf einem zusätzlichen Kissen, damit er besser sehen kann, und rechts von ihm hockt Fremont, dessen Afrokrause mir halb den Blick versperrt. Er wartet bei uns, bis Mary ihn später abholt. Auf Bens Schoß steht eine Schüssel mit selbst gemachtem Popcorn, in die alle unbekümmert hineingreifen. Ihr zufriedenes Schmatzen übertönt die Hintergrundgeräusche des Films und die Synchronstimmen der unbekannten Schauspieler.

Ich stehe in der Küchentür und mustere Bens verbrannten Nacken. Wie ich vergessen konnte, ihn heute mit Sonnencreme einzureiben, ist mir wirklich schleierhaft.

»Mehr!«, ruft er plötzlich.

Fremont hebt die leere Schüssel hoch.

Dathi springt auf und sagt: »Ich mache neues Popcorn, aber ihr müsst den Film anhalten.«

»Lass mich das machen.« Ich hole die Schüssel, gehe in die

Küche, gebe Pflanzenöl und Biomaiskörner in eine alte, gläserne Auflaufform und stelle sie mitsamt Deckel in die Mikrowelle. Ich knalle das Türchen laut zu, was mir absurderweise große Genugtuung bereitet. Während ich beobachte, wie sich der Teller dreht und der Mais aufplatzt, gewinnt mein Frust schon wieder die Oberhand.

Wieso muss ich mich rund um die Uhr um die Kinder kümmern? Wieso fühle ich mich, wenn sie nicht gerade fernsehen, spielen oder am Computer sitzen, sofort überfordert? Und warum fürchte ich, dass sie verblöden, sobald sie sich selbst beschäftigen und keinen Mucks von sich geben?

Wieso kann ich nicht einfach locker sein und die kleinen Freuden des Alltags genießen?

Wie kann es sein, dass ich zu Hause festsitze? Wieso beschatten Mac und ich nicht abwechselnd Millerhausen? Einer von uns tagsüber, der andere nachts? Geteiltes Leid ist doch halbes Leid, oder? Ich brauche diesen Stress, diese innere Unruhe, um mich lebendig zu fühlen.

Übellaunig stecke ich die Hände in die Hosentaschen, warte und beobachte, wie der anschwellende Berg Popcorn langsam den Deckel hochhebt, während der Timer tickt.

Mac beklagt sich zu Recht darüber, wie öde der Millerhausen-Fall ist. Ich hingegen bereue inzwischen, dass ich mich mit Godfrey in der Bar unterhalten habe und er mich nun kennt. Wie konnte ich nur auf die unsinnige Idee verfallen, diesen Typen anzuquatschen? Habe ich allen Ernstes geglaubt, ich könnte irgendetwas Wichtiges in Erfahrung bringen? Herausfinden, ob er die Sorte Mann ist, die auch ihre zweite Frau betrügt? Habe ich erwartet, dass er mir alles beichtet? Mich anbaggert? Seine Hand unter meinen Rock schiebt oder seine Zunge in mein Ohr? Dass er sich als superschmieriger Typ zu erkennen gibt, sodass wir seiner argwöhnischen Frau handfeste Beweise liefern können?

Aufgrund meiner Dummheit wechseln sich nun Mary und Mac bei der Observierung ab. Mein Göttergatte ist meistens draußen auf der Straße, während Mary eher im Hintergrund agiert, denn sie ist und bleibt eine wahre Recherchekönigin.

Noch zwei ganze Monate, ehe die Schule wieder beginnt. Wer ist eigentlich auf die Idee gekommen, diese öde Zeit Ferien zu nennen? Ferien für wen? Selbst den Kindern ist sterbenslangweilig.

Die Mikrowelle schaltet sich aus, bevor das Popcorn ganz fertig ist. Ich warte eine halbe Minute, ehe ich die heiße Form mit Topfhandschuhen heraushole. Als ich den Deckel abnehme, steigt mir der Dampf ins Gesicht und ein brennend heißes Korn fliegt in mein rechtes Auge. Ich stoße einen Schrei aus, lasse die Auflaufform fallen und lege schützend die Hände aufs Gesicht. Die Form knallt auf den Boden und zerspringt. Überall liegen Glasscherben und öliges Popcorn. Als sich das Klingeln in meinen Ohren legt, hebe ich ernüchtert den Kopf. Im Wohnzimmer spulen die Schauspieler einen uninteressanten Dialog ab.

Ben kommt angerannt und fragt: »Mami! Ist das Popcorn fertig?«

Erst in dem Moment merke ich, dass ich weine. Ich nehme Ben auf den Arm, damit er mit seinen nackten Füßen nicht in die Scherben tritt, und ringe mir ein Lächeln ab, das wahrscheinlich eher makaber als beruhigend wirkt.

»Was ist denn los, Mami?«

»Mir ist die Auflaufform runtergefallen.«

»Wir reparieren sie wieder. Sei nicht traurig.«

»Ich bin nicht traurig, Schätzchen. Ich hatte nur kurz Angst.«

Er küsst und drückt mich – so wie ich das immer mache, wenn es ihm nicht gut geht. Ich trage ihn zur Küchentürschwelle hinüber und setzte ihn hinter dem Scherbenfeld ab. »Warte hier.« Ich sammele so gut es geht das Popcorn ein und reiche ihm die Schale. »Pass auf, dass dir nichts runterfällt, und falls doch … «

»Hebe ich es sofort auf.«

Wir beide müssen grinsen und dann kehrt er ins Wohnzimmer zurück. Voller Stolz schaue ich meinem kleinen Sohn hinterher, der die große Schüssel trägt und aufpasst, dass nichts herausfällt, und kriege Gewissensbisse.

Jetzt entsinne ich mich wieder, warum ich heute Morgen vergessen habe, ihn einzucremen: Ich habe nur an den Job in London und das viele Geld gedacht, das wir so gut gebrauchen könnten. Seit Jahren reibe ich mich zwischen Studium, Arbeit und Familie auf, ohne auf einen grünen Zweig zu kommen.

Dieser geheimnisvolle Kroll-Auftrag, wo wir erst erfahren, was uns erwartet, wenn wir dort sind, ist mir genau so suspekt wie Mac. Aber dreißigtausend Dollar? Die Hälfte davon im Voraus? Und die Zusicherung, dass alle Unkosten für unseren Trip nach Europa übernommen werden? Mac hat die ganze Nacht über das Angebot nachgedacht und deshalb kaum geschlafen.

Ich fische mein Handy aus der Hosentasche und rufe Mac an, der einen weiteren Tag auf der Madison Avenue ausharrt, um sicherzugehen, dass er Cathy Millerhausen nicht übervorteilt. Mac ist ein guter Mensch, ein guter Privatdetektiv. Manchmal zu gut, denke ich mit einem Anflug von Groll.

»Hallo«, meldet er sich.

»Sollte Godfrey heute Abend wieder nach Connecticut rausfahren, folge ihm bitte nicht.«

Mac schweigt. Im Hintergrund ist eine Kakofonie aus Hupen, Stimmen und Sirenen zu hören.

»Es ist jetzt fünf vor halb sechs«, sage ich. »In ein paar Minuten kommt er raus, steigt in seine Limousine und fährt weg. Ob er in seinem Haus oder Apartment übernachtet, macht keinen Unterschied.«

»Sehe ich auch so«, meint Mac schließlich.

»Hast du Cathy angerufen?«

»Ich habe es zumindest ernsthaft in Erwägung gezogen.«

»Überleg nicht länger, tu's einfach.«

»Da kommt er.« Mac verstummt. So wie ich ihn kenne, geht er in Deckung, damit Millerhausen keine Notiz von ihm nimmt. Kurz darauf sagt Mac: »Er ist weg.«

»Steig nicht ins Taxi. Fahr ihm nicht hinterher. Ich fände es schön, wenn wir uns heute Abend zusammen mit den Kindern das Independence-Day-Feuerwerk ansehen würden.«

»Wann geht es los?«

»Neun Uhr, am East River.«

»Klingt gut.«

»Lass uns nach London fahren.«

Er zögert kurz und sagt dann: »Ich rufe jetzt gleich Cathy Millerhausen an und setze sie über den Stand der Dinge in Kenntnis. Vielleicht gelingt es mir, ihre Befürchtungen zu zerstreuen. Und hinterher rufe ich Lacie Chen bei Kroll an und sage zu.«

Noch bevor ich auflege, bessert sich meine Stimmung und das Gefühl der Monotonie, unter dem ich die letzten Tage gelitten habe, lässt nach. Heute ist auch mein Unabhängigkeitstag. Ich schnappe mir den Besen, fege die Scherben auf dem Boden zusammen und denke: *London*. Und dann muss ich plötzlich an ein Buch denken, das Mac gelesen hat. *Überall, nur nicht hier* –

dieser Titel hat mich seltsamerweise unangenehm berührt und erst jetzt begreife ich, warum.

Nachdem ich gekehrt und das Chaos auf der Küchentheke beseitigt habe, trete ich in die Tür und mustere gedankenverloren die Kinder. Ben und Dathi stecken kurz die Köpfe zusammen. Die beiden Teenager lachen über eine Szene und Fremont wirft Dathi über Bens Kopf hinweg einen schelmischen Blick zu, woraufhin sie die Augen verdreht.

Die Kinder.

London.

Wie lange können Mac und ich die Kinder mit gutem Gewissen allein lassen?

Oder muss ich am Ende doch daheim bleiben?

Werden meine Mutter oder Mary sich bereit erklären, hier zu wohnen, solange wir weg sind?

Wie kriegen wir es hin, damit alle etwas von diesem scheinbar endlos langen Sommer haben?

Ich fange an zu rechnen.

Eine Woche scheint mir völlig okay zu sein, aber ist so ein kurzer Aufenthalt den weiten Flug wert? Nach einer Woche hat man ja noch nicht einmal den Jetlag überwunden. Zwei Wochen oder besser noch drei wären genau der richtige Zeitraum, um sich zu erholen und Abstand zum Alltag zu bekommen.

Als könnte Ben meine Gedanken lesen, dreht er sich um und sieht mich an, was mich sehr anrührt. »Hallo, Mami!« Eine Sekunde später konzentriert er sich schon wieder auf den Film, doch da ist es schon um mich geschehen. Weil ich eh nicht in der Lage sein werde, meinen kleinen Jungen so lange allein zu lassen, kann ich die ganze Sache vergessen.

Ich rufe Mac an.

»Eine Minute später und du hättest mich nicht mehr erwischt, weil es in der U-Bahn kein Netz gibt.«

»Ich kann dich nicht nach London begleiten.«

Er stößt einen lauten Seufzer aus. »Ich dachte, du bist schon ganz aus dem Häuschen vor lauter Vorfreude.«

»Das war ich auch, aber jetzt bin ich unsicher. Die Kinder … «

»Wir nehmen sie mit«, sagt er ganz spontan.

»Nach London? Während du arbeitest?«

»Ich werde ja nicht mal einen Tag lang beschäftigt sein, doch das meinte ich gar nicht. Wir machen Urlaub und zwar richtig.«

»Was für einen Sinn hat es, diesen Auftrag anzunehmen, wenn wir gleich die Hälfte der Kohle verprassen? Allein unsere Kreditkartenrechnung beläuft … «

»Nein, hör zu … ach was, ich leite die Mail einfach an dich weiter. Es ist vielleicht ein Sprung ins kalte Wasser. Wir können darüber reden, wenn ich daheim bin. Tut mir leid, dass ich nicht gleich mit dir darüber gesprochen habe, aber ich hielt den Vorschlag für eine blöde Idee. Inzwischen sehe ich das Ganze etwas anders.«

»Wovon sprichst du?«

»Mach die Mail auf, dann verstehst du's.«

Fünfzehn Minuten später, nachdem ich Lacie Chens Wohnungstauschlink überflogen und meine Vorbehalte überwunden habe, finde auch ich diese Idee betörend und bin so geistesgegenwärtig, ihr gleich zu schreiben und sie zu fragen, ob sie bereits jemanden gefunden hat, der für sie einspringt. Sie antwortet umgehend, dass dem nicht so ist. Anschließend kontaktiere ich die Rossis auf Sardinien und dann schwirren zahllose Mails hin und her. Als Mary auftaucht, um Fremont abzuholen, kann ich vor lauter Begeisterung nicht mehr an mich halten. Ich springe von meinem Laptop auf, baue mich zwischen Küche und Wohnzimmer auf und kann es kaum erwarten, dass sie mich endlich bemerkt.

»Jetzt mach schon, sonst kommen wir zu spät«, begrüßt sie ihren Sohn. Sie wollen noch ein kostenloses Konzert im Battery Park besuchen.

»Ach, Mom«, entgegnet er, ohne den Blick von der Mattscheibe zu nehmen. »Das geht doch erst in einer halben Stunde los.«

»Wie oft hast du diesen Film schon gesehen, Sonnenschein? Aber wenn die alte Kamelle dich mehr interessiert als die Fleet Foxes, soll es mir recht sein.« Sie fährt mit den Fingern durch seinen Afro und bringt die ganze Pracht durcheinander.

»He … Finger weg!«

»Mary, hast du mal eine Minute?«, frage ich.

Sie folgt mir in die Küche. »Was ist denn hier angebrannt?«

»Popcorn. Angebrannt ist es nicht. Ich habe die Auflaufform fallen lassen, aber das ist unwichtig. Hast du mit Mac gesprochen?«

»Ja. Er übernimmt den Kroll-Job. Wer hätte das gedacht?«

»Hat er erwähnt, wie Cathy Millerhausen reagiert hat?«

»Sie ist nicht davon überzeugt, dass ihr Mann so langweilig ist, wie er zu sein scheint. Mac hat versprochen, nach seiner Rückkehr weiterzumachen, falls sie darauf besteht.«

»Klingt nach einem vernünftigen Kompromiss.«

»Dieser Typ betrügt seine Frau nicht.« Mary nimmt eine kleine Karotte aus der Schüssel auf dem Tisch und beißt ein Stück ab. Mampfend sagt sie: »Mac hat mich gebeten, für Samstag Flüge für euch zu buchen.«

»Hast du das schon erledigt?«

»Wollte zuerst mit dir die Optionen durchsprechen. Wahrscheinlich bist du wegen London schon ganz aus dem Häuschen.«

»Was fällt dir zum Thema Italien ein?«

»Da wollte ich schon immer mal hin. Spielt ihr mit dem Gedanken, einen kleinen Abstecher dorthin zu machen? Ich kann mich länger um die Kinder kümmern, falls ihr … «

»Was hältst du von der Idee, diesen Sommer zu verreisen und wir ziehen die Tage nicht von deinem Urlaub ab?«

Sie zieht die Augenbrauen hoch. »Sprich nur weiter.«

»Italien … wir alle zusammen.«

Ich drehe den Laptop um, damit sie einen Blick auf den Bildschirm werfen kann. Während sie die Beschreibung des sardischen Hauses überfliegt, zähle ich alle Vorteile auf, die ihr ein Lächeln auf die Lippen zaubern. Am Ende strahlen wir bis über beide Ohren.

»Die meisten Flüge nach Europa gehen über Heathrow«, führt sie aus. »Ihr könntet nach London reinfahren und ich fliege mit den Kindern gleich weiter nach Italien.«

»Super Idee.«

»Ich habe mit meiner Kreditkarte eine Menge Meilen gesammelt. Und du auch, Karin. Wahrscheinlich können wir die für die Flüge für mich und die Kinder einlösen. So würde euch der Urlaub mehr oder minder gar nichts kosten und ihr könnt fast die ganzen dreißigtausend Dollar, die Mac verdient, aufs Konto packen. Das ist doch genial.«

»Ganz meine Meinung. Ein Punkt muss jedoch noch geklärt werden, bevor wir die Sache eintüten: Ich möchte Referenzen über die Rossis einholen.«

»Das kann ich erledigen. Gleich nach dem Konzert kümmere ich mich darum.«

»Und ich werde auch ein bisschen recherchieren.«

»Was hält Mac von dieser Geschichte?«

»Es war sein Vorschlag.«

Samstag, 7. Juli

Leicht ungehalten registriert Mac die auf dem Flurboden liegenden Briefe und Prospekte. Pflichtschuldig hat er alle Rechnungen beglichen, im Büro Klarschiff gemacht und dabei völlig vergessen, dass am Samstag auch Post zugestellt wird. Nun muss er doch noch ein paar Dinge erledigen, bevor er seinen Koffer packen und in die erste Maschine nach Heathrow steigen kann.

Im Schlafzimmer, wo Karin und die Kinder zugange sind, geht es laut zu. Die Gereiztheit, die in ihrer Stimme mitschwingt, gefällt ihm gar nicht und er überlegt, ob es vielleicht ein Fehler ist, Berufliches mit Privatem zu verbinden. Aber es gibt jetzt kein Zurück mehr, zumal er sich eingestehen muss, dass er den Ball ins Rollen gebracht hat. Karin und Mary haben den Rossis ordentlich auf den Zahn gefühlt und die durchweg positiven Empfehlungen haben ihre Bedenken zerstreut. Und Lacie Chen war so erleichtert darüber, dass der Haustausch zustande gekommen ist, dass sie sein Honorar noch mal um fünftausend Dollar erhöht hat.

Er hebt den beachtlichen Stapel Post auf, geht in die Küche, wirft ein paar Anschreiben in den Müll, fischt die Rechnungen heraus, die er noch vor ihrer Abreise begleichen muss, und mustert verwundert einen Umschlag, der von der Barclays Bank in London stammt und an Mario Rossi adressiert ist.

Warum schickt eine Londoner Bank einem Italiener einen

Brief nach New York? Ist die Globalisierung inzwischen schon so weit vorangeschritten?

Und wieso lässt sich jemand überhaupt Post an seinen Urlaubsort nachsenden?

Noch etwas anderes stimmt Mac nachdenklich: Nachdem er den Auftrag angenommen hat, hat Lacie Chen ihm eröffnet, dass er sich in London mit jemanden von Barclays treffen soll, der ihm dann weitere Anweisungen geben wird.

»In der Barclays-Zentrale treffen Sie sich mit Ian Gelson, der Sie über das weitere Vorgehen informieren wird. Dann nehmen Sie die Zielperson unter die Lupe, fühlen ihr diskret auf den Zahn und erstatten anschließend Bericht. Sollte nicht mehr als ein paar Stunden in Anspruch nehmen. Am Mittwoch wird sich Ian Gelson mit ihm treffen und die Sache übernehmen.« Mehr hat Chen Mac nicht verraten.

Mac legt den Brief auf die Liste mit den Informationen, die Karin für die Rossis zusammengestellt hat. Barclays ist ein großes, global agierendes Finanzunternehmen mit unzähligen Privatkunden. Vermutlich hat Rossi vor seiner Abreise nach New York seine Kreditkarte verloren – wie Mac vor ein paar Jahren. Damals hat seine Bank dafür gesorgt, dass die Ersatzkarte schon an Macs Reiseziel auf ihn wartete. Anders kann er sich diesen Brief nicht erklären. Mit Sicherheit hat Chen die Möglichkeiten, die Kroll bietet, genutzt und die Rossis ebenfalls überprüft. Außerdem hat Mario bei dem Telefonat, das sie am vergangenen Abend geführt haben, einen netten Eindruck gemacht. So schiebt Mac sein Unbehagen auf die Strapazen, die eine spontane Reise mit sich bringt.

Er sucht die Korrespondenz zusammen, die er erst später im Büro sichten kann, wo er die letzten Überweisungen tätigen und bei Cathy Millerhausen noch mal telefonisch nachhaken möchte, ob sie tatsächlich damit einverstanden ist, wie sie die Dinge geregelt haben.

»Ich möchte die Ermittlung erst mal aussetzen«, hat er ihr erklärt. »Meine Familie und ich werden drei Wochen lang außer Landes sein. Falls es Probleme gibt, können Sie mich per Mail erreichen. Sollte dringender Handlungsbedarf bestehen, sorge ich dafür, dass sich sofort jemand um Ihr Anliegen kümmert.« Mac glaubt nicht, dass Godfrey Millerhausen seine Frau betrügt, aber falls er sich getäuscht hat, kann er immer noch seinen Freund Billy Staples – er ist Polizist und arbeitet auf dem 84. Revier – bitten, in seiner Freizeit für ihn einzuspringen.

Während er über den Millerhausen-Fall nachdenkt, fällt ihm wieder ein, weshalb er den Kroll-Job übernommen hat. Ausschlaggebend war natürlich das Honorar, aber Langeweile, Rastlosigkeit und die Sehnsucht nach einer Herausforderung haben bei seiner Entscheidung ebenfalls eine Rolle gespielt. Er denkt an Dickens, an *Bleak House* und wie er sich die feuchtkalte Luft Yorkshires nicht nur ausgemalt, sondern geradezu gespürt hat. Er und Karin haben entschieden, vor dem Meeting mit Gelson ein zwei Tage allein außerhalb von London zu verbringen. Dass sie nicht nach Yorkshire, sondern ins weiter nördlich gelegene Cumbria fahren, tut seiner Vorfreude keinen Abbruch. Morgen um die gleiche Zeit überqueren wir schon den Atlantik, denkt er gut gelaunt.

Teil Zwei

Kapitel 5

Dienstag, 10. Juli

Die schmale Straße gabelt sich auf einer idyllischen Anhöhe. Eine Abzweigung führt ganz gemächlich nach unten ins nächste Dorf, die andere verspricht ein kurvenreiches und überaus riskantes Manöver zu werden.

An dieser geruhsamen Wegscheide auf dem Kirkstone Pass im britischen Cumbria ahnt Mac, welchen Weg seine Frau wählen wird: die in schnellem Wechsel stark ansteigende und jäh abfallende Route, nicht ohne guten Grund vor Jahrhunderten von einem längst verstorbenen Einwohner oder Reisenden auf den Namen »The Struggle« getauft. Neben ihm steht Karin und blickt ins Tal, wo die beiden Wege so stark auseinanderdriften wie Zwillinge, die unbedingt ihre Individualität beweisen müssen: links das plane, sich in der Ferne verlierende Asphaltband, rechter Hand der heimtückische Struggle mit seinen draufgängerischen Kurven und dem nicht zu übersehenden Warnschild mit dem ironischerweise durchaus verheißungsvollen Versprechen, dass man auf dieser Route den Ort eher erreicht.

Mac favorisiert den linken, den idiotensicheren Weg, aber er kennt Karin nur zu gut. Wie jemand so bodenständig und gleichzeitig so waghalsig sein kann, ist ihm immer noch ein Rätsel. Auf der anderen Seite war dies einer der Gründe, weshalb er sich in Karin verliebte und sich von seiner ersten Frau trennte, lange bevor er ihr seine Gefühle gestand. Mit Karin, deren bezwingendes, hitzköpfiges Naturell große Anziehungskraft auf ihn ausübt, ist das Leben voller Überraschungen.

»Deine Entscheidung«, meint Mac, wohl wissend, welchen Weg sie instinktiv wählen wird.

»Hmm.« Sie mustert The Struggle, dann die simple Route und schließlich ihn. Als sich ihre Blicke treffen, weiten sich ihre Pupillen und ein Lächeln umspielt ihre Lippen. Seit sie in England sind, ohne die Kinder, macht sie einen etwas entspannteren Eindruck, was ihn froh stimmt. »Lass es mich noch einmal probieren«, meint sie, »und dann sehen wir weiter.«

Zum dritten Mal an diesem Nachmittag wählt sie Marys Nummer. Nachdem sie sich in Heathrow voneinander verabschiedet haben, ist Mary mit den Kindern nach Sardinien geflogen. Ein paar Stunden später hat sie angerufen und ihnen mitgeteilt, dass sie sicher in Cagliari gelandet sind. Seither haben sie nichts mehr von ihr gehört, denn obwohl sie mehrere, sündhaft teure Überseedatenpakete erstanden haben, scheint Marys Handy in Italien nicht mehr zu funktionieren.

Mac fällt auf, dass Karins Finger weiß anlaufen, während sie den Blackberry an ihr Ohr drückt. Ihr Blick schweift über die in Nebel gehüllten grünen Hügel, dann seufzt sie frustriert und beendet das Gespräch, das gar nicht stattgefunden hat. Nun besteht nicht mehr der geringste Zweifel, für welche Straße sie sich entscheiden wird.

»Da entlang.« Mit ihrem alten Handy zeigt sie auf The Struggle.

Beide Routen führen durch eine sanfte grüne Hügellandschaft. Da Nebelschwaden am Horizont die Fernsicht stark einschränken, ist das Dorf im Tal nicht zu erkennen und Mac kann nicht abschätzen, was sie dort unten erwartet und ob es sich überhaupt lohnt, dorthin zu fahren. Von dem Besitzer des Bed and Breakfast, in dem sie abgestiegen sind, wissen sie, dass der Gasthof in dem Örtchen für seine *Tea time* berühmt ist. Karin macht keinen Hehl daraus, dass sie die englische Teezeremonie zwar für eine charmante, vor allem aber höchst schrullige Eigenart hält. Trotzdem will sie dieser britischen Gepflogenheit heute unbedingt ausgiebig zu frönen. Da Karin in Urlaubsstimmung für Mac ein Novum ist, nimmt er die Dinge, wie sie kommen. Ist sie glücklich, geht es ihm auch gut. Manchmal kommt es ihm fast so vor, als wäre ihr Glück für ihn wichtiger als alles andere.

»Gut.« Ihm wäre die andere Strecke bedeutend lieber gewesen, aber er weiß genau, wann es sich zu kämpfen lohnt und wann nicht.

»Lass mich fahren.« Ich strecke die Hand aus und warte, dass er mir den Autoschlüssel gibt. Aber Mac starrt mich nur an. Nach einer kleinen Ewigkeit fragt er: »Echt jetzt?«

Seine entgeisterte Nachfrage erheitert mich. Natürlich habe ich auch ein bisschen Lampenfieber, aber ich kann der Herausforderung einfach nicht widerstehen. »Ich möchte wirklich ans Steuer«, betone ich.

»Wann bist du zum letzten Mal auf der anderen Straßenseite gefahren?«

»Lass mich überlegen.« Dass er mich fragt, ist ein Witz, denn er kennt die Antwort. Im Gegensatz zu ihm bin ich nicht viel herumgekommen und musste noch nie links fahren.

»Karin, das ist schwieriger, als man denkt.«

»Ist doch weit und breit keine Menschenseele zu sehen. Und das hier ist eine Einbahnstraße. Genau der richtige Ort zum Üben.«

»O nein, nicht auf dieser Strecke.« Er bombardiert mich mit

einem von seinen harten, durchdringenden Blicken. »Ich lasse dich nur ans Steuer, wenn wir die andere Route nehmen.«

»Was bist du? Mein Vater?« Ohne zu überlegen, stecke ich die Hand in seine linke Hosentasche, wo er immer seine Schlüssel aufbewahrt. (Die Geldbörse in der rechten.) Er wird rot, leistet jedoch keinen Widerstand, als ich die Schlüssel mit dem Europcar-Schild hervorziehe. Freudig werfe ich sie in die Luft, fange sie wieder auf und grinse meinen geliebten Mann an. Dann mache ich auf dem Absatz kehrt und halte auf unseren Wagen zu, einen zweitürigen schwarzen Peugeot. Mac fügt sich in sein Schicksal und folgt mir. Dabei kommt ihm ein leiser Seufzer über die Lippen, der die Toleranz, Liebe, Nachsicht und Leidenschaft ausdrückt, ohne die unsere Ehe auf tönernen Füßen stünde.

Als ich auf die linke Seite laufe und dort einsteigen will, quittiert er meinen Irrtum mit einem Lachen. Ungerührt gehe ich zur anderen Tür.

»Genau das habe ich gemeint«, verkündet er. »Willst du tatsächlich fahren?«

»Jetzt steig' schon ein, mein Schatz.« Ich zwinkere ihm zu, als wäre ich ein lüsterner alter Sack und er mein Mädchen. Mac ignoriert mich. Er beschäftigt sich mit seinem iPod, während ich den Motor anlasse und langsam von dem unbefestigten Seitenstreifen auf die Straße rolle. Aus den Lautsprechern schallt ein Song von den Raconteurs: *Steady as she goes …*

»Zu dumm, dass dieses Gasthaus heute geschlossen hat«, sagt Mac mit einem Blick auf das Kirkstone Pass Inn, einem riesigen alten Kasten. Auf dem Schild neben dem Eingang steht zwar *Offen*, aber Tür und Fensterläden sind verschlossen. »Wäre genau der richtige Ort für den *Afternoon Tea* gewesen.«

So wie er das sagt, will er sich über mich lustig machen,

weil ich mich heute Morgen darüber ereifert habe, wie viel Tee in diesem Land überall ausgeschenkt wird, während jeder im Wahrheit lieber einen guten starken Espresso trinken möchte. Seine spitze Bemerkung zielt auch darauf ab, dass man hier unter *Tea* nicht nur eine schnöde Tasse Tee meint, sondern eine Art Festschmaus, wo Scones, Clotted Cream, Marmelade und manchmal sogar noch Sandwiches gereicht werden. Und zu guter Letzt will er mir damit zu verstehen geben, dass wir endlich einen Ort finden müssen, wo tatsächlich auch Tee serviert wird, damit wir nachvollziehen können, was es damit auf sich hat.

»Ja, *Tea*«, pflichte ich ihm bei, reiße das Steuer herum, halte auf The Struggle zu und schaffe damit Tatsachen.

»Herrgott noch mal, Karin!«, ruft Mac und starrt mich entgeistert an.

Liebevoll tätschele ich sein Knie und schaue kurz zu ihm hinüber. »Aber du liebst mich trotzdem.«

»Beide Hände ans Steuer. Augen auf die Straße.«

Ich nehme die Steigungen und Kurven, folge dem sich blitzartig verändernden Straßenverlauf, ohne vom Gas zu gehen und achte gleichzeitig darauf, nicht zu schnell zu werden. Auf dem Platz zu sitzen, der normalerweise dem Beifahrer gebührt, ist alles andere als ein Kinderspiel, doch da weit und breit kein anderer Wagen in Sicht ist, besteht ja auch kein Anlass zu kriechen. Und sollte ich auf dieser extrem kurvenreichen Strecke tatsächlich die Gewalt über das Fahrzeug verlieren, was nicht passieren wird, landen wir nur auf dem unbefestigten Seitenstreifen. Ich fahre so, wie ich es für richtig halte, ohne dabei zu vergessen, dass wir Eltern sind und Verantwortung tragen. Auf der anderen Seite muss ich etwas Frust ablassen und versuchen, nicht an die vielen unbeantworteten Anrufe zu denken, die mich ziemlich verunsichern. Es ist eine Sache, dass wir Mary und die Kinder nicht erreichen, aber mir ist schlichtweg unbegreiflich, warum sie nicht versuchen, sich mit uns in Verbindung zu setzen. Fast zwei Tage sind vergangen, seit wir uns in Heathrow getrennt haben.

Ein paar Meter vor einer unüberschaubaren Kurve beschleunige ich noch mal.

»Fahr langsamer!«, ruft Mac und will mir ins Steuer greifen. In dem Moment bemerke ich, dass sich hinter der Biegung der Verkehr staut, und trete auf die Bremse.

In dem auf Hochglanz polierten weißen Audi am Stauende dreht eine grauhaarige Frau den Kopf und starrt Mac an, als wäre er zu schnell gefahren. Mac wiederum sieht zu Karin hinüber, die grinst und fröhlich winkt.

»Ein Tässchen Tee?«, ruft Karin. Mac glaubt zwar nicht, dass die Frau Karins spöttischen Kommentar gehört hat, doch ihre Miene verfinstert sich, ehe sie den Blick wieder nach vorn richtet. Mac schaltet die Musik aus. Im Mietwagen macht sich Schweigen breit. Nach einer kleinen Weile legt Karin die Stirn auf das Lenkrad und murmelt: »Ähm … tut mir leid.«

»Uhu.«

Da sich die Autos und Lieferwagen vor ihnen nicht von der Stelle rühren, kommt es ihnen so vor, als stünden sie nicht im Stau, sondern auf einem Parkplatz. Ein paar Leute stehen auf der Straße und unterhalten sich ganz entspannt. Ein Pärchen hat sich am Straßenrand niedergelassen und verzehrt Sandwiches, die Türen ihres Wagens stehen offen. Ein Mann in einem braunen Zopfmusterpulli und mit einer karierten Mütze läuft die Autoschlange ab und steckt den Kopf in jedes Fenster. Offenbar weiß er, was passiert ist, und informiert nun seine

Leidensgenossen. Hinter ihnen legt das nächste Auto eine Vollbremsung hin.

»Bin gleich wieder da.« Blitzschnell löst Karin den Sicherheitsgurt, öffnet die Tür und steigt aus.

»Warte doch.« Wieso sie diesem Mann, der schon auf dem Weg zu ihnen ist, entgegengehen muss, ist Mac ein Rätsel.

Sie tut so, als hätte sie ihn nicht gehört, und läuft davon. Verdattert schaut Mac seiner dünnen, großen Frau hinterher. Sie hat ihre graublonden Haare, deren Tönung sich langsam auswäscht, zu einem lockeren Pferdeschwanz zusammengebunden, der auf der Kapuze ihrer Fleecejacke liegt. In den engen Jeans wirken ihre Beine noch länger. Der Schnürsenkel ihres linken Turnschuhs ist aufgegangen.

Er hofft inständig, dass sie nicht vor dem Wagenfenster der alten Dame stehen bleibt und eine freche Bemerkung macht. Aber mein. Sie steuert schnurstracks auf das Fahrzeug zu. Der Mann, der die Straße abgeht, spricht drei Wagen weiter vorn mit dem Fahrer. Mac beobachtet, wie die grauhaarige Frau den Kopf dreht, als Karin sie anspricht. Die Frau erwidert etwas. Ihm kommt es vor, als dauere das Gespräch mehrere Minuten, obwohl der Wortwechsel wahrscheinlich nur ein paar Sekunden in Anspruch nimmt. Mac wird zunehmend nervöser und kriegt sich erst wieder ein, als die alte Dame schmunzelt. Schließlich brechen die beiden Frauen in fröhliches Gelächter aus, Karin richtet sich wieder auf, wechselt noch ein paar Worte mit dem Mann der Frau und kehrt dann zum Mietwagen zurück, um Mac Bericht zu erstatten.

»Wie es aussieht, hängt ein Stück weiter vorn ein Wohnwagen fest. Seit einer halben Stunde ist die Straße blockiert.«

»Wie bitte? Irgendein Idiot ist auf die glorreiche Idee gekommen, mit seinem Wohnmobil The Struggle abzufahren?«

»Du sagst es.«

Mac winkt den Mann vorbei, der den Fahrer im Wagen hinter ihnen informiert, der daraufhin umdreht und in die Richtung fährt, aus der er gekommen ist.

»Keine gute Idee«, findet Mac. »Hmm … Seit einer halben Stunde hat sich hier gar nichts bewegt?«

»Und es sieht nicht so aus, als ob sich das bald ändert.« Karin legt den Rückwärtsgang ein, stößt nach hinten und macht kehrt. »Ist vielleicht unsere letzte Chance, hier wegzukommen. Soweit ich mich entsinne, ist es ein Stück weiter hinten eine Abzweigung.«

Mac, der sich voll und ganz darauf konzentriert hat, am Leben zu bleiben, ist nichts dergleichen aufgefallen. Dass sie jetzt als Geisterfahrer diese heimtückische Straße hinunter preschen, behagt ihm gar nicht. Am liebsten würde er die Augen schließen und der Dinge harren, die da kommen, aber das bringt er nicht übers Herz. Stattdessen zwingt er sich, den Blick nach vorn zu richten, als könnte er trotz dieser impulsiven, ungeübten Fahrerin, die seine Frau ist, für ihre Sicherheit garantieren, solange er sich mit aller Macht auf die Straße konzentriert. Seine Augen wandern zwischen der Straße und ihrem Profil hin und her. An diesem grauen, nebelverhangenen Tag wirken die hellblauen Augen in ihrem schmalen, beinah hageren Gesicht wesentlich dunkler.

Zuerst hören sie Motorgeräusche, dann sehen sie, wie ihnen ein Lastwagen entgegenkommt.

»Scheiße«, murmelt Karin.

Da ist die Abzweigung – gleich da vorn, liegt Mac auf der Zunge, aber ehe ihm die Worte über die Lippen kommen, dreht Karin scharf nach rechts ab und biegt auf eine unbefestigte Straße, die durch ein Maisfeld führt. Der Lastwagen saust an ihnen vorbei. Wenig später hören sie es in der Ferne laut krachen.

Karin, auf deren Miene sich Bestürzung spiegelt, geht vom Gas. Vermutlich bereut sie jetzt ihr unüberlegtes Handeln, das zu dieser brenzligen Situation geführt hat. Nie und nimmer hätte sie zulassen dürfen, dass ihre ungestüme Art Oberhand gewinnt, und sie beinah bei einem Unfall ums Leben kommen. Wie oft in den vergangenen Jahren hat sie sich in seine Arme geflüchtet, bitterlich geweint und sich selbst dafür gerügt, eine ›Dummheit‹ begangen zu haben?

Der Wagen poltert über die mit Schlaglöchern übersäte Piste. Links und rechts von ihnen ragen hohe Maisstauden auf. Der Nebel lichtet sich und gibt den Blick auf einen strahlend blauen Himmel frei.

»Bizarr«, meint Karin.

»Meinst du, das hier ist auch eine Einbahnstraße?«

»Falls ja, kann ich nur hoffen, dass wir in die richtige Richtung fahren.«

Mac greift nach seinem iPod und wählt mit zitternden Fingern etwas Ruhiges, ein klassisches Violinkonzert, während ihr kleines Auto über diese Holperpiste, im Grunde genommen ein Feldweg, rollt und sie Gott weiß wohin bringt. Da es im Moment keiner Worte bedarf, schweigen sie. Jetzt geht es nur darum, diese Landpartie irgendwie hinter sich zu bringen.

Kurze Zeit später fahren sie aus dem Maisfeld heraus auf eine asphaltierte Kreuzung. Auf der anderen Seite ist ein Wirtshaus mit frisch gestrichenen weißen Schindeln und einem schwarzen Schild, auf dem *The Drunken Duck Inn and Restaurant* steht. Ohne zu fragen, fährt Karin auf dem Parkplatz hinter dem Gebäude.

»Scheiß auf Tee«, ruft sie.

Sie finden einen Tisch auf der überdachten Veranda und bestellen in der Region gebrautes Bier, das in riesigen Humpen serviert wird. Der Nebel lichtet sich und die Sonne kommt zum Vorschein, sodass sie ihre Jacken ausziehen können. Kurz darauf ordern sie noch eine Runde Bier und eine Platte mit Crackern und Ziegenkäse.

In der ländlichen Ruhe ertönt ohne Vorwarnung Sirenengeheul und Sekunden später rauscht ein Krankenwagen an ihnen vorbei.

Hat es die grauhaarige Frau von vorhin erwischt? Ihren Mann? Oder gar beide? Werden sie gleich ins Krankenhaus gebracht?

»Sie hat, nachdem ich mich bei ihr entschuldigt habe, zu mir gesagt: *Ach, ich habe es so satt, den halben Tag in diesem verdammten Stau zu stehen*. Und dann wollte sie wissen, was mir leid tut. *Dass wir hier festhängen? Das ist nicht Ihre Schuld, meine Liebe*. Ihr grimmiger Blick hat also nicht uns gegolten. Sie war einfach sauer, dass sie auf einer Einbahnstraße mitten auf dem platten Land festsaß. Wir haben nur ein bisschen geplaudert und gelacht. Mehr war nicht. *Ich denke, wir sollten umkehren und von hier verschwinden*, meinte ich zu ihr. Da hat sie dem Mann auf dem Fahrersitz, der stur nach vorn schaute und die Hände nicht vom Lenker nahm, einen Blick von der Seite zugeworfen. Er muss ihr Mann gewesen sein, denn sie trugen die gleichen Eheringe. *Wir werden vermutlich hierbleiben*, erwiderte sie leicht angesäuert. Herrje, ich hätte sie nach ihrem Namen fragen sollen.«

»Vielleicht ist sie ja gar nicht in den Unfall verwickelt«, gibt Mac zu bedenken, der ebenso ratlos ist wie ich. Und ehe das Sirenengeheul verstummt, kommt der glänzende weiße Audi langsam aus dem Maisfeld, bleibt kurz stehen, biegt nach links ab und fährt davon. Als sie an uns vorbeifahren, kriege ich gerade noch mit, wie die Frau sich ihrem Mann zuwendet und er wortlos nickt.

»Wer hat vor ihnen gestanden?«, frage ich Mac.

»Keine Ahnung.«

»Ich auch nicht.«

Er nimmt einen tiefen Zug aus dem Humpen. Ein kleiner Bierschaumstreifen ziert seine Oberlippe.

»Gott, das war echt knapp. Tut mir leid, Mac.«

Er fährt mit der Zunge über die Oberlippe, streckt die Hand aus. »Die Schlüssel.«

»Du kannst auch nicht mehr fahren. Wir sind beide angeschickert.«

»Auf dem Schild steht *Zimmer frei*. Falls nötig, können wir hier übernachten.«

»Wir haben ein Zimmer in Penrith reserviert.«

»Ist doch egal.«

»Leider schwimmen wir nicht im Geld.«

»Was kümmert es mich?«

»Und wie soll Mary uns dann erreichen?«

»Mary ist in Italien. Und sie hat unsere Handynummern und wird uns schon noch anrufen.«

»Dein Wort in Gottes Ohr.«

»Das Essen hier sieht ziemlich gut aus.« Schatten fällt auf sein Gesicht. Hinter den Feldern auf der anderen Straßenseite geht langsam die Sonne unter und dieser Nachmittag neigt sich dem Ende zu.

In dunkler Nacht fahren sie gemächlich von Ambleside nach Penrith. Die größtenteils unbeleuchteten Straßen führen sie durch schlafende Dörfer, wo es kurz hell wird bevor sie wieder von der trauten Dunkelheit verschluckt werden. Da der Nebel die Windschutzscheibe benetzt, schaltet Mac kurz die Scheibenwischer ein, um überhaupt etwas sehen zu können. Kaum hat er sie ausgeschaltet, kehrt wieder absolute Ruhe ein. Karin, die neben ihm sitzt, ist anscheinend auch in diesem seltsamen Zustand aus Beseeltheit, Erschöpfung, Freude und Desorientierung, den man Jetlag nennt. Hin und wieder holt sie ihr Blackberry aus ihrer Handtasche, drückt Marys Kurzwahltaste, lauscht und legt auf. Wann immer sie das tut, zuckt Mac innerlich zusammen. Wieso er so reagiert, kann er sich nicht erklären. Macht er sich Sorgen wegen Mary und der Kinder? Oder irritiert ihn einfach, wie sehr sich Karin von diesem Kommunikationsfiasko aus der Ruhe bringen lässt? Ihnen bleiben nur zwei Tage, achtundvierzig Stunden (romantischer) Zweisamkeit, ehe sie wieder zu ihrer Familie stoßen.

Schließlich erreichen sie den Marktplatz von Penrith, wo eine Handvoll Restaurants der ansonsten verschlafenen Stadt etwas Leben einhaucht, und fahren in die Portland Place. Ihr Bed and Breakfast liegt am Ende der Straße. Es ist das letzte einer ganzen Reihe altmodischer Backsteinhäuser, die dazu beigetragen haben, dass das Örtchen so beliebt bei Touristen ist, die erst hier in Cumbria Urlaub machen und anschließend weiter nach Norden Richtung Schottland reisen.

Als Karin aus dem Wagen steigt, gähnt und schnell die Hand auf den Mund legt, merkt Mac zu seiner Überraschung, dass er ganz kribbelig wird.

Später – sie liegen in dem durch und durch in Beigetönen gehaltenen Zimmer auf dem großen Bett, haben die Laken zerwühlt und die Decken zu Boden geworfen – greift sie nach ihrem auf dem Nachttisch liegenden Blackberry und dann geht dieses unsägliche Spiel wieder von vorn los.

Das Anrufen.

Das Nichterreichen.

Im Geist geht er noch einmal den heutigen Tag durch, dann den vorigen Tag, dann den Tag davor und schließlich die ganze letzte Woche.

Sonntag: Totale Hektik, um ja noch rechtzeitig zum Flughafen zu gelangen. Gestern: Ihr erster Urlaubstag in Cumbria. Landung in Heathrow, laute Verabschiedung von Mary, die die drei Kinder zu dem Terminal scheucht, von wo aus der Flieger nach Mailand startet.

Morgen: London.

Donnerstag: Sardinien.

Mit einem versonnenen Schmunzeln freut er sich darüber, wie schnell er den Millerhausen-Fall hinter sich lassen konnte. Karin liegt mit geschlossenen Augen neben ihm, doch er glaubt nicht, dass sie schläft. Er fragt sich, ob ihre Haut immer noch so kühl und feucht ist wie vor einer Viertelstunde, und streicht mit der Hand über ihren Arm. Jetzt fühlt sie sich kühl und trocken an.

Sie zuckt zusammen.

»Entschuldige«, flüstert er.

Sie gähnt und dreht sich mit immer noch geschlossenen Augen zu ihm um.

Am Morgen serviert man ihnen in dem bunten, von Spitzen übersäten Speisesaal ein richtiges englisches Frühstück mit gebratenen Eiern, Würstchen, Pilzen, Bohnen, Tomaten, Tee und starkem, heißem Kaffee, den Karin so schnell in sich hineinschüttet, wie John, der Gastwirt, ihn nachschenken kann. Auf der anderen Seite des eher kleinen Raumes sitzt ein englisches Ehepaar und alle unterhalten sich nur flüsternd, abgesehen von John, der stets ein lautes, freundliches Wort fallen lässt, wenn er eine neue Speise aufträgt. Kaum verschwindet er in der Küche, wo seine Frau am Herd steht, kehrt Stille ein, die Mac mit einer Zeitung noch mehr genießen würde.

Als Karins Handy klingelt, zucken alle zusammen. Sie wirft einen Blick aufs Display und strahlt ihn an. »Mary«, flüstert sie, ehe sie nach oben eilt, um sich auf ihrem Zimmer ungestört telefonieren zu können.

»Wir sind im Carrefour!«

Ich halte das Handy vom Ohr. Dort, wo Mary sich befindet, ist es ganz schön laut, aber das ist meines Erachtens noch lange kein Grund, so zu schreien.

»Wo?«

»Im Carrefour, einem von diesen riesigen Supermärkten. So in etwa wie Walmart, aber eben italienisch, falls du weißt, was ich meine.«

»Nee, eigentlich nicht.« Wenn ich an Sardinien denke, tauchen vor meinem geistigen Auge die Fotos aus den Reiseführern auf: Palmen, deftige Pastagerichte, italienische Omis in Schürzen und keine riesigen Supermärkte. »Was macht ihr denn da?«

»Das ist eine lange Geschichte. Die Kurzfassung: Ich war auf der Suche nach einen Schlüsseldienst. Mein Italienisch lässt leider sehr zu wünschen übrig. Glücklicherweise gibt es hier ein Geschäft, wo sie sofort Ersatzschlüssel anfertigen. Einer der Mitarbeiter spricht Englisch und hat alles für mich geregelt. Morgen kommt der Mann vom Schlüsseldienst vorbei, ein Typ namens Dante. Ist es denn zu fassen – Dante, der Schlosser!«

»Nicht so schnell, Mary, ich verstehe nur Bahnhof. Warum braucht ihr einen Schlüsseldienst?«

»Tut mir leid. Ich bin gerade ein bisschen wirr im Kopf. Hier passiert so viel und die Kinder halten mich ganz schön auf Trab, aber keine Sorge, Karin, es ist alles in Ordnung. Das Haus ist großartig, die Strände sind klasse, das Essen schmeckt super.«

»Habt ihr euch ausgesperrt oder den Autoschlüssel verloren? Was ist passiert?«

»Im Garten gibt es einen Schuppen, in dem der Sicherungskasten ist. Leider finde ich den dazugehörigen Schlüssel nicht. Er sollte eigentlich in dem Körbchen auf dem Kühlschrank sein, doch da war er nicht. Praktisch eine Minute, nachdem wir das Haus betreten haben, sind die Sicherungen rausgesprungen, und jetzt funktioniert überhaupt nichts. Darum hast du mich auch nicht erreichen können. Die Akkus unserer Handys sind leer, wir können sie nicht aufladen, das Internet funktioniert natürlich auch nicht und der Empfang ist hier sowieso sehr schlecht. Aber ich bin an der Sache dran. Morgen öffnet Dante für uns den Schuppen und dann kümmere ich mich um die Sicherungen.«

»Hast du die Rossis angerufen?«

»Ich habe versucht, ihnen eine E-Mail zu schicken, bevor mein Handy den Geist aufgegeben hat, doch ich vermute mal, dass meine Mails erst jetzt rausgehen, wo ich wieder Strom habe. Ohne Handy bin ich aufgeschmissen. Aber hier im Carrefour gibt es Stationen, wo man sein Mobiltelefon gegen Gebühr aufladen kann, und jetzt haben wir ja auch Dante. Wozu also die Rossis belästigen? Ich werde ihnen noch eine Mail schicken und Bescheid geben, dass alles wieder in Ordnung ist. Wie dem auch sei, ich wollte mich kurz melden und euch wissen lassen, dass ihr euch keine Sorgen machen müsst. Den Kindern geht's gut, das Haus ist toll, es ist hier wunderschön und alle sind glücklich. Warte mal, Ben steht hier und möchte mit dir sprechen.«

»Mami.« Der Klang seiner Stimme! Mir wird sofort ganz warm ums Herz.

»Ben, Liebling, ich vermisse dich so sehr. Gefällt es dir in Italien?«

»Ich vermisse dich auch, Mami. Ich habe echt viel Spaß und wir essen jeden Abend Pizza. Heute waren wir am Strand und Fremont und mich haben eine Sandburg gebaut und Dathi wollte nicht mit uns schwimmen gehen, sondern, ähm, lieber lesen.«

»Fremont und *ich*.«

»Nein, er und mich. Du warst ja gar nicht da.«

»Egal, vergiss es. Daddy und ich kommen morgen, dann kann ich dir vorlesen und dich ins Bett bringen, okay? Ich liebe dich über alles.«

»Können wir *Moonshot* lesen?«

»Haben wir das eingepackt?«

»Mary hat mir gestern Abend daraus vorgelesen. Raketenstart. Boom!«

»Okay, dann machen wir das.«

Plötzlich ist er weg und ich höre Dathis Stimme.

»Hallo, Karin!«

»Dathi, Schätzchen, wie geht es dir?«

»Es ist ganz schön heiß hier. Mary hat gesagt, ich darf einen Bikini kaufen, wenn du nichts dagegen hast. Es gibt welche im Carrefour und sie sind auch gar nicht teuer.«

»Sicher. Sag ihr, sie soll einen kaufen und ich gebe ihr dann das Geld zurück.«

»Danke. Wie ist es in London?«

»Da fahren wir erst heute Nachmittag hin. Cumbria war wirklich sehr schön, aber ihr fehlt mir.«

Sie lacht. Sie hat dieses wunderschöne, nach hellen Glocken klingende Lachen. »Vermiss mich nicht, Karin. Genieß lieber deine Zeit mit Mac, verstanden?« Mit ihren dreizehn Jahren – sie ist jetzt seit anderthalb Jahren in Amerika und kommt in die achte Klasse – interessiert sich Dathi vor allem für zwischenmenschliche Beziehungen. Für sie gilt die Gleichung: Mann plus Frau gleich Romantik. Es wird wohl noch ein bisschen dauern, bis sie ein Gespür für die Nuancen entwickelt.

»Ich habe mehrfach versucht, euch anzurufen, und bin nicht durchgekommen. Mary hat mir von dem Schlüsselchaos erzählt.«

»Fremont wollte das Schloss mit einem Drahtbügel knacken, was natürlich nicht funktioniert hat. Ich finde es besser, wenn Jugendliche nicht wissen, wie man irgendwo einbricht. Vor allem …« Sie spricht nicht weiter. Das hat sie schnell begriffen: In den USA spricht man nicht laut aus, dass junge Schwarze im Teenageralter besonders oft Opfer von übereifrigen und schießwütigen Polizisten werden.

»Habt ihr Spaß?«, frage ich Dathi.

»Ja, es ist hier sehr nett. Die Strände sind wirklich wunderschön. Und abends gibt es immer Pizza, weil, wenn du mich fragst, Mary die Speisekarte nicht lesen kann.«

»Ich habe gehört, dass die Pizza da sehr lecker ist.«

»Das stimmt. Ganz in der Nähe vom Haus haben wir ein Restaurant gefunden, das Su Marigi. Es macht erst um acht Uhr auf und da sind wir immer die einzigen Gäste. Hier essen die Leute um zehn, aber dann schläft Ben schon und wir müssen ihn zum Wagen tragen.«

»Ich kann es gar nicht erwarten, mit euch dort Pizza zu essen. Ich vermisse euch.«

»Das hast du schon gesagt, Karin«, stellt sie bestimmt, aber freundlich klar. »Soll ich dir noch mal Mary geben?« Im Gegensatz zu anderen Mädchen ihres Alters würde Dathi niemals offen zugeben, dass es sie langweilt, sich mit mir zu unterhalten. Manchmal wünschte ich mir, sie würde sagen, was sie denkt. Dann müsste ich nicht diese peinlichen Situationen ertragen, die mich daran erinnern, dass wir nicht verwandt sind.

»Sicher, Schätzchen, wir sehen uns morgen.«

»Ich sollte Dathi helfen, einen Bikini auszusuchen«, sagt Mary, als sie wieder am Apparat ist. »In Italien dauert alles zehnmal länger. Bald sehen wir uns ja wieder.«

»Falls in London alles glatt läuft.«

»Warum sollte es nicht glatt laufen? Macs Auftrag ist doch ein Klacks.«

»Wahrscheinlich. Passt auf, dass ihr heil aus dem riesigen Supermarkt rauskommt und viel Glück mit Dante. Wir sehen uns dann morgen im Paradies.«

Mary und ich lachen uns schlapp, denn dass sie auf dieser idyllischen Insel ausgerechnet in der Vorhölle Supermarkt landen, ist einfach urkomisch. Anscheinend machen der Fortschritt und das moderne Leben nicht einmal vor der viel zitierten Schönheit Sardiniens Halt. Ich beschließe, dass ich dort vor allem Hässlichen die Augen verschließen, die Realität vergessen und einfach nur Ferien machen werde.

Mac kommt ins Zimmer. »Alles in Ordnung?« Er reicht mir eine Tasse Kaffee.

»Die Sicherung ist rausgesprungen und sie finden den Schlüssel zum Schuppen nicht, in dem der Sicherungskasten untergebracht ist. Mary hat für morgen einen Schlüsseldienst organisiert. Sie scheinen alle guter Dinge zu sein und ich kann es gar nicht erwarten, bis wir sie wiedersehen.«

Mac lächelt geduldig. »Jetzt machen wir erst mal London unsicher. Was willst du unternehmen, während ich bei Barclays bin?«

Gute Frage. »Im Hotel bleibe ich auf gar keinen Fall.«

»Warte mal«, bittet Mary Dathi. »Kannst du kurz auf Ben aufpassen? Ich will noch eine Mail verschicken, bevor wir dir einen Bikini aussuchen.«

»Kann ich bitte einen von diesen Keksen haben?« Ben schmiegt sich an sie und schaut sie mit seinem Hundeblick an.

»Sicher, Schatz.« Sie greift in ihre Tasche, öffnet die Tüte mit den *biscotti*, die sie vorsichtshalber mitgenommen hat, falls die Einkäufe länger dauern und jemand Hunger kriegt. »Willst du auch einen, Dathi?«

Dathi nimmt einen der langen Mandelkekse und bedankt sich artig.

»Fünf Minuten, dann bin ich für dich da«, verspricht Mary.

Dathi geht mit Ben zu einem Regal mit italienischen Videospielen für kleine Kinder. Dahinter taucht Fremonts Haarschopf auf. Unverständliches Geplapper schallt durch das gigantisch große Geschäft und verstärkt bei Mary noch das Gefühl der Überforderung, von dem sie auch daheim in solchen überdimensionierten Einkaufsmärkten heimgesucht wird. Zum Glück haben sie hier bald alles erledigt und können nach Hause fahren, um dort zu Mittag zu essen und hinterher an einen neuen Strand zu gehen. Strände gibt es auf Sardinien nun wahrlich wie Sand am Meer, einer schöner als der andere und jeder auf seine Weise spektakulär.

Während an der Station weiter ihr Handy auflädt, tippt sie eine Mail an die Rossis.

> Hallo Maria und Mario,
> ich habe gute Neuigkeiten: Wir haben einen Schlüsseldienst gefunden, der morgen kommt und dafür sorgt, dass wir wieder Strom haben.
> Auf der Suche nach dem Schuppenschlüssel habe ich Ihre Schränke und Kommoden durchforstet, was Sie hoffentlich nicht stört. Ich habe mich bemüht, alles so zu hinterlassen, wie ich es vorgefunden habe. Dabei bin ich auf ein Foto von einer Frau gestoßen, die ich kenne. Kennen ist vielleicht übertrieben, aber ich habe sie schon mal gesehen.
> Wenn das kein Zufall ist, was dann?

Ehe sie die Mail beendet, holt Mary das Foto aus der Tasche und mustert es noch einmal, um sicherzugehen, dass sie sich nicht getäuscht hat.

Vier Menschen sitzen auf einer Veranda mit Blick auf das smaragdgrüne Meer. Die Sonne scheint. Neben Mario Rossi sitzt Maria, die zum Schutz vor dem grellen Licht ihre Augen mit der rechten Hand beschattet. Auf dem Foto sind noch zwei weitere Frauen zu sehen. Die Ältere der beiden hat blonde Strähnen im Haar, die wie aufgemalt wirken und die Falten in ihrem wettergegerbten Gesicht unterstreichen. Auf ihrem

Dekolleté funkelt ein großer blauer Stein. Die andere Frau ist jung, hat kurze dunkle Haare und trägt einen Zehenring mit einem in der Sonne glitzernden Diamanten. Sie ist die Person, die Mary Kopfzerbrechen bereitet, weil sie ihr bekannt vorkommt. Die Ähnlichkeit der beiden Frauen – die gleichen nach unten gezogenen Mundwinkel, die gleichen Kinngrübchen – ist frappierend. Mary glaubt nicht an einen Zufall, aber sie möchte auf Nummer sicher gehen, ehe sie Mac und Karin von dem Quartett berichtet und ihnen die letzten ungestörten Stunden vergällt.

Ihr Name ist Blaine Millerhausen und – um es kurz zu machen – ich würde gern erfahren, ob die andere Frau auf dem Foto ihre Mutter Liz ist. Falls dem so ist, wäre es nett, wenn Sie mir sagen könnten, wo ich sie finde. Sollte ich mich getäuscht haben, vergessen Sie die ganze Sache einfach. Genießen Sie Ihre Zeit in New York!
Ciao
Mary

Mac wird von dieser seltsamen Fügung bestimmt nicht begeistert sein und keine Lust haben, sich noch vor Ferienbeginn wieder mit dem Thema Millerhausen zu beschäftigen. Auf der anderen Seite weiß sie, wie Mac und Karin ticken: Dass die Rossis mit Godfrey Millerhausens Tochter und möglicherweise auch mit seiner Exfrau bekannt sind, wird sie misstrauisch machen. Auch wenn jeder mit jedem über sechs Ecken bekannt ist – diese Beziehungskette ist extrem kurz. Und wie hoch ist überhaupt die Wahrscheinlichkeit, dass Mac den Fall ruhen lässt und sich auf einen Wohnungstausch mit einem Paar einlässt, das ausgerechnet mit dem Mann bekannt ist, den er beschattet hat?

Kapitel 6

Mary gesellt sich zu den Kindern im Vorgarten. Dort steht der einzige Tisch, an dem alle Platz finden. Auf der weißen Kunststoffplatte türmen sich Teller, Gläser, Besteck, Platten mit *Prosciutto*, Käse, Brot, Oliven, Trauben, Butterkeksen und ein Krug mit Limonade, die vor fünf Minuten noch kalt war und inzwischen lauwarm ist. Unfassbar, wie schnell die Eiswürfel schmelzen. Die Kinder sitzen auf einer Bank im Schatten, gut einen Meter vom Tisch entfernt, auf dem die Speisen in der sengenden Sonne zerfließen. Mit den Tellern auf den Knien und missmutigen Mienen stopfen sie das Essen in sich hinein. Mary zieht einen Stuhl in den Schatten, aber selbst da ist die Hitze fast nicht zu ertragen.

»Puh, um diese Tageszeit ist es hier draußen echt brutal heiß«, stöhnt sie. Gestern haben sie am Strand ein Picknick veranstaltet, wo die Mittagshitze vergleichsweise angenehm war. »Warum schaffen wir die Sachen nicht wieder in die Küche und essen dort?«

Ben schüttelt den Kopf, Dathi verzieht das Gesicht. Nur Fremont traut sich, seiner Mutter offen zu widersprechen. »Mom, das ist echt eine bekloppte Idee.«

»Warum denn, Fremont?«

In Wahrheit muss sie ihm beipflichten. Wenn es etwas an diesem wunderschönen, weiß verputzten Haus in dem verschlafenen Örtchen Capitana – unweit des mittelalterlichen, ganz im Süden gelegenen Cagliaris – auszusetzen gibt, dann ist es die Küche. In dem kleinen, stickigen Raum gibt es nur einen winzigen Tisch, an dem zwei, allerhöchstens drei Leute Platz finden. Die Vorstellung, dass dort vier oder bald sechs Personen sitzen sollen, ist geradezu grotesk.

Gleich nach ihrer Ankunft am Sonntag musste Mary feststellen, dass die Sicherung herausspringt, sobald sie die in die Küchenecke gezwängte Waschmaschine, den Boiler unter der Spüle und den Toaster einschaltet. Eigentlich ist das nicht weiter schlimm, außer nachts, wenn man im Dunkeln sitzt und darüber nachdenkt, dass man nicht kochen und weder ein Handy aufladen noch drei gelangweilten amerikanischen Kindern eine DVD einlegen kann. In so einer Situation begreift man erst, welchen Komfort das moderne Leben bietet. In der ersten Nacht hat Mary auf dem Küchenregal neben dem Zettel, auf dem die Rossis alles Wissenswerte über das Haus und die Umgebung notiert hatten, auch Kerzen gefunden. Im Nachhinein ist ihr klar, weshalb die Nachricht, dass sich der Sicherungskasten draußen im Schuppen befindet, mit einem Leuchtmarker hervorgehoben war. Hätten sie den Schuppenschlüssel an seinen angestammten Platz – eine Schale auf dem Kühlschrank – deponiert, wäre ihr Leben jetzt viel einfacher. Scheiß drauf, dachte sie an jenem Abend in der Küche, die Wäsche kann warten. Schließlich waren sie nicht nach Sardinien gereist, um den Haushalt picobello zu halten.

Einmal abgesehen von der winzigen Küche und der eigensinnigen Stromversorgung ist das Haus perfekt: luftig, voller Bücher und Katzen, bodenständig und gemütlich. Soweit Mary sich erinnert, haben die Rossis nicht erwähnt, dass sieben Katzen – zwei ausgewachsene und fünf Junge – zu versorgen sind, aber im Grunde genommen ist es vollkommen egal, wie viele Tiere man füttern muss. Und da sie ihr Geschäft in dem weitläufigen Garten verrichten, muss Mary sich nicht ums Katzenklo kümmern.

Hier ist es wie im Paradies: Es regnet nie, der Himmel ist immer strahlend blau und tagaus, tagein ist es brüllend heiß. Mary genießt die morgendliche Routine, die sich eingestellt hat. Während die Teenager noch schlafen, frühstückt sie draußen mit Ben, spielt mit den herumtollenden Kätzchen und schreitet bei noch angenehmen Temperaturen durch die Kakteen im Vorgarten, der von drei kleinwüchsigen Palmen mit dicken, ananasartigen Stämmen dominiert wird. Allein dafür hat sich dieser Urlaub schon gelohnt. Für sie bedeutet Reisen vieles: Man kann lernen, über den eigenen Tellerrand hinauszuschauen, neue Erfahrungen machen und Gefühlen nachspüren, die man daheim nicht empfindet. Hier im Haus der Rossis fühlt sie sich ausgesprochen wohl. Und vielleicht ist es für die Kinder eine gute Erfahrung, einmal auf die eine oder andere Annehmlichkeit zu verzichten. Das härtet ab und stärkt den Charakter.

Trotz all dieser positiven Aspekte kann man sich um die Mittagszeit einfach nicht im Garten aufhalten.

»Was haltet ihr von einem Picknick auf dem Wohnzimmerboden?«, schlägt Mary den ermatteten Kindern vor. »Andere Länder, andere Sitten.«

»Was für andere Sitten?«, erwidert Fremont mit einem Sarkasmus, der Mary die Sprache verschlägt.

Dieser hübsche junge Mann, gerade mal sechzehn Jahre alt, kann sich momentan nicht entscheiden, ob er sie Mom oder Mary nennen soll, ob sie eine Idiotin oder ein Engel ist, ob er sie noch braucht oder schon ohne sie zurechtkommt. Er trägt ein rotes Kopftuch, aus dem oben ein Berg krauser Haare quillt, sein nackter, von winzigen Schweißperlen überzogener Oberkörper scheint zu glühen. Obwohl er noch immer spindeldürr ist, ist er deutlich muskulöser als früher, was ihr wieder einmal vor Augen führt, dass ihr Junge im Begriff ist, ein Mann zu werden, dass sich sein Körper wahrscheinlich schneller verändert als sein Geist, dass sie ihm immer noch Grenzen setzen muss, auch wenn er dies als überflüssig erachtet. Inzwischen ist er knapp einen Meter dreiundachtzig groß und ziemlich attraktiv. Auch Dathi, die neben ihm sitzt und scheinbar über Nacht ein Teenager geworden ist, sieht in ihren weißen Hotpants und dem neuen orangenen Bikinioberteil sehr hübsch aus.

»Free, geh und zieh dir ein T-Shirt an«, meint Mary.

»Frei bin ich ja wohl nicht wirklich«, erwidert er bissig.

»Bitte, Fremont, zieh dir etwas an. Und wenn du reingehst, kannst du gleich noch abräumen.«

Er schnappt sich den Krug mit der lauwarmen Limonade und zwei leere Gläser und stürmt ins Haus. Dathi, die ihm mit der Platte mit schwitzendem Käse folgt, erscheint kurz darauf am Wohnzimmerfenster und verkündet: »Ich bleibe drinnen und passe auf, dass die Kätzchen nicht über unser Essen herfallen.«

»Gut«, sagt Mary, »wir kümmern uns um den Rest, nicht wahr, Benster?«

Auf seinen kleinen Händen balanciert Ben einen Teller, als handle es sich dabei um eine Stange Dynamit. Mary sammelt das restliche Geschirr ein und geht ins Haus.

Auf dem Wohnzimmerboden machen sie es sich auf einer Decke bequem und essen dort weiter, während sie die unermüdlichen Kätzchen verscheuchen, die schließlich klein beigeben und auf der Couch ein Mittagsschläfchen halten.

Mary erhebt sich, um die Szene mit ihrer Handykamera einzufangen: Die nur spärlich bekleideten Kinder, die wie Cäsaren auf dem Boden liegend tafeln, hinter ihnen die schlafende Katzenmeute vor dem großen quadratischen Fenster, durch das Licht in den dunklen Raum fällt. Die offen stehenden Fensterläden geben den Blick auf Palmwedel, Kakteen und üppig wuchernde Bougainvillea frei.

Wir haben uns richtig entschieden. Du wirst begeistert sein, schreibt Mary Karin in einer Mail und hängt das Foto an. Die Nachricht wird sie erst morgen versenden können, wenn sie wieder Strom haben oder auf der Fahrt zum Strand irgendwo Empfang bekommen. Obwohl es erst ein paar Stunden her ist, seit sie im Carrefour waren und die alten Mails endlich verschickt haben, hat sie schon wieder mehrere Nachrichten an Karin verfasst, die am Telefon besorgt geklungen hatte. Zu Marys Aufgaben gehört es auch, Karin darin zu unterstützen, dass alles rund läuft. Ihr war von Anfang an klar, dass sie die Stelle ihrer Kompetenz und ihrem Optimismus verdankt. Sie nimmt sich vor, heute Nachmittag auf jeden Fall zu versuchen, Karin die Mails samt Fotos zu schicken. Dann wird sie auch erfahren, wie die Antwort der Rossis lautet. Seit sie das Foto von ihnen und Blaine Millerhausen entdeckt hat, treibt sie die Frage um, ob es sich bei der vierten Person um Millerhausens Exfrau handelt.

Sie schüttelt diesen unangenehmen Gedanken ab und ruft gespielt fröhlich: »Kinder, wir räumen jetzt auf und machen uns für den Strand fertig. Dann treffen wir uns draußen beim Wagen.«

Dathi cremt Ben mit Sonnenmilch ein, während Fremont den Sand aus den bereits benutzten Badetüchern schüttelt und sie in eine große Strandtasche stopft. Mary setzt sich auf die Stufen vors Haus, breitet eine Karte auf dem Schoß aus, fährt mit dem Zeigefinger über den Plan und prägt sich die Strecke nach Mari Pintau ein. Neben den täglichen Strandausflügen haben sie bisher nur einen Trip ins mittelalterliche Cagliari gemacht, wo Fremont Ben davon überzeugt hat, die Stadt befände in der Nähe von Hogwarts. All die anderen Sehenswürdigkeiten werden sie erst besichtigen, wenn Mac und Karin eingetroffen sind. Solange kann Mary in aller Ruhe Pläne schmieden. Wenn Ben schläft und sich Dathi und Fremont auf der Couch unterhalten oder bei Kerzenlicht im Schneidersitz auf dem Boden Karten spielen, legt sich Mary ins Bett, studiert mit einer Taschenlampe den Lonely Planet und stellt Reiserouten zusammen. Doch selbst wenn sich herausstellt, dass die Bekanntschaft der Rossis mit Millerhausens ganz harmlos ist und sie ihren Urlaub voll auskosten können, ist es ein Ding der Unmöglichkeit, innerhalb von drei Wochen alle Touristenattraktionen auf diesem vierundzwanzigtausend Quadratkilometer großen Eiland abzuklappern.

Als sie hört, wie sich Dathi und Ben im Badezimmer kabbeln, bittet sie ihren Sohn: »Free, kannst du bitte mal nachsehen, was da los ist?«.

»Ben hasst Sonnencreme.«

»Erzähl ihm einen Witz oder lenke ihn irgendwie ab, ja?«

Just in dem Moment, als Fremont im Haus verschwindet, klingelt es. Wer es ist, kann sie nicht sehen, denn der Garten ist mit einem hohen Zaun gesichert und das Tor ist abgesperrt. Mary geht ins Haus, schaltet die Gegensprechanlage ein und fragt auf Italienisch: »Pronto?«

Ein Mann plappert wie wild drauflos. Zu dumm, dass sie kein Wort von dem versteht, was er sagt. Mary kommt ins Grübeln. Ist Dante, der Mann vom Schlüsseldienst, einen Tag eher gekommen? Oder hat sie ihn falsch verstanden und sie haben einen Termin für heute vereinbart? Ohne ein weiteres Wort zu verlieren, sprintet sie durch den Garten und öffnet das Tor.

Auf der Straße wartet ein junger Mann mit schwarzem

Kinnbart, strahlend blauen Augen und einem alten Werkzeugkoffer in der Hand. Hinter ihm steht ein weißer Geländewagen mit einem Schlüssel-Aufkleber. Er macht eine kleine Verbeugung und sagt etwas Unverständliches, das sehr schön klingt.

»Tut mir leid«, beginnt Mary, »ich spreche leider kein Italienisch. Sie müssen Dante sein. Ich bin Mary. Kommen Sie, ich zeige Ihnen, wo es hakt.« Sie tritt von dem Tor zurück, zeigt auf den zugesperrten Schuppen und bedeutet ihm, ihr zu folgen. Dann legt sie die Hand auf die Klinke, zieht daran, tut so, als wolle sie aufschließen, schüttelt traurig den Kopf und sagt: »Kein Schlüssel. Schlüssel weg. Kein Schlüssel. Schloss austauschen.«

Mary schätzt den charmant lächelnden Dante auf Mitte zwanzig. Ein sympathischer junger Mann mit einem Ehering und einem festen Job. Sie macht ihm Platz, während er das passende Werkzeug heraussucht und kurze Zeit später die knarzende Tür öffnet, aus der ein Schwall abgestandene Luft strömt.

»Scheint für Sie ja ein Kinderspiel zu sein!«, sagt Mary begeistert

Er schenkt ihr ein Lächeln, als hätte er sie verstanden, wischt sich mit dem Handrücken den Schweiß von der Stirn, bringt ein neues Schloss an und händigt ihr den dazugehörigen Schlüssel aus.

»Den werden wir hüten wie unseren Augapfel«, versichert sie ihm.

Er zuckt mit den Achseln, grinst und nickt.

»Grazie«, bedankt sie sich bei ihm und wiederholt es noch mal, weil ihr nichts anderes auf Italienisch einfällt. »Grazie.«

»Prego, Signora«, sagt er, was wohl gern geschehen heißen muss, und packt sein Werkzeug zusammen. Mary geht ins

Haus, holt ihre Geldbörse und zieht einen Euro-Schein nach dem anderen heraus, bis Dante sagt: »Perfetto.« Dann durchquert er den Garten und schließt das Tor hinter sich.

»Ich lege die Sicherung wieder ein«, ruft Mary den Kindern zu. »Und dann schauen wir mal, ob alles funktioniert.«

Die drei großen Deckenlampen im Wohnzimmer brennen, die Leuchten in den unteren Schlafzimmern gehen an und in der Küche ist zu hören, wie der Brotheber des Toasters hochschnellt. Bevor sie zum Strand fahren, schreitet sie noch schnell zur Tat und steckt Wäsche in die Maschine. Innerhalb der letzten beiden Tage hat sich eine Menge schmutziger Klamotten angesammelt. Diesmal achtet sie allerdings darauf, dass der Boiler unter der Spüle ausgeschaltet ist, ehe sie die Waschmaschine anstellt. Der Mensch ist ja lernfähig.

Nachdem sie ihren Laptop zum Aufladen eingestöpselt hat – die Akkus der Handys sind noch voll – ruft sie: »Alle zum Abmarsch bereit?«

»Mom!«, brüllt Fremont draußen. »Wir warten nur auf dich.«

Dathi und Fremont stehen neben dem Tor, während Ben das kleine Kätzchen krault, das er Midnight getauft hat. Mary zieht die Tür hinter sich zu, ohne sie abzuschließen. Das Haus steht mitten im Nirgendwo und dank Zaun und schwerem Tor gleicht das Anwesen einer uneinnehmbaren Festung.

Als die großen Kinder auf die unbefestigte Straße hinaustreten, greift Mary nach Bens Hand und zieht ihn von der kleinen Katze weg. »Komm, mein Schatz, jetzt vergnügen wir uns am Strand.«

Ein gellender Schrei lässt Mary mitten im Schritt innehalten. Dathi beginnt zu keuchen.

»Scheiße.« Fremonts Stimme klingt unnatürlich hoch und zaghaft.

»Du wartest hier, Benny. Okay?«

Sie läuft auf die Straße und bleibt abrupt stehen. Neben Dantes Geländewagen steht ein großer, Furcht einflößender Fremder in Jeans, Turnschuhen und einem frisch gebügelten blauen Hemd. Ein staubiger rotbrauner Lieferwagen mit offener Tür blockiert die Straße. Um den Hals des Fremden windet sich eine tätowierte Schlange, deren gespaltene Zunge an seinem Kinn leckt. Mary läuft ein eiskalter Schauer über den Rücken. Sie sieht schnell zu Fremont und Dathi hinüber, die ganz dicht beieinander stehen und vor lauter Furcht wie versteinert sind. Fassungslos verfolgt sie, wie der Mann eine Waffe mit Schalldämpfer auf die Teenager richtet. Dann erst nimmt sie Notiz von Dantes regungslosen Beinen, die hinten aus der Ladefläche ragen. An dem weißen Geländewagen läuft Blut herunter und tropft auf die silberne Stoßstange.

»Salite sul furgone!«, brüllt der Fremde Fremont und Dathi an.

In dem Augenblick schmiegt sich Ben ängstlich an ihr Bein. Entgegen ihrer Bitte hat er den relativ sicheren Garten verlassen. Sie streckt die Hand aus, die er zögernd ergreift.

»Salite sul furgone!« Der Mann deutet hektisch auf die offen stehende Lieferwagentür.

Mary stockt der Atem. »Wir verstehen nicht, was Sie sagen.« In Wahrheit versteht sie ihn sehr wohl: Er will, dass sie in den Lieferwagen steigen. *Nie und nimmer*, schießt es ihr durch den Kopf, doch ehe sie Dathi und Fremont ermahnen kann, der Aufforderung nicht Folge zu leisten, rennen die beiden Teenager über die staubige Straße und klettern mit eingezogenen Köpfen in den dunklen Laderaum.

»Das hättet ihr nicht tun sollen«, ruft sie viel zu spät.

Nun richtet der Fremde die Waffe auf sie und Ben und wiederholt: »Anche voi, salite sul furgone! Sul furgone!«

»Was wollen Sie von uns?«

»Non parlare! Salite sul furgone.«

»Viel Geld haben wir nicht, aber das können Sie gern haben.«

Der Schweiß, der ihm in die Augen tropft, lässt ihn blinzeln.

»Zeigen Sie uns, was wir tun sollen«, fleht Mary und gibt ihm mit einer Handbewegung zu verstehen, dass er gestikulieren soll.

»Salite sul furgone!«, brüllt er und kommt auf sie zu gerannt.

Mary lässt Bens Hand los, stellt sich schützend vor ihn und ruft wie von Sinnen: »Stehen bleiben! Bleiben Sie sofort stehen!«

Der Mann hört nicht auf sie. Ben fasst sich ein Herz und rennt weg.

»Ben, dorthin!« Mary zeigt auf die Kreuzung ein Stück die unbefestigte Straße hinunter. Vielleicht hält jemand an, um nach dem weinenden Jungen zu sehen, und holt Hilfe.

Stattdessen krabbelt Ben in den Lieferwagen und schmiegt sich an Fremont und Dathi, die versuchen, ihn mit einer Umarmung zu trösten.

Der Fremde, jetzt nur noch eine Armeslänge von Mary entfernt, zielt mit der Waffe auf sie und wiederholt: »Avanti, sul furgone!« Grob fasst er Marys Ellbogen und schiebt sie ungeduldig vorwärts. Auf einmal verspürt sie so etwas wie Erleichterung, denn eine Sache steht außer Frage: Die Kinder wird sie unter gar keinen Umständen im Stich lassen.

Kapitel 7

Mr. MacLeary?« Eine junge Frau in einem todschicken schwarzen Kostüm lächelt und streckt eine Hand aus, ohne sich vorzustellen. »Würden Sie mir bitte folgen?«

Sie gehen an kunstvoll angeordneten Bäumen in Töpfen vorbei, die ihn deutlich überragen. In dieser exorbitant großen Lobby fühlt sich Mac wie ein Zwerg und während er sie durchquert, begreift er, was sie so besonders macht: Die schiere Kühnheit, die es braucht, solch einen überdimensionierten Raum überhaupt zu erschaffen. Damit das weitläufige Foyer bei Besuchern keine existenzielle Krise auslöst, wurde es mit einigen Objekte von menschlicheren Dimensionen bestückt: den Bäumen, bunten Designersesseln, ein türkisfarbenes, von der Decke abgehängtes Netz, das eine leicht ironische Verneigung vor der Schwerkraft andeutet.

Banker haben kein Problem damit, ihr Ego auszustellen, denkt er, während er der Frau durch diese modernistische Savanne zu den Fahrstühlen folgt.

Wieder einmal fällt ihm auf, wie abstrakt die Welt der Finanzen im Grunde ist. Und egal, wie kreativ und offen es auf der Direktionsebene zugehen mag, legen Banken eine schonungslose Härte an den Tag, sobald der normale Bürger seine Raten nicht tilgen kann. Er denkt an die Occupy-Bewegung, die zum ersten Mal auf der Wall Street in Erscheinung getreten ist und sich über die ganze Welt ausgebreitet hat. Er bemüht sich, die aufsteigenden Ressentiments auszublenden. Schließlich ist er wegen eines Jobs hier und keiner hat ihn gezwungen, für diese Leute zu arbeiten. Als er mit seiner Begleiterin und ihren nicht minder schnieken Kollegen den Fahrstuhl verlässt, fragt er sich dennoch, ob es nicht an dieser frappierenden Diskrepanz zwischen arm und reich, an den neunundneunzig und dem einen Prozent liegt, dass Amerika nun eine knallharte Debatte über seine kapitalistische Seele führt und die Europäische Union strauchelt. Ist dieses Missverhältnis womöglich auch einer der Gründe, weshalb man ihn hierherbestellt hat? Sind die Mächtigen ernsthaft daran interessiert, die Korruption zu bekämpfen? Übernehmen sie tatsächlich Verantwortung und überprüfen ihr Tun auf Fehler?

Mein Gott, was bin ich naiv, denkt er und muss sich zusammenreißen, um nicht laut loszulachen. Und dann ahnt er plötzlich, worum es gehen könnte: *Spionage*. Sein Job hat nichts mit Ermittlungen seitens der Polizei oder einer anderen Behörde zu tun, mit denen Mac von Berufswegen durchaus vertraut ist. Hier geht es nicht um bodenständige Nachforschungen, die Augenmaß und persönlichen Einsatz erfordern. Ist die Information, die man so dringend benötigt, nur schwer zu beschaffen, verlegt man sich eben auf unorthodoxe Maßnahmen. Das kennt er von Quest, wo er eine Zeit lang im Bereich Corporate Security gearbeitet hat.

»Hier entlang«, sagt die junge Frau bestimmt, aber freundlich, während sie ihn durch einen breiten Flur in der dreißigsten Etage führt. An den Wänden hängen Gemälde, die man sonst nur in Museen findet und bei deren Anblick ihm fast die Kinnlade herunterfällt. Seine Begleiterin öffnet eine Glastür in einer Glaswand und bittet ihn einzutreten.

»Mr. Gelson wird gleich bei Ihnen sein. Es macht Ihnen doch hoffentlich nichts aus, kurz zu warten?«

»Keineswegs.«

Kaum hat sie sich verabschiedet, kann er sich schon nicht

mehr an ihr Gesicht erinnern, was ihn befremdet. Er fragt sich, ob der kühle Modernismus dieses Gebäudes verhindert, dass man sich auch nur das kleinste Detail einprägt. Ein faszinierender, allerdings nahezu unmenschlicher Ansatz, einen Arbeitsplatz zu gestalten, denkt er. Effizient. Buchstäblich transparent. Antiseptisch.

Die Atmosphäre in diesem Glaskubus hat etwas Schwereloses. Die perfekt kalibrierte Klimaanlage sorgt dafür, dass man die sommerlichen Temperaturen, die draußen herrschen, sofort vergisst. Er tritt vor die Fensterfront, die einen urbanen Ausblick auf Canary Wharf bietet. Straßen mäandern durch ein mit gedrungenen alten Gebäuden und glänzenden Hochhaustürmen gespicktes Areal. Rechter Hand erkennt er die Biegung eines graugrünen Kanals, der in die Themse mündet. Auf beiden Seiten der Themse geht es äußerst geschäftig zu, was aus dieser Höhe und Entfernung surreal wirkt. Er fragt sich, wo Karin gerade steckt. Sie wollte vom Hotel aus zu Fuß Richtung Globe Theatre gehen und dort vielleicht an einer Führung teilnehmen, falls nicht irgendetwas anderes ihr Interesse erregt. Sie haben vereinbart, dass er sie nach dem Meeting anruft und sie sich in der Nähe der London Bridge treffen. Er freut sich schon auf den letzten Abend ohne Kinder.

»Hmm.« Eine Männerstimme reißt ihn aus seinen Gedanken. Er dreht sich zur Tür um, die lautlos geöffnet wurde. »MacLeary … klingt sehr irisch.«

»Meine Eltern stammen von dort.« Er schüttelt Gelsons weiche, feuchte und kleine Hand, die so gar nicht zu dem stattlichen Mann passt. Sein ordentlich gekämmtes Haar, das gegelt oder fettig ist, berührt den Hemdkragen und steht an den Ohren ab. Ansonsten wirkt er in seinem gut sitzenden, grauen Anzug mit dem weißen Einstecktuch und der roten Krawatte wie aus dem Ei gepellt. Genauso stellt man sich einen Topbanker vor. Mac nimmt schnell von derlei Überlegungen Abstand, denn Mutmaßungen und vorgefasste Meinungen sind in seinem Job kontraproduktiv.

Sie lassen sich an einem Ende des großen Tisches nieder. Mac legt die Hände auf die schwarze Granitplatte und faltet sie, woraufhin ein Lichtstrahl auf seinen Ehering fällt und einen goldenen Tupfer auf die Decke malt. Im Gegensatz zu Ian Gelson, der davon keine Notiz nimmt, hebt Mac den Blick und schaut nach oben.

»Was für ein Gebäude«, meint Mac. »Ziemlich abgefahren.«

»Der eine oder andere Besucher findet es einschüchternd, aber man gewöhnt sich daran.«

»Kann ich mir denken.«

»Wir sind Ihnen sehr dankbar, dass Sie den weiten Weg auf sich genommen haben, um sich mit uns zu treffen.«

»Wie kann ich Ihnen behilflich sein?«

Gelson lehnt sich zurück, schlägt ein Bein über das andere und wippt mit einem auf Hochglanz polierten Schuh. »Soweit wir wissen, haben Sie früher schon mal im Bereich Corporate Security gearbeitet.«

»Ja, ein paar Jahre lang.«

»Hatten Sie dort mit Geldwäsche zu tun?«

»Ich selbst nicht, aber mein Team.« Während die Weltwirtschaft brummte, boomten auch die Geldwäscheermittlungen. Und jetzt, wo die globale Wirtschaft strauchelt, fliegen mehr und mehr Geldwäschefälle auf, von denen bislang keiner etwas ahnte.

»Wir vermuten, dass einer unserer Mitarbeiter mit einem kapitalkräftigen Kunden gemeinsame Sache macht.«

Die Wortwahl amüsiert Mac: Mit kapitalkräftig ist wohl eine

ganz andere Kategorie gemeint als mit vermögend. Nach seinem Wissen verfügen alle großen Banken über spezielle Abteilungen, die sich der individuellen Wünsche ihrer besonders finanzstarken Kunden annehmen. Er selbst hat eher selten Berührung mit den Superreichen. Solche Leute fliegen nicht First Class, sondern besitzen ein eigenes Flugzeug, nennen Villen in Greenwich oder Apartments an der Park Avenue ihr Eigen und sind Mitglied in einem elitären Milliardärsclub. Mac muss an Cathy Millerhausen denken, die während ihres Gesprächs zunehmend menschlicher wirkte. Braucht es nur fünfzehn Minuten, bis ein jeder seine Maske fallen lässt?

»Wer ist der Kunde?«

»Die Identität des Kunden ist im Moment unwichtig. Wir interessieren uns mehr für seinen Berater hier in der Bank. Ein Mr. Simon McLaughlin. Er ist erst seit Kurzem in der Abteilung, die unsere kapitalkräftigen Kunden betreut, spielt aber bereits eine wichtige Rolle im Team des betreffenden Kunden.«

»Denken Sie, dass er sich bestechen lässt?«

»Möglich wäre es.«

»Was verleitet Sie zu der Annahme?«

»Uns ist aufgefallen, dass seine Ausgaben seine Einnahmen übersteigen. Darüber hinaus haben wir in letzter Zeit Meldung erhalten, dass unser Kunde womöglich Verbindungen zum organisierten Verbrechen hat und über blendende Kontakte zur Regierung verfügt. Wir müssen also Vorsicht walten lassen.«

»Selbstverständlich.«

»Unter gar keinen Umständen darf nach draußen dringen, dass wir eine wie auch immer geartete Untersuchung anschieben. Das ist auch der Grund, weshalb wir uns an Kroll in

London gewandt haben. Es war deren Idee, mit ihrem Büro in New York in Kontakt zu treten. Kroll hielt es für sinnvoll, den Vorgang noch weiter zu verschleiern und Sie ins Boot zu holen … einen Amerikaner ohne Verbindung nach Großbritannien.«

»Aber ich bin doch Ire«, meint Mac mit einem Schmunzeln.

»Amerikaner irischer Abstammung«, stellt Gelson klar und grinst ebenfalls. »Das bietet einen Anknüpfungspunkt. Heute Abend, wenn Sie mit Ihrer Gattin im The Ivy speisen und Simon McLaughlin rein zufällig an der Bar treffen, können Sie über Ihre gemeinsamen Wurzeln plaudern.«

Mac fällt es schwer, nicht laut herauszulachen. »Dürfte ein Kinderspiel sein, solange wir Namensschildchen tragen.«

»Simon trifft sich jeden Mittwochabend mit seiner Geliebten im The Ivy. Sie nehmen ein paar Drinks und verbringen ein, zwei Stunden in einem nahe gelegenen Hotel, bevor er nach Hause geht.«

»Zu Frau und Kindern.« Macs gute Laune verflüchtigt sich schlagartig. Ist er etwa den ganzen weiten Weg gereist, nur um in London wieder einen untreuen Ehemann zu beschatten?

»Zu seiner Frau. Kinder hat er nicht. Aber sein Privatleben interessiert uns nicht. Wieso auch? Unsere Puritaner sind schon vor langer Zeit nach Amerika ausgewandert.« Gelson lacht sardonisch.

»Na, dann können wir ja auch darüber sprechen, falls das mit den irischen Wurzeln nicht funktioniert.«

»Ihnen wird schon etwas einfallen, um die Unterhaltung in Gang zu bringen. Dessen bin ich mir sicher.«

»Und dann?«

»Dann fühlen Sie ihm auf den Zahn.«

»Was genau wollen Sie wissen?«

»Versuchen Sie, das Gespräch auf die Arbeit zu lenken. Finden Sie heraus, wie er tickt. Achten Sie darauf, ob er Namen fallen lässt.«

»Und das war's?«

»Nicht ganz. Dann rufen Sie mich an, erstatten Bericht und dann ist Ihr Job erledigt und Sie steigen morgen in den Flieger nach Italien.«

»Woher wissen Sie, dass ich nach Italien reise?«

»Kroll hat das erwähnt. Sie haben gesagt, Sie würden dort mit Ihrer Familie Urlaub machen. Tolle Idee, muss ich schon sagen.«

»Danke. Um welche Uhrzeit esse ich zu Abend?«

»Acht Uhr. Auf Ihren Namen, Seamus MacLeary, wurde ein Tisch reserviert.«

»Genau genommen heiße ich Seamus Cian Benjamin MacLeary.«

Macs Entgegnung scheint Gelson zu amüsieren. Als der Banker bis über beide Ohren grinst, wird seine bislang stoische Miene etwas weicher. Nun, da der Panzer des Mannes endlich Risse zeigt, gestattet es sich Mac, laut zu lachen. Dass sie aus ganz unterschiedlichen Gründen so belustigt sind, tut der Heiterkeit keinen Abbruch. Gelson findet die Iren mit ihrem Faible für Namenungetüme und die Amerikaner mit ihrer engstirnigen Sexualmoral gleichermaßen komisch. Mac muss lachen, weil er endlich weiß, welchen Umständen er den Job zu verdanken hat: seinem Namen und der Tatsache, dass ihn keiner kennt. Sie brauchen einen unsichtbaren Amerikaner irischer Abstammung, der sich an einen irischen Halunken heranmacht, ihn aushorcht und gleich wieder verschwindet. Zwei Männer, die sich bei einem Drink anfreunden, wie es die Iren nun mal tun. Falls es für diesen Job einen irisch-amerikanischen

Säufer braucht, hätten sie sich allerdings besser an Macs Bruder Danny wenden sollen. Dannys Kampf, sich von der Flasche fernzuhalten, ist legendär und stimmt Mac melancholisch. Um auf andere Gedanken zu kommen, konzentriert er sich auf das viele leicht verdiente Geld, das sie ihm für diesen Auftrag bezahlen. Für ihn ist das tatsächlich ein üppiges Salär. Während er durch die Glaswand in den angrenzenden Besprechungsraum späht, hinter dessen Fenster sich der blaue Himmel in der einsetzenden Dämmerung violett färbt, realisiert er, dass sie ihn aus der Portokasse bezahlen können. Was ihm wie ein Geldregen vorkommt, sind hier nur Peanuts.

»Gut.« Mac erhebt sich. »Acht Uhr. The Ivy. Und morgen melde ich mich bei Ihnen.«

»Damit wird die Sache für Sie erledigt sein, Mr. MacLeary. Dann können Sie London getrost den Rücken kehren und Ihren Urlaub genießen.«

Auf meinem Weg zum Globe, einem Nachbau von Shakespeares kreisrundem Open-Air-Theater, das im siebzehnten Jahrhundert abgebrannt ist, gehen auf meinem Blackberry mehrere E-Mails und ein Foto von Mary ein. Ich fliehe vom Bürgersteig in einen Türeingang, setze mich auf eine Treppenstufe und sehe sie mir genau an. Kurz nach meinem Telefonat mit Mary, erhielt ich bereits einen Satz Schnappschüsse. Die ersten Eindrücke von dem Familienurlaub auf Sardinien haben meine unterschwelligen Bedenken zerstreut:

Ben, von Kopf bis Fuß mit Sandkörnern überzogen, grinst in die Kamera.

Fremont, gebückt und in gelber Badehose, hebt mit beiden Händen einen Graben für die Sandburg aus. Neben ihm steht Ben mit einem Plastikeimer.

Dathi liegt bäuchlings unter einem Schatten spendenden Baum und liest.

Alle drei Kinder stehen im Meer und bespritzen sich gegenseitig mit Wasser.

Beim Anblick des neuen Fotos wird mir ganz warm ums Herz:

Die drei Kinder sitzen vor einer Couch auf dem Boden und machen ein Picknick. Die Köstlichkeiten auf den Tellern lassen meinen Magen knurren. Mein Blick bleibt an Ben hängen. Mein süßer kleiner Sohn in schildkrötengrüner Badehose und blauem T-Shirt stibitzt etwas von Dathis Teller. Dathi, die ein orangefarbenes Bikinioberteil trägt, das sie wohl gerade bei Carrefour gefunden hat, gibt ihm lachend einen Klapps auf die Hand. Fremont, in Shorts und T-Shirt, lehnt mit dem Rücken an dem Sofa und hat die langen Beine ausgestreckt, während er mit seinen dünnen Fingern Luftgitarre spielt. Auf der Couch schlafen mehrere Kätzchen. Es hat ganz den Anschein, als würden sich alle im Haus der Rossis wohlfühlen und eine unbeschwerte Zeit verleben.

Morgen werden wir sie dort treffen. Ich kann es kaum noch erwarten.

Mit einem Sandwich von der nächstbesten Touristenbude stille ich meinen Hunger und gehe weiter zum Globe Theatre. Es war Macs Vorschlag, mir das Gebäude anzusehen, das er eigentlich selbst gern besichtigt hätte. Nun muss er sich damit zufriedengeben, dass wenigstens ich das Theater besuche, das einer seiner literarischen Helden ins Leben gerufen hat.

Auf dem Weg dorthin entdecke ich jedoch etwas, dem ich beim besten Willen nicht widerstehen kann: Auf einer runden blauen Plakette auf einer Steinmauer steht *The Clink – 1151–1780. Das berühmteste Gefängnis des Mittelalters*. Ich bin baff – ein fast tausend Jahre altes Gefängnis. Bei meinem Streifzug durch London, das so hektisch und kosmopolitisch wie New York ist, haben mich vor allem die zahllosen Relikte aus vergangenen Zeiten überrascht. Einmal abgesehen von meinem langjährigen Interesse an Gefängnissen und Friedhöfen habe ich mich kaum mit Geschichte befasst, doch hier übt sie eine große Faszination auf mich aus. Das hier ist wirklich geschichtsträchtiger Boden. Ohne Großbritannien gäbe es die Vereinigten Staaten nicht, die mit Ausnahme der Sprache aber nicht viel von ihrem Mutterland übernommen haben.

Das älteste Gefängnis in den Vereinigten Staaten ist nach meinem Kenntnisstand Newgate, das im achtzehnten Jahrhundert im heutigen Greenwich Village erbaut wurde – also zu jener Zeit, wo The Clink bereits geschlossen wurde. Die Verurteilten wurden vom Gericht in der Wall Street auf dem Fluss nach Newgate gebracht. Ich kannte Newgate vom Hörensagen und so fiel mir eines schönen Tages in der U-Bahnstation Christopher Street ein kleines Mosaik mit einem wuchtigen Gebäude auf. Diese Einlegearbeit ist das einzige Zeugnis in der gesamten Stadt, das an das alte Gefängnis erinnert. Kaum war ich daheim, googelte ich es und erfuhr, dass Newgate 1828 geschlossen wurde, weil es nicht mehr praktikabel war, die Gefangenen durch den Washington Square Park zur der Ulme zu bringen, wo man sie – ist es denn zu fassen? – aufhängte. Da sich die Stadt weiter nach Norden ausbreitete, kamen die Gefangenen in das neuere, in Upstate gelegene Gefängnis namens Sing Sing.

Nun streiten zwei Herzen in meiner Brust. Auf der einen Seite möchte ich das Globe Theatre besichtigen, weil ich es Mac versprochen habe und für die Kinder ein paar Scherzartikel besorgen möchte. Andererseits ist der Gedanke, The

Clink von innen zu sehen, unglaublich verlockend. Ich muss mir nur ausmalen, wie Barbiere dort Menschen operierten, die unter Krankheiten litten, die man zu jener Zeit auf sündiges Verhalten zurückführte, schon läuft mir ein kalter Schauer über den Rücken.

Und so betrete ich gut gelaunt The Clink, Englisch für Knast. Die Dunkelheit und die Feuchtigkeit fühlen sich ziemlich authentisch an. Eine weitere Plakette informiert darüber, dass das Museum auf dem Gelände errichtet wurde, wo einst das Gefängnis stand. Die Nachricht enttäuscht mich so sehr, dass ich beinah auf dem Absatz kehrtmache. Der Anblick einer fies aussehenden Beinschraube besänftigt mich jedoch. Ich schlendere an unglaublich brutalen Folterwerkzeugen vorbei und lande schließlich vor einem Richtblock mit einer Vertiefung für den Nacken, an dessen Fuß eine riesige Axt gekettet ist.

Da man in diesem Museum alles anfassen darf, fahre ich mit der Hand über die Mulde, beuge mich, als keiner guckt, hinunter, lege den Kopf auf dem Block und schließe die Augen. Sofort schnürt es mir die Kehle zu. Ich hole tief Luft, stelle mir Gerüche wie Blut, Urin und Schweiß vor, die hier jahrhundertelang in der Luft hingen, und just in dem Augenblick, in dem ich einen Würgereiz spüre, rasselt die Kette. Ich reiße die Augen auf und entdecke einen klapperdürren alten Mann mit unheimlichem Grinsen, der die riesige Axt über meinen Kopf hält, als wolle er mich köpfen. Mit einem nervösen Kichern richte ich mich auf.

»Ich hab' Ihnen einen ganz schönen Schrecken eingejagt, was, Missy?« Sein breiter Cockney-Akzent legt nahe, dass er Tourist im eigenen Land ist.

Nachdem er sich mir vorgestellt hat, setzen Robin und ich uns nacheinander auf den Verhörstuhl, was deutlich mehr Spaß macht, als man meinen könnte, und machen Fotos mit unseren Handys. Ich maile Mary eines der Bilder mit der Nachricht: *Sie haben mich erwischt!*

Ich vertrödele noch eine Viertelstunde im Museumsshop und überfliege die Biografien von ein paar Gefangenen, die hier eingesperrt waren und gestorben sind: Dirnen und Schuldner, Halunken und Blasphemisten, die das Pech hatten, in einer gnadenlosen Zeit gelebt zu haben. Danach begebe ich mich mit einer Tüte voll Miniaturhandschellen, Gummiratten und Plastiktotenschädeln auf die Straße und bin dankbar, im einundzwanzigsten Jahrhundert zu leben.

Da ich immer noch nichts von Mac gehört habe, marschiere ich zum nahe gelegenen Globe. Die nächste einstündige Führung beginnt erst in dreißig Minuten. Zum Zeitvertreib durchstöbere ich den Geschenkeladen, wo ich Shakespeare-Nippes erstehe, den ich in der Tüte mit den anderen Mitbringseln für die Kinder verstaue. Spontan kaufe ich noch eine Postkarte samt Briefmarke. Jetzt kann ich meiner Mutter ganz altmodisch Grüße aus der Ferne senden.

Mit einem Kaffee quetsche ich mich zwischen die anderen Touristen, die wie aufgereihte Tauben auf einem kleinen Mäuerchen mit Blick auf die Themse sitzen, klemme den Pappbecher zwischen die Beine und schreibe mit krakeliger Schrift an meine Mutter: *Habe viel Spaß in England, vermisse jedoch die Kinder. Sardinien ist offenbar großartig – werde morgen dort eintreffen und dir berichten. Hoffe, dass bei dir in Brooklyn alles okay ist. In Liebe, Karin.*

Endlich meldet sich Mac, der gerade aus dem Meeting gekommen ist. Wir verabreden, uns im Hotel zu treffen, damit wir uns vor dem Abendessen noch umziehen können.

»Ich dachte, wir würden heute Abend etwas Romantisches

machen.« Beispielsweise Champagner trinken und auf dem Zimmer zu Abend essen.

»Ich erkläre es dir später«, sagt Mac. Sein resoluter, leicht frustrierter Tonfall deutet darauf hin, dass es sich aller Wahrscheinlichkeit um einen Geschäftstermin handelt.

Mac und Karin warten an einem kleinen Tischchen, bis im Speisesaal ein Platz frei wird.

»Ich glaube, das ist er. Da drüben an der Bar.« Mac deutet mit dem Kinn auf Simon McLaughlin, den er von einem Foto kennt, das Ian Gelson ihm gezeigt hat. Er ist von mittlerer Statur, hat rote Haare, die langsam grau werden und trägt einen anthrazitfarbenen Anzug. Während er an seinem Whisky nippt, schaut er abwechselnd auf seine Armbanduhr und die Eingangstür. Seinem Verhalten nach zu urteilen, kann er es gar nicht erwarten, dass seine Geliebte endlich eintrifft.

»Vielleicht solltest du die Gelegenheit nutzen und uns Drinks besorgen«, schlägt Karin vor. »Schnapp ihn dir jetzt, bevor seine Freundin auftaucht.«

»Gute Idee.«

Mac erhebt sich, streicht sein Jackett glatt und geht an einer halbhohen Wand aus bunten Glassteinen vorbei zur Bar. Die grünen Lederhocker sind allesamt belegt. Er zwängt sich zwischen McLaughlin und einen anderen Mann, der ihm den Rücken zudreht, und versucht, den Barkeeper auf sich aufmerksam zu machen.

»Ich bitte um Entschuldigung.«

»Keine Ursache.« McLaughlin, der sich zu Mac umgedreht hat, nimmt die Sache in die Hand und ruft nach dem Kellner. »Greg, Sie haben Kundschaft. Einen Yankee, wenn mich nicht alles täuscht.« Das Timbre seiner Stimme deutet an, dass

McLaughlin schon ein paar Drinks intus hat. Als Mac den starken irischen Akzent hört, muss er an seine Eltern denken und wird ein bisschen melancholisch.

»Was darf's denn sein?«

»Scotch auf Eis und ein Glas Wein, einen Pinot Grigio, wenn's keine Umstände macht.«

»Gerne.«

Mit einem leisen Grinsen dreht Mac sich zu McLaughlin um und meint: »Eigentlich bin ich gar kein richtiger Yankee. Ist noch gar nicht lange her, dass meine Familie in die Staaten ausgewandert ist. Seamus MacLeary, Amerikaner in der ersten Generation.« Er streckt die Hand aus, die McLaughlin beherzt schüttelt.

»Dann sind Sie also einer von uns, hm?«

»Meine Eltern sind in Dublin aufgewachsen.« Der Mann hinter Mac verlässt die Bar. Mac nutzt die Gelegenheit und setzt sich auf den frei gewordenen Hocker. »In gewisser Weise fehlte ihnen die Heimat, aber sie haben ihren Schritt nie bereut. Wo stammen Sie her?«

»Wartet sie nicht auf ihren Wein?«, fragt McLaughlin.

Mac späht zu dem leeren Tisch hinüber, an dem Karin gerade eben noch gesessen hat. »Sieht aus, als wäre meine Frau sich kurz frisch machen.«

»Ach ja? Na, wo Sie schon fragen … ich bin auch ein Sohn Dublins. Und wo leben Sie?«

»New York City.«

»The Rotten Apple.«

»The Big Apple«, korrigiert Mac ihn.

»Ja, schon klar.« McLaughlin lacht. Seine Zähne müssen richtig teuer gewesen sein. »Ich war letztes Jahr für eine Woche in New York und war hinterher ziemlich desillusioniert.«

»Was ist passiert?«

»Nichts Besonderes. Ich wurde in der U-Bahn überfallen.«

»Tut mir leid, das zu hören. Wo denn?«

»Irgendwo in East New York. Das ist alles, woran ich mich erinnere.«

»Ein weißer Mann im Anzug in East New York? Keine gute Idee.«

»Wir haben einen Nachtklub in Williamsburg gesucht, der im *Time Out* angepriesen wurde. Zwei Typen haben mir meine Brieftasche abgenommen und mir zum Abschied noch ein blaues Auge verpasst.«

»Dass Williamsburg in East New York liegt, ist mir neu.«

»Tja, so ein kulturloser Typ wie ich sollte seinen Schreibtisch wohl besser gar nicht erst verlassen.«

»Haben die Typen Ihre Frau auch belästigt?« Mit einem Blick auf McLaughlins Ehering dreht er – ganz solidarisch – an seinem.

»Ich war beruflich dort. Sie war glücklicherweise nicht dabei.«

»Und womit verdienen Sie Ihr Geld?«

McLaughlin grinst verkniffen. »Den Amerikanern sagt man ja nach, dass sie kein Blatt vor den Mund nehmen. In Europa gilt diese Direktheit als unhöflich.«

»Sorry.«

»So ist es schon besser.«

»Also … womit verdienen Sie Ihr Geld?«

Die beiden Männer brechen in schallendes Gelächter aus und McLaughlin bedeutet dem Barkeeper mit einem Nicken, ihnen nachzuschenken.

»Erschießen Sie mich bitte nicht: Ich bin Banker.«

»Ich bin nicht bewaffnet«, entgegnet Mac leichthin. Dass

er bei einer Ermittlung gelegentlich eine Waffe trägt, kann McLaughlin ja nicht wissen.

»Und Sie?«

Während Mac einen Schluck von seinem Drink nimmt, denkt er sich eine Biografie aus. »Professor.« Hätten der Polizeidienst und die Möglichkeit, Gutes zu tun, nicht eine so große Faszination auf ihn ausgeübt, wäre er vielleicht tatsächlich an der Uni gelandet.

»Welches Fach?«

»Literatur. Lesen Sie?«

»Bis auf die Tageszeitung eher weniger.«

»Mein Schwerpunkt ist die russische Literatur des neunzehnten Jahrhunderts«, fährt Mac fort, wohl wissend, dass McLaughlin sich auf diesem Feld nicht auskennt und ihm keine heiklen Fragen stellen wird. »Tolstoi, Dostojewski, Tschechow und so weiter.«

»Klingt interessant.« McLaughlin wirft einen Blick auf seine Uhr.

Mac beugt sich vor und sagt: »Um ehrlich zu sein, ich könnte einen Finanztipp gebrauchen.«

»Verfügen Sie über eine Milliarde Pfund?«

»Nicht in bar.«

»Dann bin ich leider nicht Ihr Mann.« McLaughlin lächelt höflich. »Sorry. Ich wollte damit sagen, dass ich nur sehr vermögende Kunden betreue.«

»Wow«, meint Mac mit gespielter Ehrfurcht. »Ich verstehe. Solange jemand nicht auf der *Forbes*-Liste steht, rühren Sie also keinen Finger?«

»So in etwa. Sie haben *Forbes* und wir allerdings die *Sunday Times*.«

»Und … wie ist das? Muss doch irgendwie hart sein, mit so

unglaublich viel Geld zu arbeiten und gleichzeitig zu wissen, dass man selbst ein armer Schlucker ist.«

»Auf der Uni habe ich *Krieg und Frieden* gelesen und ich kann Ihnen versichern, dass Versuchung, Schuld und Sühne in meiner Gefühlswelt keinen Platz haben. Das Bankwesen ist eine Wissenschaft, die einen kühlen Kopf erfordert. Es ist nur ein Job, nicht mehr und nicht weniger und, glauben Sie mir, deutlich besser bezahlt als die Lehre. Bei dem, was ich tue, ist Missgunst fehl am Platz.«

»Neidisch?«

McLaughlins Reaktion spricht Bände. Zuerst sieht er geschockt aus, dann wütend und zu guter Letzt muss er schmunzeln. »Absolut nicht.« Er leert sein Glas in einem Zug und gibt Mac damit zu verstehen, dass die Unterhaltung für ihn beendet ist. Mac fügt sich in sein Schicksal. Er bereut nur, dass er sich von dem Banker dazu verleiten ließ, über die Stränge zu schlagen und zwei Gläser Scotch zu trinken.

Am nächsten Morgen erstattet Mac Gelson ausführlich Bericht. Er erklärt seinem Auftraggeber, dass die Begegnung seiner Meinung nach reine Zeitverschwendung gewesen ist und er McLaughlin für arrogant, aber nicht dubios hält. Natürlich war nicht zu erwarten, dass bei einem so kurzen Zusammentreffen viel herauskommt, doch mehr hat der Kunde auch nicht verlangt.

Als wir aus dem Hotel auschecken und im englischen Morgennebel auf den Flughafenshuttle warten, bekommt Mac eine Mail von unserer Bank auf sein Handy, die bestätigt, dass ein großer Betrag auf unserem Konto eingegangen ist. Demnach hat Kroll, Barclays oder wer auch immer die zweite Hälfte des Honorars überwiesen. Was für ein merkwürdiger Job, denke ich, aber ich will nicht meckern, denn diesem Auftrag ist es zu verdanken, dass wir zwei wunderbare Wochen auf Sardinien verbringen werden.

Kapitel 8

Donnerstag, 12. Juli

Nach einem Zwischenstopp in Mailand landen wir am frühen Nachmittag in Cagliari. Der Flughafen, kaum mehr als ein von Palmen eingerahmter Hangar, liegt zwischen dem Meer und einem undurchschaubaren Gewirr von Straßen. Da unser Flugzeug nur zur Hälfte besetzt war, kommen wir schnell durch den Zoll und ziehen zwanzig Minuten später unsere Koffer über den Steinboden des Terminals.

»Sie geht immer noch nicht ran. Wo steckt sie nur?« Mary, die versprochen hat, uns abzuholen, ist einfach nicht zu erreichen. Entmutigt verstaue ich das Handy in der Handtasche. »Mist.«

»Vielleicht hat sie's vergessen.«

»Vergessen?«

»Wir nehmen ein Taxi.«

»Das kostet doch ein Vermögen, oder?«

»Wir können uns das jetzt leisten.«

Recht hat er.

In der glühenden Nachmittagshitze Sardiniens entledige ich mich der vielen warmen Kleidungsstücke, die morgens in London durchaus ihren Sinn hatten, und übe mich in Geduld, während Mac versucht, einen Taxifahrer aufzutreiben, der genug Englisch spricht, um uns zu unserem Ferienhaus zu bringen. Ich kremple meine Jeans hoch, ziehe die Socken aus, stecke sie in die Handtasche und schlüpfe barfuß in die Turnschuhe. Danach stecke ich die Haare hoch, damit ein bisschen Luft an meinen Nacken kommt, und stelle mich unter ein schattiges Vordach neben einen einsamen Zeitungsverkäufer, einem runzligen alten Mann mit Pilotensonnenbrille und fleckiger weißer Kappe, der hinter einem kleinen Klapptisch auf Kundschaft für die Nachmittagsausgabe von *L'Unione Sarda* wartet.

Mac spricht mit einem Fahrer. Ob er Fortschritte macht, ist aus der Ferne nur schwer zu erkennen. Aus Langeweile schiele ich auf die Schlagzeile der Titelseite: *OMICIDIO!* Mord – das versteht man auch ohne Italienischunterricht. Darunter ist ein grobkörniges Foto von einem jungen Italiener mit Kinnbart abgebildet, der hinter einer Theke eine Schlüsselkopie anfertigt. Die Bildunterschrift, auf die ich mir nur halbwegs einen Reim machen kann, beunruhigt mich: *Dante Serra, un fabbro di Quartu Sant'Elena, è stato trovato assassinato il Mercoledi*. Dante, Schlüsseldienst, *assassinato … omicidio*. Der Mann vom Schlüsseldienst, von dem Mary mir erzählt hat, heißt auch Dante. Sie hat darüber noch Witze gemacht. Plötzlich kriege ich es mit der Angst zu tun. Wie viele Männer namens Dante, die für einen Schlüsseldienst arbeiten, gibt es wohl auf einer kleinen Insel im Mittelmeer?

Mac gibt mir ein Zeichen, dass ich zu dem klimatisierten Minivan kommen soll. Der Fahrer beäugt mich im Rückspiegel. »Capitana, ja?«, fragt er, als wolle er sich vergewissern, dass wir unser Ziel auch wirklich kennen.

»Ja.«

Wir fädeln uns in den Verkehr ein.

Als ich mich vorbeuge, schneidet der Sicherheitsgurt in mein Fleisch. »Entschuldigung, aber ich würde gern wissen, ob der Name Dante hier weitverbreitet ist?«

»Dante? O ja. Mein Cousin heißt Dante, der Vater meiner Frau und mein Freund auch.«

»Kennen Sie einen Dante, der bei einem Schlüsseldienst arbeitet?«

Mac sieht mich fragend an. Mit einem Kopfschütteln bitte ich ihn um etwas Geduld. Wir lassen den Flughafen hinter uns und fahren auf die Autobahn.

Bei dem Tempo, das der Taxifahrer vorlegt, rauschen die Straßen, Palmen und der strahlend blaue Himmel nur so an uns vorbei.

»Ah. Sie haben die Nachrichten verfolgt«, sagt unser Fahrer. »Eine sehr traurige Sache, aber ich kannte ihn nicht. Sardinien ist eine große Insel.«

»Wann ist das passiert?«

»Gestern. Heute ist der Fall die Meldung des Tages. Morgen wird sicher schon über die nächste Sensation berichtet.«

»Was ist ihm zugestoßen?«

»Seine Frau hat bei der Polizei angerufen, weil er nicht nach Hause gekommen ist. Sein Chef machte sich auch Sorgen. Sein Wagen wurde auf einem Seitenstreifen gefunden. Sie haben das Fahrzeug aufgebrochen und ihn tot im Kofferraum gefunden. Erschossen. Mehr wissen sie noch nicht.«

»Auf welcher Straße?«

»Weit weg, in Seulo. Wie sagen Sie noch … mitten in der Pampa.«

»Worum geht es hier?«, will Mac wissen.

»Ein Mann namens Dante«, erkläre ich, »der für einen Schlüsseldienst arbeitete, wurde gestern ermordet. Wie groß ist die Wahrscheinlichkeit, dass …«

»Du hast gehört, was der Fahrer gesagt hat. Dante ist hier ein weitverbreiteter Name. Vermutlich gibt es viele Männer, die für einen Schlüsseldienst arbeiten, und ein paar von denen werden auch Dante heißen.«

»Im Ernst?«, entgegne ich bissig, weil mich seine Belehrung ärgert.

»Joe, der Klempner.« Ebenfalls bissig. »Mike, der Möbelpacker, José, der Gärtner. Also wirklich.«

»Es ist nur so, dass …«

»Jetzt mach mal halblang, Karin. Du machst dir zu viele Sorgen. Wir sind im Urlaub.«

»Stimmt ja. Vielleicht hast du recht.«

Er nimmt meine Hand, drückt sie. Ich erwidere die Geste. Von da an schweigen wir. Nach einer Weile kommen wir an einem Schild vorbei, auf dem Capitana steht, und biegen kurz darauf in die Via Degli Oleandri ein, eine verschlafene, unbefestigte Straße, die zum Haus der Rossis führt. Als das Taxi vor einem Zaun hält, der den Blick in den Vorgarten versperrt, steigt hinter uns eine Staubwolke auf. Vor dem Grundstück steht der schwarze Audi der Rossis – genau wie auf den Bildern der Wohnungstausch-Website.

»Das Tor ist offen«, konstatiere ich. »Sieh nur, ein paar von den Kätzchen sind entwischt.« Sie sind ausgesprochen niedlich, doch dass sie einfach so auf der Straße herumtollen, wundert mich. Auf der anderen Straßenseite steht ein kleines Mäuerchen und dahinter beginnt ein Feld. Diese abgeschiedene Gegend ist wie ausgestorben.

»Sieht ziemlich ungefährlich aus.« Mac öffnet die Tür einen Spaltbreit und sofort dringt ein Schwall feuchtheißer Luft in den Wagen.

Ich steige aus, bücke mich, hebe ein schwarzes Kätzchen hoch, reibe meine Nase kurz an seiner und setzte es wieder auf den Boden. Mac und der Fahrer machen sich daran, unser Gepäck auszuladen, während ich durch das Tor stürme. »Mary!«, rufe ich. »Dathi! Ben! Fremont! Wir sind da!«

Keine Antwort.

»Hallo! Ciao!«

Die trockene Erde unter einer blühenden Weinlaube ziert ein konfuses Muster aus unterschiedlich großen Fußabdrücken und Schatteninseln. Plötzlich schlägt meine Stimmung aus unerfindlichem Grund um und ich möchte am liebsten laut singen. Auf einmal kann ich mir gar nicht mehr erklären, weshalb ausgerechnet ich, der die Mutterschaft beileibe nicht zugeflogen ist, zumindest vorübergehend darunter gelitten habe, elterliche Pflichten zu übernehmen. In einem Anflug von Rührseligkeit muss ich schwer schlucken. Wo stecken sie nur?

Da der Wagen auf der Straße steht und das Tor unverschlossen ist, gehe ich davon aus, dass sie im Haus sind. Vier Stufen führen auf eine überdachte Veranda, die die Eingangstür beschattet. Ich klopfe zweimal, lege die Hand auf die Klinke und öffne die Tür.

»Die Haustür ist auch nicht abgesperrt«, rufe ich Mac zu, der unser Gepäck durch den Vorgarten schleppt.

»Dann sind sie drinnen«, entgegnet er mit einer Selbstverständlichkeit, als wären Zweifel jetzt völlig unangebracht. Doch die Bemerkung hat einen Subtext, der mir nicht entgeht. Wie so häufig schwingt in seinen Worten eine Aufforderung mit: *Keep calm and carry on* – Bleib ruhig und mach weiter. Ich soll wohl den Slogan beherzigen, den die britische Regierung zu Beginn des Zweiten Weltkriegs im Rahmen einer PR-Kampagne zur Stärkung der Moral der Bevölkerung auf Plakate gedruckt hat. Zum letzten Muttertag bekam ich von Mac einen roten Kaffeebecher mit diesem Motto geschenkt. Eine nett gemeinte Geste mit leicht spöttischem Unterton, die ich gar nicht witzig fand.

Ich begebe mich ins Wohnzimmer, das ich schon von Marys

Picknickfoto kenne: dunkler, leicht staubiger Holzfußboden, eine lange Couch, über die jemand eine orangefarbene Tagesdecke geworfen hat, große Hängelampen, deckenhohe, vollgestopfte Bücherregale. Durch die geschlossenen Fensterläden fällt kaum Licht.

Mac tritt hinter mich und lässt die Koffer fallen. »Wo stecken sie nur?«

»Hier ist es totenstill, Mac.«

»Lass uns das Haus erkunden. Wahrscheinlich halten sie ein Mittagsschläfchen. Die Sonne hier schafft jeden.«

Er folgt mir in die kleine, fensterlose Küche, wo sich das Geschirr in der Spüle stapelt. Von der Küche gelangt man in ein Arbeitszimmer. Danach schauen wir uns in den beiden unteren Schlafzimmern um. Anhand des Gepäcks und des Durcheinanders kann man ablesen, in welchem Raum Mary schläft und in welchem sich die beiden Jungs eingenistet haben. Dathi hat gleich das erste Zimmer im oberen Flur belegt. Auf dem Boden liegt ihr Koffer mit den ordentlich zusammengefalteten Kleidungsstücken; in einer Zimmerecke steht ein Bett. Am hinteren Ende des Flurs finden wir ein Schlafzimmer, das noch frei ist. In dem Raum gibt es ein Doppelbett mit einer gelben Tagesdecke, einen Deckenventilator und ein großes, quadratisches Fenster mit Läden, die vor der Sonne schützen. Ich öffne das Fenster, vor dem eine einsame Zypresse in den blauen Himmel ragt und stecke den Kopf hinaus. Unten im Garten steht ein weißer Plastiktisch.

»Alle Fenster sind zu.« Mac setzt sich aufs Bett, um die Matratze zu prüfen. »Sie machen wahrscheinlich gerade einen Ausflug.«

»Komisch nur, dass draußen das Auto steht und die Türen nicht abgeschlossen waren.«

»Karin, wir sind mitten im Nirgendwo. In Italien. Was soll hier schon passieren? Vermutlich sperrt man hier die Haustür nie ab.«

»Aber sie wussten doch, dass wir kommen.«

»Gibt es hier einen Strand, den man zu Fuß erreichen kann?«

Ich entsinne mich, dass die Rossis in einer E-Mail tatsächlich erwähnt hatten, dass in der Nähe ein Strand sei. »Bestimmt haben sie die Zeit vergessen. Sollen wir losgehen und sie suchen?«

»Später.« Er streckt die Hand nach mir aus.

»Und wenn sie überraschend heimkommen? Was, wenn sie hier reinspazieren und wir gerade …«

»Und was, wenn nicht?«

Hinterher liegen wir nackt nebeneinander und halten Händchen. Durch das Fenster sieht man nur den Himmel. Kein Lüftchen rührt sich.

»Ich liebe dich, Karin.«

»Ich dich auch.«

»Jetzt ziehen wir unsere Badesachen an und gehen sie suchen.«

Ich springe aus dem Bett und verschwinde im Badezimmer, während Mac unsere Koffer die Treppe hochschleppt und ins Schlafzimmer bringt. Wir ziehen uns um, gehen ins Erdgeschoss und suchen Strandlaken. Als ich in der Küche eine Flasche Wasser aus dem Karton neben dem Kühlschrank nehme, registriere ich Dinge, die mir vorhin nicht aufgefallen sind. Das Geschirr in der Spüle ist grün, auf dem kleinen Tisch steht eine Schüssel mit Bananen und Orangen, auf einem Regalbrett liegt eine offene Tüte mit Keksen, daneben finden sich zwei verschiedene Müslis und sechs H-Milchkartons. Neben der Waschmaschine in der Ecke steht ein Korb, der vor schmutziger Wäsche überquillt: Fremonts Jeans, der Leinenrock, den

Mary so gern trägt, ein rotes T-Shirt, das Dathi letzten Sommer gekauft hat, die karierten Shorts, die Ben bei unserer Verabschiedung in Heathrow anhatte. Ich hebe den Waschmaschinendeckel, stecke die Hand in die Trommel. »Die Sachen sind noch nass.«

»Was?« Mac hat zwei zusammengefaltete Badetücher auf dem Arm.

»Mary hat noch die Waschmaschine angestellt, bevor sie das Haus verlassen haben. Wo ist der Trockner?«

»Ich sehe keinen.«

Im Garten finden wir eine Wäscheleine. Gemeinsam die sauberen Kleidungsstücke unserer Lieben aufzuhängen, tut beinah so gut wie der Sex. Ich spüre die hartnäckige Sonne auf meiner Haut und mit jeder Wäscheklammer, die ich anbringe, werde ich ein bisschen gelassener. Nach getaner Arbeit kehren wir in die Küche zurück, machen uns mit der Waschmaschine vertraut und laden sie noch einmal. Inzwischen ist es fünfzehn Uhr. Seit unserer Ankunft ist eine Stunde vergangen. Wir studieren den Zettel mit den Infos zu dem Haus und der Umgebung, den wir in der Küche gefunden haben. Die Entfernung bis zum nächsten Strand, Is Mortorius, beträgt nur drei Kilometer.

»Bei dieser Affenhitze ist auch so ein Fußmarsch eine wahre Tortur«, finde ich.

»Nicht für eine unerschrockene Person wie Mary. Und sie erinnert mich immer wieder gern daran, wie verwöhnt die Kinder ihrer Meinung nach sind.«

»Was ja auch stimmt. Das trifft selbst auf Dathi zu. Bevor sie zu uns kam, war sie ganz anders.«

»Wie wahr.«

Auf dem Zettel steht auch, dass sich in der Schale auf dem Kühlschrank die Haus- und Wagenschlüssel befinden. Wir fahren die Via Degli Oleandri hinunter und biegen dann auf die Via Leonardo da Vinci ab, eine zweispurige, stark befahrene Straße, von Palmen und Geschäften gesäumt, und erreichen schließlich die Tankstelle, wo man abbiegen muss, wenn man nach Is Motorius möchte.

Als Mac um die Ecke fährt, greift die Kupplung nicht und der Wagen rollt langsam aus. Hinter uns nähert sich ein Auto in rasantem Tempo, was meinen Puls auf Trab bringt. Mac schafft es gerade noch, den Gang reinzuwürgen und einen Aufprall mit dem an uns vorbeiflitzenden roten Fiat zu vermeiden.

»Das war aber knapp«, meint er.

»Vielleicht gibt es an der Tankstelle jemanden, der sich die Kupplung mal ansehen kann.«

»Dazu müsste die Karre auf eine Hebebühne. Und eine Werkstatt habe ich nicht gesehen.«

»Na, dann hoffen wir mal, dass das nur ein kleiner Aussetzer war.«

»Vielleicht hat Mary deswegen das Auto stehen gelassen und ist mit den Kindern zu Fuß zum Strand.«

»Falls sie am Strand sind«, gebe ich zu bedenken.

Weit und breit ist kein Parkplatz in Sicht. Notgedrungen stellen wir den Wagen am Straßenrand ab und gehen einen unbefestigten, von weiß blühendem Oleander gesäumten Weg zum Strand hinunter.

»Ich hätte mir eine Sonnenbrille aufsetzen sollen.« Mac legt die Hand über die Augen, damit ihn das grelle Licht nicht so stark blendet. Die breite Krempe meines Sonnenhuts wirkt wahre Wunder: Ich habe keine Probleme, etwas zu erkennen. Der zwischen dem Meer und einer dicken Steinmauer gelegene Strandstreifen ist nur drei, höchstens vier Meter breit. Die Sonnenbadenden liegen dicht gedrängt unter bunten Schirmen im

Sand. Kinder und Erwachsene spielen oder schwimmen. Weiter draußen gleiten Boote übers Wasser.

»Wo sind sie?«

»Lass uns ein paar Schritte gehen«, schlägt Mac vor.

»Dieser Strand war auf keinem von Marys Fotos zu sehen. Und ich weiß auch, warum: Besonders idyllisch ist es hier nicht. Die Strände auf ihren Aufnahmen waren durch die Bank…«

»Schöner«, beendet Mac meinen Satz. Wahrscheinlich wird dieser Küstenstreifen nur von Leuten besucht, die nicht viel Zeit haben, kein Auto besitzen oder nicht weit fahren möchten.

»Mir gefällt es hier nicht«, meine ich. »Und ich kann sie auch nirgendwo entdecken.«

Wir marschieren schätzungsweise einen Kilometer durch den glühend heißen Sand ehe uns ein Felsen am Weiterkommen hindert. Ich nehme einen kräftigen Schluck aus der Wasserflasche, reiche sie Mac und konstatiere: »Hier sind sie nicht.«

Er späht mit leicht besorgter Miene in die Richtung, aus der wir gekommen sind, und nickt. »Lass uns umkehren. Wir können im Haus auf sie warten. Falls sie in ein paar Stunden immer noch nicht aufgetaucht sind, sehen wir weiter.«

Ich will die frisch gewaschene Wäsche aufhängen, aber die erste Ladung ist noch nicht ganz trocken. Die Sonne arbeitet nicht so effizient wie ein Trockner. Innerlich murrend schleppe ich den Plastikkorb mit der nassen Wäsche wieder ins Haus und stelle ihn in die Ecke neben der Tür. Dass ich mir die nächste Viertelstunde nicht mit einer Tätigkeit vertreiben kann, die auf mich beruhigend wirkt, bringt mich aus dem Konzept. Das Aufhängen hat etwas Meditatives und jede Wäscheklammer bestärkt mich in der Hoffnung, meine Familie bald wiederzusehen.

Kurz vor fünf Uhr nachmittags steht die Sonne endlich so tief, dass man im Garten sitzen und nach dem dehydrierenden Strandmarsch in aller Seelenruhe ein paar Gläser Wasser trinken kann. Gegen sechs gehen wir zu Wein über. Langsam kommen die Kätzchen samt Eltern aus den Büschen gekrochen, wo sie sich vor der Sonne versteckt haben.

Mac bückt sich und hebt ein rotbraunes Fellknäuel hoch, das wir spontan Luciano taufen. »Wie oft am Tag muss man sie füttern?«

»Gute Frage.« Ich gehe nach drinnen, hole den Zettel mit den Infos, kehre in den Garten zurück und suche die Stelle mit den Anweisungen für die Katzen. »Morgens kriegen sie Dosenfutter und ab dann nur noch Trockenfutter, von dem noch eine ganze Menge in den Näpfen ist. Sie sind also gut versorgt.«

»Hast du nachgesehen, ob sie genug Wasser haben?«

»Nein.« Wo ich gerade wieder sitze und mir ein zweites Glas Wein einschenke, verspüre ich nicht die geringste Lust, mich zu erheben. Mac steht auf und ich studiere noch mal den Info-Zettel. Ich höre, wie in der Küche der Wasserhahn aufgedreht wird, viele kleine Pfötchen über den Steinboden tapsen, wie Mac lacht.

Kurz darauf setzt er sich wieder neben mich. »Fünf nach halb sieben«, verkündet er mit belegter Stimme. *Und sie sind immer noch nicht da.*

»Wir könnten die Freundin der Rossis anrufen.« Ich lege den Zettel auf den Tisch, tippe mit dem Finger auf den Namen und lese laut vor: »Meine Freundin Giulia Porcu, die in Capitana wohnt, wird Ihnen gern alle Fragen beantworten und mit Rat und Tat zur Seite stehen. Sie spricht Englisch.«

»Könnte doch sein, dass Mary sie wegen des Schlosses angerufen und diese Giulia ihr geraten hat, zum Carrefour zu fahren.«

»Meinst du, sie hat Mary an einen Schlüsseldienst verwiesen, den sie kennt?«

»Keine Ahnung. Lass uns anrufen und fragen.«

Dem Zettel zufolge können wir für Ortsgespräche das Festnetz nutzen. Der Apparat steht im Wohnzimmer neben der Couch auf einem Beistelltisch. Mac liest die Nummer vor, ich wähle. Das leise, fremdartige Klingeln macht mich ganz kirre. Nach einer gefühlten Ewigkeit meldet sich eine Frauenstimme. »Pronto!«

»Hallo«, beginne ich.

»Sind Sie Mary?«

»Nein, Giulia … hier spricht Karin, Marys Freundin.«

»Ah, Karin. Wie gefällt es Ihnen in England?« Sie klingt heiser, als würde sie rauchen oder hätte es erst Kurzem aufgegeben.

»Wir sind hier, in Capitana.«

»Heute schon?«

»Mary wollte uns abholen, aber sie war nicht am Flughafen. Und da haben wir uns gefragt, ob Sie eventuell wissen, wo sie stecken könnte. Wir machen uns Sorgen, denn der Wagen steht hier und …«

»Oje. Karin, hören Sie, Mary dachte, Sie würden morgen kommen. Nicht heute. Sie hat sich mein Auto geliehen, denn Marios ist ein bisschen schwierig.«

»Das haben wir auch schon bemerkt.«

Giulias unbeschwertes Lachen deutet darauf hin, dass sie das Leben genießt. »O ja, bitte entschuldigen Sie. Es läuft, aber es muss zur Reparatur wegen der … der …«

»Kupplung.«

»Sie greift manchmal nicht, oder?«

»Genau.«

Warum, überlege ich, hat Mario uns dann das Auto zur Verfügung gestellt? Ein Kupplungstausch kostet eine Stange Geld und solche Kosten bürdet man doch nicht Fremden auf. Warum haben die Rossis uns darüber nicht in Kenntnis gesetzt? Wir hätten genauso gut einen Mietwagen nehmen können.

»Haben Sie eine Ahnung, wohin sie gefahren sind?«

»Ja. Nach Su Nuraxi, in Barumini. Das ist eine ziemliche Strecke, und weil Mary Marios Wagen nicht traut, hat sie sich meinen geliehen. Da ich zwei Autos besitze, habe ich ihr das eine gern überlassen.«

Ich nehme den Hörer vom Ohr und flüsterte Mac zu: »Sie machen einen Tagesausflug und haben sich einen Wagen von Giulia geborgt.« Leise lächelnd klopft er mir auf die Schulter. Ich bin so erleichtert, dass ich weiche Knie kriege.

»Giulia, erinnern Sie sich, wann sie losgefahren sind?«

»Aber sicher. Ich habe ihnen mein Auto gebracht und Mary hat mich dann nach Hause gefahren. Das war so gegen elf Uhr. Sie werden erst spät zurückkommen, da bin ich mir sicher. Also, entspannen Sie sich und genießen Sie mit Ihrem Mann einen romantischen Abend.« Sie lacht gut gelaunt.

»Danke, Giulia. Vielen Dank.«

»Ihre Kinder sind ganz reizend.«

»Ich kann es gar nicht erwarten, sie wiederzusehen.«

»Sie werden bald da sein.«

Nach dem Telefonat fallen Mac und ich uns in die Arme. »Ich wünschte, wir hätten sie eher angerufen«, meint er.

»Ich auch.«

Wieder versuche ich, Mary, Dathi und Fremont auf ihren Handys zu erreichen – nur um zu erfahren, dass es in Su Nuraxi, wo immer das auch sein mag, offenbar kein Funknetz gibt.

»Entspann dich«, rät mir Mac.

Erschöpft von dem Flug und dem stressigen Nachmittag gehen wir nach oben und legen uns hin. Ein paar Stunden später weckt uns das Zirpen der Grillen, das durch das offene Fenster schallt. Der Anblick des feuerroten Himmels lässt mich aus dem Bett schnellen.

»Schau dir das an.«

»Unbeschreiblich.« Mac stellt sich zu mir ans Fenster, legt den Arm um meine Schulter.

»Meinst du, sie sind schon da?«

Es ist mucksmäuschenstill. Man hört nur die Katzen, die vor dem Haus spielen, und die Grillen.

Dass er wieder auf der richtigen Straßenseite fahren darf, versetzt Mac in Hochstimmung. Nun, da sie wissen, was ihre Lieben treiben, kann er sich – trotz der launischen Kupplung – über Kleinigkeiten freuen: die Selbstverständlichkeit, auf der rechten Seite zu fahren, oder die Tatsache, dass Straßenschilder bereits vertraut wirken, obwohl sie diese Strecke erst zum dritten Mal entlangfahren und sie bei den anderen beiden Gelegenheiten – vom Flughafen zum Haus und vom Haus zum Strand – für derlei Dinge keinen Sinn hatten. Laut den Hinweisen von den Rossis ist das Restaurant, das Dathi Karin gegenüber am Telefon erwähnt hat, nur ein Stück die Via Leonardo da Vinci hoch.

»Da vorn.« Karin zeigt auf ein großes, weiß getünchtes Lokal auf der anderen Straßenseite.

Er fährt bis zu einer Stelle, wo er problemlos wenden kann, und stößt rückwärts auf den Parkplatz neben einem hübsch hergerichteten Garten. Zwischen den Palmen, in deren Mitte zwölf nicht belegte Tische stehen, hängen weiße Lampionketten.

»Ob sie noch geschlossen haben?«, fragt Mac.

»Dathi zufolge essen die Leute hier sehr spät.«

Sie werden zu einem der Tische im Garten geführt. Nach einer kleinen Weile tauchen ein weiteres Paar und eine große Familie auf. Langsam füllt sich das Restaurant. Die Stimmung in dieser lauen Nacht ist angenehm. Während sie auf ihr Essen warten, fällt Mac auf, wie heiter und gelassen Karin auf einmal wirkt. Er streckt die Hand aus und legt sie auf die seiner Frau.

»Wir haben es geschafft. Wir sind hier.«

Sie lächelt. »Ich fange an, mich wohlzufühlen. Wenn nur ...«

»Nein, lass uns nicht wieder davon sprechen. Sobald sie hier sind, werden wir uns wünschen, wieder allein zu sein.«

Karin hebt ihr Rotweinglas. »Zeit für einen Toast. Auf unsere Beherztheit, die uns hierher gebracht hat.«

Mac stößt mit ihr an. »Hierher nach Italien? Oder hierher?« Damit meint er ihre Ehe, ihre Familie, ihr manchmal durchaus kompliziertes und hektisches, aber gutes Leben.

»Muss ich das weiter ausführen?« Als sie lächelt, blitzen ihre weißen Zähne hervor.

Am liebsten würde er sich über den Tisch beugen und sie küssen, was er dann auch tut. »Vielleicht können wir später, falls sie noch nicht daheim sind, also ... du weißt schon«, flüstert er.

»Nimmersatter Lüstling.« Ihr Grinsen straft ihren Tadel Lügen. »Ich hoffe doch schwer, dass sie dann endlich da sind.«

In dem Moment ist Mac hin- und hergerissen. Selbstverständlich wünscht er sich, dass seine Familie gesund und wohlbehalten nach Hause kommt, aber auf der anderen Seite hätte er nichts dagegen, noch ein paar Stunden mit Karin allein zu verbringen. Er genießt die Stunden, in denen sie zu zweit und unbeschwert sind, was ja eher selten vorkommt. Die Tage in

England waren entgegen seiner Erwartung ziemlich aufreibend, doch nun, wo er hier mit ihr sitzt, ist die Stimmung ganz anders und er fühlt sich auf einmal pudelwohl. Es kommt ihm so vor, als könnten sie allein aufgrund der Entfernung den Stress abschütteln, der daheim ihren Alltag dominiert. Er ist dankbar, dass sie sich zu dieser langen Reise durchgerungen haben. Zu Anfang hatte er Zweifel, aber nun muss er sich eingestehen, dass sie die richtige Entscheidung getroffen haben. Jetzt, wo der Job in London erledigt ist, sie sich auf dem gleichen Stück Erde befinden wie der Rest der Familie (zugegebenermaßen an unterschiedlichen Orten) und im Lieblingsrestaurant von Mary und den Kindern zu Abend essen, spüren sie eine innere Ruhe, die ihnen normalerweise eher fremd ist. Fern der Heimat. Fern der Arbeit. Fern der Kindern. Für ein paar Stunden ist es ihnen noch vergönnt, diesen für sie fremden Ort ungestört zu genießen.

»Sie kommen schon wieder«, beruhigt Mac seine Frau. »Bis dahin sollten wir das hier voll auskosten.«

Der Kellner bringt ihnen ihre Pizza mit Salami. Nachdem sie davon gekostet haben, sind sie nicht sicher, ob es sich bei dem Belag tatsächlich um Salami handelt, denn sie ist deutlich härter als das, was sie gewohnt sind. Mac erinnert sich, irgendwo gelesen zu haben, dass auf Sardinien Pferdefleisch gegessen wird, beäugt die Wurstscheiben kritisch und behält seinen Verdacht für sich. Jedes Mal, wenn neue Gäste kommen, dreht sich Karin um in der Hoffnung, dass es sich um Mary und die Kinder handelt, doch als sie ihre Pizzen beinah aufgegessen, ihren Wein fast ausgetrunken haben, sind sie immer noch zu zweit.

»Schade«, sagt er und zwinkert ihr zu, nachdem er den Kreditkartenbeleg unterschrieben und für den Kellner auf den Tischrand gelegt hat. Ihr Lächeln deutet Mac als vielversprechend. Durchaus möglich, dass sie sich in einer Viertelstunde, falls der Rest der Familie immer noch nicht eingetroffen sein sollte, im Schlafzimmer vergnügen. Dass sie zweimal an einem Tag miteinander schlafen, ist zum letzten Mal vor Bens Geburt passiert.

Als wir das Auto auf der Via Degli Oleandri abstellen, ist es so finster, dass man kaum die Hand vor Augen sehen kann. Ich springe aus dem Wagen, noch bevor Mac den Motor ausgeschaltet hat, gehe die Straße hoch und runter. Weit und breit kein anderes Fahrzeug in Sicht. Hat Mary das Auto vielleicht im Hof geparkt? Ich stoße das Tor auf, dessen lautes Quietschen die Stille der Nacht zerreißt. Im Vorgarten springen nur die Katzen umher.

Keine Spur von Giulias Zweitwagen.

Entgeistert drehe ich mich zu Mac um, der mir einen finsteren Blick zuwirft. Seine Stimmung verschlechtert sich schlagartig und es kommt mir so vor, als würden sich plötzlich all seine Energiereserven in Luft auflösen.

»Was, wenn Giulia sie hier abgesetzt hat und mit dem Wagen heimgefahren ist?«, gibt Mac zu bedenken.

»Im Haus brennt kein Licht.«

»Vielleicht schlafen sie schon.«

»Wären sie nicht aufgeblieben, um auf uns zu warten? Sie hätten doch unsere Sachen sehen und wissen müssen, dass wir schon da sind.«

»Nicht, wenn sie müde waren. Zumindest nicht die Kinder.«

Tief in meinem Innern weiß ich, dass Mary aufgeblieben wäre.

»Falls keiner da ist, rufen wir noch mal Giulia an«, schlägt Mac vor.

Die Kätzchen folgen uns ins dunkle Haus, wo ich als erstes die Deckenlampe einschalte. Seit wir zum Essen gegangen sind, hat sich hier nichts verändert. Jedes Staubkorn ist noch genau dort, wo es vor ein paar Stunden gelegen hat.

Mac überfliegt die Informationen der Rossis, wählt Giulias Nummer und wartet, während es am anderen Ende der Leitung ewig klingelt und keiner abnimmt.

»Wir müssen die Rossis anrufen«, drängt Karin, »und nachfragen, ob sie wissen, wo Giulia stecken könnte.«

»Okay.« Da in Brooklyn auch keiner ans Telefon geht, versucht Mac, Mario auf dem Handy zu erreichen.

»Pronto.«

»Mario, hier spricht Mac. Mit dem Haus ist alles in Ordnung, aber es gibt ein anderes Problem.« Er schildert ihm die Lage vor Ort in allen Einzelheiten.

»Das wundert mich aber«, meint Mario. »Sardinien ist ein sicherer Ort. Ist mir schleierhaft, wie so etwas passieren kann. Waren Sie schon bei der Polizei?«

»Bislang noch nicht. Mary hat Giulias Auto geborgt. Das hat Giulia uns zumindest gesagt. Wir haben versucht, sie telefonisch zu erreichen, doch sie geht nicht ran.«

»Wenn Sie ihr eine Nachricht hinterlassen, ruft sie Sie später sicher zurück.«

»Wissen Sie vielleicht, was für einen Wagen Giulia fährt? Modell, Farbe, Kennzeichen? Jede Information könnte nützlich sein.«

»Aber sicher. Giulia hat zwei Autos. Ich gehe mal davon aus, dass sie ihnen den Peugeot gegeben hat, denn er ist deutlich größer. In ihren Fiat passen nur zwei Personen.«

»Kennen Sie die Modelle und das Alter der Fahrzeuge?«

»Der Peugeot ist blau, der Fiat weiß. Hilft Ihnen das weiter?«

»Ein wenig. Mario, falls Ihnen noch etwas einfallen sollte, melden Sie sich bitte. Wir drehen langsam durch.«

Mario, der nicht begreift, was Mac damit meint, schweigt.

»Wir sind nervös«, führt Mac aus. »Verängstigt. Besorgt.«

»Ja, ich verstehe.«

»Falls Sie von Giulia hören …«

»Werde ich sie bitten, sich sofort bei Ihnen zu melden. Sie ist eine unserer engsten Freundinnen und wird Ihnen auf jeden Fall helfen.«

»Danke.«

»Es kommt alles wieder in Ordnung, versprochen.«

Nach dem Gespräch sagt Mac zu mir: »Ich kann es nicht ausstehen, wenn mir jemand verspricht, dass alles wieder in Ordnung kommt. Klingt in meinen Ohren immer wie ein Todesurteil.« Er nimmt wieder den Zettel in die Hand.

»Wen willst du jetzt anrufen?«

»Polizia.«

Während es läutet, bemerkt er, dass sein Herz viel zu schnell schlägt. Und er registriert Karins panischen Blick, der ihm einen schweren Stich versetzt. Sie hat eine Heidenangst, das Gleiche wie damals durchmachen zu müssen, abermals die Kontrolle zu verlieren. Allein das Wort Polizei, wenn auch in einer fremden Sprache, löst bei ihr Entsetzen aus.

»Auf Italienisch kriegen wir das nicht hin, Mac.«

»Uns bleibt keine Wahl.«

»Ich habe eine Idee.«

Sie rennt nach oben und kehrt mit Marys Laptop zurück. In der Zwischenzeit hat sich eine Frau gemeldet. »Polizia municipale, come posso aiutarla?«

Karin klickt den Google-Übersetzer an, lässt sich von Mac

diktieren und schreibt ins linke Textfeld: *Können Sie mir bitte sagen, ob sich heute Autounfälle ereignet haben?* Er kommt sich wie ein Vollidiot vor, als er vom rechten Textfeld die italienische Übersetzung abliest: »Per favore, mi può dire se ci fossero stati incidenti stradali oggi?«

Die Frau schnattert einfach drauflos. Mac kommt es vor, als stecke sein Kopf in einem Schraubstock. So kündigen sich bei ihm die Kopfschmerzen immer an. Karin fixierend, hört er der Frau zu und diktiert leise: »Ich verstehe nichts.«

»Non capisco.«

»Non parla italiano?«

Er denkt, dass sie ihn fragt, ob er Italienisch spricht, und sagt: »Ich spreche Englisch.«

»Okay, inglese. Aspetti, per favore.«

Er legt die Hand auf die Sprechmuschel. »Karin, ich glaube, ich soll warten.«

Karin nickt. Da er weiß, wohin diese Situation sie gefühlsmäßig katapultiert, streicht er mit dem Finger sanft über ihre Wange, woraufhin sie tief durchatmet. Schweren Herzens ringt er sich ein Lächeln ab, um ihr zu versichern, dass ihnen nicht das bevorsteht, was sie befürchtet. Das ist vollkommen unmöglich. Eins ihrer Kinder wurde ermordet, ein weiteres hat sie im letzten Drittel der Schwangerschaft verloren. Mit der Zeit haben die Erinnerungen aufgehört, so unendlich wehzutun, doch sie beide wissen, dass sie niemals darüber hinwegkommen wird.

Ein Mann mit starkem Akzent meldet sich am Telefon. »Wie kann ich Ihnen helfen?«

»Hallo«, antwortet Mac erleichtert. »Ich heiße Mac MacLeary. Wir machen mit unserer Familie und Freunden in Capitana Urlaub und ein Teil unserer Gruppe ist nicht nach

Hause gekommen. Sie sind heute Morgen nach Su Nuraxi gefahren. Können Sie mir sagen, ob sich auf der Insel im Lauf des Tages irgendwelche Autounfälle ereignet haben?«

»Sardinen ist sehr bergig. Hier passieren leider ständig Unfälle.«

Mac versucht es anders: »Ich meine, ist Ihnen zu Ohren gekommen, ob vier Touristen in einen Unfall verwickelt waren? Wir wohnen in Capitana und man hat uns gesagt, dass unsere Familie heute Morgen nach Su Nuraxi gefahren ist.«

»Das hat man Ihnen gesagt?«

»Wir sind erst heute Nachmittag eingetroffen. Unsere Kinder sind mit einer Freundin ein paar Tage eher gekommen, während wir noch beruflich in London zu tun hatten.«

»Sie sind Engländer?«

»Nein, Amerikaner. Sie haben sich ein Auto ausgeliehen, sind nach Su Nuraxi gefahren und noch nicht zurück. Wir machen uns große Sorgen, zumal wir sie nicht erreichen können.«

»Bei wem haben sie sich den Wagen ausgeliehen? Ich verstehe nicht ganz. Sie haben sich ein Auto geliehen und jemand hat Ihnen gesagt … Erklären Sie das bitte genauer.«

»Giulia Porcu, sie ist eine Freundin von Mario Rossi, in dessen Haus wir während unseres Aufenthalts in Capitana wohnen. Mr. Rossi und seine Frau wohnen bei uns in New York … ein Wohnungstausch. Unsere Freundin hat sich Giulias Wagen geliehen, um damit nach Su Nuraxi zu fahren, weil Marios Auto … Hören Sie, können Sie nicht einfach nachsehen, ob es irgendwelche Unfälle gegeben hat?«

»Si, si … warten Sie einen Augenblick.«

»Er kümmert sich darum.« Er spürt Karins Blick, während sie warten.

»Signore?«

»Ja?«

»Es freut mich, Ihnen mitteilen zu können, dass auf den Straßen zwischen Capitana und Su Nuraxi nichts passiert ist. Auf der Insel hat es heute zwei Unfälle gegeben, beide im Norden. Also, selbst wenn Ihre Freundin und Kinder verschwunden sind, einen Unfall hatten sie jedenfalls nicht. Sie können aufatmen, Mr. …«

»MacLeary«, wiederholt Mac.

»Mr. MacLeary. Bitte, haben Sie Geduld. Ihre Familie taucht wieder auf, dessen bin ich mir sicher.«

Wie oft in seinem langen Berufsleben hat Mac besorgten Familienmitgliedern das gleiche Versprechen gegeben? »Und was, wenn nicht?«

Der Mann atmet langsam aus, was Mac zu interpretieren weiß: Dies ist der Auftakt zu einem Eingeständnis, das ein Polizist nur macht, wenn es sich nicht vermeiden lässt – dass tatsächlich die Möglichkeit besteht, dass es sich nicht um ein Missverständnis handelt oder um etwas, das sich von allein wieder einrenkt. Immer mit der Ruhe, raten sie einem, und erst mal abwarten. Dabei lautet die Hundert-Millionen-Dollar-Frage doch: Wie lange?

»Notieren Sie sich Folgendes«, weist der Mann ihn an.

»Ich brauche etwas zum Schreiben«, flüstert Mac Karin zu, die in der Küche nach dem Stift und dem Schreibblock sucht, auf dem Mary eine Einkaufsliste erstellt hat: *Olivenöl, Müsli, Trauben.*

»Enzio Greco, Quartu Sant'Elena, Via Firenze 52. Melden Sie sich bei mir oder kommen Sie hier vorbei. Mich zu finden, ist ein Kinderspiel. Falls etwas ist, werde ich versuchen, Ihnen zu helfen.«

»Vielen Dank.«

Sie verabschieden sich voneinander.

»Wer ist er?«, fragt Karin in dem Moment, wo Mac auflegt.

»Enzio Greco. Arbeitet bei der Polizei. Spricht Englisch. Klingt nett, aber … ich hoffe sehr, dass wir uns nicht noch mal an ihn wenden müssen.«

Kapitel 9

Freitag, 13. Juli

P*olizia di Stato Commissariato* steht auf einem schlichten quadratischen Schild neben dem Eingang des beige getünchten Gebäudes Nummer 52 auf der Via Firenze. Gleich hinter der Glastür sitzt eine zierliche, freundlich lächelnde Frau am Empfangstisch. Blaue Adern scheinen durch ihre gebräunte Haut. Ihre toupierten schwarzen Haare haben etwas von einem Spatzennest. Dass ich in Gedanken schon wieder abschweife, liegt an dieser ganz besonderen Mattigkeit, die einem überkommt, wenn man kaum geschlafen hat. Die ganze Nacht über sind wir beim kleinsten Geräusch, das durch das offene Fenster drang, aufgewacht. Ein Zwitschern, das nächtliche Zirpen der Grillen, das leise Knurren der spielenden Katzen – jeden Ton haben wir fälschlicherweise zuerst als Motorengeräusch interpretiert.

»Come posso aiutarla?«

»Enzio Greco«, entgegnet Mac.

»Gli americani, si.«

Die Frau springt von ihrem Tisch auf und verschwindet durch eine Tür, aus der gedämpft klassische Musik dringt. Violinen. Außer uns befindet sich niemand in der bescheidenen Lobby. An der Wand hinter dem Tisch hängt ein Fahndungsplakat mit einer Ansammlung von Verbrecherfotos unter dem Wort *I Latitanti*. Gleich daneben klebt ein Poster mit den historischen Monumenten Sardiniens. Als mir Rosmarinduft in die Nase steigt, vergesse ich für einen Moment, warum wir hier sind und überlege, ob im Hinterzimmer jemand kocht.

Die Violinenklänge werden lauter, die Tür geht auf und die Empfangsdame kommt in Begleitung eines großen Mannes auf uns zu. Trotz seiner schlanken Statur hat er einen stattlichen Bauch und ein beachtliches Doppelkinn. Sein dichtes weißes Haar wippt fröhlich beim Gehen. Sanft lächelnd reicht er Mac die Hand – anscheinend ahnt er, wer wir sind.

»Mr. MacLeary, ich bin Enzio Greco. Willkommen.«

Während sie einander begrüßen und ich darauf warte, dass Mac mich vorstellt, fällt mein Blick auf Grecos Ausweis. *Commissario di Polizia* steht auf der laminierten Karte. Der Commissioner? In den Vereinigten Staaten ist das der Polizeichef und der würde einen Besucher niemals so jovial begrüßen. Sein Verhalten befremdet mich für einen Moment, doch dann rufe ich mir ins Gedächtnis, dass in diesem fremden Land andere Regeln gelten und sich die Berufsbezeichnungen von denen in den Staaten unterscheiden. Ist hier ein Polizeichef so etwas wie ein Büroleiter?

»Karin Schaeffer«, stelle ich mich selbst vor, als Greco mich mustert. »Macs Frau.«

»Bitte. Kommen Sie.« Er bedeutet uns, ihm durch die Tür zu folgen. Wir durchqueren ein großes Büro und die Streicher werden lauter. Dort sitzt eine Handvoll Zivilbeamter an superschicken Metallschreibtischen – sehr italienisch. Der Unterschied zu dem uralten Mobiliar amerikanischer Reviere, das nur auf den ersten Blick vintage wirkt, ist wirklich frappierend. Die Bürostühle mit orangefarbenen Kunststoffsitzschalen scheinen einem Möbelmagazin entsprungen zu sein. Jeder Arbeitsplatz ist eine reine Augenweide: Auf der Tischplatte stehen ein blauer Stifthalter, der aussieht, als wäre er aus Origamipapier gefaltet, ein grellroter Tacker und eine silberne Kugel, die als magnetischer Halter für Büroklammern dient. Die Outfits der

Kriminalbeamten – Röhrenjeans und getönte Brillen – vermitteln einem eher das Gefühl, in einer extrem hippen Metropole und nicht in einem Provinznest auf einer Mittelmeerinsel gelandet zu sein. Ich komme aus dem Staunen nicht heraus und frage mich, ob wir etwas falsch verstanden haben. Sind wir tatsächlich auf einem Polizeirevier? Oder sollten wir besser sofort von hier verschwinden, um keine kostbare Zeit zu verlieren?

»Nehmen Sie bitte Platz.« Greco deutet auf zwei schwarze Stühle vor seinem Schreibtisch und geht zu seinem ultramodernen, ergonomischen limonengrünen Sessel. Auf dem Schild auf seinem Tisch steht *Enzio Greco, Commissario, Polizia di Stato, Sant'Elena Provincia.*

Das kann nicht wahr sein. Das muss ein Traum sein. Ich möchte die Augen schließen, wieder aufwachen und in die kleine Küche unseres Ferienhauses gehen, wo Mary und die Kinder vor nicht allzu langer Zeit gefrühstückt haben.

»Tut mir leid, Sie zu stören.« Mac schlägt ein Bein über das andere, legt die gefalteten Hände auf die Knie und beugt sich vor. »Wir wussten ja nicht, wer Sie sind.«

»Wer bin ich denn?«, fragt Greco lächelnd. Da mich der Anblick seiner langen Eckzähne aus der Fassung bringt, richte ich den Blick auf einen halb leeren Papierkorb aus grünem Metallgeflecht, der neben seinem Schreibtisch steht. Darin befinden sich zerknüllte Blätter, ein leerer Pappbecher, ein fleckiger Briefumschlag. »Ich bin der Einzige auf unserem Revier, der genug Englisch spricht, um diese Unterhaltung führen zu können. Und es ist mir eine große Freude, Sie zu empfangen.« Er stockt kurz. »Ähm … das trifft es nicht ganz. Ihre Kinder sind also noch nicht wieder aufgetaucht?«

»Nein«, sage ich. »Und wir haben auch nichts von ihnen gehört. Wir sind wirklich sehr besorgt.«

»Signora«, er legt beide Hände auf sein Herz, »natürlich machen Sie sich Sorgen.«

»Wenn Sie uns sagen könnten, wo wir die Vermisstenanzeige aufgeben können, wären wir Ihnen sehr dankbar«, drängt Mac.

»Da sind Sie hier genau richtig. Warten Sie kurz. Ich erkundige mich erst mal, welche Unfälle seit gestern Abend gemeldet wurden. Danach sehen wir weiter.« Greco nimmt den Telefonhörer ab, drückt eine Taste und stellt seinem Gesprächspartner eine Frage auf Italienisch. Während er auf die Antwort wartet, erklärt er uns: »Im Sommer besuchen Touristen aus den unterschiedlichsten Ländern unsere Insel und es vergeht kein Tag, an dem nicht jemand verloren geht. In manchen Städten gibt es Einrichtungen, die diesen Personen eine Übernachtungsmöglichkeit samt Frühstück zu Verfügung stellen – sogenannte *alberghi di viaggiatori persi*. Gegen eine geringe Gebühr, versteht sich. Und am nächsten Morgen kehrt der vermisste Gast dann zu seinen Liebsten zurück. Das passiert andauernd. Später werden Sie über diesen Vorfall lachen.«

Da täuscht sich der Mann gewaltig, aber wir ringen uns ein Lächeln ab. Plötzlich muss ich an Dante, den Mann vom Schlüsseldienst, denken und kriege Herzklopfen.

»Gestern habe ich am Flughafen einen Zeitungsartikel über einen Mord gelesen. Ein Mann namens Dante, der für einen Schlüsseldienst arbeitet, ist getötet worden.«

Greco schüttelt den Kopf. Seufzt. »Ja. Eine schreckliche Geschichte, aber ich kann Ihnen versichern, dass so etwas hier sehr, sehr selten vorkommt. Touristen sind auf Sardinien sicher. Glauben Sie mir, unsere Verbrechensrate ist vergleichsweise niedrig.«

»Es ist nur so«, sage ich und beuge mich vor, damit er meinem Blick nicht ausweichen und das Thema wechseln kann, »dass ein Mann namens Dante das Schloss in unserem Ferienhaus austauschen sollte.«

»Und? Hat er das getan?«

»Es sieht ganz so aus. Eine Sicherung ist herausgesprungen. Der Sicherungskasten befindet sich in einem Schuppen im Garten und der dazugehörige Schlüssel war unauffindbar. Am Mittwoch floss anscheinend wieder Strom, denn da habe ich von Mary mehrere Mails erhalten. Bei unserer Ankunft lag nasse Wäsche in der Waschmaschine, und wir konnten das Licht einschalten. Mary zufolge sollte der Mann vom Schlüsseldienst zwar erst am Donnerstag kommen, aber ich denke, er ist einen Tag früher aufgetaucht.«

Greco richtet seine blassgrünen Augen auf mich, hebt und senkt die schweren Augenlider, hört zu und nickt nachsichtig.

»Verstehen Sie jetzt, wieso wir ganz krank sind vor Sorge? Unsere Familie ist verschwunden und ein Mann wurde an dem Tag umgebracht, an dem er bei uns ein Schloss ausgewechselt hat.«

»Sein Name war Dante«, meint Mac. »Mehr wissen wir nicht.«

»Das Mordopfer war ein fünfundzwanzigjähriger Schlosser aus Villesimus. Ein tragischer Verlust für seine Frau und seine Eltern. Wie kommen Sie auf die Idee, dass Ihr Mann jener Dante Serra war?«

»Nun, wir …«

»Karin«, fällt Mac mir ins Wort. »Seinen Nachnamen kennen wir nicht. Und wir wissen auch nicht, ob es sich um denselben Dante handelt«, erzählt er Greco in diesem besonnenen Mann-zu-Mann-Ton, der mir gehörig gegen den Strich geht.

»Wir ziehen Erkundigungen ein«, verspricht Greco, »ob

Dante Serra bei Ihnen war und falls ja, an welchem Tag und um welche Uhrzeit.« Er macht sich eine Notiz. »Und wir werden bei unserem hiesigen Stromanbieter erfragen, um welche Uhrzeit der Strom wieder geflossen ist. Lassen Sie uns hoffen, dass dieser Dante nicht bei Ihnen war, denn anderenfalls wird es ... kompliziert, nicht wahr?«

»Ja.« Ich falte die Hände auf dem Schoß. »Ganz genau.«

Mac, der laut ausatmet, würdige ich keines Blickes. Soll er doch denken, was er will, aber ich finde, dass ein Privatdetektiv keine auch noch so weit hergeholte Möglichkeit außer Acht lassen darf. Während ich gelegentlich voreilig Schlüsse ziehe, zu impulsiv und voreingenommen bin, sträubt er sich hartnäckig, seinem Instinkt zu folgen. Und so kommt es, dass wir uns in Enzio Grecos Büro anschweigen.

Nach einer kleinen Weile läutet Grecos Telefon. Er nimmt ab und lauscht stumm. »Okay«, verkündet er schließlich, »es hat in der vergangenen Nacht nur einen Unfall in der Nähe von Su Nuraxi gegeben. Dem italienischen Ehepaar, das in dem verunglückten Fahrzeug saß, ist nichts passiert. Das sind doch erfreuliche Nachrichten, oder?«

Ich bin mir da nicht so sicher. Ich brauche Antworten und werde zunehmend zappeliger. Es gibt einfach zu vieles, was wir nicht wissen. »Was ist mit den ... wie haben Sie es genannt? Die Herbergen für verloren gegangene Reisende.«

»*Alberghi di viaggiatori persi*. Da können wir auch Nachforschungen anstellen, doch das dauert eine Weile, denn dazu müssen wir die Reviere in den betreffenden Orten anrufen und die Kollegen fragen, ob ihnen etwas zu Ohren gekommen ist.«

»Ich weiß nicht, ob wir am Telefon erwähnt haben, dass meine Frau und ich früher bei der Polizei waren«, führt Mac aus. »Jetzt arbeiten wir als Privatdetektive.«

»Nein, das haben Sie nicht gesagt.« Greco runzelt die Stirn. »In dem Fall möchten Sie bestimmt erfahren, wie wir bei der Suche nach vermissten Personen vorgehen.«

»Ja, das wäre sehr nett.«

»Na, dann fange ich mal an.« Greco beugt sich vor, stützt sich mit den Ellbogen auf den Schreibtisch und legt das Kinn in beide Hände. An einer Hand trägt er einen Ehering, an der anderen einen schweren Absolventenring. »Wir machen uns sofort an die Arbeit. Ich nehme jetzt alles Wissenswerte über die Vermissten auf. Danach verständige ich alle Reviere und Hotels auf der Insel. Sie können sich darauf verlassen, dass jeder Ausschau nach Ihrer Familie halten wird. Und Sie informieren mich bitte, sobald Sie etwas hören. Wir arbeiten zusammen, ja?«

Mit einem Mal legt sich meine Skepsis und ich fasse wieder Vertrauen: Vielleicht ist das doch ein echtes Polizeirevier, vielleicht ist Greco doch ein richtiger Polizeichef, auch wenn die elegante Büroeinrichtung und die Bereitschaft des Chefs, Besucher persönlich zu empfangen, einen anderen Schluss nahelegen. Nichts von all dem macht für mich Sinn, aber falls Mary und die Kinder nicht bald wieder auftauchen, wird uns nichts anderes übrig bleiben, als mit der italienischen Polizei zusammenzuarbeiten und ihre Eigenheiten zu akzeptieren. Die eben von ihm geschilderte Vorgehensweise erscheint mir zweckdienlich und vernünftig.

»Okay«, stimmt Mac zu.

»Gut«, pflichte ich ihm bei.

»Was denkst du?«, fragt Mac, während er aus dem Quartu Sant'Elena – eine Ansammlung blasser, in Sonne getauchter Gebäude – fährt. Ich betrachte sein Profil, seine leicht gekrümmte Nase, seine Krähenfüßchen, seine Stirnfalten. Mir ist bewusst, dass er sich Sorgen macht und wünscht, dass wir am gleichen Strang ziehen. Mir geht es nicht anders, aber ich will ihn auch nicht anlügen.

»Ich hatte da drinnen das Gefühl, dass du mich im Regen stehen lässt.«

»Warum das denn?«

»Ich kam mir so dumm vor, weil du meine Fragen über diesem Mann vom Schlüsseldienst unterbrochen hast.«

»Hör mal, während wir uns hier unterhalten, geben sie eine Mitteilung raus. Selbst wenn ich nicht der Meinung wäre, dass Greco zu seinem Wort steht …«

In dem Moment greift die Kupplung wieder nicht. Mac versucht, irgendwie den Gang einzulegen und überfährt dabei fast eine rote Ampel. Mit hochrotem Kopf legt er eine Vollbremsung hin und sagt: »Jetzt habe ich die Schnauze aber gestrichen voll.«

Vor lauter Aufregung bin ich ganz baff und brauche einen Moment, bis ich begreife, dass er nicht mich, sondern den Wagen meint. »Wir können versuchen, irgendwo ein Auto zu mieten, auf das Verlass ist«, pflichte ich ihm aus vollem Herzen bei.

Nacheinander klappern wir drei Mietwagenfirmen ab und kriegen überall die gleiche Antwort zu hören: »No.« Ein Wort, das man auch ohne Italienischkenntnisse versteht. In der Hochsaison sind alle Fahrzeuge – Pkws, Kombis, Transporter, ja sogar Motorräder – verliehen. Ratlos stehen wir im heißen Wind auf einem Parkplatz an einer stark befahrenen Straße. Die Auspuffgase der Autos, die vor einer Ampel halten, nehmen einem die Luft zum Atmen. Ich beschatte die Augen mit der Hand und richte den Blick auf den flimmernden Stadtrand und die dahinterliegende Landschaft.

»Wie sollen wir mit dieser unzuverlässigen Karre weitermachen?«

Mac weiß ganz genau, was ich meine. Dass wir uns in Geduld üben, abwarten und Däumchen drehen, kommt überhaupt nicht infrage.

»Wir kriegen das schon hin«, sagt er, als glaube er allen Ernstes, technische Probleme ließen sich mit schierer Willenskraft beheben.

Ich sehe ihn angespannt an, während sein Blick in die Ferne schweift. Die vor uns stehende Aufgabe scheint ein Ding der Unmöglichkeit zu sein: Ohne Italienischkenntnisse mit einem halb kaputten Wagen durch ein fremdes Land kurven und unsere Lieben suchen. Erst als Mac meinen Arm berührt, merke ich, dass ich aufgehört habe zu atmen, und hole tief Luft.

»Vielleicht wäre es sinnvoll, wenn wir uns ein Navi zulegen«, schlägt er vor. »Das ist einfacher zu handhaben als eine Karte und sagt uns genau, wo wir gerade sind.«

»Auf dem Weg in die Stadt habe ich ein Carrefour-Schild gesehen. Dort muss auch der Schlüsseldienst sein.«

Mac nickt. Warum sollten wir uns auf den Polizeichef verlassen, wo wir auch auf eigene Faust ermitteln können?

So begeben wir uns kurzerhand in dieses Ungetüm von Supermarkt, konsultieren den Lageplan und suchen den Schlüsseldienst auf, wo ein Mann Mitte fünfzig mit einem Wust grau melierter Haare unter lautem Getöse gerade einen Schlüssel schleift.

Er hebt den Blick. »Posso aiutarla?«

Ich zücke mein Handy und zeige ihm ein Foto von Mary. »Meine Freundin.«

Er lächelt, zuckt mit den Achseln und wirft mir einen von diesen verständnislosen Blicken zu, mit denen Eltern ihr unablässig vor sich hin plapperndes Kind oftmals ansehen.

»Kennen Sie sie?«, frage ich ihn und halte ihm das Handy ganz dicht vor die Nase in der Hoffnung, dass er endlich begreift, was ich von ihm will. »Sie war vor zwei Tagen hier.« Mac drückt meine Hand sanft nach unten. Ich verstehe, was er mir mit dieser Geste sagen möchte: Ich bin sehr aufdringlich und rede so laut, als hätte ich es mit einem Schwerhörigen zu tun. Seine Kritik ist durchaus berechtigt. Kleinlaut verstaue ich das Handy in meiner Handtasche.

»Dante«, versucht Mac es. »Hat er hier gearbeitet? Dante Serra. *Omicidio.*«

Der Blick des Mannes verdüstert sich. Ein trauriger Zug umspielt seine Lippen und er schüttelt den Kopf. »Dante era un uomo giovane, sua moglie aspetta il loro primo bambino.«

Was hat er gesagt? »War sein letzter Auftrag in Capitana?«, versuche ich es. »Via Degli Oleandri?«

Der Mann wendet sich ab – augenscheinlich irritiert, dass zwei Fremde in einer unverständlichen Sprache auf ihn einreden, wo er den Tod eines Kollegen zu beklagen hat.

»Das hier kann nur Greco erledigen.« Mac holt die Visitenkarte des Polizeichefs heraus und wählt dessen Nummer, doch als Mac dem Mann sein Handy reichen möchte, legt Greco, der unsere Eigeninitiative offenbar nicht gutheißt, einfach auf.

»Was war das denn?«

»Er sagte, er hält es für besser, so etwas persönlich zu besprechen, und schickt einen Mitarbeiter hierher.«

Wir schauen uns fragend an. »Da wir eh kein Wort verstehen, brauchen wir auch nicht zu warten«, meine ich. »Lass uns lieber dorthin fahren, wo Mary laut Giulia gestern mit den Kindern hinwollte.«

Wir entscheiden uns für eins der einfacheren TomTom-Navigationsgeräte. Als wir durch die kühlen Gänge Richtung

Kasse eilen, lösen die Warenschluchten bei mir einen Anfall von Klaustrophobie aus. Ich muss hier raus und zwar schnell. Die Suche nach meinen Lieben brennt mir unter den Nägeln und so gehe ich noch schneller. Mac folgt mir mit großen Schritten. Wir zahlen, rennen zum Wagen und befestigten das Navi an der Windschutzscheibe. Während Mac das Auto steuert, programmiere ich das Gerät so, dass wir die Stimme einer amerikanischen Frau hören. Ich taufe sie auf den Namen Jane, weil – hätte Mary eine Schwester – sie meiner Meinung nach so hieße.

Auf der Rückfahrt zum Haus versuche ich zum zweiten Mal an diesem Morgen, Giulia Porcu zu erreichen, höre aber wieder nur die Ansage auf dem Anrufbeantworter. Ich verzichte darauf, eine weitere Nachricht zu hinterlassen. »Warum ruft sie denn nicht zurück?«

»Wenn sie etwas wüsste, würde sie sich bestimmt mit uns in Verbindung setzen.«

»Sie könnte sich trotzdem mal melden.«

Diesmal reagieren wir nicht überrascht, als wir das Haus leer vorfinden. Auf dem Zettel neben dem Telefon steht *Su Nuraxi, Barumini*. Mac sucht den Ort auf der Karte, die er auf den Knien ausgebreitet hat, und macht sich mit der Insel vertraut, während ich Kaffee koche und Wasserflaschen einpacke.

»Das bringt dich wieder auf Trab«, sage ich und stelle seinen Becher auf den Beistelltisch.«

»Koffein wirkt immer Wunder.« Schweiß perlt von seiner Stirn, ein Tropfen fällt senkrecht von seiner Augenbraue auf die Karte. »Hier.«

Das an der Südküste gelegene Capitana gehört zur Gemeinde Quartu Sant'Elena und liegt östlich von der Hauptstadt Cagliari. Macs Finger tippt auf einen Ort ein Stück weiter nördlich. Mir war gar nicht klar, wie gering die Entfernung zwischen Sardinien und Nordafrika ist. Man könnte praktisch nach Tunesien schwimmen. Zu Hause war ich viel zu sehr mit den Vorbereitungen für den Wohnungstausch und dem Packen beschäftigt, um mich mit der hiesigen Geografie vertraut zu machen.

»Dumme amerikanische Touristin«, murmele ich schlecht gelaunt in mich hinein.

»Wie bitte?« Mac wirft mir einen halb verwunderten, halb verärgerten Blick zu.

»Nichts.«

»Su Nuraxi di Barumini«, konzentriert er sich wieder auf die Karte. »Das müssen wir ins Navi eingeben.«

Eine vorbeilaufende Katze jagt mir einen solchen Schrecken ein, dass heißer Kaffee auf meine Hand schwappt und mir Tränen in die Augen schießen. Mac legt die Karte weg, erhebt sich und nimmt mir den Becher ab, damit ich meine Hand an der Jeans trocken wischen kann. Mit seiner freien Hand greift er nach meiner und küsst sie. »Die Polizei wird etwas herausfinden.«

»Das will ich doch schwer hoffen.«

»Sollen wir ein paar Brote für unterwegs schmieren?«

»Lass uns lieber gleich losfahren«, sage ich. »Wenn wir Hunger kriegen, können wir uns irgendwo etwas zu essen kaufen.« In Wahrheit habe ich so meine Zweifel, dass ein paar belegte Stullen den Hunger, unter dem ich leide, stillen können.

Mary hört, wie sich draußen Leute auf Italienisch unterhalten, und würde ihr letztes Hemd dafür geben, sie verstehen zu können. Die Frau namens Emiliana, die für ihre Entführung verantwortlich zu sein scheint, redet mit einem groß gewachsenen, älteren Mann mit dichtem weißem Haar, der am vergangenen Tag etwa um diese Zeit aufgetaucht ist.

Warum, überlegt Mary, kommt mir diese Emiliana nur so bekannt vor?

Eine Böe vom Meer lässt Emilianas Leinenhose um ihre Beine flattern. Barfuß steht sie am Strand, bohrt die knochigen Zehen in den Sand und beschattet zum Schutz gegen die gleißende Sonne die Augen mit einer von Altersflecken überzogenen Hand. Ihr runzliges, sonnengebräuntes Dekolleté wird von einer nur halb zugeknöpfte Bluse kaum bedeckt. Während sie dem Mann zuhört, bläst der Wind ihr die zerzausten, gebleichten Haarsträhnen ins Gesicht, wovon sie sich nicht aus der Ruhe bringen lässt.

Mary versteckt sich hinter den flatternden Vorhängen und späht durchs Fenster. Obwohl sie Emilianas Augen nicht sehen kann, glaubt sie zu wissen, dass ihr Blick kalt, leer und ausdruckslos ist. Zwei Nächte nach ihrer Ergreifung ist es Mary immer noch ein Rätsel, warum man sie entführt hat und wo man sie festhält.

»Spiel mit mir, Mary!« Ben kommt aus einem der Schlafzimmer angerannt, wo Dathi und Fremont sich eigentlich um ihn kümmern sollten, während Mary das Mittagessen zubereitet. Auf der Theke der offenen Küche steht ein Teil der Lebensmittel, die Emiliana gebracht hat.

»Nicht so laut!«, weist Mary Ben zurecht und zerrt den Kleinen vom Fenster weg, damit keiner von ihnen Notiz nimmt. Dann kniet sie sich hin, schließt Ben in die Arme und legt ihm instinktiv die Hand auf dem Mund. Dass sie so streng zu ihm sein muss, tut ihr in der Seele weh, doch jetzt geht es nur darum, zu überleben.

Mary hat nicht den geringsten Schimmer, wo man sie festhält. Sie weiß nur, dass die Fahrt hierher drei, vier Stunden dauerte, aber auch in diesem Punkt ist sie sich nicht sicher.

Der brutale Kerl, der sie mit vorgehaltener Waffe in den Wagen zwang und den Mann vom Schlüsseldienst umbrachte, hat ihre Armbanduhr und alle Handys kassiert. Kurz zuvor hatte sie eine Mail von Karin bekommen mit der besorgniserregenden Botschaft *Sie haben mich erwischt!* und einem Foto, auf dem Karin in einer dunklen Höhle angekettet ist. Obwohl es Mary äußerst schwerfällt, sich nichts anmerken zu lassen, dürfen die Kinder nichts davon erfahren, weil sie sich sonst noch mehr fürchten.

Vergeblich bemüht sie sich zu begreifen, was hier gespielt wird. Aus welchem Grund hat man sie und die Kinder entführt? Wieso legt jemand Karin in Ketten? Und wo steckt eigentlich Mac?

In einem Anflug von Verzweiflung gesteht Mary sich ein, dass sie komplett von der Außenwelt abgeschnitten sind.

Mary rekapituliert die Geschehnisse: Der Mann nimmt ihnen die Handys ab, zertrümmert sie mit dem Absatz und klaubt die Einzelteile zusammen. Auf der Fahrt kriegt Mary trotz verbundener Augen mit, wie er etwas aus dem offenen Fenster wirft, Beweise vernichtet. Danach liefert er sie in diesem abgelegenen Haus ab und verschwindet mitsamt seinem Lieferwagen auf Nimmerwiedersehen. Bis auf das Auto des weißhaarigen Alten und Emilianas kleinen roten Fiat, der neben dem Haus parkt, ist kein Fahrzeug hier aufgetaucht.

»Jetzt zählt nur«, trichterte sie den Teenagern gleich nach ihrer Ankunft ein, »dass wir hier mit heiler Haut rauskommen.« Und sie ermahnt die beiden, sich still zu verhalten halten und keine Scherereien zu machen, bis sie wissen, was hier läuft und ob es vielleicht eine Fluchtmöglichkeit gibt. Die ansonsten so ausgelassenen Teenager akzeptieren, dass sie sich zusammenreißen und spuren müssen.

Ihre Gesellschaft besteht aus Emiliana, dem alten Mann, der körperlosen Stimme einer zweiten Frau, der sie noch nicht begegnet ist, und zwei bewaffneten Aufpassern, die beharrlich schweigen und jeglichen Blickkontakt vermeiden. Zum Glück sind da noch die Kinder. Als Mary Ben an sich drückt und ihn bittet, keinen Mucks von sich zu geben, steigt ihr sein salziger Geruch in die Nase. »Wir müssen leise sein. Nach dem Essen spiele ich mit dir, okay?«

Er nickt pflichtschuldig.

»Schaffst du es, ganz still zu sein?«, flüstert sie ihm ins Ohr.

Erst als er abermals nickt, gibt sie ihn frei. Mit hochrotem Kopf dreht er sich weg und kämpft gegen die Tränen an. Bei seinem Anblick wird ihr ganz schwer ums Herz. Er ist noch zu jung, um seine Angst zu überwinden. Wieder schließt sie ihn in die Arme, drückt ihn an sich, fährt mit der Hand über seinen Rücken. Sie ahnt, wie sehr ihm das alles zusetzt, wie gern er brüllen, herumlaufen, draußen spielen möchte, wie sehr ihm seine Eltern fehlen, doch es ist ihre Pflicht, für die Sicherheit der Kinder zu sorgen, und genau das wird sie tun – koste es, was es wolle.

Dathi und Fremont kommen hereingeschlurft. Das Mädchen schläft seit ihrer Ankunft schlecht und ist erschöpft. Free wirkt schmal und sein Blick ist leer, obwohl er innerlich rebelliert.

Von dem, was Mary aus den Fenstern sehen kann, grenzt das einsame Anwesen auf einer Seite ans Meer und ist sonst nur von Wiesen umgeben. Perfekt für jemanden, der ungestört ausspannen möchte. Es scheint sich um ein Ferienhaus zu handeln. Es ist mit allem ausgestattet, was man so braucht: Bettwäsche, Geschirr, Töpfe, kleine Shampooflaschen und Seifen wie im Hotel, und sogar eine Waschmaschine und einen Trockner, für die sie keine Verwendung hat, denn man hat ihnen nicht erlaubt, ihre Sachen mitzunehmen.

Links neben dem Haus steht noch es ein kleiner Bungalow, wo anscheinend Emiliana wohnt. Entweder schieben die beiden Aufpasser rund um die Uhr Wache oder sie werden abgelöst, ohne dass Mary es mitkriegt. Die Männer – vom Scheitel bis zur Sohle ganz in Schwarz gekleidet und mit Maschinengewehren und Pistolen bewaffnet – sehen aus wie diese austauschbaren Schurken aus Action- oder Abenteuerfilmen.

Vorder- und Hintertür des Hauses sind von außen zugesperrt, die Fenster mit schmiedeeisernen weißen Gittern gesichert. In so einem abgeschiedenen Haus kann man sich als Tourist sicher fühlen und muss nicht befürchten, nachts oder tagsüber von ungebetenen Gästen behelligt zu werden. Wer kriegt an diesem gottverlassenen Fleckchen schon mit, ob das Haus gerade bewohnt wird oder leer steht? Und genau dieser Umstand jagt Mary einem kalten Schauer über den Rücken.

Ben im Arm, reckt sie den Kopf und späht durch das Fenster. Der weißhaarige Mann ist verschwunden. Sie hört, wie ein Fahrzeug wegfährt. Der rote Fiat steht immer noch an seinem angestammten Platz. Emiliana dreht sich um und sieht zum Haus hinüber. In der grellen Sonne wirken ihre Augen heller, die Falten tiefer. Zum wiederholten Mal kann Mary sich nicht des Eindrucks erwehren, dieses Gesicht schon einmal gesehen zu haben.

Kapitel 10

Über achtzig Kilometer verläuft die Straße nach Barumini durch Felder und Wiesen. Zum Zeitvertreib und zur Vorbereitung auf ihr Ziel, liest Karin Mac laut vor, was sie im Internet über den Ort findet. Hin und wieder bricht die Verbindung ab, was in einem so dünn besiedelten Landstrich kaum verwundert. »Su Nuraxi ist die am besten erhaltene Groß-Nuraghe auf Sardinien. Die Turmbauten stammen aus dem fünfzehnten oder sechzehnten Jahrhundert vor Christus. Der italienische Archäologe Giovanni Lilliu entdeckte die Überreste der Anlage unter einem Hügel, der erst später entstanden ist. Sie diente als Schloss, Dorf und Festung. Lillius Ausgrabung in den Fünfzigerjahren des zwanzigsten Jahrhunderts schreibt die Chronologie des prähistorischen Sardinien neu.«

Dass Mary diesen Ort mit den Kindern besichtigen wollte, versteht sich von selbst, aber warum, sinniert Mac, hat sie damit nicht gewartet, bis er und Karin aus England eintreffen? Dann hätten sie diesen Ausflug gemeinsam unternehmen können. Hätte Mary sich noch etwas in Geduld geübt, dann …

Tief in Gedanken versunken, verpasst er die Abzweigung, worauf eine resolute Frauenstimme prompt in leicht irritiertem Tonfall verkündet: »Bitte wenden.«

»Wir sind falsch«, informiert ihn Karin, als hätte sie sich insgeheim mit der Stimme aus dem Navigationsgerät verbündet.

»Habe ich auch schon bemerkt.« Zu Macs Missfallen beschreibt die Straße – ohne Leitplanken, versteht sich – ein Stück weiter vorn eine Kurve, hinter der die Küste steil abfällt.

»Wir müssen umkehren.«

»Okay«, entgegnet er bemüht ruhig, denn jetzt ist nicht der richtige Zeitpunkt für einen Streit. Sie muss doch mitkriegen, dass es auf dieser schmalen, ansteigenden Straße keine Wendemöglichkeit gibt.

»Jesus!«, entfährt es Mac.

Plötzlich geht der Motor aus. Karin wird gegen Mac geschleudert, als er versucht, dem Abgrund auszuweichen und gleichzeitig den Motor wieder anzulassen, um einen Zusammenstoß mit dem Fahrzeug hinter ihnen abzuwenden.

»Ich schaffe es, ich schaffe es, ich schaffe es«, beschwört Mac. Endlich hat er es geschafft, ihre Klapperkiste in die Mitte der Straße zu manövrieren und wieder zu starten. Als das Klingeln in seinen Ohren und der Brechreiz langsam nachlassen, holt er erst einmal tief Luft. Karin nimmt langsam die Hand von seinem Knie. Anscheinend wollte sie ihn spüren, falls sie über die Klippe rauschen und sterben sollten.

»Scheißkarre.«

»Du bist zu schnell«, warnt Karin. »Geh vom Gas.«

»Ich versuche, die richtige Geschwindigkeit zu finden. Fahre ich zu langsam, geht der Motor aus und wir riskieren, dass jemand auffährt. Fahre ich zu schnell, rasen wir über die verdammte Klippe.«

Während die Straße, die auf die Anhöhe führt, immer steiler wird, verkürzen sich die Abstände zwischen den scharfen Kurven, bis es ihnen so vorkommt, als würden sie Achterbahn fahren. Umgeben von blanken Felsen und einem blauen Himmel, ist die Gefahr, in den Abgrund zu stürzen, immer präsent.

»Das ist doch der schiere Wahnsinn«, flüstert Karin entsetzt.

Ein Wagen kommt um die vor ihnen liegende Kurve gerauscht und saust ihnen entgegen. Mac fällt es nicht leicht, die Kontrolle über das Fahrzeug zu behalten. Kaum ist das andere

Auto außer Sichtweite, fährt er auf die Mitte der Straße und sagt: »So sehe ich das auch.«

Ohne Vorwarnung bricht Karin in unkontrolliertes Gelächter aus, bis sie vor lauter Hysterie fast weint. Mac, der sich auch nicht mehr beherrschen kann, kichert ebenfalls.

»Hör auf«, fleht er. »Wenn ich jetzt feuchte Augen kriege, sehe ich nichts mehr.«

»Ich mache mir gleich in die Hose«, ruft sie.

»Reiß dich zusammen.«

Nachdem sie sich abreagiert haben, schweigen sie. Jetzt kommt es darauf an, sich zu konzentrieren, den Wagen sicher zu lenken, Ruhe zu bewahren. Sie fahren durch ein beinah wie ausgestorben wirkendes Örtchen, wo auch die Straße keine Schwierigkeiten mehr macht.

»Die Einwohner halten Siesta«, merkt Karin an.

Doch hinter dem Dorf geht es wieder so steil bergauf, dass ihnen die Ohren zufallen. Schließlich erreichen sie einen riesigen, fast leeren Parkplatz mit atemberaubendem Ausblick auf sanft abfallende Felder, die die lebensgefährliche Route, die sie hierher gebracht hat, Lügen strafen.

Die Luft ist leicht und riecht erdig. Sie überqueren den Parkplatz. Unter einem schattigen Baum sitzen zwei Männer auf Klappstühlen, neben denen Sättel und Zaumzeug liegen. Mac legt die Hand über die Augen und Karin setzt ihre Sonnenbrille auf. Die Männer verstummen. Der Geruch von Pferdemist steigt ihnen in die Nase. In der Ferne trottet eine Gruppe Reiter eine lange Straße hinunter, die sich im Nirgendwo zu verlieren scheint.

»Hallo«, beginnt Mac in der Hoffnung, dass die beiden Englisch verstehen. »Su Nuraxi?«

Ein Mann wirft amüsiert das ledrige Haupt nach hinten, sein

fast zahnloser Kollege lächelt und meint: »Laggiù, devi tornare indietro, sei andato troppo lontano.«

Mac und Karin lächeln verständnislos.

»Zurück«, sagt der Zahnlose. »Zurück.«

»Wenn wir schon mal hier sind…« Karin holt ihr Handy heraus, sucht ein Foto von Mary und den Kindern, das sie vergangene Weihnachten aufgenommen hat, und zeigt es den Männern. »Waren diese Leute schon mal hier?«

Sie mustern das Foto und zucken mit den Achseln, was zweierlei bedeuten kann: Entweder haben sie ihre Familie nicht gesehen oder sie kapieren nicht, warum man ihnen den Schnappschuss zeigt.

»Danke«, sagt Mac. »Ciao.«

»Ciao, ciao«, erwidern die Beiden und nehmen ihr Gespräch wieder auf.

»Das hier könnte das Ende der Welt sein.« Karin bleibt stehen und lässt den Blick schweifen. »Und wir haben es gefunden.«

»Wunderschön«, findet Mac.

»Hm, auch ein bisschen unheimlich.« Sie sieht ihn an. »Weißt du, was ich meine?«

»Hier möchte man nicht verloren gehen.«

Mit klopfenden Herzen fahren sie die steile, kurvenreiche Straße zurück bis zu der Kreuzung, wo sie falsch abgebogen sind, und schlagen die andere Richtung ein.

Nicht lange und sie erreichen Su Nuraxi, eine imposante Steinruine. Abgesehen von dem bescheidenen Parkplatz und dem kleine Gebäude neben der Straße, in dem ein Andenkenladen und die Touristeninformation untergebracht sind, hat sich hier seit dem Mittelalter, wo die Anlage als Festung diente, wenig verändert.

Während Mac den Wagen parkt, rutscht Karin unruhig auf ihrem Sitz hin und her und schaut sich um. »Keine Spur von einen blauen Peugeot.«

Gemeinsam schlendern sie durch die flirrende Hitze über den staubigen Parkplatz zu dem Gebäude. Mac greift nach Karins Hand, die so kalt und feucht ist, dass ihn die Berührung seltsam traurig stimmt. Er drückt fest zu und sie tut es ihm gleich, ohne ihn anzusehen. Er spürt, wie es sie drängt, ihn loszulassen und zu rennen. Mit der freien Hand sucht sie in ihrem Handy schon nach dem Foto.

»Hallo«, begrüßt Karin das Mädchen, das neben dem Eingang der Touristeninformation in einer kleinen Bude sitzt und Eintrittskarten verkauft. »Tut mir leid, ich spreche kein Italienisch.«

»Kein Problem«, antwortet das Mädchen zuvorkommend. »Ich spreche Englisch.«

»Oh. Gut.« Karin grinst zufrieden, hält ihr Handy hoch, zeigt dem Mädchen das Foto. »Das ist meine Familie. Haben Sie sie schon mal gesehen? Waren sie gestern hier?«

»Ach, gestern habe ich nicht gearbeitet. Warten Sie bitte einen Moment.«

Das Mädchen beugt sich aus dem Fenster und ruft nach einer Luisa, woraufhin eine Frau mittleren Alters mit hochgestecktem Haar erscheint. Sie trägt eine Art Uniform – Khakis und ein weißes T-Shirt mit einem Namensschild, auf dem in mehreren Sprachen *Touristenführer* steht.

»Hier sind zwei Amerikaner, Luisa«, erklärt das Mädchen ihre Kollegin und zeigt auf Karin und Mac.

»Wie kann ich Ihnen helfen?«, erkundigt sich Luisa mit einem Lächeln.

»Haben Sie gestern hier gearbeitet?«, fragt Mac.

»Ja, den ganzen Tag.«

Karin zeigt ihr das Foto. »Unsere Familie ist gestern hier gewesen. Haben Sie sie gesehen?«

Luisa studiert das Bild gewissenhaft, schüttelt den Kopf und sagt: »Nein, nicht das ich wüsste. Sind das Ihre Kinder?«

»Ja, zwei von ihnen«, antwortet Karin. »Der kleine Junge und das Mädchen. Die beiden anderen sind Freunde von uns.«

»Ich habe auch eine Tochter in dem Alter.« Luisas Lächeln versiegt. Sie sieht besorgt aus. »Sie sind auf der Suche nach ihnen?«

»Wie viele Führer haben hier gestern gearbeitet?«, möchte Mac wissen.

»Außer mir nur noch Nicolo – *mi scusi*.« Sie dreht sich zu einem Mann um, der gerade mit einer Gruppe Japaner von einer Führung zurückkommt. »Nicolo!«

»Si?« Der junge Mann mit den bis zu den Schultern reichenden Locken und einer tätowierten Jungfrau Maria auf dem Bizeps trägt das gleiche Outfit wie Luisa.

»Wir hätten eine Frage an Sie.«

Gut gelaunt tritt Nicolo zu ihnen. »Aber sicher. Wie kann ich Ihnen helfen?«

Karin zeigt ihm die Aufnahme, die er sich ebenfalls genau ansieht. »Tut mir leid. Nein, diese Leute habe ich gestern nicht gesehen.«

»Vielleicht heute?«, hakt Karin nach.

»Nein«, antworten Nicolo und Luisa.

»Gibt es noch jemand anderen, der sie gesehen haben könnte?«, fragt Mac.

»Raffaela war gestern hier. Sie hat die ganze Woche gearbeitet«, erklärt Luisa. »Sie finden sie in dem Andenkenladen dort drüben.«

»Danke«, sagt Mac. »Ciao.«

»Ciao«, erwidert Nicolo. Luisa, die ihnen nachdenklich hinterher schaut, schweigt. Als Karin sich noch einmal umsieht, zieht Mac sie weg. Jetzt ist nicht der passende Moment für Gefühlsduselei, für mütterliche Anteilnahme oder diese übertriebene Schwarzmalerei, der Frauen manchmal bei der kleinsten Kleinigkeit verfallen.

Ich kann es gar nicht leiden, wenn Mac so an mir zerrt, und reiße mich los. »Danke«, rufe ich über die Schulter Luisa zu. »Ciao.«

»Ciao.« Sie winkt mir hinterher. Ihre Geste bewirkt, dass ich mich etwas besser fühle. Diese Frau kann nachvollziehen, was wir durchmachen, wieso wir den weiten Weg auf uns genommen haben, doch ihr teilnahmsvoller Blick versetzt mir einen Stich. So mache ich auf dem Absatz kehrt und folge Mac in den Andenkenladen.

»Raffaela?«, beginnt er. »Sprechen Sie Englisch?«

»Ein bisschen«, erwidert die ältere Dame so zögerlich, als wäre ihr Wortschatz damit bereits erschöpft. Sie hat silbergraue Haare und ein runzeliges Gesicht, das einer Walnuss ähnelt. Ihr pinkfarbener Lippenstift erinnert mich daran, dass man die Hoffnung niemals aufgeben darf.

»Unsere Familie.« Ich zeige ihr das Foto auf meinem Handy. »Haben Sie sie gesehen?«

Es dauert einen Moment, bis sie meine Frage verstanden hat. Sie schüttelt den Kopf, zuckt mit den Achseln. »No, no. Mi dispiace.«

»Sind Sie sicher? Schauen Sie noch mal genau hin. Bitte.«

»Danke.« Mac schleift mich aus dem Andenkenladen.

»Du tust mir weh.«

»Sie hat sie nicht gesehen. Keiner hier hat sie zu Gesicht gekriegt.«

»Aber sie waren da.«

»Das behauptet Giulia.«

»Kein Glück?« Luisa wartet neben dem Ticketschalter geduldig auf ihre nächste Gruppe.

»Nein«, flüstere ich und schaffe es gerade noch, nicht in Tränen auszubrechen.

»Hat jemand einen Wagen über Nacht hier stehen lassen? Vielleicht einen blauen Peugeot?«, erkundigt sich Mac. Luisa dreht sich zu dem Mädchen am Ticketschalter um und übersetzt die Frage auf Italienisch.

»Nein«, erklärt uns Luisa, »der Parkplatz war leer, als sie heute Morgen zur Arbeit gekommen ist.« Oben am Himmel zieht eine Wolke weiter und taucht die Fremdenführerin in diffuses Sonnenlicht. Erst da fällt mir auf, dass sie außer einem Ehering ein Paar schlichte Goldohrringe trägt.

Ich habe plötzlich einen Kloß im Hals, nicke nur kurz und wende mich ab. Mit Mac im Schlepptau halte ich auf den Parkplatz zu und lasse den Blick über Su Nuraxi schweifen. Dieser Steinhaufen, einst Schloss und Festung, verfügt über zahlreiche Ein- und Ausgänge und Nischen. »Was hältst du davon, wenn wir uns dort drinnen mal umsehen«, schlage ich Mac vor.

»Keiner hat sie gestern gesehen, Karin. Sie waren nicht hier.«

»Ich finde, wir sollten es trotzdem tun.« Meine Sturheit fußt auf dem festen Glauben, dass wir aus einem ganz bestimmten Grund an diesem Ort sind, dass wir hierher geschickt wurden. Die Anlage ist nicht bewacht, man kann sie auf eigene Faust erkunden und sich darin verlaufen, ohne dass jemand Notiz davon nimmt. Ich verlasse den Pfad, marschiere über den Rasen und steige mühelos über die Absperrung, ein dickes, auf Kniehöhe gespanntes Seil. Je näher ich der Festung komme, desto trockener wird der Boden. Binnen kürzester Zeit bewege ich mich in einer riesigen Staubwolke.

»Sie müssen entschuldigen!«, höre ich Mac rufen und male mir aus, wie Luisa mit den Achseln zuckt und mitfühlend lächelt. Sie wird schon verstehen, was mich antreibt und zu diesem Schritt veranlasst. Ich höre, wie mein Mann mir folgt, und gehe schneller. So wie ich ihn kenne, wird er garantiert versuchen, mich von meinem Vorhaben abzuhalten und eventuell sogar einen Streit vom Zaun brechen, doch weit gefehlt: Er holt mich ein, hält Schritt und sagt kein Wort.

Gemeinsam streifen wir durch diesen steinernen Irrgarten. Manche Mauern sind hoch genug, um sich dahinter zu verstecken. Je näher wir dem Turm kommen, desto besser erhalten und dicker sind die Wände. Bald stoßen wir auf eingebaute Tische, Bänke, Feuerstellen und können uns ein Bild davon machen, wie die Menschen früher hier gelebt haben.

Ich zwänge mich durch den schmalen Turmeingang. In dem Rundbau ist es angenehm kühl. Seit Jahrhunderten hat kein Sonnenlicht diese Steine gewärmt. Ich bleibe stehen und warte, bis Mac aufschließt. Ein Stück weiter vorn bemerke ich am Boden eine helle Stelle, dahinter wieder Schatten und in der Ferne ein bernsteinfarbenes Licht.

»Komm.« Ich greife nach Macs Hand und führe ihn durch einen engen Tunnel. Wir gelangen in einen kreisrunden Raum mit massiven Steinwänden und einer Öffnung in der hohen Decke, durch die Luft und Licht dringt. Unfassbar, dass diese Anlage von Menschenhand gebaut wurde.

»Lass uns weitergehen«, drängt mich Mac auf einmal. Wir begeben uns in den nächsten Tunnel, der so eng ist, dass mir die Ohren zufallen und ich leicht klaustrophobisch werde. Tunnel folgt auf Tunnel, Raum auf Raum. Hie und da gibt es ein Fenster, eine Öffnung in der Decke, eine Nische, aber keinen Ort, wo sich vier Menschen verstecken könnten.

Schließlich landen wir in einem Innenhof im Herzen der Nuraghe, der früher wahrscheinlich als Versammlungsstätte fungiert hat. In der Mitte umrandet eine kleine Steinmauer ein tiefes Loch, das mit einem schweren, verrosteten Gitter abgedeckt ist.

»Das muss der Brunnen sein.« Mac stellt sich neben mich und späht in die Tiefe. »Die Wasserversorgung hatte damals sicherlich oberste Priorität.« Er zieht an dem mit Schrauben befestigten Gitter und ruft: »Hallo?« Seine Stimme schallt durch den Schacht, wird von den Brunnenwänden zurückgeworfen, verhallt dann in der Tiefe.

»Diese Festung ist nur ein Labyrinth mit zig leeren Steinkammern«, beklage ich. »Sie sind hier nicht. Du hattest recht.«

Wir nehmen die Straße, die wir gekommen sind. Mac fährt vorsichtig und entwickelt langsam ein Gefühl, bei welcher Geschwindigkeit die Kupplung mitspielt. Mittlerweile nimmt er die Kurven mit mehr Zuversicht, aber ich bin zu deprimiert, um mich über diese positive Entwicklung freuen zu können.

In der Nähe von Capitana habe ich wieder Empfang. Auf meinem Blackberry gehen gleich mehrere Mails ein. Aber keine Nachrichten von Giulia, Enzio Greco oder einem seiner Mitarbeiter.

»Ich wüsste zu gern, was der Mann vom Carrefour-Schlüsseldienst gesagt hat.«

Mac nickt. »Versuch, Greco anzurufen.«

Die Empfangsdame redet ohne Punkt und Komma auf Italienisch auf mich ein. Zu dumm, dass ich kein Wort von dem verstehe, was sie da sagt. »Bitten Sie ihn, uns anzurufen. Karin Schaeffer, Mac MacLeary«, sage ich, bevor sie auflegt.

»Wir könnten mal bei Giulia vorbeifahren«, schlägt Mac vor.

Aus den Informationen der Rossis suche ich ihre Adresse heraus und gebe sie in das Navi ein.

Die verschlafene Straße, in der Giulia wohnt, ist von weiß getünchten Häusern gesäumt. Überall blühen Bougainvilleen; schilfgedeckte Veranden spenden Schatten. Ein paar Kinder kommen uns auf Fahrrädern entgegen, bleiben stehen und starren uns neugierig an, als wir vorbeifahren.

»Hausnummer 37 existiert nicht«, sage ich und überprüfe noch einmal Giulias Adresse. »Nur 36 und 38.« Gegenüber den Häusern mit den geraden Nummern liegt eine mehrere Hektar große Obstplantage. »Den Rossis muss da ein Fehler unterlaufen sein.«

»Googel sie, Karin.« Macs leicht gereizter Tonfall deutet darauf hin, dass ihm irgendetwas unangenehm aufstößt. »Googel ihren Namen.«

Ich tippe auf das Browser-Icon, logge mich in ein nicht gesichertes Netzwerk ein, google Giulia Porcu und lande mehrere Treffer. Bedauerlicherweise wohnt keine der Frauen in Capitana oder überhaupt auf Sardinien. Wir fahren noch einmal die Straße in beide Richtungen ab. Keine Nummer 37. Anschließend kontrollieren wir jeden einzelnen Briefkasten. Auf keinem der Schilder steht der Name Giulia Porcu.

»Vielleicht gehört das Haus ihrem Mann oder ihrem Lebensgefährten?«, gebe ich zu bedenken.

»Oder ihrer Freundin«, murrt Mac. »Möglicherweise ist sie lesbisch, ledig, polygam veranlagt oder lebt allein.«

»Oder sie hat keinen Sinn für Zahlen.«

»Oder sie ist eine Lügnerin.« Mac tritt unvermittelt auf die

Bremse und wirbelt dabei so viel Staub auf, dass man die hübschen Häuser nicht mehr erkennen kann. Seine Halsadern treten hervor, was nichts Gutes bedeutet. Er sieht mich an. »Vielleicht existiert diese Giulia gar nicht. Vielleicht hat uns jemand reingelegt. Könnte doch sein, dass da irgendeine krumme Sache läuft, oder? In dem Fall sollten wir eine Pause einlegen und in aller Ruhe überlegen, was hier eigentlich gespielt wird.«

»Aber wir haben doch mit ihr gesprochen, Mac.«

»Wir haben mit jemandem gesprochen, der uns an einen Ort geschickt hat, wo Mary und die Kinder nie gewesen sind. Wir haben eine Nummer auf einer Liste angerufen, die wir von jemandem bekommen haben, den wir nicht kennen. Im Grunde genommen wissen wir überhaupt nicht, warum wir hier sind, oder, Karin?«

Seine Frage, die von bestechender Weitsicht zeugt, lässt mich frösteln. Er hat den Nagel auf den Kopf getroffen. Tatsache ist, dass wir unsere Heimat hinter uns gelassen und eine lange Reise angetreten haben, ohne richtig zu wissen, worauf wir uns da einlassen. Und nun sitzen wir auf einer Insel mitten im Meer und beherrschen nicht einmal die Sprache der Einheimischen. Warum?

Während Mac zurück zum Haus in der Via Degli Oleandri fährt, versuche ich abermals, Enzio Greco zu erreichen. Niemand nimmt ab.

Wir halten vor dem Haus. Kein anderes Fahrzeug, keine Menschenseele ist in Sicht. Die Abwesenheit unserer Lieben fühlt sich an wie die viel beschworene Ruhe vor dem Sturm. Die Spätnachmittagssonne steht tief am Himmel. Vor der Windschutzscheibe kann man die flirrende Hitze buchstäblich sehen. Kaum ist der Motor ausgeschaltet, wird es im Auto stickig.

Mac beißt die Zähne so fest zusammen, dass seine Kinnmuskeln deutlich hervortreten. Er zieht den Autoschlüssel ab, fährt mit dem Daumen über die Zinken und sagt: »Ich kann zwar nicht den Finger darauf legen, aber langsam glaube ich, dass diese Geschichte etwas mit dem Millerhausen-Fall zu tun hat.«

»Millerhausen?!«

»Denk mal an das Timing.« Er sieht mich mit ernster Miene an. Ich weiß, was er meint. Diese Reise wurde uns praktisch auf dem Silbertablett serviert. Alles lief wie geschmiert. Viel zu geschmiert. Und jetzt suchen wir nach unserer Familie – eine Suche, die langsam aussichtslos erscheint. Versucht uns jemand so von irgendetwas abzulenken?

»Du denkst also, der Job in London war nur Schmu?«, frage ich. Für diese Theorie spricht, dass der Kroll-Auftrag ein Pappenstiel und extrem gut bezahlt war. Wieso haben wir keinen Verdacht geschöpft?

»Dieser Ire hatte keinen Dreck am Stecken. Kroll ging es nur darum, dass wir von Millerhausen ablassen. Wessen Idee war es, dass Mary und die Kinder vor uns nach Sardinien reisen?«

»Meine oder Marys, aber genau kann ich das mehr nicht sagen. Es ging alles so unglaublich schnell.«

»Godfrey Millerhausen«, sagt Mac, »ist extrem reich. Falls er darauf aus ist, unserer Ermittlung einen Riegel vorzuschieben, kann er es sich leisten, Kroll zu engagieren. Sie haben uns mit Europa geködert wie den Hasen mit der Karotte.«

»Und wir haben angebissen.«

»Was ist sein Motiv? Ich muss mich noch mal mit Millerhausen befassen. Was will er vor seiner Frau, vor uns geheim halten? Ich muss dem Typen richtig auf den Zahn fühlen, denn langsam beschleicht mich das Gefühl, dass wir Mary und die Kinder nur so finden werden.«

»Unfassbar, oder?«

»Ich werde mit Dan Stylos anfangen und ihm noch eine Mail schicken. Mal sehen, ob er diesmal antwortet.«

»Träum weiter.«

»Du hast wahrscheinlich recht.« Mac sucht Stylos' Nummer heraus und wählt sie. Als sich jemand meldet, gibt er sich als ehemaliger Kollege von Stylos aus, doch bevor er fortfahren kann, wirft er mir einen Blick zu, bei dem mir ganz mulmig wird.

»Was ist?«, flüstere ich.

Er legt die Hand übers Mikrofon und flüstert: »Stylos ist tot.«

Verstört verfolge ich das Gespräch.

Mac bekundet sein Beileid und fragt: »Falls es Ihnen nichts ausmacht, würde ich gern erfahren, welchen Nachnamen die erste Mrs. Millerhausen heute benutzt. Früher haben wir viel Zeit miteinander verbracht. Leider habe ich den Kontakt zu ihr schleifen lassen, aber sie hat Dan sehr nahegestanden und würde sicher gern Bescheid wissen.«

Nach dem Telefonat berichtet er: »Sie verwendet jetzt wieder ihren Mädchennamen – Liz Braud. Und was meinst du, wo sie wohnt?«

»Spann mich bitte nicht so auf die Folter.«

»Hier, auf Sardinien.«

Ich hole tief Luft. »Wie ist Stylos gestorben?«

»Seiner Sekretärin zufolge ist er für ein verlängertes Wochenende in sein Haus auf den Hamptons gefahren und danach nicht mehr im Büro erschienen. Heute Morgen wurde seine Leiche angespült. Er ist wohl vom Boot gefallen.«

Im Haus der Rossis schalten wir das Licht ein, stellen den Laptop auf den kleinen Küchentisch und finden sie sofort im Netz. Liz Braud besitzt ein Hotel im Norden der Insel, wo sich die Superreichen von dem Stress erholen, superreich zu sein. Die Fotos vom L'Hotel del Riso e dell'Oblio, einer Villa mit zwanzig Zimmern, zeigen eine Ansammlung luxuriös gestalteter Räume und einen atemberaubenden Ausblick. Auf der Startseite lächelt die Eigentümerin Liz in die Kamera: eine große dünne Frau mit schulterlangem, blondem Haar, das gefärbt und überfrisiert wirkt. Auf ihrem zu stark sonnengebräunten, von Altersflecken überzogenen Dekolleté funkelt eine große Saphirkette. Ihr Lächeln wirkt aufgesetzt, falsch, ihr Blick ist irgendwie kalt. Laut der kurzen Biografie neben ihrem Foto ist sie vor zehn Jahren zum ersten Mal auf die Insel gekommen, um Urlaub zu machen, und einfach geblieben. Sie hat ihre Luxusherberge nach ihrem Lieblingsroman *Das Buch vom Lachen und Vergessen* von Milan Kundera benannt. (Der Schmöker ist meiner Meinung nach genauso passé wie ihre blondierten Haare und ihre Bräune).

Ich wähle die Nummer des Hotels, warte ewig, bis eine Ansage vom Band läuft, und lege auf. »Lass uns jetzt sofort dort hinfahren und mit ihr reden.«

»Nein.« Mac runzelt die Stirn. »Wir müssen erst rausbekommen, was hier vor sich geht.«

»Sie lebt hier«, gebe ich zu bedenken. »Sie weiß bestimmt irgendetwas.«

»Genau. Deshalb müssen wir mehr im Köcher haben.«

»Die Fahrt dorthin dauert lang. Wir können uns auf dem Weg unterhalten. Ich kann ein bisschen rumtelefonieren und dann wissen wir mehr.«

»Mir wäre es lieber, wenn du sie aufsuchst, aber … «

»Allein?«

»Ich fliege zurück nach New York.«

»Mac, jetzt mach aber mal halblang.«

Ich folge ihm aus der Küche nach oben in unser Schlafzimmer, wo er seinen Koffer aufs Bett wirft und zu packen beginnt.

»Du kannst mich hier nicht allein lassen.«

»Wir werden Mary und die Kinder nicht zurückkriegen, wenn nicht einer von uns nach Hause fährt und herausfindet, was hier gespielt wird. Und das muss ich machen, denn ich habe das Ganze in Gang gesetzt und ich bin mit dem Millerhausen-Fall vertraut. Du musst hierbleiben, mit der Polizei zusammenarbeiten und Liz einen Besuch abstatten, wenn die Zeit reif dafür ist, wenn wir zu dem Ergebnis gekommen sind, dass die Kontaktaufnahme etwas bringt.«

»Aber …«

»Wir können nicht beide ohne Mary und die Kinder Sardinien verlassen«, meint er mit sanfter, fast flehender Stimme. »Und deshalb werde ich allein nach Hause fahren.«

Hinter der Sicherheitskontrolle dreht sich Mac um und wirft Karin ein letztes Küsschen zu. Er weiß, dass sie versteht, warum er fliegen muss: Es geht auch um ihre Familie, sie ist selbst Privatdetektivin und begreift, dass sie ihre Ressourcen so effektiv wie möglich nützen müssen und keine Zeit verschwenden dürfen. Aber ihr Gesichtsausdruck sagt etwas anderes: Sie leidet unendlich und das beunruhigt ihn mehr, als er sich eingestehen möchte. Die Hälfte ihrer Ehe hat er alles in seiner Macht stehende getan, damit sie nicht in dieses dunkle Loch fällt, das sie manchmal zu verschlingen droht. Selbstverständlich behagt es ihm gar nicht, sie allein zu lassen, aber welche Wahl hat er? Da sich Mary und die Kinder aller Wahrscheinlichkeit noch auf der Insel befinden, muss einer von ihnen vor Ort die Stellung halten.

Kapitel 11

Mary stellt sich hinter Dathi, die wie so oft abspült, legt die Hände auf die Schultern des Mädchens, und flüstert: »Versuch, dich zu entspannen.«

Erschrocken dreht sich Dathi um. »Warum flüsterst du?«, wispert sie zurück.

»Keine Ahnung«, erwidert Mary in normaler Lautstärke. »Wirklich nicht.«

»Das tut gut.« Dathi hört auf zu spülen, ohne das Wasser abzustellen, während Mary sie massiert. »Sollen wir heute einen Spaziergang am Strand machen?«

»Prima Idee.«

Sie müssen laut lachen, doch schon einem Moment später macht sich wieder diese bleischwere Stille breit. Ein kleiner Scherz ändert nichts an der Tatsache, dass sie verschleppt wurden und gefangen gehalten werden, dass an Strandspaziergänge oder derlei Zeitvertreib nicht zu denken ist. In dem Moment geht Mary mal wieder durch den Kopf, dass Karin, dem Foto nach zu urteilen, in England festgehalten wird, was das Gefühl von Ohnmacht und Hilflosigkeit nur noch verstärkt. Die negativen Gefühle drohen sie zu ersticken, ihren Geist zu vernebeln. Sie versucht, dagegen anzukämpfen, doch es fällt ihr von Stunde zu Stunde schwerer. Stumm betet sie, dass Mac irgendwo dort draußen ist und nach ihnen sucht.

Die heiße Sonne, die durch das aufs Meer hinausgehende Fenster fällt, zwingt Ben, sich einen anderen Platz zum Spielen zu suchen. Wenn der heutige Tag wie der gestrige verlaufen sollte, wovon auszugehen ist, wird er den ganzen

Nachmittag damit verbringen, den wandernden Schatten nachzujagen.

Fremont liegt mit ausgestreckten Beinen auf der Couch, starrt an die Decke, das aufgeschlagene Buch auf seinem Bauch. Mary würde ihr letztes Hemd gegen eine Gitarre eintauschen, damit sich ihr Sohn, der noch nie sonderlich gern gelesen hat, beschäftigen könnte. Dass sie hier keinen Computer haben, versteht sich von selbst. Die Erkenntnis, wie verloren ihr Sohn ohne Musik und Internet ist, macht ihr zu schaffen. Ben und Dathi sind weitaus besser in der Lage, sich selbst zu beschäftigen, denn Ben ist noch klein und Dathi, in Indien aufgewachsen, längst nicht so verwöhnt.

»Jetzt wird unser Durchhaltevermögen auf die Probe gestellt«, erinnert Mary die Kinder. Die Teenager ignorieren ihren Kommentar, während Ben, der natürlich nicht versteht, wovon sie redet, den Blick hebt und sie angrinst. Sie dankt es ihm mit einem Lächeln.

Nachdem Dathi das Geschirr gespült hat, dreht sie das Wasser ab. »Mit den richtigen Zutaten könnte ich etwas backen.«

»Bei der Hitze?«, fragt Mary.

»Dann hätte ich wenigstens etwas zu tun.«

»Und wir könnten essen«, meldet sich Fremont zu Wort. »Scheiße, was würde ich für einen Schokoladenkuchen geben?«

»Free!«

»Ich bin alles, nur nicht frei, Mom, wie ich schon häufiger klargestellt habe.«

»Pass bitte auf, was du sagst, wenn Ben dabei ist.«

Fremont verdreht die Augen. Seine Stirn ist von roten Pusteln überzogen, da er sein Medikament gegen Akne nicht hat. Sein Afro, um den er sich nicht mehr kümmert, sieht inzwischen eher wie eine Dreadlock-Mähne aus. Mary weiß noch nicht, ob ihr die neue Frisur gefällt oder sie sie nur schlampig findet.

»Wie lange noch, Mom?« Voller Energie schwingt er die Beine von der Couch und springt auf. »Wieso, verdammt noch mal, machen wir uns nicht einfach vom Acker?«

»Nun«, beginnt sie, um Gelassenheit bemüht, »ich würde vorschlagen, dass wir genau das tun, wenn sich die Gelegenheit bietet. Bis dahin … sitzen wir hier fest.« Sie kann es sich gerade noch verkneifen, nicht zu sagen, was sie wirklich denkt: *Wir sind Vieh, das auf den Schlachter wartet.* So schätzt sie ihre Situation nun einmal ein, doch ihre Befürchtung muss sie für sich behalten.

Ihr Sohn starrt sie an und stellt eine von diesen Fragen, auf die sie keine Antwort hat. »Warum sind wir hier?«

»Keine Ahnung. Es muss sich um einen Irrtum handeln.« Wieder spricht sie nicht die Wahrheit. Dass man sie entführt hat, ist ihrer Meinung alles andere als ein Irrtum.

Draußen holt Emiliana ein Paket aus dem Wagen und geht damit zum Bungalow.

Und plötzlich dämmert es Mary, wo sie dieses Gesicht schon mal gesehen hat.

Auf dem Foto von den Rossis sind Blaine Millerhausen und diese Frau abgelichtet. Damals waren ihre Haare kürzer und nicht blond gefärbt, sondern nur blond gesträhnt, aber das Gesicht hat sich nicht verändert.

Emiliana ist die andere Frau auf dem Foto.

Einer Eingebung folgend, stürmt Mary an Ben und Fremont vorbei, bleibt am Fenster stehen und ruft: »Liz!«

Emiliana hält inne, dreht sich um, wirft Mary einen höchst irritierten Blick zu. In der grellen Sonne ziehen sich ihre Pupillen zusammen.

»Liz Millerhausen!«

Fremont stellt sich neben seine Mutter. »Du kennst sie?«

»Ich möchte mit Ihnen reden, Liz! Ich möchte wissen, was das hier soll.«

»Woher kennst du sie?«

»Was immer Sie vorhaben, es wird nicht funktionieren.«

»Mom, wovon redest du?«

»Free … pst.«

Ihre Stimme lockt die andere Frau aus dem Bungalow. Langsam wird die Eingangstür zu ihrem Gefängnis aufgeschlossen, eine Brise vom Meer weht ins Haus und Blaine Millerhausen kommt in abgeschnittenen Jeans und einem gestreiften T-Shirt herein.

Ich sitze im Wagen auf dem Flughafenparkplatz und bringe es nicht übers Herz, ohne Mac wegzufahren. Das Geräusch eines startenden Fliegers lässt mich zusammenzucken. Ich lasse das Fenster herunter und stecke meinen Kopf in den Backofen. Die Hitze auf Sardinien erscheint mir beinahe aberwitzig. Oben am Himmel fliegt das Flugzeug weiter; eine andere Maschine befindet sich im Anflug. Wahrscheinlich wartet Mac noch aufs Boarding, doch für mich ist er schon über alle Berge.

Die Frau aus dem Navi begrüßt mich: »Fahrt zur Via Degli Oleandri. Verlassen Sie den Parkplatz und biegen Sie an der nächsten Kreuzung rechts ab.« Sie klingt so vernünftig, dass ich sie hasse. Kurzerhand suche ich im Navi die Spracheinstellung, wähle den irischen Sean und verabschiede mich von der amerikanischen Jane. Ich möchte jetzt unbedingt eine Stimme hören, die mich an Mac erinnert, eine irische Stimme, die fast genauso klingt wie die von Macs verstorbenem Vater und die mich fröhlich stimmt. Eine Stimme, die mich an Macs Abschiedsworte denken lässt: »Jemand muss die Stellung halten.« Eine Stimme, die mir hilft, nicht gleich die Fassung zu verlieren, sobald ich ohne die Person zurechtkommen muss, auf die ich mich mittlerweile bedingungslos verlasse.

An der Flughafenausfahrt gehe ich vom Gas, um die anderen Fahrzeuge, die Vorfahrt haben, vorbeizulassen, und prompt versagt die Kupplung. Während ich krampfhaft versuche, den ersten Gang einzulegen, hupen die sich hinter mit stauenden Autos. Nach einer Minute spüre ich, wie die Kupplung greift, gebe Gas und fahre mutterseelenallein durch ein mir immer noch fremdes Land.

Ich könnte jetzt einfach nach Norden fahren, und Liz Braud fragen, was sie weiß, doch ich habe Macs entschiedenes Nein und seine nachdenkliche Miene nicht vergessen. Irgendetwas sagt mir, dass ein Alleingang keine gute Idee ist. Zum jetzigen Zeitpunkt lässt sich nicht abschätzen, wo Gefahr droht und wo nicht. Und Mac hat recht: Wir werden dieses Rätsel nur lösen, wenn wir zusammenarbeiten.

Die Fahrt nach Capitana fühlt sich ohne Mac endlos an, aber zumindest muss ich keine Felsklippen umkurven. Kaum habe ich den Flughafen und die Stadt hinter mir gelassen, lässt der Verkehr merklich nach. Kilometer um Kilometer lege ich ohne Kupplungsprobleme zurück, fahre an Palmen, Beach Clubs und Restaurants vorbei.

Zu meiner Rechten liegt Su Marigu, das Restaurant, wo ich gestern Abend mit Mac gegessen habe. Ein Stück weiter verkauft ein dickbäuchiger Mann direkt aus seinem Lieferwagen heraus Strandliegen und Sonnenschirme. Eine Frau steht am Fenster und schüttelt einen Teppich aus. All diese Orte, diese Szenen sollten vertraut sein und sind es doch nicht.

Dieses graduelle Eintauchen in eine neue Umgebung, das langsam nachlassende Fremdeln, das Überraschende, das Magische, das Reisen auszeichnet – all diese Empfindungen strömen unvermittelt und ungefiltert auf mich ein. Hier ist alles anders, unbekannt. Was braucht es, damit ich, ganz auf mich gestellt, diese Insel begreife, ihre Geheimnisse lüften kann und endlich meine Familie finde?

Wenn ich anhalte und ein Geschäft betrete, sehe ich dann ein Fahndungsplakat? Oder wird die Suche nach vermissten Personen hier anders gehandhabt?

Warum habe ich noch nichts von Enzio Greco gehört? Ich weiß, dass er existiert, denn wir haben mit ihm erst heute Morgen in seinem Büro gesprochen.

Ich schalte das Radio ein. Aber da ich kein Wort verstehe, mache ich es wieder aus und drehe die Klimaanlage hoch.

Der Verkehr nimmt schlagartig zu, was mich beunruhigt. Nein, eigentlich bringen mich ganz andere Dinge aus der Fassung: ein brauner Lieferwagen, der viel zu dicht auffährt, und ein silberner Sportflitzer mit zwei Männern neben mir. Der Beifahrer, ein junger Kerl mit blonden Haaren, steckt den Kopf zum Fenster heraus und ruft dem Fahrer des Lieferwagens etwas zu. Im Rückspiegel erkenne ich einen dünnen Mann hinter dem Steuer. Am Hals hat er eine Schlange tätowiert, die mit gespaltener Zunge sein Kinn leckt. Der Typ im silbernen Sportflitzer reckt den halben Oberkörper aus dem Fenster, zeigt dem Schlangenmann den Stinkefinger und zieht sich dann lachend in den Wagen zurück.

Aus Sorge, dass die Kupplung wieder versagt, umklammere ich das Lenkrad und konzentriere mich aufs Fahren. Der Fahrer des Lieferwagens hupt ungehalten.

»Hey!« rufe ich impulsiv und bereue es sofort. Um zu vermeiden, dass die komischen Typen von meinen nicht vorhandenen Italienischkenntnissen Notiz nehmen, halte ich jetzt den Mund. Mich in so einer Situation als Fremde zu erkennen zu geben, scheint keine gute Idee zu sein. Ich muss dringend lernen, auf Italienisch zu fluchen, aber bis dahin bleibt mir nichts anderes übrig, als Gas zu geben, vor diesen wetteifernden Idioten zu fliehen und zu beten, dass meine Klapperkiste mich nicht im Stich lässt.

Doch der Lieferwagen hängt sich an meine Stoßstange. Keine Ahnung, was er damit bezweckt. Und dann rast urplötzlich der Lieferwagen vorbei und prescht vor mich, sodass ich zwischen den beiden Fahrzeugen eingeklemmt bin.

Panisch hupe ich.

Ein paar Autos überholen uns. Es ist schwierig, die richtige Geschwindigkeit zu finden. Ich will weder auf den Sportwagen auffahren noch von dem Transporter angefahren werden. Wie es aussieht, ist Fortuna auf meiner Seite. *Ich schaffe das, ich schaffe das …* Just in dem Moment, in dem ich Mut schöpfe, knallt der Lieferwagen mit voller Wucht gegen meine Stoßstange.

Er geht kurz vom Gas, rammt mich wieder, geht abermals vom Gas und kracht erneut gegen mein Auto.

Die linke Spur ist frei. Das Tempo haltend, mache ich Anstalten auszuscheren. Der Sportwagen zieht nach links und macht mir wider Erwarten Platz. Ich beschleunige, um die beiden endlich abzuhängen. Kurz bilde ich mir ein, es geschafft zu haben, aber sie rasen weiter hinter mir her. Wie ernst sie es meinen, ist schwer zu sagen.

Die Autos ein Stück weiter vorn hören uns kommen und fahren aus dem Weg. Hinter uns ist die Straße frei. Wo sind die Verkehrspolizisten, die diesem Wahnsinn ein Ende machen?

Mein Gaspedal lässt sich nicht mehr weiter nach unten drücken. Schweiß tropft von meiner Stirn.

Und dann lässt mich die Kuppelung im Stich und für mich gibt es kein Halten mehr.

In natura ist Blaine ein kleines Persönchen. Dennoch hat sie eine unheimliche Präsenz. Die kurzen, dunklen, nach hinten gekämmten Haare locken sich in der feuchtwarmen Luft. Vielleicht kommt sie gerade aus der Dusche oder vom Schwimmen im Meer. Mit einem unbarmherzigen Blick aus den schmalen Augen durchbohrt sie Mary und fährt sie an: »Halten Sie endlich den Mund!«

»Ich habe nur gesagt, dass ich mit Ihrer Mutter sprechen möchte. Nur sprechen.« Mary bemüht sich, ganz ruhig zu bleiben. Dass sie hier die einzige Erwachsene ist, ist ein Trumpf, den sie nicht verspielen darf.

Blaine kommt zwei Schritte näher. Mary weicht zwei Schritte zurück, obwohl die Distanz zwischen ihnen groß genug ist. Die junge Frau strotzt nur so vor Energie. Fremont nähert sich Mary von hinten. Vor ihr steht Dathi wie angewurzelt neben der Tür. Ben gibt vor, nichts mitzukriegen. Ohne den Blick zu heben, spielt er mit seinen Sachen. Mary muss schwer schlucken, denn ihr kann er nichts vormachen: Der Kleine weiß ganz genau, was hier läuft.

»Keiner will mit Ihnen sprechen«, verkündet Blaine. »Tun Sie einfach, was wir sagen.«

»Das hier sind Kinder«, entgegnet Mary.

Blaines Miene versteinert. Sie geht nicht auf Marys Vorwurf ein.

»Fehlt es Ihnen an etwas?« Mary und Fremont drehen den Kopf Richtung Fenster. Hinter dem schmiedeeisernen Gitter steht jetzt Liz. Aus der Nähe wirkt ihr Gesicht weicher und weniger gefühlskalt. Und sie scheint sich in ihrer auf grausame Weise alternden Haut durchaus wohlzufühlen. »Haben Sie nicht genug zu essen?«

»Warum haben Sie uns entführt?«

»Ich habe Sie nur ausgeborgt.«

Schwachsinn, denkt Mary, aber sie beherrscht sich und fragt: »Geborgt?«

Ein ironisches Lächeln umspielt Liz' Lippen, das Mary ihr liebend gern mit Fäusten austreiben würde.

»Vorübergehend«, schiebt Liz nach.

Dass Fremont, ihr hitzköpfiger, innerlich schäumender Sohn, den beiden Frauen noch kein »Fuck off« an den Kopf geworfen hat, versetzt Mary in Erstaunen und bringt sie auf eine Idee.

»Für wie lange?« Mary geht auf das Fenster zu, verringert den Abstand zwischen sich und Liz Millerhausen. Ob sie sich heute überhaupt noch so nennt, ist fraglich. Zu Anfang der Ermittlung hat Mary versucht, irgendetwas über sie herauszufinden und unter diesem Namen nichts gefunden.

Liz schüttelt den Kopf und schweigt.

»Warum?«, fragt Mary und dreht sich zu Blaine um.

»Ich habe Ihnen doch gesagt, dass Sie den Mund halten sollen.« Blaine kommt bedrohlich näher. Falls du junger Hüpfer dir einbildest, mich einschüchtern zu können, hast du dich aber geschnitten, denkt Mary.

Jeder Schritt ist ein Tritt, jeder Tritt ein Schritt, hat sie ihren Schülern früher beim Tai-Chi-Unterricht eingebläut. *Jeder Augenblick ist heilig. Verschwendet keine Energie.*

»Sprich nicht mir ihr«, ermahnt Liz Blaine. »Und komm da raus.«

Blaine errötet. »Aber Mom, sie wissen …«

»Ich habe dir gesagt, dass du dich da raushalten sollst.«

Dathi steht jetzt näher an der offenen Tür als Blaine. Mary hofft inständig, dass das Mädchen ihre Gedanken lesen kann.

»O nein!« Mary wirbelt zu dem Fenster herum, zeigt Richtung Strand, wo einer der Aufseher steht und sie beobachtet. Der andere Aufseher patrouilliert wahrscheinlich wie üblich auf dem Gelände. Mary ist sich des Risikos durchaus bewusst, doch es gibt keine Alternative.

Wie erwartet drehen sich Liz und der Aufpasser um und schauen zum Strand.

Mary nutzt ihre Chance, holt mit dem Fuß aus und verpasst der verdutzten Blaine einen Tritt. Der zweite Tritt lässt sie zu Boden gehen.

»Free, Dathi … haut ab!«, brüllt Mary, tritt gegen Blaines Hand, die nach ihr greift, und nutzt den Schwung, um die junge Frau auf den Bauch zu drehen. Danach stellt sie sich auf Blaines Rücken, damit sie sich nicht mehr rühren kann, und schaut atemlos ihren tapferen Teenagern hinterher, die gerade durch die offene Tür sprinten.

Jetzt bist du frei, Free, schießt es Mary vor lauter Erleichterung durch den Kopf, doch ihr Optimismus währt nicht lange.

Draußen feuert jemand einen Schuss ab.

Vor dem Fenster setzt sich Liz in Bewegung.

Und Ben weiß vor lauter Angst nicht mehr ein noch aus. Mary versucht, ihre Chancen abzuwägen. Kann sie zu ihm laufen, ihn schnappen und mit ihm türmen? Nein, für so ein Manöver bleibt ihr nicht genug Zeit.

Ich tue mich schwer, den Gang einzulegen, gerate ins Schleudern, bringe den Wagen wieder in die Spur und gebe Gas. Endlich gelingt es mir, meine Verfolger abzuhängen.

Ich reduziere die Geschwindigkeit, werfe einen Blick in den Rückspiegel. Sowohl der Lieferwagen als auch der silberne Sportflitzer sind zurückgefallen.

Ob sie angehalten haben oder noch fahren, lässt sich aus der Entfernung schwer einschätzen, aber eines steht fest: Ich habe sie abgeschüttelt und *bin in Sicherheit, in Sicherheit, in Sicherheit*.

Liz steht mit einem der Aufseher neben der Tür und herrscht ihre Tochter an: »Du, nach oben!«

Blaine wartet, dass Mary den Fuß von ihrem Rücken nimmt. Mary gibt sich geschlagen. Wegen Ben. Und weil der Aufseher bewaffnet ist. Widerwillig zieht sie sich zurück und beobachtet, wie sich Blaine mühsam aufrichtet und zu ihrer Mutter hinüberhumpelt.

»Du«, weist Liz den Aufseher an, »schnappst dir den Jungen.«

Mary sprintet zu Ben hinüber, packt seine Hand und will mit ihm ins nächste Schlafzimmer rennen, aber der Aufseher holt sie im Flur ein.

»Nein!«, kreischt Mary.

Ben, der vor Verzweiflung in Tränen ausbricht, klammert sich an ihr fest.

»Alles wird gut, alles wird gut«, lügt sie. Er wird ihr aus den Armen gerissen, ehe sie ihm noch einen Kuss geben kann.

Die Eingangstür fällt mit einem lauten Knall zu. Bens Jammern verhallt. Mary bricht auf dem Boden zusammen, während ein Schloss nach dem anderen verriegelt wird.

Stück für Stück setzt sie die Puzzleteilchen zusammen, die zu diesem Fiasko geführt haben: Sie hat das Foto gefunden und Mario diese Mail geschrieben.

Warum sind die beiden Millerhausen-Frauen auf dieser Insel? Und was haben sie mit Mary und den Kindern vor?

Was ist Karin in London zugestoßen? Und wo steckt Mac?

Was hatte es mit dem Kroll-Job tatsächlich auf sich?

Und plötzlich sieht sie das ganze Bild.

Lacie Chen, die Kroll-Mitarbeiterin, hat ihnen einen Köder hingehalten und darauf vertraut, dass sie anbeißen. Und das haben sie – wie kleine dumme Fische. Man hat sie auf raffinierte Weise aus dem Weg geschafft. Aber warum?

Kapitel 12

Obwohl ich ein Glas Wein und eiskaltes Wasser getrunken habe, obwohl ich mich bemühe, langsam und tief durchzuatmen, obwohl ich mir immer wieder vergegenwärtige, dass diese wahnwitzige Verfolgungsjagd vorbei ist und ich sie überlebt habe, zittern meine Hände wie Espenlaub. Anscheinend gibt es überall auf der Welt gemeingefährliche Straßen-Rowdies: in Brooklyn, in Maplewood, wo ich früher gewohnt habe, und in jeder anderen Stadt, in die uns mein Vater schleppte, der bei der Armee war und regelmäßig versetzt wurde. Setz einen Menschen hinter ein Steuer und er fängt an zu rasen – das ist wohl menschlich.

Nur dass es mir so vorkommt, als hätten diese Männer es darauf angelegt, mich auszuschalten.

Ungebeten kehrt die Erinnerung daran zurück: Wie es sich anfühlt, das Gaspedal voll durchzudrücken, wie ich damit rechne, sterben zu müssen, falls die Kupplung bei hundertfünfzig Kilometern pro Stunde den Geist aufgibt. Das Zittern wird stärker. Ich schließe die Augen und bemühe mich redlich, nicht länger an diesen entsetzlichen Zwischenfall zu denken. Ich muss den Blick nach vorn richten, mich darauf konzentrieren, Mary und die Kinder zu finden.

Haben sie sich verirrt? Versteckt? Hat ihnen auch irgendetwas Angst eingejagt? Ist ihnen etwas zugestoßen? Und was ist mit Dante, dem Mann vom Schlüsseldienst – warum wurde er ermordet? Ich muss an die Millerhausens und Macs Theorie denken, dass das Verschwinden unserer Lieben etwas mit der Ermittlung zu tun hat. Sobald er in New York gelandet ist, wird er nach Antworten auf all diese Fragen suchen. Die Distanz darf uns nicht daran hindern, Hand in Hand zu arbeiten.

Während ich in dem stillen Wohnzimmer stehe, versuche ich, meine Hände mit schierer Willenskraft vom Zittern abzuhalten (was nicht funktioniert), und mir zu überlegen, was ich als Nächstes tue. Mein Blick schweift über die mit italienischen Büchern, Comics, DVDs und CDs vollgestopften Regale. Wer sind die Rossis eigentlich? Wie sind wir hier gelandet? Liegt Mac richtig mit seiner Vermutung, dass Godfrey Millerhausen irgendwie dahintersteckt? Was ist mit Kroll? Barclays? Und den Rossis?

Paranoia ergreift Besitz von mir. Auf einmal juckt es mich überall. Am liebsten möchte ich so lange kratzen, bis es blutet. Ich greife nach dem leeren Glas, schnappe mir auf dem Weg durch die Küche die Flasche Wein und gehe in Marios Büro.

Durchsichtige hellbraune Vorhänge dämpfen das fahle Licht der untergehenden Sonne. Ich schalte die Lampe an und lasse mich am Schreibtisch unseres Gastgebers nieder. Die Comics – ein Großteil auf Italienisch, der Rest auf Französisch, Deutsch, Englisch, Japanisch – in den deckenhohen Einbauregalen sind alphabetisch sortiert. An der Wand hängen zwei gerahmte Poster, die ziemlich retro wirken. Bei näherer Betrachtung stellt sich heraus, dass beide Drucke die Nr. 1 einer limitierten Auflage und von Mario Rossi signiert sind.

Die Kinkerlitzchen aus aller Welt, die sich auf den Regalbrettern türmen, deuten darauf hin, dass die Rossis gern reisen. Auf einem Aktenschrank stehen ein buddhistischer Schrein, ein halb heruntergebranntes Räucherstäbchen in einem grünen Porzellanhalter und ein Streichholzbriefchen, das – wie ich gerade noch entziffern kann – aus einem Restaurant in Cagliari stammt. Nachdem ich mir noch ein Glas Wein eingeschenkt habe, stelle ich die Flasche neben dem Schrein ab, stecke das Streichholzbriefchen ein und öffne die oberste Schublade des Aktenschranks.

Darin liegen Poster von Marios Comicausstellungen, Verkaufsbelege, Rechnungen über Arbeitsmaterial, Versandbelege, schriftliche Anfragen, Dankesschreiben, Fanpost, unbezahlte Rechnungen. Auf seinem Schreibtisch befinden sich ein Computer mit 27-Zoll-Bildschirm, eine stark benutzte Tastatur, Post-its, Tesafilm, ein Tacker – all die prosaischen Dinge eines Mannes, der zu Hause arbeitet. Daneben steht ein weißer Zeichentisch mit zahllosen Tintenflecken und Kratzern.

Ein Windstoß bringt die Vorhänge in Bewegung. Einer der Schals streicht über meinen nackten Arm. Dass das Fenster anscheinend nicht zu ist, gefällt mir gar nicht. Ich schiebe einen Vorhang beiseite und stelle beruhigt fest, dass das Fenster nur einen Spaltbreit geöffnet und vergittert ist. Mir scheint, dass dieses abgelegene Haus so stark gesichert ist wie eine Trutzburg.

Mit Glas und Weinflasche kehre ich in die Küche zurück, setzte mich an den Laptop und recherchiere die Verbrechensstatistik dieser Gegend, die – wie sich herausstellt – zu den niedrigsten in Europa gehört. Aber ich erfahre auch, dass hier die Camorra ihr Unwesen treibt. Laut Wikipedia operiert sie mit Geldwäsche, Erpressung, Menschenschmuggel, Raub, Nötigung, Entführung, Korruption und Produktpiraterie; nach Einschätzung einiger Ermittlungsbehörden ist sie inzwischen die mächtigste kriminelle Vereinigung in Italien.

Ich lehne mich zurück, trinke Wein und zermartere mir das Gehirn. Vorausgesetzt, dass diese Insel tatsächlich so sicher ist, warum vergittern die Rossis dann ihre Fenster? Mario ist Künstler und Maria, soweit ich weiß, Hausfrau und Muse, die sich darum kümmert, dass im Haus und auch sonst alles wie geschmiert läuft. Ohne die Eisengitter, das Eingangstor, ohne die schweren Fenster und Türen wären die Rossis mit ihren makellosen Referenzen über jeden Verdacht erhaben.

Eine kurze Google-Suche nährt meine Zweifel: Die Rossis haben das Haus erst vor fünf Jahren von einer Firma gekauft. Diente das Haus früher als Versteck für die Camorra? Schlechtes Karma, würde Mary jetzt sagen. Kaum denke ich an sie, an Ben, Dathi, Fremont und Mac, kehrt wieder dieser verfluchte Juckreiz zurück. Ich kratze mich so lange, bis meine Arme von roten Striemen überzogen sind, schenke mir das dritte Glas Wein ein und beschließe in allerletzter Minute, die Finger davon zu lassen. Ich muss unbedingt einen klaren Kopf behalten.

Es wird langsam dunkel und die Hitze des Tages lässt spürbar nach. Ich gehe auf die Veranda und beobachte, wie die Kätzchen im Abendrot kreuz und quer durch das Rankgitter tollen, das vom Eingangstor bis zum Haus reicht. Die Katzenmutter beobachtet das Treiben ihrer Kleinen gelassen, worum ich sie beneide. Und dann kommt eins von den schwarzen Kätzchen zu mir gelaufen, als wolle es mich trösten. Ich hebe es auf und lausche seinem leisen Schnurren in der Hoffnung, dass es mich beruhigt. »Ich liebe dich, Ben«, flüstere ich dem Kätzchen zu. Seine Rippen fühlen sich sehr zerbrechlich an. Kaum habe ich das kleine Ding abgesetzt, beginnen meine Hände wieder zu zittern.

Zur Ablenkung konzentriere ich mich auf den morgigen Tag und stelle eine Liste mit Aufgaben zusammen, die ich erledigen werde, während Mac sich um seinen Part kümmert.

Dass ich hier einfach nur Däumchen drehe, ist vollkommen ausgeschlossen. Ich muss meinen Verstand benutzen. Mich auf die Suche machen.

Ich unternehme einen weiteren, vergeblichen Versuch, mit Enzio Greco zu sprechen, schalte den Fernseher ein, zappe durch die Kanäle auf der Suche nach einem lokalen Nachrichtensender, der vielleicht von der Suche nach meinen Liebsten berichtet. Zu meinem Bedauern zeigen sie nur Bilder von Touristen, die glücklich am Strand liegen, den Wetterbericht und Ebbe- und Flutzeiten.

Obwohl ich nicht hungrig bin, stelle ich einen Topf mit Wasser auf den Herd. Bis es kocht, gehe ich mit einer neuen Ladung frisch gewaschener Kinderwäsche in den Garten. Zuerst hänge ich die knochentrockene Wäsche ab und lege T-Shirts, Jeans, Socken, Unterwäsche und Marys und Dathis Sommerkleider zusammen. Von der heißen Sonne ist der Stoff ganz steif und riecht ungewohnt. Der Duft hat eine exotische, blumige Note, die ich nicht einordnen kann.

Als ich versuche, Bens nasse Socken aufzuhängen, bricht eine Wäscheklammer auseinander. Mit zitternden Händen hebe ich die Einzelteile auf und werfe sie ins Körbchen, in dem schon mehrere kaputte Klammern liegen. Ich lasse den Blick über den Garten schweifen und stelle wieder einmal fest, dass ich immer noch kein Gefühl für diese Insel entwickelt habe. Dann drehe ich den Kopf in die Richtung, wo ich das Meer vermute.

Dathi streckt die Hand aus, zieht Fremont hinter sich her und drängt ihn: »Ich glaube, wir können jetzt los.« In der Dunkelheit wird sie keiner sehen. Das bisschen Licht, das die vereinzelten Straßenlampen spenden, hilft ihnen, sich zu orientieren. Dathi meint, in der Ferne eine von diesen Open-Air-Bars für Touristen zu erkennen, wo sie zwischen den vielen Gästen nicht weiter auffallen werden und vielleicht etwas zu trinken organisieren können.

Trotz den lauen Temperaturen ist Fremonts Hand feuchtkalt. Da sie schon seit Längerem nichts mehr getrunken haben, wird Dathi wieder schwindelig. Nach einer kurzen Pause gehen sie weiter.

»Schaffst du es?«, flüstert er.

»Ja.«

»Wenn ich nicht bald was zu trinken kriege, krepiere ich.«

»Psst.«

Auf der engen Straße, die zu einem einfachen, kleinen Hotel führt, kommt ihnen ein Fahrzeug entgegen. Ein Stück weiter vorn entdeckt Dathi ein Schild, auf dem *Matta Village* steht. Sie bleiben stehen und warten ungeduldig im Scheinwerferlicht, bis der Wagen vorbeigefahren ist. Glücklicherweise nimmt der Fahrer keine Notiz von ihnen. Erst als das Auto in der Dunkelheit verschwindet, trauen sie sich, wieder Luft zu holen und weiterzugehen.

»Scheiße«, schimpft Fremont.

»Nicht so laut.«

Dathi ist schon einmal abgehauen und weiß, dass man in Bewegung bleiben muss, dass man nachts weniger auffällt, dass man nicht die Nerven verlieren darf. In Indien war sie vier Tage auf der Flucht vor ihrem geldgierigen Onkel und dem Menschenhändler, der sie verkaufen wollte. Damals endete ihre Kindheit von einem Tag auf den anderen: Zuerst starb ihre Großmutter, ihre Beschützerin, an einem Herzinfarkt, dann wurde ihre Mutter, ihr Vorbild, in New York ermordet und dann tauchte aus dem Nichts Karin auf, ihre Retterin, und holte sie innerhalb von wenigen Tagen zu sich nach Amerika.

Niemals wird sie vergessen, wie sie Karins Mail in diesem heruntergekommenen Schuppen öffnete, der sich hochgestochen als Cyber-Café bezeichnete, jedoch kaum mehr als eine ranzige Bude war, wo man gegen Gebühr einen Computer nutzen konnte. Karins Worte stimmten sie optimistisch: Sie war nicht zu einem Leben auf der Straße verdammt und konnte nach New York reisen, so, wie es ihre Mutter geplant hatte. Natürlich war es riskant, Mails zu checken und damit einen elektronischen Fingerabdruck zu hinterlassen. Dathi hielt es für unwahrscheinlich, dass ihr Onkel Ishat im Netz nachspionierte, aber bei dem Menschenhändler war sie sich da längst nicht so sicher. Mit ihren zwölf Jahren ahnte sie zwar, dass sie in Schwierigkeiten steckte, aber sie war nicht in der Lage, ihre Gegner einschätzen.

Jetzt, anderthalb Jahre später, sieht sie viel klarer: Man darf nicht rasten und muss gelegentlich Risiken eingehen. Und sie und Fremont werden nur überleben, wenn sie etwas zu trinken auftreiben.

Am Nachmittag hatte sie ein Mann ein Stück mitgenommen, der leider nicht mal Hilfe auf Englisch verstand und sie dann vor einem Straßencafé absetzte, wo Menschen an verrosteten Tischen saßen und sich in der sengenden Hitze ein kühles Getränk genehmigten. Als sie sich dem Café näherten, sah die Frau hinter der Theke die beiden jugendlichen, dunkelhäutigen Tramper an, als wären sie Abschaum, doch Dathi und Fremont war nicht nur ihr abschätziger Blick aufgefallen.

Hinter der Theke stand ein Fernseher im Regal. Auf dem Bildschirm war das Gesicht des weißhaarigen Mannes zu sehen, der Emiliana und Cosima, Liz und Blaine oder wie auch immer sie heißen mögen, in den vergangenen beiden Tagen besucht hatte. Darunter stand: *Enzio Greco, Commissario di Polizia*. Nach den Bildern zu urteilen, sprach er über einen Todesfall. Im Hintergrund wurde ein Leichnam in einen Krankenwagen geschoben, der dann wegfuhr.

»Hast du das gesehen?«

»Ja, Mist. Irgendetwas stimmt hier nicht«, antwortete Fremont

»Wir verschwinden besser.«

Ohne ein weiteres Wort zu verlieren, machten sie kehrt, und trampten weiter. Schließlich landeten sie, dem Schild zufolge, an dem sie vorbeigefahren waren, in einem Ort namens Budoni.

Nun marschieren sie auf der Suche nach etwas Trinkbarem die Mond beschienene Straße hinunter. Sie haben verabredet, niemanden um Hilfe zu bitten, weil ihnen das zu riskant erscheint. Sollte der weißhaarige Freund von Emiliana an der Entführung beteiligt sein, bedeutet das, dass man der Polizei nicht trauen kann und sie auf sich allein gestellt sind.

Jetzt gilt es, etwas zu trinken aufzutreiben und einen Schlafplatz zu finden. Morgen müssen sie dann versuchen, irgendwie nach Süden zu kommen, zurück zum Ferienhaus – in der Hoffnung, dass Karin und Mac inzwischen eingetroffen sind und nach ihnen suchen.

Samstag, 14. Juli

Ich wache in den Sachen auf, die ich bereits gestern getragen habe. Neben mir liegt der aufgeschlagene Lonely Planet. Als ich mich strecke, werfe ich aus Versehen das Buch auf den Boden. Ich hebe es geschwind auf und versuche vergeblich, mich zu orientieren. Was soll's, sage ich mir, ich weiß ja, was zu tun ist. Vergangene Nacht habe ich Bücher gewälzt in der Hoffnung, diese Insel zu begreifen und eine Vorstellung davon zu kriegen, wo ich mit meiner Suche beginnen soll. Will man hier untertauchen oder jemanden versteckten, hat man zwei Optionen: große Menschenansammlungen und die Wildnis. Von daher werde ich mich zuerst in Cagliari umsehen und danach den Suchradius ausweiten. Diese Strategie erlaubt es mir, Enzio Greco einen kurzen Besuch abzustatten.

Die Morgensonne fällt durch das Fenster, das ich offen gelassen habe, um die kühle Nachtluft hereinzulassen. In einem Klima wie dem hiesigen rechnet man mit Mücken, doch weit gefehlt. Neugierig habe ich den Reiseführer zurate gezogen und erfahren, dass es auf Sardinien früher nur so von Mücken wimmelte und die Bewohner scharenweise an Malaria starben. Um dem ein Ende zu machen, wagte man vor fünfundsechzig Jahren ein brutales, aber äußerst wirksames Experiment und versprühte zehntausend Tonnen DDT auf der Insel. Kaum waren die Mücken ausgemerzt, kam der Tourismus in Schwung, und heute ist vor allem der Norden Sardiniens, wo Liz Braud ihr Hotel führt, der Treffpunkt des internationalen Jetsets.

Liz Braud. Ich kann es gar nicht erwarten, dieser Frau einen Besuch abzustatten, doch leider habe ich Mac versprochen, mich zu gedulden.

Auf dem Wecker, der auf der Kommode steht, ist es kurz vor acht.

Seit seiner Abreise hat Mac weder etwas von sich hören lassen noch meine Anrufe entgegengenommen.

Ich klettere aus dem Bett, putze mir im Badezimmer die Zähne und wasche mein Gesicht, füttere unten die Katzen, schnappe Handtasche und Wagenschlüssel und fahre in die Stadt.

»Die besorgte Mutter!« Enzio Greco erhebt sich von seinem Schreibtisch, kommt mir entgegen und schließt mich in die

Arme, was bislang noch kein Polizeichef bei mir gemacht hat. Ich zögere kurz, bis ich seine Geste erwidere und gehe sofort wieder auf Distanz, weil mir die Berührung unangenehm ist. Ja, ich bin eine besorgte Mutter, aber eben auch eine Privatdetektivin, die keine Umarmung von diesem weißhaarigen alten Mann will, sondern Informationen, Hinweise, Antworten, Ergebnisse. Und ich will meine Lieben zurück.

»Warum habe ich nirgends ein Vermisstenplakat gesehen? Und keine Meldung im Fernsehen? Was ist mit Dante Serra? Wir haben nichts von Ihnen gehört. Haben Sie in Erfahrung gebracht, wann er in unserem Ferienhaus war?«

»Bitte, setzen Sie sich.« Greco führt mich zu einem seiner Besucherstühle und ruft der Empfangsdame etwas auf Italienisch zu, die mir einen Moment später eine Tasse Espresso bringt. Das starke, bittere Gebräu brennt im Magen. Da ich keinen Appetit habe und gestern Abend nur ein paar Gabeln Pasta zu mir genommen habe, fürchte ich, dass mir der Espresso gleich wieder hochkommt. Ich stelle die Tasse auf dem Schreibtisch ab, hinter dem der Polizeichef sitzt und mich mustert.

»Geht es Ihnen jetzt etwas besser?«

»Ein bisschen«, schwindle ich.

»Lassen Sie mich Ihnen erklären, was wir tun. Selbstverständlich haben wir die Fahndung eingeleitet. Die Plakate und Meldungen sind Ihnen vielleicht entgangen, weil Sie unserer Sprache nicht mächtig sind. Falls Sie uns ein Foto von Ihren Kindern und Freunden geben könnten, wäre das hilfreich, nicht wahr?«

»Warum haben wir das nicht schon bei unserem letzten Treffen erledigt?« Ich hole mein Handy heraus. Gestern hat mein Verstand vor lauter Panik nicht richtig funktioniert, aber wieso hat er nicht daran gedacht? Das gehört doch zum Standardverfahren. Ich schicke ihm drei Fotos von Mary und den Kindern, die er umgehend weiterleitet.

»Verstehen Sie jetzt, wieso es wichtig ist, dass wir zusammenarbeiten? Zwei Köpfe leisten mehr als einer, oder?«

Tatsache ist, dass ich ihre Namen auch auf einem italienischen Fahndungsaufruf erkannt hätte, doch darüber schweige ich mich aus. Er wird die Fotos jetzt unter die Leute bringen, was die Suche bestimmt beschleunigt. Dass man Enzio Greco wie in Kind an die Hand nehmen muss, versetzt mich in Erstaunen. Wie hat es dieser inkompetente Großvater nur geschafft, Polizeichef zu werden? Und einmal abgesehen von seiner Umarmung, stört mich noch etwas anderes: sein starrer Blick, sein beinah aggressives, falsches Lächeln. Meine Vorbehalte behalte ich für mich, denn ich möchte auf gar keinen Fall dem Klischee des typischen Amis entsprechen, der aufgrund von Starrsinn, Penetranz und Egozentrik fast überall auf der Welt aneckt.

»Stimmt«, pflichte ich ihm lahm bei.

»Sie haben mich nach Dante Serra gefragt. Tja, ich hätte Sie anrufen und beruhigen müssen, denn ihr Dante ist nicht Dante *Serra*.«

»Der Mann vom Schlüsseldienst im Carrefour hat etwas anderes behauptet.«

»Hat er Ihnen das so gesagt?«

»Ähm, nein, aber das konnte ich aus seiner Reaktion auf meine Frage schließen. Die Trauer um seinen ermordeten Kollegen stand ihm ins Gesicht geschrieben.«

»Sie müssen verstehen, dass wir Sarden sehr empfindsam sind. Wir nehmen großen Anteil am Leid unserer Mitmenschen. Was Sie aus der Miene des Mannes herausgelesen haben, war Mitleid mit einem anderen Sarden, mit dem Mitarbeiter eines anderen Schlüsseldienstes und nicht mit seinem eigenen Kollegen.«

»Nein, in diesem Punkt bin ich mir vollkommen sicher.«

»Bitte, Signora, bewahren Sie Ruhe. Ich versichere Ihnen, man wird Ihre Familie finden. Dieser Mord hat nichts mit ihrem Verschwinden zu tun. Ich kann Ihre Frustration sehr gut nachvollziehen, aber vertrauen Sie mir … alles wird gut.«

»Wie lautet der Nachname des Mitarbeiters vom Carrefour-Schlüsseldienst?«

»Piras«, antwortet er ohne zu zögern. »Der Mann, der in Ihrem Haus war, heißt Dante Piras. Ich habe persönlich mit ihm gesprochen. Nach seiner Aussage waren Ihre Freundin und die Kinder wohlauf. Er hat seine Arbeit erledigt und ist wieder weggefahren. Alles ganz normal.« Mit einem Achselzucken deutet Greco an, dass man an Tatsachen nicht rütteln kann.

»Was halten Sie davon, wenn ich noch mal mit ihm oder mit dem Mann im Carrefour rede, der ihn geschickt hat? Vielleicht erinnert sich einer von beiden, was Mary genau gesagt. Je mehr wir wissen, desto eher finden wir sie.«

»Sie beherrschen unsere Sprache nicht.«

Sein Einwand bringt mich zum Schweigen.

»Bitte, Sie müssen mir vertrauen. Wie heißt es immer in amerikanischen Filmen: ›Wir sind da dran‹.« Er reicht mir einen Zettel mit einer Telefonnummer. »Meine private Handynummer. Sie können mich jederzeit anrufen. Jederzeit.«

Auf dem Weg nach draußen liefere ich die Espressotasse bei der Empfangsdame ab, die mich genauso frostig anlächelt wie ihr Boss. Aus Höflichkeit erwidere ich ihr Lächeln, obgleich mir Enzios Vorgehensweise missfällt und ich den beiden nicht über den Weg traue. Woher mein Argwohn rührt, kann ich nicht genau sagen. Nach dem Aufenthalt in dem klimatisierten Gebäude, setzt mir die Hitze noch mehr zu und ich breche sofort in Schweiß aus. Auf dem Weg nach Cagliari spiele ich mit dem Gedanken, dem Schlüsseldienst im Carrefour doch einen Besuch abzustatten, entscheide mich aber dagegen. Grecos Einwand ist berechtigt: Ich bin nicht in der Lage, mich auf Italienisch zu verständigen. Greco hat versprochen, dass die Polizei *dran ist*, was mich allerdings bestimmt nicht daran hindern kann, auf eigene Faust zu ermitteln.

Im Hafenbezirk von Cagliari versuche ich in einer von der Via Roma abzweigenden Straße das Auto in einer winzigen schattigen Lücke zu parken. Ein Akkordeonspieler in weiten Jeans und Hosenträgern, der Notiz von mir nimmt, fängt an zu gestikulieren und hilft mir beim Einparken. Endlich mal ein freundlicher Mensch, denke ich und nehme zur Kenntnis, wie meine Stimmung steigt und meine Skepsis nachlässt. Manchmal dauert es eben eine Weile, bis man in der Fremde einem netten Menschen begegnet. Als ich aussteige, beginnt er zu spielen und lässt die geübten Finger über die Tasten gleiten. Während ich mich frage, ob das hier wohl der Stammplatz dieses italienischen Barden ist, krame ich mein Handy heraus, suche das Foto von Mary und den Kindern und gehe lächelnd auf ihn zu.

Er hört auf zu spielen und verlangt: »*Money, Money.*«

»Wie bitte?«

»*Money, Money.*«

Will er mir damit zu verstehen geben, dass ich einen Parkschein ziehen muss? »Ich weiß«, erwidere ich. »Ich erledige das sofort. Danke.«

Gierig reibt er mit dem Daumen über den Zeigefinger und hält mir fordernd seine ausgestreckte Hand unter die Nase. Sein freundliches Lächeln versiegt, seine Miene verdüstert sich.

Ungehalten wende ich mich ab, gehe zum Parkautomaten und versuche herauszukriegen, wie lange ich hier parken darf und wie viel Euro ich einwerfen muss. Als ich höre, wie sich der Akkordeonspieler mir von hinten nähert, stecke ich schnell mehrere Münzen in den Schlitz. Ich haste an dem Musiker vorbei zum Auto, deponiere den Parkschein auf dem Armaturenbrett und schließe ab.

Als ich an einer *Gelateria* vorbeigehe, entdecke ich einen Zeitungskiosk, wo ich eine *L'Unione Sarda* und die *International Herald Tribune* kaufe. Touristen bevölkern die Cafés auf der Via Roma. Auf der Flucht vor Mr. Money-Money gehe ich zuerst in die Via Lepanto und dann in die Via Sardegna. Die Lokale hier sind kleiner und nicht so gut besucht. Ich setzte mich an einen Tisch im Freien, bestelle zum Frühstück Spiegeleier, Hackbällchen, Toast und Filterkaffee, der mit Milch und Zucker – entgegen meiner Erwartung – gar nicht schlecht schmeckt. Die Hackbällchen machen mir Appetit und nach dem Essen fühle ich mich gestärkt und energiegeladen.

Anschließend klappere ich die Cafés, Geschäfte und Restaurants in den schmalen Kopfsteinpflasterstraßen ab und zeige Fotos von Mary, Dathi, Fremont und Ben. »Famiglia. Perso.« Familie. Verschwunden.

Alle zwei Stunden kehre ich zum Parkautomaten zurück und löse ein neues Ticket. Am späten Nachmittag fliehe ich aus der gnadenlosen Sonne und wähle ein schattiges Plätzchen vor einem Café gegenüber der Piazza della Costituzione – ein monumentaler Platz zwischen Alt- und Neustadt, die in Wahrheit auch schon recht alt ist – von wo aus man einen Blick auf die Bastion San Remy hat. Das Antico Caffè liegt an einer geschäftigen Kreuzung, auf die fünf Straßen führen.

Erwachsene, Kinder, Touristen, Einheimische, Rollstuhlfahrer, Autos, Motorräder, Busse, Lastwagen ziehen an mir vorbei. In der Hoffnung, Mary, Dathi, Fremont oder Ben in der Menge zu entdecken, musterte ich jedes einzelne Gesicht. Meinen geliebten Sohn vermisse ich so sehr, dass es richtig wehtut.

Alle lächeln, keiner kann mir helfen. *Money, money*, kommt mir in den Sinn. Voller Abscheu muss ich an den bettelnden Akkordeonspieler denken. Früher wurde dieses Eiland von Mückenschwärmen heimgesucht und jetzt wird ihr der grassierende Tourismus zum Verhängnis.

Am frühen Abend verändert sich das Licht auf der apricotfarbenen Hauswand gegenüber. Die anderen Gäste und ich gehen vom Kaffee zum Wein über und so dauert es nicht lange, bis ich viel zu angesäuselt bin, um mit dem Auto nach Hause zu fahren.

So raffe ich mich auf, erhebe mich vom Tisch, marschiere weiter und studiere jeden Unbekannten. Fremd sind mir alle, denn bislang bin ich noch keiner einzigen Person zwei Mal begegnet. In meiner Hosentasche spüre ich Mario Rossis Streichholzbriefchen, das ich gestern Abend in seinem Arbeitszimmer gefunden habe. Nachdem ich noch ein paar Runden in der Altstadt gedreht, Fotos herumgezeigt und nach meiner verschwundenen Familie gefragt habe, gehe ich zu dem Restaurant, aus dem das Streichholzbriefchen stammt.

Während ich auf der Straße warte, bis ich an einen Tisch geführt werde, schlendern sonnengebräunte Touristen an mir vorbei, die nach ihrem Strandbesuch wohl zum Abendessen gehen. Alle wirken zufrieden und entspannt an diesem schönen historischen Ort. Ihr Glück tut mir weh. Ich vermisse meine Kinder so sehr, dass ich kaum noch Luft kriege und mir vor Kummer beinahe schwindlig wird. Als die Bedienung meinen Namen ruft und auf einen kleinen Tisch an der Wand deutet, wende ich den Blick ab und drücke meinen Schmerz weg.

KAPITEL 13

Als das Taxi hält, kippt Mac mit dem Oberkörper nach vorn und reißt die Augen auf. Verschlafen blickt er aus dem Fenster auf die sonnige Straße und hört Englisch, amerikanisches Englisch. Eine Frau in roten Lederclogs schiebt einen Zwillingskinderwagen über den kaputten Gehweg. Auf der Straße spielen sich ein paar halbwüchsige Jungs im Gehen einen Basketball zu. Ein kleines Mädchen mit Fahrradhelm und Pferdeschwanz fährt vor seinem Vater her, der einen eisgekühlten Starbucks-Kaffee trinkt und rennen muss, um mit ihr Schritt zu halten. Blinzelnd registriert Mac, dass er wieder zu Hause in Brooklyn ist.

Ihr Haus sieht noch genauso aus, wie sie es verlassen haben. Vor der Tür liegen weder Zeitungen und Wurfsendungen noch Mülltüten. Die Vorhänge sind zurückgezogen, in den Fenstern spiegelt sich das Sonnenlicht. Die Vertrautheit seines Heims wirkt einladend, doch er kann die eigenen vier Wände nicht einfach so betreten. Zuerst muss er den Rossis Gelegenheit geben, sich zu erklären. Er hat ihnen bereits eine Nachricht auf dem Anrufbeantworter hinterlassen, aber sie haben sich nicht gemeldet. Am liebsten hätte er sie gleich nach der Landung noch einmal angerufen. Auf der anderen Seite ist es aber vielleicht auch besser, einfach unangekündigt aufzutauchen, denn so wissen sie nicht, was sie erwartet, und können nicht abhauen. Ein unangenehmer Gedanke und dennoch einer der Gründe, die ihn zur Heimreise bewogen haben.

»Ist da hinten alles in Ordnung?«, fragt der Taxifahrer leicht amüsiert.

»Ich bin ein bisschen benommen. Musste die ganze Nacht in Rom auf meinen Anschlussflug warten.« Er steckt die Kreditkarte in das Lesegerät.

»Deswegen reise ich nicht. Es wirft einen komplett aus der Bahn. Meiner Meinung nach überwiegen die Nachteile.«

»Dem kann ich im Moment nur beipflichten.« Gähnend steigt Mac aus dem Taxi und wartet, bis der Fahrer den Kofferraum öffnet und er seinen Trolley herausholen kann. Als das Taxi wegfährt, winkt Mac einem Nachbarn zu, einem jungen Mann, der erst vor Kurzem auf der anderen Straßenseite eingezogen ist.

Er lässt den Koffer auf dem Gehweg stehen, steigt die Vordertreppe hoch, schellt, wartet und läutet noch einmal. Nach einer kleinen Weile ruft er seinen Festnetzanschluss an und hört, wie es drinnen klingelt. Kopfschüttelnd beginnt er, Marios Handynummer zu wählen, hält inne und überlegt, was er als Nächstes tun soll. Er könnte versuchen, Lacie Chen anzurufen und sie zu fragen, was zur Hölle sie ihm da eingebrockt hat und warum, doch er nimmt auch von dieser Idee Abstand.

Stattdessen wählt er Billys Nummer. Er will ihn vorwarnen, dass er einen Übernachtungsgast bekommt, erreicht aber nur die Mailbox.

Schließlich entscheidet er sich, die fünfzehnminütige Strecke zu Billys Apartment in Park Slope mit dem Rollkoffer im Schlepptau zu Fuß zurückzulegen. Währenddessen arbeitet sein Verstand auf Hochtouren. Im Geist geht Mac die Informationen durch, die er gestern Nacht auf dem Flughafen und im Flieger schon x-mal rekapituliert hat. Jedes Mal, wenn er an die Rossis denkt, kriegt er ein ganz ungutes Gefühl. Er war in ihrem Haus auf Sardinien und hielt sie für ehrliche Typen, aber waren sie das auch? Wer hat *sie* zu dem Wohnungstausch überredet? Wie viel Geld hat man ihnen dafür geboten, ihr Haus Fremden zu überlassen? Ist jeder käuflich, wenn ihm die richtige Summe geboten wird? Seinen Lebensunterhalt als Comiczeichner zu verdienen, ist sicherlich schwierig. Mac überlegt, wem Kroll und Millerhausen wohl mehr Geld geboten haben: ihm oder den Rossis?

Aus den geöffneten Fenstern von Billys Erdgeschosswohnung dringt zu Macs Verwunderung Rap und die Stimme eines Radiosprechers, der dafür wirbt, dass man seine Bremsen bei Pep Boys überprüfen lässt. Billy, großer Fan von Countrymusic, macht kein Hehl daraus, wie sehr er Rap verabscheut.

Nach dem zweiten Läuten kommt jemand aus dem hinteren Teil der Wohnung an die Tür. Mac späht durchs Fenster. Die Möbel sind mit Laken zugedeckt, die Wände im Wohnzimmer sehen frisch gestrichen aus. Nicht Billy, sondern ein Mann in einem von Farbspritzern überzogenen Overall und löchrigem grünem T-Shirt öffnet die Tür. Auf seiner Stirn prangt ein roter Farbklecks.

»Ich bin ein Freund von Billy. Wie es aussieht, ist er nicht hier.«

»Wohnt bei einer Freundin«, antwortet der Mann mit russischem Akzent. »Sie können ihn auch nicht erreichen, was? Ich habe es den ganzen Morgen lang versucht, um mit ihm über dieses Rot fürs Badezimmer zu sprechen. Meiner Meinung nach sollte er erst mal einen Blick auf die Farbe werfen, bevor ich loslege.«

»Komisch, dass er nicht selbst streicht.«

»Der Hausbesitzer hat mich angeheuert. Wasserschaden im ersten Stock. Durch die Decke ist auch hier Wasser eingedrungen. Das wieder in Ordnung zu bringen, ist eine größere Sache.«

»Wissen Sie zufällig, bei wem er wohnt?«

»Bei seiner Partnerin. Hat einen eigenwilligen Namen, an den ich mich nicht erinnern kann.«

»Ladasha?«

Der Mann grinst, nickt, prustet vor Lachen.

La-a antwortet nach dem zweiten Klingeln mit ihrer zuvorkommenden Freizeitstimme, die sich deutlich von dem Tonfall unterscheidet, den sie beruflich anschlägt.

»Ciao!«

»Dash?«

»Kaum sehe ich deinen Namen auf dem Display, muss ich daran denken, dass mich noch nie jemand aus Italien angerufen hat. Eine Postkarte hätte auch gereicht.«

»Ich bin in Brooklyn.«

Eine kurze Pause. »Wieso?«

»Ist Billy da?«

Nach einer weiteren Pause hört Mac Billys Stimme. »Was ist passiert? Warum bist du schon zurück?«

Mac erläutert kurz, was sich zugetragen hat, und kriegt mit, wie Billy La-a fragt, ob sie noch einen obdachlosen Ermittler beherbergen kann. Zu Macs Überraschung willigt sie sofort ein, bleibt aber, was die Wortwahl angeht, ganz die Alte. »Sag ihm, er soll seinen Hintern auf der Stelle hierher bewegen. Er kann in Devons Bett schlafen. Und sag ihm, dass wir gleich zu Mittag essen.«

»Sie meinte … «

»Ich hab's gehört. Bist du sicher, dass das Ladasha war?«

»Hmm, hmm«, erwidert Billy und schweigt. Mac malt sich aus, wie La-a neben Billy steht und die Hand nach dem Hörer ausstreckt, um das Gespräch zu übernehmen, doch da es ihm an Fantasie fehlt, sich diese Frau in ihrem heimischen Umfeld vorzustellen, verblasst das Bild. Er kennt sie nur vom Revier, wo sie stets schlecht gelaunt und unfreundlich ist. Diese Frau kann Berufsleben und Freizeit perfekt trennen, denkt Mac. Karin hat einmal gefordert, in dieser Welt müssten alleinerziehende Mütter das Sagen haben, was Mac in diesem Augenblick gar nicht mehr so abwegig findet. Niemand versteht sich besser auf Zeitmanagement und verfügt über mehr Organisationstalent. Das Leben von La-a, zweimal geschieden und Mutter von fünf Kindern, hat ihr Leben durchgetaktet wie der CEO eines großen Unternehmens und schafft es, Tag für Tag pünktlich zur Arbeit zu kommen, sie verpasst keine Schulaufführung und stellt jeden Abend zu einer einigermaßen vernünftigen Zeit ein warmes Essen auf den Tisch. Allerdings ist sie dafür berüchtigt, eine schwierige Kollegin zu sein. Mit ihrer grenzwertigen Direktheit stellt sie sicher, dass man sie nicht aus dem Konzept bringt.

Da Billy und La-a es hervorragend verstehen, einander auf die Nerven zu gehen, mutet es seltsam an, dass sein Freund ausgerechnet bei La-a Unterschlupf gesucht hat. Erst auf dem Weg zur U-Bahn fällt bei Mac der Groschen: Die Person, die Billy unter aller Garantie aufgenommen hätte, war bis heute in Europa gewesen und hat sein Haus zwei Fremden überlassen.

Er kauft eine Zeitung, steigt in den Zug Richtung Bedford Stuyvesant, wo La-a wohnt, und stößt beim Lesen auf eine Schlagzeile im Lokalteil:

Familie beerdigt schwangere Teenagertochter

Dabei muss es sich um das verschwundene Mädchen handeln, von dem auf Macs erster Taxifahrt zum Millerhausen-Anwesen in Connecticut im Radio berichtet wurde. Die Nachricht von der Schwangerschaft der Siebzehnjährigen nimmt sich Mac merkwürdigerweise sehr zu Herzen.

Auf dem Foto unter der Schlagzeile weint eine Frau in Macs Alter am Grab ihrer ermordeten Tochter. Sie sieht unendlich traurig und verzweifelt aus. Links steht ihr stoisch dreinblickender Gatte, rechts ein etwa achtjähriger Junge, der verständnislos und leicht gelangweilt dreinschaut, und die Schwester der Toten, die das Gesicht hinter den herabfallenden Haaren versteckt. Trost suchend, umklammert sie die Hand der Mutter. Mac überlegt kurz, ob der Junge vielleicht geistig zurückgeblieben ist, und muss an Ritchie denken, dessen Betreuung so viel Geld kostet, dass seine Mutter aus Furcht vor den finanziellen Einbußen einer potenziellen Scheidung fast durchdreht. Vor einer Woche glaubte er noch, dass Cathy Millerhausens Befürchtungen jeder Grundlage entbehrten. Und nun muss er unter großem Zeitdruck herausfinden, ob er sich getäuscht hat.

Er kriegt Kopfschmerzen und hofft, dass La-a Ibuprofen im Haus hat. Wieder wandert sein Blick zu dem Jungen am Grab auf dem Foto. Ein Schnappschuss reicht nicht, um ein Urteil zu fällen, ermahnt er sich. Menschen und vor allem Kinder trauern auf ganz unterschiedliche Weise. Dass seine Schwester so ums Leben gekommen ist, hat den Jungen vermutlich zutiefst verstört. Mac erinnert sich an den vier Jahre zurückliegenden Mord an seinen Eltern. Damals fühlte er sich wie gelähmt und wäre am liebsten weggelaufen, wohl wissend, dass man seinem Kummer nicht entkommen kann. Er entsinnt sich, wie er am eigenen Leib erfahren musste, was Trauer bedeutete, wie man sich in ihr immer und immer wieder verliert. Und er ruft sich ins Gedächtnis, wie Karin ihn stützte, wenn er den Boden unter den Füßen verlor, wenn ihn abgrundtiefe Verzweiflung übermannte.

Als der Zug in die Station Bedford-Nostrand Avenues, fährt, hat Mac gelesen, was dem Mädchen zugestoßen ist:

Alicia Griffin machte am 18. Juni ihren Highschoolabschluss und wurde am 22. Juni als vermisst gemeldet. Am 9. Juli entdeckte man ihren Leichnam in einem frisch ausgehobenen Grab. Während Mac und Karin durch England reisten, ergab die Autopsie, dass das Mädchen lebendig begraben worden war. Doch damit nicht genug: Laut DNS-Analyse war ein Mann, der wegen bewaffneten Raubes zu fünfzig Jahren Haft im Gefängnis von Atlanta verurteilt worden war, der Vater ihres ungeborenen Kindes.

Das Atlanta Penitentiary ist ein Hochsicherheitsgefängnis, wo außer der Ehefrau des Gefangenen kaum jemand eine Besuchserlaubnis bekommt und selbst diese zuvor auf Herz und Nieren geprüft wird. Die Chance, dass Alicia Griffin den Mann dort besucht hat, geht also gegen null. Mac fragt sich, seit wann Schauermärchen als Nachrichten verkauft werden, und liest weiter.

Inzwischen wird der Gefangene wegen Beihilfe zum Mord angeklagt, da die Staatsanwaltschaft davon ausgeht, dass er die Ermordung der jungen Frau veranlasst hat. Und die Polizei versucht gerade nachzuweisen, dass es sich bei der Besucherin des Insassen um Alicia Griffin gehandelt hat, die sich als seine Ehefrau ausgegeben hat.

Mac schaudert es: Die in dem Artikel versteckten Andeutungen könnten eine Welle von Gerüchten auslösen, die die zukünftige Jury negativ beeinflussen.

Er lässt die Zeitung sinken. Nettes Mädchen aus einem Vorort, das Fußball gespielt und nach Aussagen von Freunden keine Drogen genommen hat, lässt sich mit einem Mörder ein. Das ergibt überhaupt keinen Sinn, aber er hat schon Schlimmeres gehört und gesehen. Er kann sich glücklich schätzen, dass er sich mit diesem Problem nicht herumschlagen muss. Dennoch fällt es ihm schwer, nicht daran zu denken – an das Mädchen, an seine Eltern, an das Gefühl der Leere, das einen überkommt, wenn ein Leben gewaltsam beendet wird, nur weil jemand seine Wut oder seine Gier nicht im Griff hat.

Mit lautem Quietschen fährt der Zug in den Bahnhof ein. Mac schiebt seinen Koffer auf den Bahnsteig, wo ein Teenager mit Irokesenschnitt und Ghettoblaster – so ein Ding hat Mac seit zehn Jahren nicht mehr zu Gesicht bekommen – die Station beschallt. Neben ihm bewegt sich ein Mädchen mit Hotpants, knappem T-Shirt, königsblauem BH und silbernen Turnschuhen, als würde sie vortanzen. Die stark verzerrte Musik verstärkt Macs Kopfschmerzen, die sich langsam wie eine Migräne anfühlen.

Die Sonne auf der Bedford Avenue ist grell und heiß, aber längst nicht so unerträglich wie auf Sardinien. Mac denkt an Karin, holt sein Handy heraus, rechnet die Zeitverschiebung aus und drückt ihre Kurzwahltaste: Auf Sardinien ist es acht Uhr abends.

»Bist du zu Hause?«, fragt sie ihn aus der Ferne.

»Ja, aber die Rossis waren nicht da und sind auch nicht ans Telefon gegangen.«

»Und nun?«

»Jetzt bin ich auf dem Weg zu Dash. Billy, dessen Wohnung gerade renoviert wird, wohnt vorübergehend bei ihr.«

»Bei Ladasha?« Sie lacht. »Wie geht es dir?«

»Ich bin müde, aber ansonsten ganz okay. Und wie ist es bei dir?«

»No, grazie«, sagt sie zu jemand anderem. »Sorry, ich bin gerade in einem Restaurant in Cagliari. Ich habe in Mario Rossis Arbeitszimmer ein Streichholzbriefchen von diesem Laden gefunden, und da ich eh irgendwo essen musste, bin ich hier hingefahren.«

»Und?«

»Ich bin den ganzen Tag rumgelaufen und habe jedem x-Beliebigen das Foto von Mary und den Kindern gezeigt. Reine Zeitverschwendung.«

»Was hat Enzio Greco gesagt? Gibt es was Neues?«

»Er meinte, unser Dante vom Carrefour-Schlüsseldienst hätte einen anderen Nachnamen.«

»Aber der Typ im Supermarkt hat doch ... «

»Ich weiß. Das habe ich Greco auch gesagt. Er denkt, der Mann hätte uns nicht verstanden oder wir ihn nicht.«

»Kann schon sein.«

»Seltsam ist nur, dass ich auf meinem Streifzug durch die Stadt nirgendwo ein Vermisstenplakat gesehen habe. Und in den Lokalnachrichten wurde auch nichts über die Suche gebracht. Meiner Meinung nach hat diese Geschichte bei Greco nicht oberste Priorität. Dieser Typ gibt mir echt Rätsel auf.«

»Setz ihn stärker unter Druck, das kannst du gut.«

»Sehr witzig, aber genau das werde ich auch tun.«

Ein kleiner Chinese versucht, Mac eine Broschüre von einem Massagesalon in die Hand zu drücken. Mac winkt ab, geht weiter, zieht seinen Koffer hinter sich her und konzentriert sich auf das Gespräch mit Karin. Er biegt in die Greene Avenue und hält dort nach Ladashas Hausnummer Ausschau.

»Morgen werde ich Liz Braud einen Besuch abstatten«, berichtet Karin.

»Warte damit noch, bitte. Ich will nicht, dass du dich in Gefahr bringst.«

Ihr Schweigen kann alles Mögliche bedeuten.

»Jetzt mal im Ernst –«

»Wie war der Flug?«, fällt sie ihm ins Wort und gibt ihm auf diese Weise zu verstehen, dass sie sich von ihrem Entschluss nicht abbringen lässt. Aber vielleicht ist es auch ein kluger Schachzug, wenn sie ohne Vorankündigung bei Liz Braud auftaucht, ihr ein paar Fragen stellt und abwartet, was Millerhausens Exfrau darauf antwortet.

»Ich musste in Rom die ganze Nacht auf den Anschlussflug nach New York warten. Da hätte ich genauso gut bei dir übernachten können.«

»Nur dass wir da auch kein Auge zugetan hätten.«

Es tut ihm in der Seele weh, dass sie allein in dem Haus in Capitana ist. Er kann sich nur zu gut vorstellen, wie groß ihre Verzweiflung ist. Hat sie zu viel getrunken? Oder im Netz recherchiert und sich hinterher noch mieser gefühlt? Hoffentlich ist sie nicht mit dieser unberechenbaren Klapperkiste auf den tückischen Straßen durch die dunkle Nacht gekurvt.

»Fährt der Wagen noch?«

Nach kurzem Zögern antwortet sie: »Ja.«

»Ist der Motor wieder ausgegangen?«

»Nein, alles in Ordnung.«

»Wie schlimm war es?«

»Mac, wir müssen uns auf das Wesentliche konzentrieren, sonst kommen wir keinen Schritt weiter. Wir sollten uns nicht übermäßig Sorgen um uns machen, okay? Das bringt nichts. Wir müssen alles tun, um sie zu finden.«

»Bin ganz deiner Meinung.«

»Das weiß ich.«

In Wahrheit hat Karin den Nagel auf den Kopf getroffen: Er macht sich ihretwegen Sorgen und lässt sich davon ablenken.

»Ich gehe jetzt besser mal rein.« Er betrachtet La-as rötlichbraunes Sandsteinhaus. Die Töpfe mit roten Geranien auf der Vordertreppe passen gar nicht zu der sonst so pragmatischen Polizistin.

»Weiß sie, dass du kommst?«

Er läutet. »Ja. Sei vorsichtig, Karin.«

»Ich liebe dich auch.«

Ein heranwachsendes Mädchen, um zwei Uhr nachmittags noch im Nachthemd, öffnet die Tür. Ihre ungekämmten, glatt gezogenen Haare wirken wie elektrisiert.

»Sie sind nicht Tyrone«, verkündet sie.

»Ich bin Mac. Deine Mutter erwartet mich.«

»Mir hat keiner was gesagt.«

»Das ist offensichtlich.«

Ein etwa sechsjähriger Junge in Unterhosen schiebt seine Schwester beiseite. »Mama sagt, Sie können reinkommen.«

»Danke.«

»He, Aaron …«, ruft sein kleiner Bruder, dessen fröhliche Miene bei Macs Anblick einfriert.

»Tut mir leid, ich bin nur Mac.«

Die drei Kinder verschwinden und lassen Mac einfach auf dem alten Orientteppich im Flur stehen. Unter einem Schild mit dem Aufdruck *Keine Schuhe im Haus* stapeln sich zahllose Sneakers, Stiefel und Sandalen. Mac steigt der Geruch von frisch getoasteten Brotscheiben in die Nase.

Billy kommt – barfuß, mit schwarzer Augenklappe, in Shorts und T-Shirt – breit grinsend die Treppe hinunter. Dass sein Freund sich hier wie zu Hause zu fühlen scheint, verblüfft Mac, doch er verkneift sich einen Kommentar, klopft seinem Freund stattdessen auf den Rücken und freut sich über die herzliche Umarmung.

»He, Mann.« Billy schiebt Mac durch ein Esszimmer mit einem langen Eichentisch und – man sehe und staune – einem Kronleuchter Richtung Küche, wo La-a am Herd Eier brät.

»Mehr ist auf die Schnelle nicht drin«, meint sie.

»Dash.« Mac gibt ihr einen Kuss auf die Wange – auch dies ein Novum. »Schön, dich zu sehen. Klasse Schürze.«

Sie verpasst ihm mit dem Pfannenwender einen Klaps, der einen Fettfleck auf seiner Hose hinterlässt.

»Autsch!«

»Keine Witze über meine Schürze.« Als sie grinst, funkelt ihr goldener Schneidezahn im Sonnenlicht, das durch das Küchenfenster fällt. Im Hinterhof herrscht Ordnung: Die Spielsachen liegen in einer Plastikkiste und unter dem grünen Schirm steht ein Picknicktisch.

Mac legt die Zeitung auf die Küchentheke und hilft Billy, den Tisch zu decken. Er schaut in die Besteckschublade und fragt: »Wie viele essen mit?«

»Sechs«, antwortet Billy.

»Devon und Dwayne sind im Ferienlager.« La-a dreht ein brutzelndes Ei in der heißen Pfanne um. »Ist auch besser so, denn ich hätte es nicht ertragen, mir den ganzen Sommer ihr Gejammer anzuhören.«

»Spielen sie immer noch Baseball?« Soweit Mac weiß, fährt La-a jede Woche kreuz und quer durch die Stadt, um ihre Söhne – neun und zwölf Jahre alt – zu den Trainings und Spielen zu bringen.

»O ja. Sollen sie doch bei fünfunddreißig Grad auf einem Spielfeld verglühen, wenn es ihnen Spaß macht … Hauptsache, ich muss mich nicht um sie kümmern. Noch ein paar Jahre, dann sind auch Kwame und Erik alt genug fürs Ferienlager. Allerdings sind die beiden so lieb und süß, dass sie mir bestimmt fehlen werden.«

»Na, das wird sich noch ändern«, gibt Billy zu bedenken.

»Wie wahr.« Sie wendet das nächste Ei. »Wie wahr.«

»Deine Tochter ist nicht für einem Aufenthalt im Camp zu

begeistern?«, fragt Mac, während er Gabeln und Messer auf dem Tisch verteilt.

»Oje, frag sie nicht nach Latisha«, murmelt Billy, der gerade die Servietten faltet.

Die Eier brutzeln lauter. La-a lässt die siedend heiße Pfanne nicht aus den Augen. »Nein, Tish hat für derlei Dinge nichts übrig. Im Moment interessiert sie sich nur für Jungs. Ich könnte sie umbringen.«

Mac wirft Billy einen Blick zu, der eine Augenbraue hochzieht, und fragt sich, wo das Problem liegt. Als die Kinder ein paar Minuten später am Tisch sitzen, weiß er es sofort. Soweit Mac sich erinnert, war Latisha, die Älteste, bis vor Kurzem La-as ganzer Stolz, doch nun steckt die gehorsame Musterschülerin und gefragte Babysitterin mitten in der Pubertät. In den paar Minuten, die seit Macs Eintreffen verstrichen sind, hat sich die Fünfzehnjährige geschminkt und angezogen. Ihre knappen Shorts und das enge T-Shirt überlassen nichts der Fantasie. Beim Essen ist die Spannung zwischen Mutter und Tochter deutlich spürbar. Während Kwame und Erik erzählen, was sie heute vorhaben und in aller Seelenruhe ihre Toasts und Eier mampfen, schlingt ihre ältere Schwester schweigend das Essen herunter und stürmt zur Tür hinaus, ohne auf das entgeisterte »He!« ihrer Mutter einzugehen.

Als Billy grinst, schnappt sich La-a das auf ihrer Schulter liegende Küchenhandtuch und zieht es ihm über den Hinterkopf, ehe sie auch lachen muss.

»Puh«, wundert Mac sich. »Wann ist das passiert?«

»In der zehnten Klasse.« Kopfschüttelnd presst La-a die Lippen zusammen.

»Steht uns das mit Dathi auch noch bevor?«

»Ne«, meint Billy. »Dathi ist aus anderem Holz geschnitzt.«

»Warten wir's ab«, warnt La-a und sagt zu ihren Söhnen: »Aarons Mutter hat angerufen. Wir treffen uns mit ihnen auf dem Spielplatz. Also, beeilt euch und zieht euch an.«

Kwame und Erik, die es gar nicht erwarten können, draußen zu spielen, essen schnell auf, stellen ihre Teller in die Spüle und rennen aus der Küche.

»Finger weg«, ruft Billy La-a zu, die aufsteht, um zu spülen. »Darum kümmern wir uns.«

Sie nimmt wieder Platz, bis die beiden Jungs in sauberen T-Shirts, Hosen, ausgeleierten Socken, locker geschnürten Turnschuhen und Baseballkappen auftauchen.

»Fertig, Mama«, verkündet Erik, der Jüngste.

La-a schmunzelt. »Ich komme gleich. Wartet draußen vor der Tür. Mann o Mann«, sagt sie und mustert abwechselnd Billy und Mac. »Diese Kinder werden immer größer und ihren Vätern von Jahr zu Jahr ähnlicher. Tish, Devon und Dwayne kommen ganz nach Daltry, diesem egoistischen Mistkerl. Und die Kleinen sind richtig lieb, genau wie Larry. Da sieht man mal, dass man sich zwar von einem Typen trennen kann, aber nicht von seinem Genpool.«

»Was gab es denn an Larry auszusetzen, wo er doch so lieb war?«, fragt Billy.

»Idiotischer Säufer«, antwortet sie mit hartem Blick.

»Irgendwas findet man immer.«

»Hm, schau dich mal an – siebenundvierzig und immer noch nicht unter der Haube, aber was nicht ist, kann ja noch werden.«

»Mama!« Die Jungs werden ungeduldig.

»Ich komme gleich«, wiederholt sie.

La-a stützt sich auf dem Tisch ab, steht auf, nimmt ihre Handtasche von der Küchentheke und entdeckt die Zeitung.

Sie hebt sie hoch und fuchtelt damit herum. »Ich sage es ja nicht gern, aber das Mädel hier? Wenn ihr Baby nach dem Vater gekommen wäre, ist es so vielleicht besser. Zumindest sind die Väter von meinem Nachwuchs keine Mörder. Manchmal muss man die Dinge ganz nüchtern betrachten«, sagt sie zu sich selbst und legt die Zeitung weg. »So schlimm sind meine Kinder im Vergleich zu manch anderen auch wieder nicht.«

»Du machst das super mit ihnen, Dash«, findet Billy.

»Na, das musst du wohl sagen, oder?« Sie zwinkert ihm zu. »Es sei denn, du willst auf der Straße übernachten.« Und damit verlässt sie die Küche.

Mac sammelt die Teller ein, bringt sie zur Spüle und holt die Gläser, während Billy das Besteck zusammenklaubt.

»Lass das!«, tadelt ihn Billy. »Geh nach oben und leg dich hin. Devon und Dwaynes Zimmer ist gleich neben der Treppe. Dash meinte, du sollst im unteren Bett pennen.«

»Hat sie Angst, der alte Mann fällt aus dem oberen?«

»Wer weiß?«

»Ich will mich jetzt noch nicht hinlegen.« Mac nimmt mit jeder Hand zwei Gläser, stellt sie auf die Theke und macht sich daran, die Geschirrspülmaschine auszuräumen. »Es gibt so viel zu tun und ich habe nicht den geringsten Schimmer, wo ich anfangen soll.«

»Dann nimm dir einen Kaffee und setz dich hin«, beharrt Billy. »Ich räume auf und du erzählst mir, was genau passiert ist. Los, ich brenne schon vor Neugier.«

Mac schenkt sich einen Kaffee ein, lehnt sich an die Küchentheke und erzählt von Kroll, London, Sardinien und allem anderen, was ihm zum Millerhausen-Fall einfällt.

»Wie lange hat es gedauert, bis die Polizei die Suche nach Mary und den Kindern eingeleitet hat?«

»Zu lange. Zuerst wollte der Polizeichef uns tatsächlich weismachen, sie hätten sich verirrt. Und selbst jetzt glaubt Karin nicht, dass die sich wirklich kümmern. Irgendetwas läuft da schief, doch frag mich nicht, was.«

»Diese Frau, Julie …«

»Giulia. Langsam denke ich wirklich, dass sie gar nicht existiert. Aber mit wem haben wir dann gesprochen?«

»He, Mann, du bist hier. Geh nach Hause und frag diese Leute nach ihrer Freundin und achte auf die Details.« Zwinkern, starre Pupillen, flaches Atmen deuten darauf hin, dass jemand lügt und diese verräterischen Anzeichen nimmt man nur bei einem Gespräch von Angesicht zu Angesicht wahr.

»Schon probiert. Wie ein Idiot habe ich vor meiner eigenen Tür gestanden, geklingelt und zu Hause angerufen. Entweder ist keiner daheim oder sie gehen nicht an die Tür. Ich war kurz davor, die Frau von Kroll anzurufen, die uns den Wohnungstausch vermittelt hat. Das Problem ist nur, dass ich nicht weiß, wem ich trauen kann.«

»Verstehe.« Billy trocknet seine Hände ab, setzt sich neben Mac und nimmt Block und Stift zur Hand. Auch wenn es sich bei dieser Geschichte nicht um eine offizielle Ermittlung der New Yorker Polizei handelt, wird Billy ihm helfen und er verfügt über Ressourcen, von denen Mac nur träumen kann. »Was ist mit der Ehefrau?«

»Cathy? Ich habe sie noch nicht kontaktiert, aber ich würde gern mit ihr sprechen.«

Mrs. Millerhausen meldet sich nach dem zweiten Klingeln. »Wenn das nicht mein Privatdetektiv ist … Ich dachte, Sie lassen meinen Fall vorübergehend ruhen.«

»Weit gefehlt. Wie ich hörte, ist ein Mitarbeiter Ihres Mannes gestorben.«

»Der arme Dan. Gestern Abend habe ich seine Frau besucht. Tragisch.«

»Können wir uns treffen?«

»Sagen Sie mir einfach, wann und wo.«

Kapitel 14

Im Zimmer breitet sich der säuerliche Geruch von schimmeligem Käse aus, gepaart mit einer süßen Note, die nicht vom Dessert stammen kann, denn das steht nicht auf ihrem Speiseplan. Irgendetwas fault da vor sich hin. Mary liegt benommen auf der Couch. Ihr Körper fühlt sich schwerelos an und kribbelt. Sie ist zu kraftlos, um die Lebensmittel auszupacken, die einer der Aufseher gestern gebracht hat. Wieso machen sich diese Leute überhaupt die Mühe, für eine Person Essen heranzuschaffen? Sie braucht nicht viel und hat keinen Appetit. Bilden die sich tatsächlich ein, sie würde einfach so weitermachen wie bisher? Kochen, essen, aufräumen? All die Mühe – die Mahlzeiten, Gespräche, Spiele, die Routine – hat sie nur wegen der Kinder auf sich genommen.

Und die sind jetzt weg.

Kurz nach Fremonts und Dathis Flucht wurde ein Schuss abgegeben. Wen hat die Kugel getroffen?

Und Ben – wo steckt er?

Wie soll sie Mac und Karin jemals gegenübertreten, ihnen gestehen, dass sie so dumm war, das Leben der Kinder aufs Spiel zu setzen?

Mary schnürt es die Brust zusammen. Als sich draußen eine Wolke vor die Sonne schiebt, folgt ihr Blick dem über die Decke wandernden Schatten. Kaum zieht die Wolke weiter, ist die ganze Decke wieder hell. Erst als die Welt schwarz wird, merkt sie, dass sie die Augen geschlossen hat. Sie spitzt die Ohren. Regt sich draußen etwas? Seit gestern hat sie nur gehört, wie jemand die Tür öffnete, die Tüte abstellte und wieder zusperrte.

Seitdem grübelt sie unentwegt.

Die Millerhausen-Frauen … Was haben sie auf Sardinien zu suchen? Dass sie die Rossis kennen, liegt auf der Hand, aber was bedeutet das?

Machen Godfrey Millerhausen und seine Exfrau irgendwie gemeinsame Sache? Haben die Rossis deshalb ihr Haus zum Tausch angeboten? Und der überbezahlte Auftrag von Kroll? Was versucht Godfrey, vor Cathy zu verbergen? Es kann doch nicht nur eine Affäre sein.

Wenn Mary das Foto nicht gefunden hätte, *wenn* sie die Rossis nicht dazu befragt hätte, *dann* wären die Kinder jetzt noch bei ihr. Sie ist felsenfest davon überzeugt, dass ihre Mail die Rossis in Panik versetzt und auf die Idee gebracht hat, dass ihnen Mary auf die Schliche kommt. Wenn … Dann würden sie jetzt alle mit Mac und Karin im Haus an der Via Degli Oleandri zusammensitzen, ihren Urlaub genießen und ahnungslos wieder abreisen, ohne einen weiteren Gedanken an den Millerhausen-Fall zu verschwenden. Sie hätten einfach weitergemacht wie bisher und das Leben genossen.

Millerhausen – Kroll – die Rossis – Liz und Blaine.

Eine Kette von Namen, die von New York geradewegs nach Sardinien führt.

Wie jeden Samstagnachmittag im Sommer herrscht auf der Interstate 95 viel Verkehr. Sie bewegen sich im Schneckentempo vorwärts. Mac lümmelt auf dem Beifahrersitz, Billy knirscht mit den Zähnen, das Steuer fest umklammert.

Sie sind genervt und lassen sich darüber aus, dass es ewig dauern wird, bis sie zum Anwesen der Millerhausens gelangen, wie lästig der Verkehr ist, dass zu viele Autos unterwegs sind, dass die Welt überbevölkert ist. Und als sie das Sendegebiet des öffentlichen Rundfunks verlassen und nur noch Lokalsender empfangen, wo zu viel Werbung läuft, schalten sie entnervt das Radio aus.

Als sie eine Stunde später vor Ashton Manor vorfahren, hat die Nachmittagssonne noch nichts von ihrer Kraft verloren. Die lange Auffahrt endet vor dem Haus in einem Halbkreis, wo Billy hinter einem mitternachtsblauen BMW parkt.

Eine Haushälterin in Uniform öffnet ihnen die Tür, was Mac überrascht. Er hätte gedacht, dass Cathy Millerhausen auf derlei Dinge keinen Wert legt, aber er hat die Frau ja auch erst einmal getroffen.

»Mrs. Millerhausen erwartet uns«, erklärt Mac der Frau, die ihn an seine verstorbene Großmutter Rose erinnert, nach der seine Schwester benannt wurde. Die Ähnlichkeiten zwischen der Haushälterin und Grandma Rose sind nicht zu übersehen: klein, stämmig, graues, lockiges Haar, keine Spur von Make-up und eine *So bin ich nun mal, ob es dir passt oder nicht*-Haltung.

Sie wendet den leicht irritierten Blick von Billys Augenklappe ab und sagt: »Mrs. M ist mit den Jungs hinten. Folgen Sie mir.«

Das Haus ist eine eigenwillige Mischung aus Eleganz und Pomp. Es wirkt wie das Werk eines unentschlossenen Innenarchitekten, der sowohl dem Geschmack einer distinguierten Dame als auch dem eines großkotzigen Baulöwen gerecht werden will. Am Fuß der breiten, geschwungenen Treppe in der Eingangshalle ist ein riesiger Spiegel mit schwerem Goldrahmen angebracht. Professionelle Portraitfotos von den Millerhausen-Zwillingen hängen an den Wänden. Auf dem Weg durch das weitläufige Foyer fällt Mac auf, wie ähnlich sich Bobby und Ritchie als Babys waren und wie groß die Unterschiede heute sind. Jetzt, im Alter von acht Jahren, wirkt ein

Bruder munter und aufgeweckt, der andere aufgrund seines Gewichts behäbig und geistesabwesend. Von Godfrey Millerhausens erstem Kind, seiner Tochter, gibt es hier kein Foto. Als sie an dem großen Tisch mit einem riesigen Bouquet weißer Lilien vorbeikommen, erinnert ihr süßlicher Duft Mac an Karin, die Lilien über alles liebt, solch einem üppigen Strauß aber vermutlich nichts abgewinnen könnte.

Hinter dem Haus vergnügen sich Cathy und die Jungs an einem nierenförmigen Pool, dem Herzstück der etwas abseits gelegenen Rasenfläche. Cathy, in Badeanzug und einem durchsichtigen Strandkleid, beobachtet Bobby, der gekonnt einen Köpfer vom Sprungbrett macht. Ritchie sitzt am Beckenrand, die Füße im Wasser, und klatscht unbeholfen in die Hände.

»War das nicht prima, Ritchie?«, trällert Cathy ihrem Sohn zu.

Er nickt, ohne in ihre Richtung zu schauen. Sie lächelt, bemerkt ihre Gäste, erstarrt und steht auf, um sie willkommen zu heißen.

»Anya, würden Sie uns bitte Eistee bringen?«, ruft sie ihrer Haushälterin zu.

Mac nickt zum Gruß. »Das hier ist mein Freund, Detective Billy Staples.«

Cathy mustert Billys schwarze Augenklappe.

Bobby schwimmt behände zur nächsten Leiter. Dieser gertenschlanke Junge ist bestimmt in allem gut, was er tut, denkt Mac. Allein so kann er die Unzulänglichkeiten seines korpulenten Zwillingsbruders wettmachen, der die Besucher keines Blickes würdigt und nur Augen für Bobby hat.

»Ahoi!«, ruft Bobby. »Mom, du hast gar nicht erzählt, dass heute ein Pirat kommt.«

»Weil ich es nicht gewusst habe.«

»Ist er aus Somalia?«

Aus dem Augenwinkel heraus kriegt Mac mit, wie sich Billy bemüht, keine Reaktion zu zeigen. Wahrscheinlich bekommt man in Greenwich nicht allzu viele Schwarze mit Augenklappe zu Gesicht, aber der Junge geht auf eine teure Schule und müsste dort eigentlich gelernt haben, wie man sich benimmt. Andererseits bildet sich – vor allem bei den Reichen – Arroganz schon früh heraus.

»Wir sind Freunde deiner Mutter«, sagt Mac. »Tut mir leid, dich enttäuschen zu müssen.«

»Bobby, geh mit Ritchie rein und zieht euch um, ja?«

»Mom …«

»Ich sagte …«

»Okay. Komm, Ritchie.«

Die nassen Jungs stapfen ins Haus und Cathy sieht ihnen nach, bis sie drinnen verschwunden sind. »Ich denke nicht, dass sie etwas verraten werden. Und falls doch, erzähle ich Godfrey eben, dass wir neue Gärtner haben. Dann hakt er nicht weiter nach.«

»Dem entnehme ich, dass er nicht hier ist«, meint Mac.

»Arbeitet angeblich das ganze Wochenende in der Stadt.« Sie verdreht die Augen. »Aufs Lügen versteht er sich. Er hat viel Übung … Immerhin hat er Liz, seine damalige Frau, mit mir betrogen.«

»Wir haben ihn mit keiner anderen Frau gesehen. Hätte er eine Geliebte, wäre uns das nicht entgangen.«

»Sie«, sagt sie und deutet mit dem Kinn auf Billy, »haben Godfrey auch beschattet?«

»Nein, Mac meint seine Kollegen. Ich bin beim NYPD.«

»Ich arbeite mit Karin, meiner Frau, zusammen und mit meiner Assistentin Mary.«

»Verstehe. Ich meine mich zu erinnern, dass Sie alle verreisen wollten. Nach Europa.«

»Die anderen sind noch dort. Ich bin zurückgekehrt –« Er hält kurz inne und sagt dann: »Mary und die Kinder sind verschwunden.«

Cathy wird blass. »Bitte, nehmen Sie Platz.«

Anya bringt ein Tablett mit Eistee, Limonenschnitzen und Eiswürfeln, die in der Sonne funkeln. Beim Anblick der Erfrischungen merkt Mac erst, wie durstig er ist. Er trinkt hastig aus und setzt das Glas ab. Neugier und Anspannung machen ihn ganz nervös. Weiß Cathy Millerhausen etwas, das ihm helfen könnte, seine Familie zu finden?

»Erzählen Sie mir, was passiert ist«, bittet sie.

»Meine Frau und ich haben ein paar Tage allein in England verbracht. Und als wir in Italien eintrafen, waren alle wie vom Erdboden verschwunden.«

»Sind Sie sicher, dass sie überhaupt dort waren?«

Er nickt.

»Wo in Italien?«

»Sardinien, in der Nähe von Cagliari.«

Sie ist gerade im Begriff, das Glas zum Mund zu führen, hält mitten in der Bewegung inne und starrt ihn an.

»Ich weiß«, erläutert er, »dass die erste Mrs. Millerhausen dort lebt.«

»Er weiß Bescheid«, flüstert sie.

Genau wie Mac vermutet hat. »Wie das?«

»Er hat Sie weggeschickt, damit Sie ihn nicht länger unter die Lupe nehmen. Es muss schlimmer sein, als ich dachte.« Cathy kneift die Augen zusammen. »Godfrey liebt es, andere hinters Licht zu führen. Mir hat er mal gesagt, sein Fahrer würde mich abholen und mich zum Abendessen in ein Restaurant bringen.

Stattdessen wurde ich zum JFK gebracht, in ein Flugzeug gesetzt und ins Pink Sands auf den Bahamas verfrachtet, wo er auf mich wartete. Ich musste Klamotten kaufen und wir hatten eine schöne Zeit, aber ich habe ihn dafür gehasst. Wegen der Kinder.«

»Wer hat sich um sie gekümmert?«

»Die Mädchen.«

»Warum hat er Sie nicht einfach gebeten, mit ihm zu verreisen?«

»Zum einen, weil er wusste, dass ich Ritchie nicht so lange allein lassen würde, zum anderen, weil Godfrey Herausforderungen liebt.«

»Er manipuliert gern«, sagt Mac nüchtern.

»Das ist noch eine euphemistische Umschreibung.« Sie lächelt spöttisch. »Herzlos ist er. Sie sind nicht zufällig auf Sardinien gelandet.«

»Wen kennt er bei Kroll Consulting?«

»Jeden.«

Mac und Billy starren sie fassungslos an und können es gar nicht erwarten, dass sie fortfährt.

»Er nutzt ihre Dienste unentwegt; er zahlt ihnen viel Geld, damit sie ihm auf Abruf zur Verfügung stehen. Und sie tun, was immer er verlangt. Dieses Unternehmen gehört praktisch ihm.«

»Kroll hat mir einen Auftrag erteilt und mich zu Barclays nach London geschickt, angeblich wegen einer internen Ermittlung.«

»Warum haben Sie mir denn nicht gesagt, dass sie deswegen meinen Fall ruhen lassen?«, fragt sie mit einem bösen Funkeln in den Augen. »Dann hätte ich Sie warnen können.«

»Ich habe geglaubt, ich wäre zu alt, um mich aufs Glatteis führen zu lassen.«

»Dafür ist keiner zu alt. Jedenfalls nicht, wenn Sie es mit Leuten wie meinem Mann zu tun haben, glauben Sie mir.«

»Sie gehen immer noch davon aus, dass er eine Affäre hat.«

»Davon bin ich überzeugt.«

»Dann weiß er das aber gut zu verbergen.«

»Das würde zu ihm passen. Er wird sich von mir scheiden lassen und den Ehevertag anfechten. Und er wird Ritchie um das betrügen, was ihm zusteht.«

»Mir ist schleierhaft, warum er das alles tut … Ich meine, uns nach Europa zu schicken, nur damit ich ihn nicht mehr beschatte und keiner von seiner Affäre erfährt?«

»Zuzutrauen wäre es ihm jedenfalls.« Sie fährt mit der Fingerspitze über den Glasrand.

»Verschwörung und Entführung sind schwere Straftaten«, meint Billy. »Dass er so ein Risiko eingeht, nur um im Fall einer Scheidung weniger blechen zu müssen, erscheint etwas abwegig. Ist Ihr Mann wirklich so geizig?«

»Ja und nein.«

Mac, der aus Cathys Antwort nicht schlau wird, wirft Billy einen fragenden Blick zu. Manchmal schließen sich Gegensätze nicht aus und Mac macht sich in einem Punkt nichts mehr vor: Dieser zu Anfang so einfache Fall ist ziemlich kompliziert.

»Es liegt doch auf der Hand«, sagt Billy, lehnt sich zurück und schlägt ein Bein über das andere, »dass es da noch etwas geben muss, das er vor Ihnen geheim halten möchte.«

»Irgendeine Idee, was ihn derart in Panik versetzen könnte, dass er zu solchen drastischen Mitteln greift?«, fragt Mac Cathy.

»Wenn ich das wüsste, hätte ich Sie nicht engagiert.«

»Was ist mit Dan Stylos? Mit ihm hätte ich mich wirklich sehr gern unterhalten«, erklärt Mac. »Was auch daran liegen könnte, dass er mich nie zurückgerufen hat.«

»Dan war ein sehr netter Mensch. Er hatte Familie und –« Cathy ist den Tränen nahe.

»Wie gut haben Sie ihn gekannt?«

»Wir haben uns zweimal im Jahr bei Firmenfeiern getroffen, auf der Weihnachtsfeier und beim Sommer-Barbecue, das wir für die Führungskräfte und ihre Familien veranstalten. Auf mich machte er immer einen ziemlich bodenständigen Eindruck.«

»Haben Sie eine Ahnung, warum er umgebracht wurde?«

»Wie kommen Sie auf die Idee?«, fragt sie entgeistert.

»Standen Dan und Ihr Mann sich nahe?«

»Ihr berufliches Verhältnis war sehr eng. Ob sie befreundet waren, kann ich nicht sagen. Soweit ich weiß, sind sie nie ein Bier trinken gegangen, und wir haben uns auch nie mit ihm und seiner Frau getroffen.«

»Und jetzt ist er tot und ich kann nicht mehr mit ihm reden.«

Cathy nickt, schließt die Augen. »O Gott.«

Bobby und Ritchie kommen in ordentlich gebügelten Khakis und Polo-Shirts in den Garten. Während das Outfit Bobby richtig gut steht, sieht Ritchie darin eher bemitleidenswert aus. Bobby nimmt seinen Bruder an die Hand und führt ihn in einen Schuppen. Kurz darauf schwenken die beiden Jungs Schmetterlingskescher.

Ihr Anblick bringt Mac plötzlich auf eine Idee. »Gibt es in Ihrer Familie häufiger Zwillinge?«

»In meiner nicht«, antwortet Cathy. »Vielleicht in Godfreys, aber da er adoptiert wurde, kann man das nicht eindeutig beantworten.«

»Adoptiert?«, wiederholt Mac perplex.

»Das wussten Sie nicht?«, fragt Cathy.

»Nein, leider nicht.«

Billy sieht zu Mac hinüber. »Was geht dir durch den Kopf?«

»Dashs Bemerkungen ... über den Genpool.«

»Dash?«, hakt Cathy nach.

»Meine Partnerin«, erklärt Billy. »Wir beide wohnen momentan bei ihr. Ist 'ne längere Geschichte.«

»Was hat das mit den Zwillingen zu tun?«, fragt Cathy verwirrt. »Ich kann Ihnen nicht folgen.«

»Reine Neugier. Wir werden das Leben Ihres Ehemanns noch mal genau überprüfen müssen.«

»Godfrey bewahrt die Adoptionsurkunde in seinem Arbeitszimmer im Safe auf.« Cathy springt auf und kommt ein paar Minuten später mit einem vergilbten Umschlag zurück, auf dem *Vertrauliche Adoptionsunterlagen* steht. »Bitte sehr.«

Der Umschlag wurde nach dem Öffnen mithilfe eines großen Wachssiegels mit eingeprägtem M wieder verschlossen.

»Das Siegel hat Godfrey anfertigen lassen. Im Gegensatz zu mir kann er solchen Dingen etwas abgewinnen.«

»Haben Sie die Unterlagen gelesen?«

»Wie sollte das gehen? Wenn ich das Siegel aufbreche, kriegt er das mit. Und auf den Ärger kann ich verzichten. Die Adoption ist ein heikles Thema.«

»Haben Sie ihn gefragt, ob er ein Zwilling ist?«

»Ja.«

»Und?«

»Er hat es verneint.«

Mac klopft mit dem Umschlag auf seine Hand. »Na ... Sollen wir?«

Die Jungs kommen mit ihren Schmetterlingskeschern angelaufen. »Mom«, ruft Bobby aufgeregt. »Ritchie hat einen erwischt!«

»Nicht hier«, warnt Cathy Mac. »Machen Sie das woanders

und sagen Sie mir dann Bescheid. Ich möchte mir nicht die Hände schmutzig machen.«

»Sie haben mir den Umschlag gegeben.«

»Sie haben ihn gestohlen.«

Mac grinst. »Bin mir nicht so sicher, ob mir das gefällt.«

»Gehen Sie«, beharrt sie und flüstert, damit die Jungs sie nicht hören können. »Und keine Sorge … Sie haben den Umschlag natürlich nicht gestohlen. Ich habe Ihnen die Papiere gegeben. Aber tun Sie mir einen Gefallen und verwischen Sie Ihre Spuren … Tun Sie so, als hätten Sie die Unterlagen auf anderem Wege erhalten.«

Sie stehen auf, um sich zu verabschieden.

»Woher hat er die Urkunde?«, fragt Mac Cathy.

»Raten Sie mal.«

Kroll.

Auf dem Weg zu Billys Wagen meint Mac: »Na, das ist doch mal was Neues. Jemand gibt mir Informationen und ich muss sie mir trotzdem noch mal besorgen.«

»Es geht doch immer darum, den Schein zu wahren, Mann.« Billy lacht laut und öffnet sein Auto mit der Fernbedienung.

Wie zu vermuten, ist Lacie Chen am Samstagnachmittag nicht bei Kroll zu erreichen. Mac hinterlässt ihr eine Nachricht auf dem Anrufbeantworter und starrt zum Fenster hinaus. Je näher sie der Stadt kommen, desto dichter wird der Verkehr. In der Bronx ragen Hochhäuser mit winzigen Fensteröffnungen in den Himmel. Jedes Mal, wenn Mac auf diesem Weg in die Stadt fährt, muss er an den Stadtplaner Robert Moses und diese von ihm entworfenen Viertel denken, an die hohe Kriminalität, Armut und Verzweiflung, die dort herrschen. Wieso dachte man einst, solche Wohnsiedlungen wären eine gute Idee? Hat denn damals keiner geahnt, dass solche seelenlosen, öden Wohnschachteln die Diskriminierung einer eh schon benachteiligten Bevölkerungsgruppe erhöht, die Hoffnungslosigkeit verstärkt? Wer hat zugelassen, dass diese inhumane Vision in so einem Maßstab realisiert wird? Ganze Viertel wurden abgerissen, um diese Sozialbausiedlungen zu errichten.

Letztlich ging es ums Geld. Der Vorwand ›bezahlbare Wohnungen‹ zu schaffen, erlaubte es der Gesellschaft, die ›asozialen‹ Elemente aus dem Blickfeld zu verbannen, sie zu vergessen. So quartierte man die ärmeren Menschen in langweiligen, tristen Wohnungen ein, die sie sich gerade noch leisten konnten, und überließ sie ihrem Schicksal. Die Begüterten schauten in die andere Richtung, wenn sie durch diese Siedlungen auf Schnellstraßen fuhren, die Moses bauen ließ, weil man sich in diesen Gegenden nicht mehr sicher bewegen konnte. Worte wie Nachbarschaft, Bürger, Sicherheit sind mehrdeutig und missverständlich – und genau das ist das Problem.

Als sie das Viertel endlich hinter sich gelassen haben, reibt sich Mac die Augen. Vielleicht hätte er sich Jane Jacobs *Tod und Leben großer amerikanischer Städte* besser nicht zu Gemüte geführt. Vielleicht sollte er überhaupt weniger lesen. Vielleicht täte es ihm gut, seinen Hunger nach Informationen herunterzuschrauben. Vielleicht stimmt es, dass die geistig Armen selig sind.

Vielleicht hätte er das Thema Zwillinge nicht anschneiden sollen.

Den vertraulichen Umschlag, den Cathy Millerhausen ihm ausgehändigt hatte, nicht öffnen sollen.

Vielleicht wäre es besser gewesen, in Sardinien zu bleiben und Karin beizustehen.

»Jetzt muss ich so tun, als hätte ich auf eigene Faust herausgefunden, dass Millerhausen ein Zwilling ist«, meint Mac zu Billy. »Wie soll ich das deichseln, ohne Zeit zu verlieren?«

Der Adoptionsurkunde zufolge ist Godfrey Millerhausen ohne seinen Bruder adoptiert worden, was darauf hindeutet, dass man die eineiigen Zwillinge bei der Geburt getrennt und einzeln zur Adoption freigegeben hat. In den Unterlagen finden sich keine Informationen über Godfreys Bruder.

Billy zieht einen Mundwinkel nach unten und schüttelt den Kopf. »Scheiß drauf. Mach einfach weiter. Wie's aussieht, wird dein Fall von Minute zu Minute interessanter. An deiner Stelle würde ich nicht abwarten. Immerhin bist du Privatdetektiv und musst dich nicht an die Regeln halten, die ein Polizist befolgen muss.«

»Machst du Witze? Millerhausen könnte mich verklagen. Dafür sorgen, dass mir die Lizenz entzogen wird.«

»Auf welcher Basis?«

»Du hast Cathy doch gehört. Sie hat Schiss vor ihm und behauptet womöglich, ich hätte die Urkunde gestohlen.«

»Und hinterher hat sie versprochen, genau das nicht zu tun. Wie dem auch sei, du hast einen Augenzeugen, der die Wahrheit kennt. Einen Augenzeuge mit Polizeimarke.«

Nachdem sie sich den Tag über versteckt haben, stellen sie sich abends an die Straße und halten den Daumen hoch.

»Capitana, in der Nähe von Cagliari«, bitten sie und schweigen dann beharrlich, als der Fahrer versucht, sich auf Englisch mit ihnen zu unterhalten. Sie befürchten, dass er sie auf das nächste Polizeirevier bringt, dass der weißhaarige Polizeichef sie in die Finger kriegt und in das Haus dieser herzlosen Frauen zurückverfrachtet. Falls man sie erwischt, sitzen wieder alle in der Falle und keiner erfährt, wo sie stecken.

In einem Mülleimer neben dem Strandzugang finden sie eine halb volle Flasche Wasser, das köstlicher schmeckt als alles, was Fremont je getrunken hat. Und das will bei einem amerikanischen Jugendlichen schon etwas heißen. In dem Moment erkennt er, wie verwöhnt er ist, wie gut es ihm geht oder – besser gesagt – bisher gegangen ist, obwohl er und seine Mutter immer knapp bei Kasse sind, obwohl sie in einem schlechten Viertel wohnen, obwohl sie nur zu zweit sind. Auch wenn seine Eltern unterschiedliche Hautfarben haben und er ein Niemand ist, der in einer Weltmetropole am Stadtrand lebt, hat/hatte er das beste Leben, das sich ein Kind wünschen kann. Und er ist vor allem deshalb verwöhnt, weil in seinem Leben – im Vergleich zu dem vieler anderer – wenig immer noch sehr viel ist. Seine Mutter hat nie zugelassen, dass er sich für arm hält, und dafür gesorgt, dass er kriegt, was er braucht, was er möchte. Irgendwie gelang es ihr, ihm ein Notebook zu kaufen, als er in die Mittelstufe kam. Und zu seinem vierzehnten Geburtstag hat sie ihm eine echt coole E-Gitarre geschenkt. Die Erinnerung treibt ihm die Tränen in die Augen, die er schnell wegwischt. Er kann es sich nicht leisten, Körperflüssigkeit zu verschwenden. Jeder Tropfen ist kostbar.

»Trink aus.« Er reicht Dathi die Flasche, hört, wie das Wasser in der Flasche herumschwappt, als sie sie zum Mund führt und gierig die letzten Tropfen trinkt. Im Mondlicht kann man sehen, wie sich ihr Kehlkopf beim Schlucken bewegt.

»Ahhh.« Sie wirft die Flasche weg. »Das ist das beste Wasser, das ich je getrunken habe. Selbst in Indien musste ich nie so lange Durst leiden.«

Anderthalb Tage ist es her, seit sie zum letzten Mal etwas getrunken oder gegessen haben, doch vor ein paar Stunden meinte es das Schicksal gut mit ihnen: Auf einem Tisch in einem Strandcafé lagen halb aufgegessene Sandwiches. Dathi tat so, als würde sie dort arbeiten und abräumen, versteckte die Reste unter ihrem T-Shirt und rannte dann schnell weg. Auch wenn sich gezeigt hat, dass sie allein weniger auffällt, fühlen sie sich auf ihrer Flucht zu zweit sicherer.

»Wie weit ist es noch?«, fragt Dathi.

»Ich glaube, wir haben die Hälfte geschafft.« Fremont fragt sich, wie es seiner Mutter und Ben jetzt geht, wie sie ihre Flucht erklärt. Er ist noch so jung, dass er alles glaubt, was sich in diesem Fall als Vorteil erweisen könnte, aber dennoch … Während ihrer Gefangenschaft haben sie ihm so viele Lügen aufgetischt, dass Pinocchio vor Scham rot angelaufen wäre. Sie haben versucht, ihm weiszumachen, er würde seine Eltern bald wiedersehen, sie wären nur in ein anderes Ferienhaus gezogen. Umgezogen, dass ich nicht lache, denkt Fremont. Gekidnappt trifft es eher. Ben kann sich glücklich schätzen, dass er keine Ahnung hat, was passiert ist. Zu dumm, dass alle anderen auch im Dunkeln tappen.

»Ich muss pinkeln«, sagt Dathi. »Bin gleich wieder da.«

Sie hebt die leere Wasserflasche auf, wirft sie in den Mülleimer und stapft in ein Gebüsch. Selbst im Dunkeln schämt sie sich, vor ihm die Hose herunterzulassen. Fremont findet das etwas komisch, denn sie ist für ihn wie eine Schwester geworden. Aber er respektiert ihr Bedürfnis nach Privatsphäre. Dass seine Mutter ihm beigebracht hat, wie man sich Mädchen gegenüber verhält, zahlt sich jetzt aus.

Die Scheinwerfer eines näher kommenden Fahrzeuges scheuchen ihn in den Schatten. Mitten in der Nacht sind nur wenige Autos unterwegs. Wäre Dathi hier, würden sie wahrscheinlich wieder den Daumen raushalten, doch so rührt er sich nicht von der Stelle.

Der Wagen bremst, bleibt stehen und setzt zurück. Er hält an der Stelle, wo Fremont im Schneidersitz auf dem Boden hockt und er bekommt Angst.

Als Dathi fünf Minuten später zurückkommt, ist Fremont verschwunden.

»Free?«, flüstert sie und ruft dann aus voller Kehle: »Fremont!«

Nur das Zirpen der Grillen ist zu hören.

Während sie sich im Gebüsch erleichtert hat, ist ein Auto vorbeigekommen. Und sie meint, Stimmen gehört zu haben – Radiostimmen.

»Fremont, bist du da?«

Wieder taucht ein Fahrzeug auf. Instinktiv versteckt sie sich hinter einem Baum. Mit einem Mal fühlt sie sich ganz verloren. Vielleicht ist er auch kurz pinkeln gegangen. Sie setzt sie in der mondhellen Nacht auf den Boden und wartet.

Kapitel 15

Auf Billys Schreibtisch im 84. Revier stapeln sich vollgekritzelte Notizzettel, eine benutzte Serviette, Heftklammern und ein Stapel Verfahrensakten in abgegriffenen Schnellheftern. Ein Foto von seiner Schwester und ihrer Familie ist mit Klebestreifen am Topf einer halbtoten Pflanze befestigt. Gegen neun Uhr abends macht die Nachtschicht, von den Polizisten Friedhofsschicht genannt, ihrem Namen alle Ehre: Unter den Neonröhren wirkt jeder – egal ob weiß, schwarz oder braun – leichenblass. Das harte Licht merzt alle Unterschiede aus. Mac, dieser Atmosphäre seit einiger Zeit entwöhnt, freut sich in gewisser Weise darüber, wieder einmal auf einem Revier zu sein.

Nach längerem Warten meldet sich endlich Carlos Lopez, Billys Kontaktmann im Polizeiarchiv. Er schuldet Billy einen Gefallen und das Timing ist perfekt, denn da im Archiv am Wochenende nicht gearbeitet wird, kann Lopez ungestört seinen Computer durchforsten. Normalerweise braucht man einen Gerichtsbeschluss, um Zugang zu Akten zu erhalten, die unter Verschluss stehen und Millerhausens Jahrzehnte zurückliegende Adoption fällt in diese Kategorie. Sicherlich hätten sie vom Gericht irgendwann die Erlaubnis erhalten, die Akte einzusehen, aber so ein Vorgang dauert und sie stehen unter Zeitdruck. Sie müssen so schnell wie möglich Godfrey Millerhausens Geheimnis lüften und herausfinden, was er vorhat und was für ihn auf dem Spiel steht.

»Ja, Carlos, ich verstehe deine Bedenken«, sagt Billy, »aber du kannst mir vertrauen, Kumpel.«

Mac ahnt, was Carlos am anderen Ende der Leitung sagt:

Die Akte ist streng vertraulich. Keiner darf erfahren, dass die Info von mir kommt. Und die Namen gebe ich dir nur mündlich. Schriftlich kriegst du nichts von mir.

»Mann, das war sicher eine Menge Arbeit. Bin dir wirklich sehr verbunden. Danke.«

Billy beendet das Telefonat und schaut zu Mac hinüber, der ihn ungeduldig fragt: »Was hat er gesagt?«

»Die Eltern waren fünfzehnjährige Teenager. Jim Smith, der Vater, und Sue Smith, die Mutter, waren als ›Schüler‹ geführt. Die in Florida geborenen Zwillinge wurden gleich nach der Entbindung weggeben. Mehr Infos über die leiblichen Eltern gibt es nicht.«

»Wieso haben die Millerhausens, eine alteingesessene New Yorker Familie, ein Baby aus Florida adoptiert?«

Billy zuckt mit den Achseln. »Keine Ahnung. Es gab dort einen weißen Jungen, das war wahrscheinlich wichtiger als die Entfernung.«

»Und der Bruder?«

»Wurde von Ruth und Owen Moore aus Jupiter, Florida, adoptiert. Mehr hat Carlos über die beiden nicht gefunden.«

Sie fangen an zu recherchieren. Bald haben sie einiges über Millerhausens Zwillingsbruder herausgefunden.

Die Adoptiveltern haben den Jungen Dallas Wayne getauft. Er wuchs ohne Geschwister auf und hatte es faustdick hinter den Ohren.

Dallas Wayne Moores Vorstrafenregister könnte Bücher füllen. Schon im Kindesalter verübte er Raubüberfälle. Als Jugendlicher stahl er mehrere Autos, woraufhin er in eine Jugendstrafanstalt wanderte und erst mit achtzehn Jahren wieder entlassen wurde. Kaum erwachsen, kamen Einbruch, Erpressung und Identitätsdiebstahl dazu. Schließlich überfiel er einen

Brinks-Geldtransporter und wurde wegen bewaffnetem Raub zu fünfzig Jahren Haft im United State Penitentiary in Atlanta, Georgia, verurteilt.

Billy findet mehrere Fahndungsfotos von Dallas in der Datenbank des Bundesgefängnisses. In jungen Jahren ist er wie sein Bruder Godfrey ein gut aussehender, großer Mann mit hellbraunen Haaren, doch das Leben auf der schiefen Bahn zeichnet ihn. Auf den neusten Fotos, aufgenommen kurz vor der Einlieferung ins Atlanta Penitentiary, sieht man einen abgerissenen, pockennarbigen Mann mit schütterem, ungepflegtem Haar und einer alten Narbe auf der linken Wange. Bei seinem Anblick muss Mac an die berühmt-berüchtigten Bulger-Brüder aus Boston denken, von denen einer Universitätspräsident und der andere Boss der irischen Mafia wurde. Dass ein Elternhaus zwei derart unterschiedliche Charaktere hervorbringen kann, ist schon verwunderlich.

Sie googeln noch mal den Namen und landen zahllose Treffer.

»Oh mein Gott.« Mac rückt näher an Billy heran, damit er den Bildschirm besser sehen kann. »Allmächtiger!«

Billy lacht auf. »Wie bitte?«

»Kann meine katholische Erziehung einfach nicht ablegen.« Mac tippt mit dem Finger auf einen der Links. »Sieh mal einer an.«

»Pfoten weg vom Bildschirm, Kumpel.«

Als Mac die Hand zurückzieht, prangt sein Fingerabdruck auf der Schlagzeile *DNS vom ungeborenen Baby des ermordeten Mädchens stimmt mit der des Gefangenen Dallas Wayne Moore überein*. Da fällt ihm wieder der Artikel ein, in dem behauptet wurde, dass ein Gefangener des Atlanta Penitentiary für die Ermordung von Alicia Griffin verantwortlich war.

Billy schnappt sich die Maus und klickt den Link an. Sie stoßen auf weitere Berichte. Die Meldungen sind allesamt kurz und wiederholen dieselben bizarren Informationen, die sich wie ein Virus im Netz verbreitet haben. Nachdem sich Billy und Mac ein Dutzend Darstellungen zu Gemüte geführt haben, wissen sie über den Alicia-Griffin-Fall nicht mehr als davor. Soweit Mac sich entsinnen kann, war in dem Zeitungsartikel die Theorie aufgestellt worden, das Mädchen hätte sich als Ehefrau des Gefangenen ausgegeben und sich so die Gefängnisbesuche erschlichen. Was für ein Unsinn, denkt er, schaut euch doch mal das letzte Foto von Dallas an. Wie kann jemand allen Ernstes annehmen, dass ein hübsches, gesundes und anscheinend völlig normales Mädchen auf ein hässliches, dreißig Jahre älteres Wrack steht? Und wer kann denn glauben, dass die beiden sich tatsächlich irgendwann kennengelernt oder gar geheiratet haben?

»Zwillinge haben die gleichen DNS … Ich glaube, Godfrey spielt Gott«, meint Mac. »Zuerst schenkt er Leben und später löscht er es aus.«

»Kommt für meinen Geschmack durchaus als Mörder des schwangeren Teenagers infrage.«

Mac nickt. »Das sehe ich auch so.«

»Und die Ehefrau ahnt noch nicht mal, was für ein Mistkerl ihr Göttergatte in Wahrheit ist.«

»Wir müssen versuchen, den Typen zur Strecke zu bringen, Billy.«

»Offiziell kann ich nichts unternehmen. Der Mord ist nicht in Brooklyn verübt worden. Aber inoffiziell werde ich dir selbstverständlich helfen und alles tun, was in meiner Macht steht.«

»Danke, Bruder.«

Billy lacht. »Bruder von einem anderen Planeten, oder?«

»Von meinem Planeten, möchte ich klarstellen.«

Mit einem Mal fühlt sich Mac wie elektrisiert, weil er endlich auf dem richtigen Weg ist. Jetzt ist klar, was für ein Mensch Godfrey Millerhausen ist und dass der Mann nicht nur eine ganz gewöhnliche Affäre verheimlichen möchte, sondern etwas viel Gravierenderes zu verbergen hat.

Und aus diesem Grund ist er auch viel gefährlicher.

»Ich muss Karin informieren und ihr sagen, dass sie sich in Acht nehmen muss.« Macs Finger zittern so stark, dass er die Tasten nicht trifft.

»Gib mal her.« Billy greift nach dem Handy, wählt und gibt es Mac zurück.

Er hört, wie es am anderen Ende der Leitung klingelt. Da es auf Sardinien erst fünf Uhr morgens ist, wird sie noch nicht aufgestanden sein, es sei denn, sie hält sich nicht mehr an feste Schlafzeiten. Bei dem Gedanken an Schlaf merkt er plötzlich, wie erschöpft er ist. Abgesehen von dem kurzen Nickerchen während der Taxifahrt vom Flughafen in die Stadt hat er während der letzten beiden Tage kein Auge zugetan. Karins Mailbox springt an.

»Ruf mich an. Es ist wichtig.« Fast hätte er *Du bist in Gefahr* gerufen, kann aber in letzte Sekunde noch an sich halten. Er muss ihr die Neuigkeiten schonend beibringen und zuerst erfahren, was sich bei ihr getan hat, bevor sie sich eine Strategie überlegen und entscheiden, inwieweit man der sardischen Polizei trauen kann, oder ob man besser das State Department hinzuzieht.

Unverzüglich schickt er Karin eine Mail und zur Sicherheit noch eine SMS. Dann starrt er ungeduldig auf sein Handy und wartet auf eine Antwort von seiner Frau, die nicht kommt.

»Keiner hat damit gerechnet, dass ich zurückkomme«, überlegt Mac laut. »Die Gegenseite schätzt mich so ein, dass mir meine Familie wichtiger als alles andere ist und ich auf Sardinien bleibe, um dort nach ihr zu suchen.«

»Die Familie steht für dich doch auch an erster Stelle. Mir kannst du da nichts vormachen.«

»Alle haben damit gerechnet, dass ich den Millerhausen-Fall ad acta lege. Und vielleicht hätte ich das tun sollen. Was für eine Scheiße, Billy.«

»Du bist ein guter Polizist, *weil* du die Erwartungen anderer gerade nicht erfüllst.«

»Ich bin kein Polizist mehr. Also, wieso bin ich hier?«

Billy drückt Macs Hand, die immer noch zittert und das stumme Handy umklammert. »Du bist hier, weil du Millerhausen durchschaust. Wärst du nicht nach Hause gekommen, käme er ungeschoren davon. Du hast getan, was du tun musstest. Du hast das Richtige getan.«

»Wäre ich auf Sardinien geblieben, wäre meine Familie irgendwann einfach wieder aufgetaucht.«

»Noch ein Zaubertrick von Millerhausen? Das bezweifle ich stark.«

»Karin …«

»… kann besser auf sich aufpassen als jeder andere, den ich kenne.«

»Ich muss wieder zurück.«

»Nein, wir müssen das hier zu Ende bringen. Ich rufe jetzt gleich einen Bekannten beim FBI an. Mal sehen, was er uns über diese Genies erzählen kann, die die DNS eines Mörders einem Gefängnisinsassen zuordnen und sich darüber nicht mal wundern. Du haust dich erst mal aufs Ohr, damit du nicht den Verstand verlierst. Und danach finden wir heraus, was dein Freund Millerhausen für Spielchen treibt.«

Erst als ich die Brotscheibe in den Toaster stecke und sich nichts tut, fällt mir auf, dass es wieder keinen Strom gibt. Die Lampen lassen sich nicht anschalten, das WLAN meines Blackberrys funktioniert nicht. Seit gestern Abend ist keine Mail, keine SMS eingegangen. Ich werfe einen Blick unter die Küchenspüle und sehe, dass ich gestern Abend vergessen habe, den Boiler auszuschalten. Nachts um zwei habe ich mir vor dem Schlafengehen ein Glas Wasser geholt und das Licht eingeschaltet, woraufhin wohl die Sicherung wieder rausgesprungen ist. Kopfschüttelnd schalte ich den Boiler aus, esse die Brotscheibe ungetoastet, genehmige mir ein Glas lauwarmen Orangensaft aus dem nicht funktionierenden Kühlschrank. Das improvisierte Frühstück bekommt meinem empfindlichen Magen gar nicht. Ich schließe die Augen. Vergangene Nacht habe ich zum ersten Mal seit Tagen sechs Stunden am Stück geschlafen und ich fühle mich einigermaßen gewappnet, um die anstehenden Aufgaben zu erledigen.

Ich fütterte die Katzen, durchquere den Garten und lege im Schuppen den Kippschalter der herausgesprungenen Sicherung um.

Sean, mein irischer Navi-Freund, verkündet, dass die Fahrt zu Liz Brauds L'Hotel del Riso e dell'Oblio in Palau viereinhalb Stunden dauern wird.

Zu dieser frühen Stunde ist die Hitze noch erträglich und am Sonntagmorgen ist bis auf ein paar Strandbesucher kaum jemand unterwegs. Unter einem weiß-blauen Himmel fahre ich mit offenem Fenster nach Norden und genieße den warmen Wind.

Auf der Arcu Sa Porta komme ich gut voran und habe keinerlei Probleme, genau die Geschwindigkeit zu halten, bei der die Kupplung keine Mätzchen macht. Ohne Vorwarnung taucht das Meer auf und da merke ich erst, dass ich schon seit ein paar Minuten bergauf fahre und die Stecke zunehmend steiler wird.

Es versteht sich beinah von selbst, dass die Kupplung mich gerade jetzt im Stich lässt, doch inzwischen habe ich einige Erfahrung mit dem launischen Ding und weiß, wie ich es schaffe, den Gang schnell wieder einzulegen. Als ich haarscharf am felsigen Abgrund entlangfahre, verfalle ich in einen fast meditativen Zustand. In aller Seelenruhe kurve ich die bergige Straße entlang und tippe vor lauter Sehnsucht nach Mac aufs Navi, um noch einmal Seans Stimme zu hören.

Ich vermisse ihn.

Ich möchte nach Hause.

Ich will meinen Sohn Ben und meine Tochter Dathi wiedersehen. Ich will zu Mary und Fremont, ich will meine Familie zurück. Und dann möchte ich heimreisen.

Ich bemühe mich, eine konstante Geschwindigkeit zu halten. Nach einer Weile stelle ich erleichtert fest, dass die Straße nun durch flache Felder führt, doch meine Freude währt nicht lange, denn schon bald wird das Gelände wieder bergiger. Der Ausblick ist grandios: Ein wunderschönes Panorama, zum Greifen nah, das einen fast glauben lässt, fliegen zu können, ein atemberaubender Sommerhimmel, tief unten ein herrlicher Strand, Menschen, so klein wie Ameisen, die ein Sonnenbad nehmen, kristallgrünes Wasser, das jeden Smaragd in den Schatten stellt. Zu guter Letzt flacht die Straße wieder ab und laut Sean dauert es nicht mehr lange, bis ich mein Ziel erreiche.

An der Straße nach Olbia, das südlich von Palau liegt, stehen Schilder von Hotels, Pensionen und Restaurants und schließlich lande ich auf einer langen Zufahrt, die auf dem Parkplatz des L'Hotel del Riso e Dell'Oblio endet. Hinter der gepflegten Grünanlage, der üppigen Vegetation, den Palmen und dem rosa getünchten Hotel tut sich ein atemberaubender Ausblick aufs Meer auf. Dies ist genau der Ort, wo jeder gern seine Flitterwochen verbringen würde, was sich jedoch nur die wenigsten leisten können.

Um sechs Uhr früh wird Mac von seinem Blackberry geweckt. Im Dämmerlicht von Devons und Dwaynes Zimmer greift Mac nach dem Handy.

»Karin!«

»Spreche ich mit Mac MacLeary?«

»Wer sind Sie?«

»Special Agent John Mercado, FBI. Ich sollte mich melden.«

»Melden?«

Mercado schweigt kurz, konsultiert seinen Notizzettel und sagt dann: »Detective Billy Staples hat angerufen und auch Ihre Nummer hinterlassen. Leider geht er nicht ans Telefon. Es klang dringend.«

»Das ist es auch.« Mac richtet sich auf, versucht, seinen müden Verstand in Gang zu bringen, und schildert Mercado, was sie sich zusammengereimt haben.

Der Agent seufzt frustriert. »Als wir das Ergebnis der DNS-Analyse erhalten haben, sind bei uns alle davon ausgegangen, dass mit dem Test irgendetwas schiefgelaufen ist. Ich wollte schon eine weitere Analyse machen lassen, wurde jedoch zurückgepfiffen.«

»Von wem?«

»Dem leitenden Special Agent. Der Sektionsleiter hat ihm aufgetragen, die Ermittlungen einzustellen.«

»Dann kam der Befehl also von ziemlich weit oben.«

»Ja. Und zwar laut und deutlich.«

»Und Sie haben sich daran gehalten?«

»Was hätte ich denn tun sollen? Der Typ hat ja fünfzig Jahre gekriegt und wird sowieso im Gefängnis sterben.«

»Und was ist mit dem Mädchen, das umgebracht wurde? Falls Moore nichts mit ihrem Tod zu tun hat, wäre es vielleicht interessant zu erfahren, wer tatsächlich dafür verantwortlich ist.«

»Ich verstehe, worauf Sie hinaus wollen, wirklich. Jetzt, wo Staples in dem Fall ermittelt und ...«

»Er ermittelt gar nichts. Es gibt keinen Fall. Wir haben uns nur Gedanken gemacht.«

»Für wen arbeiten Sie?«

»Tut mir leid. Ich bekomme gerade einen anderen Anruf, den ich annehmen muss. Danke für Ihre Hilfe.«

Mac legt auf und wünscht sich von ganzen Herzen, dass tatsächlich ein anderer Anruf kommt, denn er sehnt sich danach, Karins Stimme zu hören. Hoffentlich informiert Special Agent Mercado nicht seine Vorgesetzten, fleht er stumm. Billy und er werden etwas Zeit brauchen, um genug Beweise zu sammeln, mit denen sich nachweisen lässt, dass Millerhausen und Kroll etwas mit Alicias Ermordung zu tun hatten. Erst dann können sie die zuständigen Behörden informieren. Und da Millerhausen über hervorragende Verbindungen verfügt, muss die Beweiskette lückenlos sein.

Mac trommelt mit dem stummen Handy gegen sein Knie. Draußen, hinter der heruntergezogenen Jalousie, geht die Sonne auf.

Ananaspalmen flankieren den Hoteleingang. In der vornehmen, stark klimatisierten Lobby summt mein Handy. Da mich eine kurzhaarige junge Frau am Empfang mit einem Lächeln begrüßt, ignoriere ich es.

»Ciao!«

»Sprechen Sie Englisch?«

»Sie sind Amerikanerin? Ich auch.« Ihre perfekten weißen Zähne, die an Zuchtperlen erinnern, deuten darauf hin, dass sie früher eine Spange getragen hat.

»Sie sind nicht zufälligerweise Blaine, oder?« Karin meint, das Mädchen von ihrer Facebook-Seite zu kennen, wo als Wohnort allerdings Paris und nicht Sardinien angegeben ist.

Ihr Lächeln gefriert schlagartig. »Warten Sie bitte kurz.« Sie verschwindet in einem Büro, schließt die Tür hinter sich und unterhält sich dort mit jemandem.

Zwei schlanke Frauen in teuren Strandkleidern und mit großen Sonnenhüten schlendern durchs Foyer – Französinnen, dem Gespräch nach zu urteilen. Sie gehen durch einen Türbogen auf eine Terrasse, wo das Mittagessen serviert wird. Zwei Männer in Badehosen folgen ihnen.

Dann geht die Tür auf und es erscheint Liz Braud – größer, brauner und eleganter als ihre Gäste. Ihre Zähne sind nicht ganz so perfekt, aber genau so weiß wie die ihrer Tochter. Sie trägt eine schwarze, edle Leinentunika, die einen starken Kontrast zu ihrer weißen, engen Hose bildet. Ein beachtlicher tropfenförmiger Saphir an einer Silberkette schmückt ihr Dekolleté. Am liebsten würde ich mich auf sie stürzen, sie ausquetschen, was sie mit unserem Urlaub zu schaffen hat, wo Mary und die Kinder sind, doch wenn ich das tue, wenn ich auch nur den geringsten Verdacht andeute, wird sie unser Treffen beenden, ehe es begonnen hat.

»Ich bin Liz, die Eigentümerin. Es tut mir leid, aber die nächsten fünf Tage sind wir komplett ausgebucht.«

»Ich brauche kein Zimmer«, antworte ich und ringe mir ein Lächeln ab. Die tiefen Falten in ihrem Gesicht deuten auf ein emotional recht abwechslungsreiches Leben hin. Lachen. Und Vergessen. Sie hat eine ganz anders geartete Welt hinter sich gelassen, um hierher zu kommen. Mir gegenüber steht eine Frau mit Vergangenheit. Ich reiche ihr die Hand und stelle mich vor. »Falls Sie Zeit hätten, würde ich Ihnen gern ein paar persönliche Fragen stellen.« Mein Blick wandert zu der jungen Frau.

»Das ist Blaine, meine Tochter.«

»Dachte ich mir.«

»Mom …«, murrt Blaine.

»Haben Sie schon zu Mittag gegessen?«, fragt Liz, die ihre Tochter ignoriert.

»Nein.«

Ich folge ihr auf die Terrasse, wo wir an einem kleinen Tisch Platz im Schatten nehmen, der für sie reserviert zu sein scheint. Davor erstreckt sich ein kleiner Park mit einem tränenförmigen, blau gefliesten Pool, dessen Wasser die Sonne reflektiert. Mit einem Blick auf Liz' Saphir überlege ich, was wohl zuerst da war: dieser Ort oder die Idee.

»Due insalate e due té freddi«, bestellt sie bei einem Kellner in weißem Anzug.

Falls ich mich nicht täusche, hat sie für uns Salat bestellt. Dass sie hier der Boss ist, steht außer Frage. Und indem sie für uns beide gewählt hat, will sie mir klarmachen, wer das Sagen hat. Ihr Verhalten bringt mich in Rage, aber wenn ich einen Schritt weiterkommen will, muss ich mich beherrschen. Diese Frau macht mir Angst, doch ihre Unverfrorenheit finde ich nicht … uninteressant. Als sie auf Italienisch bestellt hat, war da etwas in ihrer Stimme, das mit bekannt vorkam, doch leider kann ich nicht den Finger darauf legen.

Liz widmet sich wieder mir. »Woher kommen Sie?«

»New York City«, antworte ich bemüht neutral.

»Manchmal vermisse ich Manhattan.«

»Ich lebe in Brooklyn. Mit Mac, meinem Ehemann. Er ist Privatdetektiv und die derzeitige Frau Ihres Exmanns hat ihn neulich engagiert.«

Ein verkniffenes Lächeln teilt ihr Gesicht in zwei Hälften. Es ist mindestens einmal von einem Chirurgen verschönert worden. »Ich hätte mir denken können, dass es sich um so etwas in der Art handelt.«

»Was meinen Sie damit?«

»Cathy hat ihn beschatten lassen, nicht wahr?«

»Sie möchte wissen, ob er sie betrügt.«

»Natürlich tut er das.« Sie grinst höhnisch. »Habe ich glücklicherweise schon hinter mir.«

»Mac konnte ihm nichts nachweisen und hat den Fall vor einer Woche abgeschlossen. Gleich danach sind wir hierher gefahren.«

Sie schlägt ein langes Bein über das andere, stützt das Kinn auf die Hand und mustert mich eindringlich. »Warum?«

»Um Urlaub zu machen. Zumindest hatten wir das vor.«

»Aber warum auf Sardinien? Nicht, dass man mich von der Insel überzeugen müsste.«

»Uns wurde ein Wohnungstausch angeboten und … nun ja, Sardinien klang unwiderstehlich.«

»Ja, und das ist es auch, nicht wahr?«

Der Kellner serviert unseren Salat und Eistee in hohen Gläsern. Mein Magen knurrt. Nach einem kurzen Anflug von

Übelkeit gelingt es mir, etwas zu essen. Das hartgekochte Ei stillt meinen ersten Hunger.

»Wo ist denn die Wohnung?« Liz nippt an dem eiskalten Tee.

»In Capitana, in der Nähe von Cagliari.«

»So weit im Süden! Mein Gott, da sind Sie aber weit gefahren, um mich zu sehen.«

»Aus gutem Grund. Meine Familie …«

»Vincente!«, ruft sie dem nächstbesten Kellner zu. »Pane, per favore.«

Ein weiterer Kellner füllt unsere Wassergläser auf, die wir noch nicht angerührt haben. Vincente bringt uns Brot. Ein blasses Paar, auf dem Weg zu seinem Tisch, bleibt kurz stehen, um Liz zu begrüßen.

»So ein schönes Hotel«, schwärmt die Frau, die einen starken britischen Akzent hat. »Was für ein Glück, dass wir Sie gefunden haben. Es ist herrlich hier.«

»Vielen Dank«, erwidert Liz strahlend.

Nachdem das Paar weitergegangen ist, erklärt sie mir: »Sie sind heute Morgen angereist. Es bereitet mir große Freude, Menschen glücklich zu machen. Als ich Godfrey heiratete, war ich jung und arm. Er hat mein Herz im Sturm erobert und mein Leben auf den Kopf gestellt. Und als er mich wegen Cathy verlassen hat, war ich am Boden zerstört. Vor lauter Einsamkeit bin ich damals hierhergekommen und dann einfach geblieben. Das war die beste Entscheidung, die ich in meinem Leben getroffen habe.«

»Haben Sie Blaine hier großgezogen?«

»Ja, teilweise. Als wir vor elf Jahren hier gelandet sind, war sie neun. Sie lebt derzeit in Paris und versucht, im Filmgeschäft Fuß zu fassen. Meine Tochter wird langsam erwachsen. Irgendwann wird ihr das Hotel gehören, doch ich bin mir nicht sicher, ob sie es weiterführen wird. Eines Tages wird sie eine Menge Geld erben und frei entscheiden können, was sie mit ihrem Leben anfangen möchte.«

»Sie haben doch bestimmt noch Kontakt zu Ihrem Exmann.«

Liz wirft mir einen irritierten Blick zu.

»Wegen Ihrer Tochter, meine ich.«

»Wir sprechen hin und wieder miteinander, aber eher selten. Nach unserer Scheidung hat sich Godfrey ein Privatflugzeug samt Pilot zugelegt, unter anderem, damit Blaine ihn jederzeit besuchen kann. Das entspricht natürlich in keiner Weise dem normalen Umgangsrecht, aber es passt zu uns.« Sie hebt den Blick und betrachtet den strahlend blauen Himmel.

»Meine Familie ist verschwunden«, platzte ich heraus. »Sie muss irgendwo auf der Insel sein. Davon gehen wir zumindest aus. Aus diesem Grund wollte ich mit Ihnen sprechen.«

Sie scheint ehrlich schockiert zu sein. »Verschwunden?«

»Sie sind ein paar Tage vor mir und meinem Mann angekommen. Wir hatten noch geschäftlich in England zu tun. Und als wir dann in Sardinien eintrafen, waren unsere Freundin, ihr Sohn und unsere Kinder verschwunden. Zuerst waren wir vollkommen ratlos, aber dann haben wir erfahren, dass Sie auf dieser Insel leben, was in unseren Augen einfach kein Zufall sein kann. Aus diesem Grund bin ich hier.«

Sie legt vorsichtig die Hand auf meinen Arm, schaut mir in die Augen. »Ich kann Ihren Gedankengang sehr gut nachvollziehen, doch ich kann Ihnen Brief und Siegel geben, dass es sich tatsächlich um einen Zufall handelt. Es sei denn, Sie glauben, dass Ihre Lieben in meinem Hotel abgestiegen sind.«

»Nein, das wäre doch unsinnig, wo uns das Haus in Capitana zur Verfügung steht. Warum sollten sie in ein Hotel gehen? Und wenn, hätten sie uns das mitgeteilt.« Ich beuge mich vor und lege meine Hand auf ihre, die sich trocken, papieren anfühlt. »Fällt Ihnen ein Grund ein, weshalb Ihr Exmann uns hierher geschickt haben könnte?«

»Sie sagten, Sie hätten mit jemandem die Wohnung getauscht.«

»Wäre es möglich, dass Godfrey die ganze Sache eingefädelt hat?«

»Ich habe seit Ewigkeiten nicht mehr mit ihm gesprochen und von daher nicht die geringste Ahnung. Sie waren doch bei der Polizei, oder?«

»Unverzüglich.« Die weiterwandernde Sonne sorgt dafür, dass es auf der Terrasse ziemlich heiß wird.

Sie zieht ihre Hand zurück, legt sie neben dem unbenutzten Messer auf den Tisch. »Die kümmern sich darum. Allerdings ist mir nicht zu Ohren gekommen, dass eine amerikanische Familie verschwunden ist.«

»Das ist ja das Problem. Ich habe nicht den Eindruck, dass die Polizei sie wirklich sucht. Mein Mann ist zurück nach New York geflogen in der Hoffnung, dort Antworten zu finden. Wir sind der Meinung, dass das Verschwinden etwas mit Ihrem Exmann zu tun hat.«

»Wie denn das?« Eine Fliege kreist über ihrem Salat. Dass sie keine Anstalten macht, sie zu verscheuchen, deute ich dahingehend, dass sie überhaupt nicht die Absicht hat, etwas zu essen.

»Liz, fällt Ihnen irgendein Grund ein, warum Godfrey meinen Mann davon abhalten sollte, gegen ihn zu ermitteln?«

»Nein, eigentlich nicht. Godfrey ist langweilig. Und, glauben Sie mir, er versteht sich nicht sonderlich gut darauf, seine Affären geheim zu halten. Die Sache ist ganz einfach: Wenn Ihr Mann keine Geliebte gefunden hat, existiert auch keine.«

»Sind Sie sich sicher?«

»Soweit ich das einschätzen kann, meine Liebe, ja. Allerdings bin ich seit zwölf Jahren nicht mehr mit diesem Mann zusammen.«

»Aber warum …«

»Godfrey hat früher häufig behauptet, er wäre ein ganz normaler Arbeiter geworden, hätte er nicht so einen Haufen Geld geerbt. Er ist sich sehr wohl darüber im Klaren, was er zu bieten hat, und was nicht. Ich habe mich immer gefragt, ob das Vermögen ihm ein Leben aufgezwungen hat, das ihm überhaupt nicht entspricht. Vielleicht hat das Erbe ja verhindert, dass er ein besserer Mensch wurde.«

»Wollen Sie damit andeuten, er wäre gar nicht in der Lage, etwas zu tun, das er vertuschen muss?«

»Wie ich bereits sagte, kenne ich ihn eigentlich nicht mehr.« Sie winkt Vincente zu und bestellt zwei Espressi. »Wenn Sie möchten, kann ich mal für Sie herumtelefonieren. Ich kenne ein paar Leute auf dem hiesigen Polizeirevier, die unten im Süden nachfragen könnten, wie der Stand der Dinge ist.«

»Mein Sohn ist erst fünf.« Tränen treten mir in die Augen und ich wende den Blick ab.

»Er wird schon wieder auftauchen, meine Liebe.« Liz tätschelt meine Hand. »Warten Sie's nur ab.«

Bei laufendem Motor und hochgedrehter Klimaanlage checke ich in dem glühenden Wagen die eingegangenen Nachrichten. Wie es aussieht, hat Mac in den letzten Stunden mehrmals versucht, mich zu erreichen. Zuerst lese ich seine SMS und Mails, danach höre ich die Mailbox ab. Nach allem, was Mac da zusammengetragen hat, hat der Godfrey Millerhausen von heute nichts mit dem Mann gemein, an den man sich hier erinnert. Je nachdem, mit wem er zusammen ist, zeigt dieser Mann anscheinend ein anderes Gesicht. Als ich Mac zurückrufe, klopft mein Herz so stark, dass ich es hören kann.

Macs Mailbox springt an. Aufgrund der achtstündigen Zeitverschiebung ist es in New York erst sechs Uhr morgens. Mac steht normalerweise früh auf, doch da im Moment nichts normal ist, könnte es gut sein, dass er noch schläft. Oder er hat kein Netz. Oder… Auch wenn viel, sehr viel auf dem Spiel steht, solltest du nicht vom Schlimmsten ausgehen, ermahne ich mich.

»Mac, ich habe deine Nachrichten erhalten. Ich bin an der Costa Smeralda und habe gerade eben mit Liz Braud zu Mittag gegessen. Sie findet Godfrey langweilig und gewöhnlich. Laut ihrer Einschätzung wärst du ihm auf die Schliche gekommen, falls er fremdgeht. Schwer zu sagen, ob man der Frau über den Weg trauen kann. Ich stehe noch vor ihrem Hotel. Ich werde jetzt noch mal reingehen und nachhaken, ob sie etwas…« Die Sprechdauer endet, ehe ich fertig bin.

Als ich meine Tür öffne, fahren Liz und Blaine in ihrem roten Fiat vom Parkplatz und sind im Nu verschwunden.

Kapitel 16

Carlos Lopez ist tot.« Billy steht im Türrahmen des Kinderzimmers. Unter seinem gesunden Auge liegt ein dunkler Schatten. Da er dieselbe Kleidung wie gestern trägt, war er wohl die ganze Nacht wach.

»Dein Bekannter aus dem Archiv«, sagt Mac perplex. »Aber du hast doch erst gestern noch mit ihm telefoniert.«

»Ruhe!«, ruft Latisha aus ihrem Zimmer.

»Nicht in diesem Ton!«, warnt La-a aus dem Schlafzimmer.

»Ich habe nur um Ruhe gebeten!«

»Und ich habe nur gesagt, nicht in diesem Ton!«

Billy schlurft ins Zimmer. La-a folgt ihm und schließt die Tür. Sie trägt einen kurzen gestreiften Bademantel, der mehr Bein zeigt, als Mac je zu sehen gehofft hat. Er wendet den Blick ab, woraufhin sie sich völlig unbefangen vordrängt, die Hände auf die Hüften legt und sich zwischen die beiden Männern stellt.

»Was soll das hier werden? Der Frühstücksklub? Wisst ihr Typen denn nicht, dass heute Sonntag ist?«

»Tut mir leid, Dash«, meint Billy.

»Wer ist Carl Lopez?« Als sie den Gürtel zubindet, wandert der Bademantelsaum noch ein Stück nach oben. Ihre grell pinkfarben lackierten Fußnägel versinken in Devons und Dwaynes braunem Teppich und erinnern an Neonkiesel an einem Strand.

»Carlos«, korrigiert Billy sie. »Er hat uns gestern Abend geholfen und ist später auf dem Heimweg bei einem Autounfall ums Leben gekommen.«

»Wobei hat er euch geholfen?«, fragt La-a. »Was ist das für ein Fall, wegen dem du das Archiv an einem Samstagabend kontaktierst?«

»Wie hast du so schnell davon erfahren?«, mischt Mac sich in das Gespräch ein.

»Die Abteilung für interne Ermittlungen hat seine Anrufliste überprüft und ist dabei auf meine Nummer gestoßen.«

»Und was hast du denen gesagt?«, will Mac wissen.

»Was läuft hier?«

»Ich ermittle in einem Mordfall.«

»Wie bitte? Was für ein Mordfall? Du lebst vorübergehend unter meinem Dach und ich muss dich fragen, in welchem Mordfall du ohne mich ermittelst, Billy?«

»Es geht um das schwangere Mädchen, über das wir gestern geredet haben«, erläutert Mac.

»Der Mord wurde nicht mal in unserem Bundesstaat verübt«, entgegnet sie. »Verdammt, was ist hier los?«

»Erinnerst du dich an den Fall, an dem Mac vor seiner Abreise nach Europa gearbeitet hat? Millerhausen? Wie sich herausgestellt hat, ist er der Zwillingsbruder von dem Gefängnisinsassen, den man für den Mörder jenes Mädchens hält. Die beiden wurden kurz nach der Geburt getrennt.«

»Verfluchte Scheiße.«

»Ich höre dich, Mama!«, schallt Latishas Stimme durch den Flur.

»Geh wieder ins Bett, Tish. SOFORT.«

»Als ob in diesem Haus jemand schlafen könnte!«

»Dann steh auf und zieh dich für den Gottesdienst an!«

»Na toll.«

»Ja, toll.«

Sie hören, wie jemand durch den Flur und die Treppe hinunter schlappt. Danach geht die nächste Tür auf. Die beiden kleineren Brüder begeben sich ebenfalls nach unten, um dort früher als gewöhnlich zu frühstücken.

»Und du meinst, er hätte dich nach Italien gelockt, damit du ihn in Ruhe lässt.« Das war keine Frage.

»So sieht's aus.« Billy nickt.

»Er wollte seine schwangere, minderjährige Geliebte loswerden, ohne dass ich davon Wind bekomme«, sagt Mac. »Und er wollte verhindern, dass ich von seinem Zwillingsbruder erfahre. Aber wieso sie Mary und die Kinder entführt haben, ist mir schleierhaft. Ich weiß nur, dass sie weg sind. Und dass Millerhausen ein Mörder ist.«

»Dann hat dieser Lopez euch also gestern Abend Infos gegeben und jetzt ist er tot.«

»Er hat uns die Namen aus den Adoptionsunterlagen verraten, was uns zu Dallas Wayne Moore geführt hat.« Bevor La-a Billy fragen kann, wer das ist, sagt er: »Der Zwillingsbruder, der im Knast sitzt.«

»Es ist doch nicht deine Schuld, dass Lopez an dem Abend, an dem er euch geholfen hat, bei einem Unfall umgekommen ist«, versucht La-a zu beschwichtigen, aber ihr guter Wille kann gegen Macs sechsten Sinn nichts ausrichten.

»Wetten, dass ihn jemand von der Straße gedrängt hat?« Mac beginnt zu schwitzen, würde am liebsten sein T-Shirt ausziehen, aber solange La-a im Raum ist, lässt er das lieber bleiben. »Irgendwer hat mitgekriegt, dass er uns von Moores eineiigem Zwillingsbruder erzählt hat.«

»Während ihr geschlafen habt«, sagt Billy mit bebender Stimme, »habe ich den Gefängnisdirektor in Atlanta angerufen und ihn gefragt, wie es kommt, dass einer seiner Häftlinge wegen Mordes angeklagt wurde, obwohl er seit Jahren nicht mehr draußen war. Wisst ihr, was er darauf allen Ernstes geantwortet hat?«

Mac und La-a stehen schweigend da und starren Billy an, der aussieht, als würde er gleich einen Tobsuchtsanfall kriegen. Mac ist sich darüber im Klaren, dass Billy seine Karriere aufs Spiel setzt. Er ist zu tief in einen Fall eingestiegen, der ihn nichts angeht, und wird dafür unter aller Garantie bezahlen müssen. Mac überlegt, ob es ein Fehler war, Billy in die Sache hineinzuziehen, doch für derlei Bedenken ist es längst zu spät.

»Gefängnisdirektor Thomas Allen Archibald hat Folgendes zu mir gesagt: ›Das Mädchen hat vorgegeben, Moores Frau zu sein und ihn hier besucht. Wir haben den Sachverhalt überprüft. Der Gouverneur hat die Presse noch nicht darüber informiert, ist allerdings entschlossen, das bald nachzuholen.‹ Und dann hat er mir noch geraten, meine Nase nicht in Dinge zu stecken, die mich nichts angehen.«

»Wir sollen also allen Ernstes glauben, dass sich ein Mädchen aus Harrisburg, Pennsylvania, als Moores Ehefrau ausgibt und die Erlaubnis erhält, den Gefangenen in Atlanta, Georgia, zu besuchen«, fasst Mac mit leicht verbittertem Unterton zusammen. Im Strafvollzug wird viel Mist gebaut und Korruption ist an der Tagesordnung, aber das hier setzt dem Ganzen die Krone auf. Für ihn besteht nicht der geringste Zweifel, dass da eine Hand die andere wäscht.

»Na, diese Nuss werdet ihr nicht knacken«, murmelt La-a. »Und wie erklären die sich das?«

»Nach ihrer These ist das Mädchen mit dem Bus angereist.«

»Gibt es dafür Beweise? Kreditkartenbelege oder so etwas in der Art?«

»Sie hat die Fahrkarte bar bezahlt.«

»Dann ist dieses junge Mädchen, ein nettes Ding aus der

Vorstadt im Nordosten, in einen Bus gestiegen, nach Süden gefahren, um es mit einem hässlichen Gefangenen zu treiben, der ihr Vater sein könnte?« La-a verdreht die Augen. »So einen Unsinn würde nicht mal ich glauben, obwohl ich momentan nicht gerade eine hohe Meinung von Teenagern habe.«

Vor Wut zitternd stellt sich Mac ans Fenster und sieht auf die ruhige Straße hinaus. Godfrey Millerhausen ist es vollkommen egal, wie viele Leben er ruinieren muss, um die eigene Haut zu retten.

»Und kurz darauf«, fährt Billy fort, »ruft mich auch noch Detective Marc Kneeler an, der Schlauberger, der in Harrisburg die Alicia-Griffin-Ermittlung geleitet hat. Der Typ, der den Fall für abgeschlossen erklärt hat, weil er überhaupt keinen Zweifel an der These hatte, dass ein nettes Mädchen von einem Knacki, der in einem anderen Staat einsitzt, geschwängert und ermordet wurde. Kneeler gibt vor zu glauben, dass Moore jemanden damit beauftragt hat, die Kleine in Pennsylvania lebendig zu begraben. Komplett irre, oder?«

»Das kannst du laut sagen.« La-a geht zu Billy hinüber und klopft ihm auf die Schulter. »Gute Arbeit, aber das wird dich deinen Job kosten. In dem Punkt machst du dir doch nichts vor, oder?«

Er nickt kurz. Kummer spiegelt sich auf seiner Miene.

»Die haben dich schnell gefunden«, meint Mac. »Wie groß ist wohl das Netzwerk, das Millerhausen zu seinem eigenen Schutz geschaffen hat?«

Billy dreht einen Stuhl um, setzt sich und betrachtet La-a und Mac. »Das habe ich mich auch schon gefragt. Mitten in der Nacht kriege ich Anrufe von Menschen, die jemandem so tief in den Hintern gekrochen sind, dass sie nicht mehr klar denken können. Dass wir Fragen stellen, jagt ihnen Angst ein, das kann ich euch versichern. Und sie möchten, dass wir damit aufhören. Und zwar sofort.«

»Warum hast du mich nicht geweckt?«, fragt Mac. »Du kannst mich doch nicht einfach schlafen lassen.«

»Du bist gestern Abend an meinem Schreibtisch eingenickt. Zweimal.«

»Ich hätte mich zusammenreißen können.«

»Du hast den Schlaf gebraucht. Das sag ich dir als Freund. Okay?« Stur fixiert Billy mit seinem einen Auge Mac, der zugegen muss, dass Billy richtig entschieden hat. Er kann sich glücklich schätzen, einen Menschen wie ihn zum Freund zu haben.

»Danke«, meint Mac aufrichtig. »Aber, Billy, es ist vielleicht an der Zeit, die Angelegenheit mir zu überlassen. Dash hat recht: Dieser Fall wird dir schaden. Wir waten hier knietief im Morast, und du bist nicht dazu befugt, ihn trockenzulegen. Ein Privatdetektiv hingegen kann tun und lassen, was er will.« Auf Macs Stirn bilden sich Schweißperlen, die er mit beiden Händen wegwischt, was nicht viel hilft, weil sich sofort neue bilden.

»Wir werden sehen«, hält Billy dagegen.

In dem Moment denkt Mac an Karin, die er dringend warnen muss. Er schnappt sich sein Handy, drückt ihre Kurzwahltaste und lauscht andächtig dem Klingelton, mit dem er seine Frau auf der anderen Seite des Ozeans zu erreichen versucht.

Zehn Minuten südlich von Palau klingelt mein Handy und gleichzeitig versperrt ein silberner Sportwagen die Strecke, die Sean mir vorgeschlagen hat. Mein irischer Führer verstummt kurz, ehe er mich zum Wenden auffordert und mich auf eine Straße dirigiert, die im Grunde genommen zu schmal für zwei

Fahrbahnen ist. Das beharrliche Klingeln macht mich nervös. Ich muss mich mit aller Macht darauf konzentrieren, die Geschwindigkeit beizubehalten. Endlich springt meine Mailbox an. Ich fahre durch ein altes Dorf, wo gerade alle Siesta halten und die Straßen wie ausgestorben sind. Die Stille ist mir nicht geheuer. Im Rückspiegel erkenne ich plötzlich ein anderes Fahrzeug, was mich zuerst leicht aus dem Konzept bringt, doch dann beruhigt es mich, dass ich in diesem verschlafenen Ort nicht ganz allein bin.

Es gibt nur eine Möglichkeit, das Dorf zu verlassen: eine schmale einspurige Straße, die sich den nächsten Berg hinaufwindet. Die pittoreske Route führt mich um steile Klippen, von wo aus laut Reiseführer kleine Pfade zu den schönsten Stränden der Welt führen, deren Einstiege man jedoch nur sieht, wenn man sich traut, die Augen für einen Moment von der Fahrbahn zu nehmen. Vor einem dieser versteckten Strandzugänge säumen geparkte Autos die Straße und machen das Navigieren noch kniffliger.

Hinter mir kommt plötzlich der silberne Sportwagen um die Kurve gerauscht. Nur wenige Sekunden später erkenne ich den Fahrer im Rückspiegel: Es ist der Mann mit der Schlangentätowierung am Hals, der mich vor zwei Tagen in seinem Lieferwagen verfolgt und gerammt hat! Und er sitzt in dem Auto, mit dem er sich dann ein Rennen geliefert hat.

Ich hole tief Luft, gebe Gas, spüre, wie mein Adrenalinspiegel ansteigt, und lasse den langsam aufholenden Wagen, der mich fraglos wieder verfolgt und mich von der Straße abdrängen möchte, nicht aus den Augen.

Just in dem Moment habe ich eine Eingebung. Jetzt weiß ich, warum mir die Stimme von Liz Braud irgendwie bekannt vorgekam. Sie klingt wie die Giulia Porcus! Die geheimnisvolle

Giulia, die nicht zurückruft und in Wahrheit überhaupt nicht existiert.

Da ich nicht an Zufälle glaube, gehe ich davon aus, dass mir Liz den Schlangenmann auf den Hals gehetzt hat.

Mac hat also recht behalten. Es war dumm, ihr einen Besuch abzustatten, bevor wir wissen, mit wem wir es zu tun haben. Ausgesprochen dumm.

Die Straße wird so eng und steil, dass ich ganz dicht an den Felsen entlangfahren muss, um nicht in den Abgrund zu stürzen und im Meer zu landen.

Gegenüber von einem Strandzugang sitzt ein alter Mann unter einem Sonnenschirm und verkauft Ananasstücke. Ein etwa acht Jahre alter Junge sprintet über die Fahrbahn, woraufhin seine entsetzte Mutter einen gellenden Schrei ausstößt. Mit klopfendem Herzen weiche ich aus, ohne vom Gas zu gehen. Im Rückspiegel sehe ich, wie die hysterische Mutter ihren Sohn von der Straße zieht, an sich drückt und der Sportwagen an ihnen vorbeiflitzt.

Wieder klingelt mein Handy. Was würde ich darum geben, jetzt ranzugehen und hoffentlich mit Mac zu sprechen, ihm zu erzählen, dass ich in Schwierigkeiten stecke und Hilfe brauche. Stattdessen erhöhe ich das Tempo.

Die Straße fällt steil ab und ich werde unwillkürlich schneller. Ich rase um eine scharfe Kurve und nähere mich schon der nächsten Haarnadelkurve. Kaltblütig beiße ich die Zähne zusammen, reiße das Steuer herum und flehe stumm, dass die mich Kupplung nicht im Stich lässt.

Meine Bitte wird erhört.

Und der Sportwagen ist auch aus meinem Blickfeld verschwunden.

Für einen Moment glaube ich tatsächlich, dass sich die Geschichte wiederholt, dass der Fahrer nur mit mir gespielt hat und er mich nun in Ruhe lässt, dass er nichts mit Liz Braud, meinen verschwundenen Lieben zu tun hat, dass ich mir alles nur eingebildet habe.

So gehe ich vom Gas, bremse vorsichtig und überlege kurz, ob ich nicht zum Flughafen fahren und einfach nach Hause fliegen soll. Aber das ist natürlich keine Option: Die Insel kann ich erst verlassen, nachdem ich Mary und die Kinder gefunden habe.

Da kommt der Sportwagen plötzlich hinter mir um einen Felsvorsprung gesaust. Fassungslos trete ich das Gaspedal durch und dann geschieht das, was nicht geschehen darf: Die Kupplung versagt.

In dem Augenblick wird mir bewusst, dass ich lieber gegen einen Berg fahre, als im hohen Bogen durch die Luft zu fliegen und im Meer zu versinken. Vor mir beschreibt die Straße eine scharfe Kurve, rechts ragen Felsen auf, links fällt das Terrain steil ab.

Der näher kommende Sportwagen bringt mich auf einen Idee. Obwohl sich der Abstand zwischen ihm und mir merklich verringert, bewahre ich Ruhe, passe den richtigen Moment ab und halte absichtlich auf die Felsen zu.

Als sich beim Aufprall die Front meines Wagens wie eine Ziehharmonika zusammenfaltet und sich der Airbag aufbläst, muss ich an den Straßenmusiker in Cagliari denken, der mir beim Einparken geholfen und mit seiner Forderung nach *money, money* die gute Laune verdorben hat.

Und dann kommt es mir so vor, als würde ich einen surrealen Film anschauen, den ich zuerst nicht zu deuten weiß. Mit offenem Mund verfolge ich, wie der silberne Sportwagen über die Klippe hinausschießt und in die Tiefe fällt. *Money,*

money. Und da wird mir plötzlich klar, dass es hier ums Geld geht und Liz Braud alles tun wird, um ihr Vermögen und das Erbe ihrer Tochter zu sichern, damit sie auch in Zukunft ihren Traum vom *Dolce Vita* leben können. Dafür entführt sie meine Familie, deshalb trägt sie Sorge dafür, dass ihr Exmann nicht für seine Verbrechen sühnen muss, deswegen nimmt sie es billigend in Kauf, dass Cathys behinderter Sohn in Zukunft vielleicht nicht mehr so betreut wird, wie es nötig ist. In diesem Sekundenbruchteil, der mir wie eine Ewigkeit vorkommt, kann ich nicht mehr unterscheiden, ob der laute Knall, den ich höre, von meinem Aufprall gegen den Felsen oder dem Zerschellen des Sportwagens auf der Wasseroberfläche herrührt, ob ich lebe oder tot bin. Die Fantasie geht mit mir durch: Ich umarme meine beiden Kinder, den verschwundenen Ben und die auf ewig verlorene Cece, und sterbe beinahe vor Sehnsucht nach dem, was einmal war.

»Warum geht sie denn nie ran?« Mac steckt das Handy ein und sieht zu Billy hinüber, der zwei Becher Kaffee in einem Laden auf der Lexington Avenue besorgt hat.

»Wie oft hast du sie angerufen, während ich weg war?«

Mac, der Karin in den letzten zehn Minuten vermutlich vier, fünf Mal zu erreichen versucht hat, zuckt nur mit den Achseln.

»Hör auf, dir ihretwegen Sorgen zu machen«, warnt Billy. »Du kennst doch Karin. Sie ist wie eine Kakerlake, die man einfach nicht totkriegt.«

Mac wirft seinem Freund, der verschämt den Blick senkt, einen erbosten Blick zu. »Meinst du, dass ich mich jetzt besser fühle?«

»Tut mir leid, Kumpel. Ich bin ein Idiot.«

»So sehe ich das auch.«

»Hier, für dich.« Billy reicht Mac einen Becher, aus dem heißer Dampf aufsteigt, als er den Deckel abnimmt.

Am Sonntagmorgen herrscht auf der Park Avenue kaum Verkehr. An Sommerwochenenden fliehen die Bewohner der Upper East Side in die Hamptons oder an fernere Orte. Wieso sollte man auch in Manhattan schwitzen, wenn einem ein Stück Strand gehört? Alle, die in der Stadt ausharren, müssen arbeiten, haben etwas zu verbergen oder einen anderen triftigen Grund, der sie vom Strandbesuch abhält.

Laut Cathy Millerhausen verbringt Godfrey das ganze Wochenende in New York und arbeitet. Ziemlich seltsam für einen Mann, der ein Vermögen geerbt hat und offenbar einen Großteil seiner Zeit dafür aufwendet, sowohl Leute, die ihm nahestehen, als auch Fremde zu manipulieren und zu betrügen.

Mac wäre es lieber, wenn Godfrey eine Geliebte hätte, doch dem ist nicht so. Dieses Szenario würde ihm jedenfalls wesentlich mehr behagen als die Herausforderung, die es zu meistern gilt. Sie müssen die DNS des Mannes in dem Erdloch in Pennsylvania finden, wo das Mädchen lebendig begraben wurde. Heute Morgen haben Mac und Billy trotz La-as unverhohlener Missbilligung beschlossen, dem Mann einen Besuch abzustatten und ihn davon in Kenntnis zu setzen, dass sie über seinen Zwillingsbruder Bescheid wissen – in der Hoffnung, ihm auf diese Weise Informationen über Mary und die Kinder zu entlocken. Sie waren schon in seinem Büro, haben ihn jedoch entgegen ihrer Erwartung dort nicht angetroffen.

Nun stehen sie seit anderthalb Stunden vor seinem Apartment und beobachten, wie ein älteres Paar, das offenbar verreist war, aus einer Limousine steigt und der Chauffeur dem Portier zwei Koffer in die Hand drückt. Das Paar betritt das Gebäude, der Portier setzt das Gepäck ab und händigt den Herrschaften die Post aus. Dabei fällt Mac der Brief ein, den die Barclays Bank Mario Rossi kurz vor ihrer Abreise an Macs und Karins Adresse geschickt hat. Im Geist spinnt er diesen Faden weiter: In dem Umschlag steckte ein Scheck, mit dem Rossi für seinen Beitrag an der Entführung von Ben, Dathi, Fremont und Mary entlohnt wurde.

Nach dieser Erkenntnis gibt es kein Halten mehr für ihn.

Der Portier, der an diesem Sonntagmorgen in der 740 Park Avenue Dienst hat, ist ein Profi in Uniform. Nach außen hin lässt er sich nicht anmerken, ob er Notiz von den beiden Kaffee trinkenden Männern auf der gegenüberliegenden Straßenseite nimmt. Erst als sich Mac – gefolgt von Billy – in Bewegung setzt, schaut der Portier in ihre Richtung, nimmt seine Mütze ab, fährt mit einem Taschentuch über seinen Haarkranz und setzt die Kopfbedeckung wieder auf, mit der er seine angehende Glatze verdeckt. Schnell und geschickt faltet er das Taschentuch, das er wieder in der Innentasche seines blauen Blazers verstaut, und setzt eine dienstbeflissene Miene auf, ehe ihn Mac und Billy erreichen.

»Guten Morgen«, begrüßt er sie.

Mac nickt. »Morgen.« Jetzt, wo er vor ihm steht, kann er den Namen auf dem Messingnamensschild lesen: *Arturo Rodriguez*. »Mr. Rodriguez, ich bin Mac MacLeary, Privatdetektiv.« Nach kurzem Zögern schüttelt Rodriguez Mac die Hand. »Das hier ist mein Partner, Detective Billy Staples, NYPD, vom 84. Revier in Brooklyn.«

»Brooklyn?« Er wirkt jetzt leicht verunsichert, legt die Stirn in Falten. »Ich wohne in Brooklyn.« Er scheint ins Grübeln zu kommen, als müsse er überlegen, was er falsch gemacht hat, das zwei Ermittler auf den Plan ruft. »Mein Schweigersohn, hat er etwa …«

»Mr. Rodriguez«, unterbricht ihn Mac, »wir interessieren uns nicht für Sie. Mrs. Millerhausen hat uns beauftragt, nach ihrem Gatten zu suchen.«

»Ich bin seit sechs Uhr früh hier und habe Mr. Millerhausen nicht gesehen. Wenn Sie möchten, kann ich oben anrufen, aber vermutlich ist er gar nicht zu Hause.«

»Danke, das wäre wirklich großartig.«

Sie treten ein paar Schritte zurück, während Rodriguez auf leisen Sohlen in der schattigen, kühlen Lobby verschwindet. Eine Minute später kehrt er wieder. »Oben meldet sich niemand. Ähm … Ich habe es zehn, zwölf Mal läuten lassen. Tut mir leid.«

»Könnte es sein, dass er noch schläft?«, gibt Billy zu bedenken.

»Durchaus möglich.«

»Nochmals vielen Dank«, sagt Mac, woraufhin er und Billy wieder auf der anderen Straßenseite Posten beziehen. Inzwischen hat ihr Kaffee etwa dieselbe Temperatur wie dieser laue Julimorgen. »Wir warten noch ein bisschen«, meint er zu Billy.

»Kein Problem.«

Eine Frau in Cargo-Shorts, mit krausen roten Haaren und purpurnem Stirnband, führt ein halbes Dutzend Hunde unterschiedlicher Größe an der Leine. Ein flauschiger weißer Bison Frisé – diese Rasse kennt Mac nur, weil eine ehemalige Freundin seines Bruders solch ein Exemplar besessen hat – rennt hocherfreut um Billys Beine.

»Puh!« Lachend versucht er, sich aus der Leine zu winden, stolpert und gießt dabei versehentlich lauwarmen Kaffee auf den schneeweißen Hund, der sich schüttelt. Dabei landen Kaffeespritzer auf den nackten, von Sommersprossen überzogenen Beinen der Hundeausführerin.

»Entschuldigung!« Sie kniet sich neben den aufgedrehten Hund und gibt Billy Anweisungen. »Einen Schritt nach links und dann das Bein heben. Ich halte sie fest.«

»Geben Sie die mir. Ich passe auf die anderen auf.« Mac streckt die Hand aus, nimmt die Nylon- und Lederleinen und hält die Hunde, die zappelig werden.

Bis Billy befreit ist, Mac die Tiere wieder in die Obhut der Frau gegeben hat und sie weitergezogen ist, hat Godfrey Millerhausen das Apartment verlassen und macht Anstalten, ein Taxi heranzuwinken. Arturo Rodriguez – von Beruf blind und taubstumm – spielt den Arglosen und richtet den Blick auf einen Punkt hinter den Begonien.

»He!« Mac rennt über die Straße. Das Taxi fädelt sich in den Verkehr ein. Ein bis über beide Ohren grinsender Godfrey Millerhausen dreht den Kopf und schaut durch das Heckfenster. Fang mich doch, sagt sein höhnischer Blick, wenn du kannst.

Er wusste die ganze Zeit, dass sie vor seinem Haus auf ihn warten.

Billy holt Mac ein. Ein freies Taxi rauscht an ihnen vorbei und drängt sie auf den Gehweg.

»Zum Teufel mit dir!«, brüllt Mac dem davonfahrenden Wagen hinterher.

Rodriguez würdigt ihn keines Blickes.

Kapitel 17

Dathi wacht auf und dreht sich schlaftrunken auf die Seite, denn ein Stein bohrt sich in ihren Rücken. Die unbarmherzige Nachmittagssonne hat die Haut auf ihrer rechten Gesichtshälfte und dem rechten Arm verbrannt. Mühsam richtet sie sich auf. Am Morgen hat sie sich in einer schattigen Felsspalte verkrochen. Dass Fremont sich einfach so in Luft aufgelöst hat, ist ihr immer noch unbegreiflich. Sie schließt die Augen, atmet die salzige Meerluft ein und überlegt, wie lange sie wohl in der Sonne gelegen hat. Ihr Magen knurrt, ihr Mund ist ganz trocken, und als sie gähnt, muss sie fast würgen vor lauter Durst.

Jede Bewegung fällt ihr schwer. Als sie aufsteht, wird ihr schwindlig. Sie wartet kurz, geht durch die Felsspalte und tritt an den Abgrund, wo der Berg ins Tyrrhenische Meer fällt. Während der endlos langen Stunden ihrer Gefangenschaft hat ihnen Mary zum Zeitvertreib Geografieunterricht erteilt. Sie muss an Fremonts boshaften Kommentar denken: Damit nimmst du dein Publikum aber gefangen. Vom Tyrrhenischen Meer, Mary zufolge Teil des Mittelmeers, hat Dathi bis dato noch nie etwas gehört. Wie lange hat Mary gebraucht, einen Fluchtplan für uns auszuhecken, überlegt Dathi, und wie sollten wir uns ihrer Meinung nach allein durchschlagen?

In der Felsöffnung stehend, lässt sie den Blick über den Berghang schweifen, bis er auf dem endlos blauen Meer verharrt. Den langen Schatten der Bäume und Sträucher nach zu urteilen, muss es später Nachmittag oder früher Abend sein – also genau der richtige Zeitpunkt, um etwas zu essen und zu trinken zu organisieren.

Sie nimmt denselben Weg, den sie vor Stunden zurückgelegt hat, und landet nach einer Weile bei dem kleinen Café neben der Straße. Bereits heute Morgen hat sie beschlossen, später am Tag, wenn weniger Betrieb herrscht, hierher zurückzukehren. Nun sind alle Gäste weg, die Bedienung räumt die Tische ab und bringt das Geschirr in die Küche. Auf einem etwas abseits stehenden Tisch entdeckt Dathi ein halb verzehrtes Sandwich, ein Glas Wasser und eine Zeitung. Sie nutzt die Gelegenheit, schnappt sich alles und rennt weg. Die Bedienung ruft ihr etwas hinterher, macht jedoch keine Anstalten, ihr zu folgen. Wozu auch? Was schert es sie, wenn ein Mädchen ein paar Essensreste mitnimmt?

Dathi versteckt sich hinter den Büschen, stärkt sich und überfliegt die Zeitung. In einem Artikel steht, dass ein Tourist von der Polizei aufgegriffen wurde und wo man ihn eingesperrt hat. Auf dem dazugehörigen Foto ist Fremont abgelichtet.

Fremont bemüht sich, in dem nach Pisse und Erbrochenen stinkenden Raum nicht zu atmen, was natürlich nicht funktioniert, und reduziert die Atemstöße so weit wie möglich. Ein Polizist hat ihn nach Dienstschluss aufgegriffen und prompt auf dem nächsten Revier abgeliefert oder wie auch immer man das hier nennt.

»Ah, gemütlich sieht das aber nicht aus.«

Er hebt den Blick. Vor der Zelle steht der Polizeichef, der einen fetten Goldring trägt und mit seiner knochigen alten Hand die Gitterstäbe umfasst, als wollte er die Tür öffnen, was er nach Fremonts Einschätzung nie und nimmer tun wird. Der Mann grinst ihn an und wendet den Blick ab.

»Kopf hoch. Es könnte schlimmer sein.«

Sein Kommentar bringt Fremont auf die Palme und er

hat Mühe, nicht die Beherrschung zu verlieren. Seine Mutter würde jetzt mahnen: »Reiß dich zusammen, Free.« *Free*, das ich nicht lache, schießt ihm verbittert durch den Kopf.

»Was könnte denn schlimmer sein? Wieso bin ich überhaupt hier? Bin ich verhaftet? Und wenn ja, weswegen?«

»*Bighellonare*.«

»Was, zum Teufel …«

»Herumlungern.«

»Herumlungern? Soll das ein Witz sein? Ich habe nur dort gesessen.«

»*Fornicazione*.«

»Als ob ich verstünde, was Sie da reden.«

»Unzucht.«

»Sie meinen …«

»*Prostituzione*. Ja, das ist selbst hier illegal.«

»Warum tun Sie das? Was haben Sie gegen uns?«

»Ich? Nichts.« Der alte Mann lächelt, nickt zum Abschied und verschwindet.

Fremont springt von der harten Bank auf, umklammert mit beiden Händen die Gitterstäbe und schreit: »Für wen tun Sie das?« Seine Stimme hallt durch den feuchtkalten Korridor. »Was ist mit Dathi?«, brüllt er. »Was haben Sie mit ihr gemacht?«

Keine Antwort. Er hört nur, wie die Tür mit lautem Knall ins Schloss fällt.

Marys Körper fühlt sich bleiern an, ihr Kopf hohl. Ihr Zustand verschlimmert sich von Stunde zu Stunde. Die sich an ihren Körper schmiegenden Kissen hüllen sie wie ein schützender Kokon ein. Wieder hat jemand neben der Tür Lebensmittel deponiert. Da sie die beiden anderen Tüten nicht angerührt hat, wird der faulige Gestank immer unerträglicher.

Während der letzten beiden Tage hat sie die Szene in Gedanken immer wieder durchgespielt und ist nun felsenfest davon überzeugt, dass Fremont auf der Flucht erschossen wurde. Diese Einsicht macht sie fix und fertig. Und sobald sie an Dathi denkt – ein dunkelhäutiges Mädchen, auf sich allein gestellt in einem fremden Land –, sieht sie vor ihrem geistigen Auge, was ihr zustoßen wird oder bereits widerfahren ist. In einem Punkt tappt sie jedoch völlig im Dunkel: Sie hat nicht die geringste Ahnung, welches Schicksal Ben ereilt haben könnte. Wie soll sie Mac gegenübertreten, ohne zu wissen, was mit Ben passiert ist? Wie soll sie erklären, dass sie in einem Anfall geistiger Umnachtung Dathi und Fremont zu einer Flucht überredet hat, die nur anfänglich wie ein Aufbruch in die Freiheit wirkte und sich dann als großes dunkles Loch erwies. So kann sie Mac jedenfalls nicht mehr in die Augen sehen – oder Karin, falls es ihr gelungen sein sollte, sich zu befreien. Mary hat versagt, sie hat Karins und Macs Kinder und ihren eigenen Sohn aus den Augen verloren, sie hat sie im Stich gelassen. Sie kann einfach nicht mehr. Sie kann einfach nicht mehr.

Sie erinnert sich an jene Zeit, wo der kleine, süße Fremont nur ihr gehörte. Damals hat er sie noch nicht verflucht, sich noch nicht in sein Schneckenhaus zurückgezogen.

Damals sang ihm Mary noch Kinderlieder vor, wie es alle anderen Mütter auch tun. Sie war so glücklich. Dass sie sich von anderen Familien unterschieden, dass sie alleinerziehend und ihr Sohn halb weiß halb schwarz war, was viele Menschen befremdete, kümmerte sie nicht. Mary, Freigeist und Rebellin, schaute immer unter die Oberfläche, bohrte nach, wenn ihr jemand Rätsel aufgab, recherchierte so lange, bis ihr Wissensdurst gestillt war.

Irgendwann – Fremont musste damals drei Jahre alt gewesen sein – fing sie an, sich Gedanken darüber zu machen, was sie ihm da vorsang. Wie sich herausstellte, war *Mother Goose* richtig blutrünstig und wurde nur noch von dem Liedchen übertroffen, das sie besonders gern mochte:

Mary, Mary, so ganz anderen Sinns
Wie wächst dein Garten?
Mit silbernen Glocken und Herzmuscheln
und schönen Mädchen, in einer Reihe.

Ihr ganzes Leben lang hatte sie geglaubt, die besungene Mary wäre süß und streitlustig – genauso wie sie. Sie ist als kleines Mädchen so gern im Garten ihrer Mutter herumgelaufen und hat vor sich hingesummt. Später als junge Frau war sie, auf der Suche nach Liebe, fast jeden Abend in Lesbenkneipen: *schöne Mädchen in einer Reihe*.

Nur, dass die Mary im Lied Mary Tudor war, die Tochter von Heinrich VIII. Den Spitznamen Maria die Blutige verdiente sie sich als standhafte Katholikin, indem sie Protestanten köpfen ließ und sie auf dem Friedhof in ihrem Garten beerdigte. Mädchen war eine Umschreibung für die Eiserne Jungfrau, ein Folter- und Hinrichtungsgerät, das vor dem Aufkommen der Guillotine verwendet wurde, mit silbernen Glocken waren Daumenschrauben gemeint und mit Herzmuscheln Klammern, die an den Genitalien angebracht wurden.

Warum führen wir Worte im Mund, deren Sinn uns entgeht, grübelt Mary.

Wieso fahren wir an Orte, die wir nicht kennen?

Weshalb vertrauen wir Menschen, die dieses Vertrauen nicht verdient haben?

Aus welchem Grund gehen wir völlig überflüssige Risiken ein?

Und wieso begehen wir schwere Fehler und tun hinterher so, als könnte uns kein Wässerchen trüben?

Mary, Mary.

Du fehlbare Närrin.

Wie gebannt starre ich auf das Poster des italienischen Tourismusverbandes an der Wand – eine Collage aus Bildern von atemberaubenden Stränden, Nuraghen und malerischen Restaurants, wo rubinroter Wein ausgeschenkt wird. Als ich mich aufrichte, tut mir jeder Knochen im Leib weh, doch glücklicherweise ist weder etwas gebrochen noch blute ich. Ich berühre den Wundverband auf meiner Stirn.

Eine Krankenschwester in weißer Tracht baut sich lächelnd vor mir auf und verkündet freundlich: »Rimanga distesa.«

»Ich verstehe Sie nicht.« Meine Stimme klingt seltsam. »Wie lange bin ich schon hier?«

»Aspetti, vado a prendere il medico.« Sie dreht sich um und unterhält sich auf Italienisch mit einer Kollegin, die mir einen Blick zuwirft und nickt, und geht weiter.

Meine Handtasche liegt auf einer Ablage über den Rollen der Bahre. Wie sich herausstellt, sind alle meine Sachen noch da: Geldbörse, Schlüssel, Blackberry. Ungeduldig nehme ich mein Handy ein und sehe eine endlose Liste von verpassten Anrufen. Demnach hat Mac zigmal versucht, mich zu erreichen. Das Display vor meinen Augen verschwimmt. Ich blinzle so lange, bis ich die kleinen Buchstaben lesen kann. Begleitet von einem Piepton gehen SMS ein. Eine Krankenschwester, die gerade vorbeiläuft, erstarrt, dreht sich zu mir um und schimpft: »Non è permesso utilizzare il telefonino.«

Auch wenn ich sie nicht ganz verstehe, ist ihr Tonfall eindeutig. Angesichts der vielen medizinischen Geräte in dem Raum hat sie mir vermutlich gerade verboten, das Handy zu benutzen. Ich nicke verständnisvoll und schalte es aus.

Das herumwuselnde Krankenhauspersonal versorgt Not leidende Patienten und lässt mich links liegen. Allem Anschein nach bin ich schon eine ganze Weile in der Notaufnahme und kein schwerer Fall. Ich möchte hier keine Panik auslösen, aber ich muss so schnell wie möglich mit Mac telefonieren.

Als eine Schwester vorbeikommt, fragte ich: »Bagno?« Badezimmer.

»Attraverso la porta, a sinestra e in fondo al corridoro a destra. Può camminare bene?«

»Grazie«, bedanke ich mich bei ihr, ohne ein Wort verstanden zu haben. Auf dem Weg zur Tür spüre ich ihren Blick im Rücken, gehe nach rechts und laufe unter einem Schild durch, auf dem *Uscita* steht. Ausgang. Seit meiner Ankunft auf dieser Insel habe ich doch einiges aufgeschnappt.

Auf einem Schild im Foyer steht *Ospedale Giovanni Paolo II*. Schwindel überkommt mich. Um Abhilfe zu schaffen, kaufe ich am Kiosk einen Flasche Wasser und einen Schokoriegel. Während die junge Verkäuferin das Wechselgeld abzählt, fällt mein Blick auf einen Stapel Lokalzeitungen. Die Schlagzeile lautet TURISTA ARRESTATO.

Ich greife nach der zusammengefalteten Zeitung und schlage sie auf. Unten auf der Titelseite ist ein Foto abgedruckt: Ein relativ hellhäutiger Schwarzer wird in Handschellen auf ein Revier gebracht. Der Delinquent hat nicht viel Ähnlichkeit mit den Afrikanern, die man im Süden der Insel, nur einen Katzensprung von Tunesien entfernt, häufiger antrifft, sondern eher etwas von einem Amerikaner oder Europäer. Bei genauerer Betrachtung handelt es sich um einen großen, schlanken, noch im Wachstum befindlichen Jungen und nicht um einen Erwachsenen. Die Frisur, die blauen Turnschuhe, das Halbprofil kommen mir bekannt vor.

Fremont. Ich freue mich zu sehen, dass er am Leben ist, aber natürlich nicht über die Schlagzeile. Fieberhaft überfliege ich den mehr oder minder unverständlichen Artikel, bis mein Blick an einem Wort hängen bleibt: *prostituzione*.

»Volete questo?«

Die junge Frau verkauft mir die Zeitung, entnimmt dem Wechselgeld die entsprechende Summe und drückt mir die restlichen Münzen in die Hand.

Auf dem Weg zum Ausgang lese ich den Artikel so gut es geht noch einmal. Fremont wurde wohl wegen Prostitution verhaftet, was vollkommen lächerlich ist, und anschließend in Olbia-Tempio auf ein Revier der Polizia di Stato gebracht, was darauf hindeutet, dass er hier in der Nähe aufgegriffen wurde. Liz Braud hat mir angeboten, einen Freund bei der Polizei anzurufen und ihn um Hilfe zu bitten. Macht die hiesige Polizei gemeinsame Sache mit ihr? Ist Fremont im Gefängnis sicher oder in Gefahr? Meine Gedanken überschlagen sich. Obwohl ich nicht wirklich verstehe, was hier eigentlich läuft, ist mir der Hauch einer Ahnung immer noch lieber als vollkommen im Dunkeln zu tappen.

Was ist mit Ben? Dathi? Mary? Mein Blick wandert über die fremdartigen Worte. Keine Silbe von *bambino*, *ragazza*, *donna* – Kind, Mädchen Frau, aber was weiß ich schon? Mit klopfendem Herzen versuche ich, die Situation einzuschätzen. Vielleicht ist es doch kein Fehler gewesen, heute nach Norden zu fahren. Vielleicht hat mich meine Ungeduld meiner Familie wider Erwarten etwas näher gebracht.

Ein vor dem Krankenhauseingang auf Kundschaft wartender Taxifahrer sieht zu mir hinüber und lächelt. Wie weit Olbia-Tempio von hier entfernt ist, kann ich nicht abschätzen, aber das kümmert mich im Moment nicht. Und mir ist auch egal, dass es in meinem angeschlagenen Zustand ein Fehler sein könnte, das Krankenhaus zu verlassen.

»Carabinieri, Decimo Nucleo Elicotteri«, lese ich Wort für Wort von der Zeitung ab. »Olbia-Tempio.« Dass sich die Miene des Fahrers erhellt und er nickt, als wisse er ganz genau, wovon ich rede, stimmt mich hoffnungsvoll.

»Non è lontano. Prego, venga con me«, sagt er, öffnet den Wagenschlag und fährt vom Krankenhausparkplatz, kaum dass ich sitze.

In seinem Rückspiegel sehe ich, wie eine der Schwestern aus der Notaufnahme aus dem Krankenhaus rennt, wild gestikuliert und etwas ruft. Zu spät! Ich bin ihr schon entwischt. Trotz Schmerzen lasse ich mich zu einem selbstzufriedenen Grinsen hinreißen, hole mein Handy aus der Tasche und rufe Mac an.

»Karin! Wo steckst du?«

»Das ist eine lange Geschichte. Ich habe den Wagen zu Schrott gefahren, aber es geht mir gut.«

»Wie bitte?«

»Es geht mir gut.« Der Nachdruck, mit dem ich das sage, löst wieder Schmerzen aus, doch das werde ich Mac jetzt bestimmt nicht sagen.

»Karin, wenn du …«

»Ich glaube, ich weiß, wo Fremont steckt.«

»Wo?«

»Die Polizei hat ihn unter einem Vorwand verhaftet. Ich fahre jetzt auf das Revier.«

»Hast du Enzio Greco verständigt?«

»Wozu? Der Mann ist völlig inkompetent. Und langsam drängt sich mir der Verdacht auf, dass er an der Entführung beteiligt ist.«

»Jesus.«

»Und an Fremonts Verhaftung.«

»Was ist mit den anderen?«

»Ich weiß nur, wo Fremont steckt.«

»Das ist zumindest ein Anfang. Geht es dir wirklich gut? Du hast gesagt, du hättest den Wagen zu Schrott gefahren.«

»Ja, aber mir ist nichts passiert. Hast du meine Nachricht wegen Liz Braud erhalten?«

»Ihrer Meinung nach ist Godfrey harmlos, oder?«

»›Langweilig‹ war das Wort, das sie benutzt hat.«

»Cathy Millerhausen hat ihn als Mistkerl bezeichnet und behauptet, er würde alle manipulieren.«

»Ich glaube Cathy«, sage ich. »Was immer hier gespielt wird, Liz ist mit von der Partie. Übrigens, wir haben neulich nicht mit Giulia telefoniert, sondern mit Liz.«

Nach einer kurzen Pause meint Mac: »Das hätten wir in Betracht ziehen müssen.«

»Kaum hatte ich Liz' Hotel verlassen, wurde ich verfolgt. Und Fremont hat man auch ganz in der Nähe verhaftet. Gibt es Neuigkeiten über Godfrey Millerhausen?«

»Aber hallo. Dieses Mädchen aus Harrisburg, das vermisst wurde ... «

»Die Kleine, über die vor unserer Abreise in den Nachrichten dauernd berichtet wurde?«

»Genau. Man hat sie gefunden. Sie war schwanger und wurde lebendig begraben.«

»O mein Gott.«

»Es wird behauptet, der Vater des ungeborenen Babys wäre ein hinter Schloss und Riegel sitzender Verbrecher.«

»Das ist doch Unsinn.«

»Richtig. Jetzt rate mal, wer dessen Zwillingsbruder ist? Godfrey Millerhausen.«

Auf einmal sehe ich vollkommen klar. »Er hat sie umgebracht, damit man ihm die Vaterschaft nicht nachweisen und ihn zu Unterhaltszahlungen verpflichten kann, denn das wäre viel schlimmer gewesen als die Scheidungsvereinbarung, auf die Cathy besteht.«

»Cathy weiß darüber noch nicht Bescheid. Sie tut mir leid. Und ihre beiden Söhne auch. Ich habe sie kennengelernt. Der Behinderte –«

»Der Junge mit besonderem Förderungsbedarf, Mac.«

»Ohne eine entsprechende Schule und professionelle Betreuung kommt jemand wie er nicht zurecht. Er kann sich glücklich schätzen, Sohn reicher Eltern zu sein.«

»Hast du die Beweise schon der Polizei ausgehändigt? Haben sie Millerhausen festgenommen?«

»Bislang gibt es nur Indizien, aber ich lasse nicht locker. Sobald das unter Dach und Fach ist, komme ich nach Sardinien. Der Typ, der für Billy in den Adoptionsunterlagen gestöbert hat, ist gestern Abend bei einem Verkehrsunfall ums Leben gekommen.«

Diese Nachricht lässt mich erschauern. Die Todesfälle häufen sich. Ein Mädchen wird lebendig begraben, Dan Stylos fällt vom Boot, Dante Serra wird erschossen und sein Leichnam im Laderaum seines Lieferwagens deponiert. Billys Kontakt kommt bei einem Autounfall ums Leben und der Mann mit der Schlangentätowierung schießt über die Klippe hinaus. Was steht uns als Nächstes bevor?

»Ich muss noch ein paar Leute treffen und steige danach in den Flieger. Halte durch. Und pass bitte auf dich auf.«

Schweren Herzens verabschieden wir uns voneinander.

Beim Anblick der beige getünchten Häuser auf der Via Venafiorita möchte man nicht meinen, dass sich in der Nähe ein Polizeirevier befindet, aber nach einer Weile übersieht man den allgegenwärtigen prosaischen Charme Sardiniens. Mein Taxifahrer hält vor einem kleinen Gebäude. Auf dem Schild neben der Tür steht *Polizia di Stato*.

Gerade als ich hineingehen will, läutet mein Telefon. Enzio Greco. Kann ich diesem Mann vertrauen?

»Signora! Haben Sie meine Nachricht erhalten?«

»Nein.« Greco tischt mir Lügen auf. Hätte er versucht mich zu erreichen, hätte ich seinen Namen auf der Liste mit den verpassten Anrufen gesehen.

»Ich habe gute Neuigkeiten für Sie. Wir haben den älteren Jungen gefunden.«

»Das habe ich in der Zeitung gelesen.«

»Wo sind Sie gerade?«

Auf seine Frage gehe ich nicht ein. Ihm zu erzählen, dass ich vor dem Revier stehe, halte ich für keine gute Idee. »Warum hat man Fremont verhaftet? Immerhin wurde er als vermisst gemeldet. Was soll das?«

»Signorina, machen Sie sich bitte keine Sorgen. Ich bin ja da, um Ihnen zu helfen. Alles wird superduper.«

Seine Ausdrucksweise bringt mich zur Weißglut. Wieso drückt er sich ausgerechnet in dieser Situation wie ein pubertierender Teenager aus den Achtzigern aus?

»Danke.«

»Rufen Sie mich an, falls Sie …«

»Wiederhören.«

Während ich an dem Empfangspult stehe, hinter dem ein uniformierter Polizist mit dem Rücken zu mir telefoniert, streicht feuchtheiße Luft über meine nackten Arme. Der Hemdrücken des Polizisten ist schweißgetränkt. Er beendet das Gespräch, dreht sich zu mir um und fragt: »Wie kann ich Ihnen helfen?«

»Woher wussten Sie, dass ich Englisch spreche?«

»Sie sehen wie eine Engländerin aus.« Er grinst schüchtern.

»Ich bin Amerikanerin.«

»Für mich macht das keinen Unterschied.«

Ich lege die Zeitung auf die Theke, falte sie auf und sage: »Das hier ist Fremont Salter, der Sohn meiner Freundin. Wir sind zusammen nach Sardinien gekommen, um hier Urlaub zu machen. Bei der Verhaftung muss es sich um einen Irrtum handeln. Ich möchte, dass Sie den jungen Mann umgehend freilassen.«

»Würden Sie kurz warten?«

»Kein Problem.«

Als er ein paar Minuten später zurückkommt, lässt mich sein Lächeln hoffen, dass ich Fremont gleich wiedersehe, dass ich erfahre, was passiert ist und wo die anderen stecken, dass das alles endlich ein Ende hat und wir alle zusammen nach Hause fahren können.

»Es gibt da noch ein paar formale Probleme. Das dürfte noch etwas dauern. Am besten kommen Sie später oder – noch besser – morgen wieder.«

Seine Worte nehmen mir den Wind aus den Segeln. »Morgen?«

»Vielleicht.«

Dass er mich schmoren lässt, habe ich Enzio Greco zu verdanken. Der Polizeichef hat mein Handy orten lassen und weiß, dass ich hier bin.

»Ich möchte Fremont jetzt sehen. Er ist noch ein Junge. Das können Sie ihm doch nicht antun.«

»Signora«, sagt er, »es tut mir außerordentlich leid, aber in unserem Land gibt es Gesetze und Regeln, die es zu befolgen gilt. Ein Junge in dem Alter wird eine Nacht in der Zelle sicherlich unbeschadet überstehen. Vertrauen Sie mir, bitte.«

»Nein, ich denke nicht im Traum daran, Ihnen zu vertrauen.« Ich gehe schnurstracks um das Empfangspult herum und will durch die Tür, hinter der ich die Büros und Zellen vermute. Das Lächeln des Mannes versiegt, er packt mich am Arm. Ich zucke vor Schmerz zusammen, reiße mich los und werde fuchsteufelswild.

»Ich rufe die amerikanische Botschaft an. So können Sie mich nicht behandeln.«

»Sie können anrufen, wen Sie möchten. Warten müssen Sie dennoch.« Er dreht sich um und tut so, als hätte er etwas an einem Schreibtisch zu erledigen, der hinter dem Empfangspult verborgen ist.

»Ich gehe erst, wenn Sie mich zu Fremont lassen«, schwöre ich und bombardiere ihn mit Blicken. Dass er mir keine Beachtung schenkt, bringt mich erst recht in Rage.

Indigniert hole ich mein Blackberry heraus und suche im Internet die Telefonnummer der amerikanischen Botschaft in Rom, wo zu meiner großen Enttäuschung nur die Mailbox anspringt. Ich hinterlasse notgedrungen die Bitte, mich schnellstmöglich zurückzurufen, nenne meine Kontaktdaten und lege auf.

Und dann bleibt mir tatsächlich nichts anderes übrig als zu warten.

Wie sich herausstellt, ist das Sitzen auf der schmalen, harten Besucherbank für meinen geschundenen Körper eine wahre

Tortur. So marschiere ich im Vorraum auf und ab und lasse die Ereignisse Revue passieren. Ich entsinne mich noch ganz genau, wie Cathy Millerhausen vor unserem Büro in Brooklyn auftauchte, um Mac anzuheuern, der anfänglich gar nicht davon begeistert war, schon wieder einen Ehemann zu beschatten. Am Ende ließ er sich breitschlagen und sagte zu. Mit dem Honorar kann er zwar unsere Rechnungen begleichen, doch dieser Job kommt uns teuer zu stehen. Unsere Misere haben wir einem stinkreichen Soziopathen zu verdanken, der sich weigert, Verantwortung für seine Verfehlungen zu übernehmen. Bei der Vorstellung, wie dieses Monster ein junges Mädchen schwängert und lebendig begräbt, kommen mir die Galle und der unverdaute Schokoriegel hoch. Ich muss schwer schlucken. Ich hasse Godfrey Millerhausen, hasse Liz Braud, bedauere von ganzem Herzen die Geschehnisse und kann sie doch nicht ändern.

Ich schließe die Augen, lehne mich an die Wand und versuche, mich im Stehen auszuruhen. Als jemand die Tür aufreißt, zucke ich zusammen.

Zu meiner Überraschung kommt Dathi hereinspaziert.

Kapitel 18

Mac, gefolgt von Billy, springt die Stufen zu seiner Haustür hinauf, zieht im Vorbeigehen zwei Wurfsendungen aus dem schmiedeeisernen Geländer und klingelt. Im Haus rührt sich nichts. Er läutet erneut und klopft mehrmals gegen die Tür. Keine Reaktion. Zu guter Letzt wählt er die Nummer seines Festnetzanschlusses und hört, wie drinnen das Telefon klingelt. Nach dem siebten Läuten springt der Anrufbeantworter an. Er versucht es auf dem Handy.

»Hallo?«, meldet sich Maria Rossi atemlos.

»Maria? Hier spricht Mac … Mac MacLeary.«

»Ich war gerade unter der Dusche. Haben Sie vorhin schon mal angerufen?«

»Ja, kein Problem. Ich war mir nicht sicher, ob Sie zu Hause sind.«

»O doch. Leider sind wir gerade auf dem Sprung. Mario wartet schon auf mich. Wie kann ich Ihnen helfen?«

Mac findet es eigenartig, dass sie weder seine Familie erwähnt noch die Tatsache, dass sie in Sardinien als vermisst gemeldet sind. Kann es sein, dass Mario sie nicht eingeweiht hat? »Ich wollte nur wissen, ob bei Ihnen alles in Ordnung ist«, antwortet er betont gelassen.

»O ja, alles ist prima. Brooklyn gefällt uns sehr. Und in Capitana ist auch alles okay?«

»Ja«, lügt Mac. »Alles bestens.« Mal sehen, was sie darauf erwidert.

»Sehr schön. Können wir später noch mal telefonieren? Ich muss jetzt los. Ciao!«

Mac dreht sich zu Billy um und sagt: »Sie behauptet, im Haus zu sein, und spielt die Ahnungslose.«

»Mann, diese Frau ist ein Gespenst.«

»Ja, so sehe ich das langsam auch.«

Das Erste, was Mac wahrnimmt, als er sein Haus betritt, ist der Gestank von vergammelndem Fleisch. Würgend tritt er wieder vor die Tür, um frische Luft zu schnappen: Drinnen riecht es, als wäre dort jemand gestorben.

Auf dem Weg durch den Flur Richtung Wohnzimmer wird der Verwesungsgeruch stärker. Das Haus sieht noch genauso aus wie bei ihrer Abreise und es kommt ihm so vor, als wäre nichts angerührt worden. Auf dem Wohnzimmertisch und den Regalen liegt eine dünne Staubschicht, auf dem Esstisch sind Abdrücke von Katzenpfoten zu erkennen. Sein leeres, verlassenes Zuhause deprimiert ihn. Je näher er der Küche kommt, desto schlimmer wird der Gestank.

Sich innerlich wappnend, stößt er die Küchentür auf.

Es dauert einen Moment, bis er begreift, was sich hier abgespielt hat.

Überall liegen kleine, dünne Knochen herum.

An der Wand kleben Fellfetzen.

Der Boden ist von halb vertrockneten Eingeweiden übersät.

Macs Magen rebelliert und es fällt ihm schwer, die aufsteigenden Gallensäfte wieder herunterzuwürgen.

»Das ist krank«, murmelt Billy.

»Was wollen die von uns?« Mac, der eigentlich nicht nah am Wasser gebaut ist, treten die Tränen in die Augen. Die schwarzen Fellfetzen lassen vermuten, dass Justin tot ist und Jeff, ihr roter Kater, noch lebt.

In den Futternäpfen entdeckt er Knochen, einen schwarzen Schwanz und einen angenagten Schädel, in der Wasserschale ein paar Fleischbrocken, die dem Aussehen nach von einem toten Tier stammen.

»Vermutlich eine Ratte.« Macs Blick wandert zum Küchentisch hinüber, unter dem er einen Flügel entdeckt. »Und ein Vogel. Demnach waren unsere Katzen wohl auf der Jagd.«

»Kommt das öfter vor?«

»Manchmal bringen sie eine Maus ins Haus, aber so etwas habe ich noch nicht erlebt. Die armen Viecher müssen echt hungrig gewesen sein.«

An der Katzenklappe in der Tür zum Garten kleben blutige Federn.

Mit zugehaltener Nase tritt Mac ans Küchenfenster und schaut nach draußen. Der Zaun zwischen ihrem Grundstück und dem ihres Nachbarn wirft einen langen Schatten. Dort haben es sich Jeff und Justin auf dem Rasen gemütlich gemacht. Dass seinen Haustieren kein Haar gekrümmt wurde, erleichtert Mac ungemein. »Sie sind im Garten und schlafen.«

Billy stellt sich neben ihn und steckt die Nase in die Armbeuge. »Hätte nicht gedacht, dass es mich mal so freut, die kleinen Biester zu sehen. Und das will was heißen, denn eigentlich bin ich ein Hundefreund und kann Katzen nicht ausstehen.«

»Sie wurden nicht gefüttert«, meint Mac.

»Nee.«

»Die Rossis haben unser Haus nie betreten. Aber warum haben wir dann vor unserer Abreise einen an Mario adressierten Brief erhalten?«

»Wo bewahrt ihr das Katzenfutter auf?«

»In dem Schrank, auf dem der Toaster steht.«

Billy gibt Trockenfutter in einen Napf, Wasser in einen anderen und stellt beide auf den Boden, damit die Katzen gleich darüberstolpern, wenn sie wieder ins Haus kommen.

Soweit Mac sich erinnert, hat er den Brief von Barclays zusammen mit den Hausinfos auf die Küchentheke gelegt. Der Briefumschlag ist verschwunden. Er kontrolliert den Mülleimer, den sie vor ihrer Abreise nach England geleert haben: Keine Spur von einem Umschlag.

Die drei Tonnen auf der Straße – eine für Hausmüll, eine für Papier, eine für Kunststoff – sind halb voll. Mac durchforstet den Abfall, der wahrscheinlich von Passanten stammt, und findet ganz unten den aufgerissenen Barclays-Briefumschlag. Demnach haben die Rossis – oder wer immer die Leute sind, mit denen sie mehrfach telefoniert haben – das Haus doch betreten, den Brief geöffnet und sich gleich wieder aus dem Staub gemacht.

»Haben sie den Umschlag in die richtige Tonne geworfen?«, fragt Billy, der oben auf dem Treppenabsatz steht.

»Nein.« Mac schüttelt den Kopf.

»Sie haben ihn nicht in den Papiermüll getan? Mann, dafür kriegt man eigentlich eine Ordnungsstrafe.« Billys sarkastisches Gelächter bringt Mac so sehr aus der Fassung, dass er wieder feuchte Augen kriegt und sich schnell wegdreht.

Als er den Umschlag in die grüne Tonne mit dem Papierrecycling-Aufkleber wirft, merkt er, dass das Kuvert nicht leer ist, und fischt es wieder heraus. Wer auch immer den Umschlag geöffnet hat, hat versehentlich den Abschnitt abgerissen, den der Empfänger als Beleg aufbewahrt, und damit eine Spur hinterlassen. »He, das musst du dir mal ansehen.«

Der Beleg besagt, dass die Barclays Bank am 5. Juli einen Scheck über fünfundzwanzigtausend Dollar ausgestellt hat. Außerdem ist die Schecknummer vermerkt.

»So ein Fehler würde einem Profi nicht unterlaufen.«

»Nein.«

»Mir haben sie mehr gezahlt als den Rossis«, sagt Mac. »Das ist doch was, oder?«

»Wie haben sie das gedeichselt? Ich meine, immerhin wohnt ihr im Haus der Rossis, oder?«

»Davon gehe ich aus. Kroll – die sind echt gut.«

»Du musst sofort wieder nach Sardinien.« Obwohl Billy es nicht ausspricht, verrät sein Ton Mac, dass er sich jetzt auch Sorgen um Karin macht. »Gib mir den Abschnitt. Morgen, wenn die Banken öffnen, kümmere ich mich darum.«

»Da ist eine Sache, die ich vorher noch erledigen muss. Ich muss mit Lacie Chen von Kroll reden. Sie weiß sicher was und könnte gegen Millerhausen aussagen. Er darf auf gar keinen Fall ungestraft davonkommen.«

»Überlass das mir. Du fliegst nach Italien.«

»Nein. Sie hat mich angelogen. Ich will ihr in die Augen schauen und sie dazu bringen, mir die Wahrheit zu sagen.«

»Warum sollte sie das tun?«

»Tu mir einen Gefallen und buch mir einen Nachtflug. Und sobald ich mit ihr fertig bin, mache ich mich auf die Socken.«

Billy seufzt. »Weißt du, wo sie zu finden ist?«

Im Netz gibt es zahllose Lacie Chens, doch nur eine, die nicht in Chinatown lebt und keine Chinesin ist. Auf der Upper East Side hält Billy vor einem heruntergekommenen Wohnhaus auf der East 77th Street Ecke Second Avenue. Die Eingangstür wurde so oft grau überlackiert, dass der Anstrich Blasen wirft.

»Gute Adresse, abgefuckte Bude«, konstatiert Billy. »Ist sie jung?«

»Macht gerade Karriere.«

»Ich glaube, da vorn wird ein Parkplatz frei.«

»Nein, setz mich hier ab. Du bist Bulle und kannst das nicht verbergen. Wenn du mitkommst, verlangt sie einen Durchsuchungsbeschluss. Ich gehe allein hoch, dann gibt es keine Scherereien.«

»Na schön, aber ich warte hier auf dich. Dein Flug geht um zehn nach acht. Wenn du bis halb fünf nicht aufgetaucht bist, hole ich dich da raus.«

»So lange wird's nicht dauern.«

Mac wirft die Tür zu, schaltet vor dem Gebäude die Diktierfunktion seines Handys ein und steckt es in seine Hosentasche, ehe er klingelt. Kurz darauf dringt ihre Stimme aus der Gegensprechanlage: »Ja?«

»Lacie, hier ist Mac MacLeary. Ich muss mit Ihnen sprechen.«

»Wer?«

»Mac MacLeary. Sie haben mir den London-Job zugeschustert.«

»O ja, richtig.«

»Würden Sie mich bitte reinlassen?«

»Was wollen Sie hier?«, fragt sie leicht verärgert. »Bei mir zu Hause? An einem Sonntag?«

»Das ist zugegebenermaßen etwas unpassend, aber wir müssen uns unterhalten.«

»Morgen … in meinem Büro.«

»Nein, jetzt!«

»Auf Wiedersehen, Mr. MacLeary.«

Er hört ein Klicken und klingelt sofort wieder.

»Verschwinden Sie!«, schimpft sie.

»Der Mann, für den Sie arbeiten, ist ein Mörder.« Ihr Schweigen ermuntert ihn, fortzufahren. »Er hat Sie beauftragt, mich anzuheuern, damit ich meine Beschattung –«

Der Türöffner summt.

Ein klappriger alter Fahrstuhl bringt ihn in den achten Stock, wo sie – barfuß, in einem ärmellosen schwarzen Umstandskleid und mit verstrubbeltem Haar – bereits im Flur auf ihn wartet. Entweder hat sie gerade geschlafen oder heute einfach keine Lust gehabt, sich zurechtzumachen. Mac fällt auf, dass ihr Ehering tief in den angeschwollenen Finger einschneidet. Wortlos scheucht sie ihn missmutig in ihr Apartment und verriegelt die Tür. In dem langen, aufgeräumten Wohnraum, der mit Ikea-Möbeln ausgestattet ist, deutet nichts darauf hin, ob sie bereits Kinder hat.

»Weiß jemand, dass Sie hier sind?«, fragt sie und nimmt ungelenk auf einem Stuhl Platz.

»Nein.« Nur Billy, aber das muss sie ja nicht erfahren.

Nachdenklich runzelt sie die Stirn. Auf einer Anrichte gegenüber der Tür stehen gerahmte Hochzeitsfotos von einer jüngeren, schlankeren Lacie in weißem Kleid und einem asiatisch aussehenden Mann.

»Das ist Rick.«

»Ist Ihr Gatte aus Dubai zurück?«

»Noch nicht. Ich habe ihn seit Ewigkeiten nicht mehr gesehen. Wenn er wüsste …«

»Er muss hiervon nichts erfahren. Ich will nur meine Familie zurück. Ich möchte endlich einen Schlussstrich unter diese Sache ziehen.«

»Ihre Familie?«, fragt sie mit entgeistertem Blick.

Mac schildert ihr, was sich ereignet hat.

»Mir hat man nur erzählt, dass wir Sie so weit wie möglich wegschicken und ablenken sollen.«

»Warum ausgerechnet nach London?«

»Unsere Beziehungen zu Barclays sind sehr gut. Und außerdem liegt es auf dem Weg nach …«

»Wieso Sardinien?«, fällt er ihr ins Wort.

»Weil wir dort das richtige Haus und kooperationsbereite Leute gefunden haben.«

»Zweifellos mithilfe von Liz Braud.«

Als ihr dämmert, dass er mehr weiß, als sie ausgeplaudert hat, wendet sie den Blick ab. »Hören Sie, ich weiß nur, dass es darum ging, Sie von Godfrey Millerhausen abzulenken, mehr nicht. Wir arbeiten häufig für ihn. Er ist ein hochkarätiger Kunde, dem wir gern behilflich sind.«

»Wer hat Ihnen die Anweisung gegeben?«

»Mein Chef meinte, die Order käme direkt von der Geschäftsleitung. Wir mussten Sie nur anheuern und für Sie eine Unterkunft besorgen. Um alles andere sollte sich Barclays kümmern.«

»Haben Sie gewusst, dass Godfrey seine Frau betrügt?«

Sie errötet. »Ja.«

»Und Sie wussten auch von dem Ehevertrag?«

»Mir war schon klar, dass es nicht richtig ist, ihm zu helfen. Auf der anderen Seite ist er ein zahlender Kunde, einer unserer besten, und manchmal müssen wir da …« Sie bricht ab. »Ich hätte mehr Fragen stellen sollen.«

»Das sehe ich auch so. Wissen Sie, wer seine Freundin war?«

Sie nickt schwach. »Irgendein junges Mädchen.«

Mit einem Blick auf ihren Bauch sagt er: »Er hat sie lebendig begraben.«

Lacies Augen werden feucht. »Ich versuche, darüber nicht nachzudenken. Ich bin auf eine Beförderung angewiesen und momentan gibt es auf dem Jobmarkt nicht gerade viele Alternativen.«

»Wie hat er sie kennengelernt?«

»Werden Sie die Polizei verständigen?«

»Ich leite nur die Fakten weiter.«

»Ich weiß nicht, was ich tun soll«, gesteht sie mit zitternder Stimme. »Der Zeitpunkt könnte nicht schlechter sein.«

»Lacie, hören Sie, Sie haben keine Wahl.«

Sie atmet tief durch und sagt dann: »Alicia hat sich bei ihm um ein Praktikum in den Sommerferien beworben. Sie wollte nach der Schule Wirtschaft studieren. Den Job hat er ihr nicht gegeben, aber …«

»Sie wohnte in Pennsylvania. Hat er sie dort besucht?«

Lacie schüttelt den Kopf. »Nein, sie ist unter einem Vorwand in die Stadt gekommen. Er hat sie zum Abendessen ausgeführt und sie mit in sein Apartment genommen. Sie haben sich nur zwei, drei Mal getroffen.«

Keiner von ihnen spricht das Offensichtliche aus: Man kann schon beim ersten Mal schwanger werden.

»Sie hat sich geweigert, abzutreiben«, flüstert Lacie. »Und sie wollte ihre Eltern einweihen. Das alles ist wirklich ganz grauenvoll.«

»Was hat Liz Braud damit zu tun?«

Sie blinzelt. »Sie hat das Haus besorgt, mehr nicht.«

»Mary und die Kinder werden vermisst. Sie haben in diesem Haus auf Sardinien gewohnt und sind von einem Tag auf den anderen verschwunden.«

»Davon weiß ich nichts.«

»Ich wiederhole meine Frage noch mal: Was hat Liz Braud damit zu tun?«

»Hören Sie«, sagt Lacie, die inzwischen ganz blass, erschöpft und verängstigt aussieht. »Blaine, die Tochter, verbringt viel Zeit bei ihrer Mutter auf der Insel. Gelegentlich haben wir auch für die beiden gearbeitet. Ich hatte immer den Eindruck, dass sich Godfrey und Liz noch gut verstehen. Kann sein, dass sie beteiligt ist, aber wieso und bei was, kann ich Ihnen wirklich nicht sagen. Ich habe keinen blassen Schimmer. Vielleicht haben wir uns zu weit aus dem Fenster gelehnt, als wir einwilligten, Godfrey behilflich zu sein. Keine Ahnung.«

»Klingt mir sehr nach einer Verschwörung.« Mac mustert sie kritisch. »Oder nicht?«

Sie nickt nur, was Mac, der die Antwort auf Band braucht, einen Strich durch die Rechnung macht. Er braucht ihre Aussage, sonst kann die Polizei die Ermittlung gegen Millerhausen nicht aufnehmen. Die Erfahrung hat ihn gelehrt, dass bei eineiigen Zwillingen eine DNS-Analyse vor Gericht nicht viel Gewicht hat. Sie brauchen jemanden aus dem inneren Zirkel, jemanden wie Lacie Chen, die auspackt, damit die Akteure nervös werden und den Mund aufmachen. Erst wenn die Mitarbeiter von Kroll und Barclays begreifen, dass sie wegen Beihilfe zum Mord ins Gefängnis wandern, wird Godfrey Millerhausens Vermögen an Reiz verlieren.

»Sagen Sie es«, drängt er sie.

»Ja, so hört es sich an.«

»Nach was hört es sich an?«

»Nach einer Verschwörung«, gesteht sie endlich.

»Viel Glück mit Ihrem Baby«, sagt er, »und machen Sie sich keine Sorgen. Sie werden da schon mit heiler Haut rauskommen.«

Inzwischen ist sie so blass, dass sie in dem schwarzen Umstandskleid wie ein Geist aussieht. Sie versucht aufzustehen, doch Mac winkt ab.

»Ich finde allein hinaus.«

»Warten Sie. Ich weiß, dass meine Bitte etwas merkwürdig klingt, aber wären Sie vielleicht so nett, meinen Müll mit nach unten zu nehmen? Es fällt mir schwer, mich zu bewegen, aber ich muss das heute noch erledigen. Morgen werden die Tonnen gelehrt und wo Sie eh auf dem Weg nach unten sind …«

»Kein Problem.«

»Danke. Die Mülleimer stehen gleich vor dem Haus.«

Während sie in der Küche verschwindet, überfliegt Mac die Buchrücken in den Regalen. Bei den Chens liest einer gern Kriminalromane und der andere hat eine Vorliebe für naturwissenschaftliche und politische Sachbücher. Er hört, wie sie in der Küche herumhantiert, einen Schrank öffnet und schließt, ein leises Klappern, das Rascheln einer Plastiktüte. Kurz darauf taucht sie mit einer kleinen, bis an den Rand gefüllten Mülltüte auf, die sie zugebunden hat.

»Danke«, sagt sie und reicht ihm die Tüte. »Sehr nett von Ihnen. Verzeihen Sie den Gestank. Ich habe vorhin aufgeräumt und gekocht.«

Aus der Tüte steigt Ammoniakgeruch auf.

»Verraten Sie mir, wo Liz Braud meine Familie festhält?«, versucht er es noch mal.

»Wirklich, ich habe nicht die geringste Ahnung.« Mit zitternden Fingern öffnet sie die Haustür. Er glaubt, dass sie die Wahrheit sagt, aber hundertprozentig sicher ist er sich nicht.

»Falls doch, Lacie, wäre jetzt der richtige Moment, mich einzuweihen.«

»Ich schwöre Ihnen, dass ich es nicht weiß.«

Lacie verriegelt hinter ihm die Tür. Er ruft den Fahrstuhl, wartet eine Weile und entscheidet dann, die acht Stockwerke zu Fuß nach unten zu gehen. Entgegen der Brandschutzbestimmungen ist die Treppenhaustür allerdings abgesperrt. Nach einer gefühlten Ewigkeit hört er, wie sich der Lift in Bewegung setzt, nach oben fährt, stehen bleibt. Er tritt in die Kabine und drückt auf L für Lobby. Der altersschwache Fahrstuhl gleitet schwerfällig nach unten und bleibt unvermittelt stehen.

Mac betätigt die Notruftaste, wartet, dass der Alarm ausgelöst wird. Nichts. Er versucht es noch einmal. Wieder nichts. Da der Notruf offensichtlich nicht funktioniert, drückt er eine Taste nach der anderen. Der Lift rührt sich nicht von der Stelle und in der Kabine kann er auch nicht telefonieren, weil er kein Netz hat.

Dann fällt das Licht aus.

Der Ammoniakgeruch aus der Tüte wird immer stechender und bald steigt Mac auch noch Chlorgestank in die Nase. Wenn Lacie Ordnung schafft, dann aber gleich richtig. In der Schwangerschaft mit so scharfen Chemikalien zu hantieren, ist keine gute Idee.

Da fällt ihm ein Lehrsatz aus dem Chemieunterricht ein: Ammoniak und Chlor ergeben eine tödliche Mixtur.

Und er erinnert sich an etwas, das Lacie bei ihrem ersten Treffen erwähnte: Sie hat ein paar Semester lang chemische Verfahrenstechnik studiert.

In dem Moment spürt er ein Brennen in der Kehle, in der Speiseröhre.

Er lässt die Tüte fallen, ein Glasbehälter zerbricht und beißende Dämpfe steigen auf.

Schwindel und Übelkeit lösen bei Mac Gleichgewichtsstörungen aus. Er streckt sich und streicht mit den Fingerspitzen über die Kabinendecke, bis er eine Luke ertastet. Er springt hoch, drückt den Deckel auf und landet mit dem Allerwertesten auf dem Boden. In der wackelnden Kabine kämpft er gegen die einsetzende Müdigkeit an. Er fühlt sich, als würde er von einer riesigen Welle überrollt, beißt die Zähne zusammen und richtet sich auf. Benommen legt er die Hände auf den Lukenrand und versucht, sich hochzuziehen. Er darf nicht sterben, darf nicht zulassen, dass ihr Geständnis vernichtet wird.

Mit brennenden Lungen und nachlassender Muskelkraft versucht sich er röchelnd durch die Deckenöffnung zu zwängen, scheitert und wagt einen neuen Versuch. Diesmal schafft er es. Oben auf der Kabine ruht er sich kurz aus und saugt gierig die abgestandene, ungiftige Luft ein. Nach einer kleinen Weile zieht er die Beine hoch, legt sich auf den Rücken und schließt die Luke mit einem Fußtritt. Die Vorstellung, hier kurz ein Nickerchen zu halten, ist äußerst verführerisch. Seine Lider sind bleischwer, sein Körper ist völlig entkräftet. Solange er sich nicht rührt, ist ihm auch nicht schwindelig. Und ehe er sichs versieht, schläft er tief und fest.

Kapitel 19

Ich stürze zur Tür und schließe Dathi in die Arme. So wie ich sie kenne, wird sie jetzt keine Träne vergießen, während ich spüre, wie meine Augen feucht werden. Unser Zusammenleben hat mich gelehrt, dass Dathi erst später, wenn sie allein im Bett liegt, ihren Gefühlen freien Lauf lassen und sich von mir trösten lassen wird.

Ich trete einen Schritt zurück und betrachte das ungewaschene, sonnenverbrannte Gesicht meiner Tochter. »Was haben sie mit dir gemacht? Wo warst du?«, frage ich sie. »Waren Fremont und du zusammen? Wo steckt Ben? Und Mary?«

Dathi hebt ihre schmale Hand und deutet auf mein Stirnpflaster. »Was ist dir denn zugestoßen?«

»Ich habe nach euch gesucht, bin nach Norden gefahren und hatte einen Autounfall, aber es geht mir gut.« Autounfall. Als ob man dieses Mädchen zum Narren halten könnte.

Der Polizist hinter der Empfangstheke hört auf, mich zu ignorieren und beobachtet uns neugierig. Dathi würdigt ihn keines Blickes, doch ich spüre ihr Unbehagen. Als sie sich auf die Zehenspitzen stellt, neige ich den Kopf. »Wir sollten von hier verschwinden, Karin«, flüstert sie mir ins Ohr.

»Aber Fremont ist hier. Wir müssen …«

»Pst.« Sie nimmt meine Hand, zieht mich nach draußen in die laue Nacht.

»Fremont wurde verhaftet«, erkläre ich. »Zu Unrecht. Mach dir bitte keine Sorgen, aber wir müssen …« Hierbleiben und dafür sorgen, dass man ihn freilässt, will ich sagen, doch ihr Blick verrät, dass dieses kluge Mädchen mehr weiß als ich.

»Seine Verhaftung war kein Zufall. Der Polizeichef ist ein Freund von Emiliana, der Frau, die uns gefangen gehalten und die Mary immer Liz genannt hat.«

»Erzähl weiter.«

»Ihre Tochter hat ihr geholfen.«

»Blaine«, sage ich. »Liz und Blaine.«

»Ja, das hat Mary auch geschnallt. Deshalb konnten Fremont und ich fliehen … weil Mary uns eingeweiht hat und wir …« Atemlos bricht sie ab und holt erst einmal tief Luft. Ich halte sie in den Armen, bis sie sich beruhigt. Dann ist sie in der Lage, mir detailliert zu schildern, wie sich die Entführung abgespielt hat. Ihr Bericht füllt die Lücken der Theorie, die Mac und ich aufgestellt haben. Nach dem, was Dathi berichtet, war Dante, der Mann vom Schlüsseldienst, an der Entführung nicht beteiligt, sondern nur ein Störfaktor, der eliminiert werden musste.

»Der Mann, der euch gekidnappt hat«, möchte ich wissen, »wie hat er ausgesehen?«

»Er war groß, gemein, verschwitzt. Er roch echt widerlich und hatte ein ekliges Schlangentattoo am Hals und im Gesicht.«

In meine Erlebnisse mit diesem Mann weihe ich Dathi, die in ihrem Leben schon genug Sorgen gehabt hat, besser nicht ein. Später werde ich ihr einmal erzählen, dass er bei der Verfolgungsjagd gestorben ist, aber dass ich nur ganz knapp mit heiler Haut davongekommen bin, muss sie nicht unbedingt erfahren. Der Gedanke, wie es sich wohl anfühlt, in einen Abgrund zu stürzen, lässt mich erschauern, doch derlei Sentimentalitäten sind vollkommen überflüssig, denn es ist ja anders gekommen: Er ist tot und ich lebe.

»Was kannst du mir noch über den Polizeichef berichten?«

»Er ist jeden Tag gekommen, hat manchmal Essen gebracht.

Sie haben draußen gestanden, sich unterhalten und nach einer Weile ist er weggefahren. Erst später, auf der Flucht, haben Free und ich aus dem Fernsehen erfahren, dass er Polizeichef ist und die Fahndung nach uns organisiert. Da haben wir kapiert, dass niemand nach uns sucht.«

»Mac und ich schon.«

Ein Lächeln umspielt Dathis Lippen. »Wo ist Mac?«

»In New York.«

Meine Antwort erschüttert sie. Zur Beruhigung fahre ich mit der Hand über ihre Stirn und streiche eine Haarsträhne beiseite, die ihre hübschen Augen verdeckt. »Er ist nach Hause gefahren, um uns von dort aus zu helfen.«

»Von New York?«

»Die Ereignisse hier haben offenbar etwas mit einem Fall zu tun, den er vor unserer Abreise bearbeitet hat. Meinst du, du kannst mich dorthin bringen, wo Mary und Ben festgehalten werden?«

»Sicher bin ich mir nicht, aber ich kann es versuchen. Das Haus muss irgendwo im Norden sein, denn Free und ich haben versucht, nach Süden, nach Capitana zu kommen, weil wir hofften, euch dort zu finden.«

»Kluges Mädchen.« Ich versuche mich an einem aufmunternden Lächeln, was mein geschundenes Gesicht nicht zulässt. »Liz' Hotel liegt ganz im Norden. Hat sie euch dort versteckt?«

»Nein, das glaube ich nicht. Bis auf uns, Liz, Blaine, den Polizeichef und den Wachen war da niemand. Das Haus war recht klein und liegt direkt am Strand.«

»Wahrscheinlich hat sie euch irgendwo in der Nähe des Hotels eingesperrt, damit sie problemlos zu euch gelangen konnte.«

Nach Dathis Ausführungen zu urteilen, wird uns nichts anderes übrig bleiben, als nach Norden zu fahren und Fremont hier zurückzulassen. Da sich mein Verdacht bestätigt und Enzio Greco tatsächlich Dreck am Stecken hat, wäre es garantiert ein schwerer Fehler, wieder einen Fuß in das Polizeirevier zu setzen und auf Fremonts Freilassung zu beharren. Obwohl ich bereits zwei Nachrichten bei der amerikanischen Botschaft hinterlassen habe, kann ich nicht davon ausgehen, dass sie noch heute Nacht abgehört werden.

»Dathi, Schätzchen, wir müssen Fremont noch eine Weile sich selbst überlassen. Solange er in einer Zelle sitzt, wird ihm schon nichts passieren.«

»Aber sie erzählen Lügen über ihn, behaupten …«

»Ich weiß.« Demnach hat sie also mitbekommen, was in den Zeitungen steht. Offenbar haben die Nachrichten nicht nur mich, sondern auch sie hierher geführt. »Was sie behaupten, ist egal. Ihre Lügen liefern ihnen einen Grund, ihn hier festzuhalten, mehr nicht. Wir werden das richtigstellen, aber ich halte es für besser, wenn wir uns zuerst darum kümmern, Mary und Ben zu finden.«

Die Tür des Reviers geht aus, der Polizist kommt mit aufgesetztem Lächeln heraus und verkündet: »Signora, der Wachtmeister kann Sie jetzt empfangen.« Just in dem Moment kommt ein Taxi angefahren. Ich winke, wir steigen ein und ich überrede den Fahrer auf Englisch, sofort loszufahren, ohne ihm genau zu sagen, wohin wir möchten. Ein weiterer, offensichtlich aufgebrachter Polizist kommt nach draußen gestürmt und brüllt den Kollegen vom Empfang an, der achselzuckend die Hände hebt, um den Vorwurf abzuwehren.

»Karin«, verkündet Dathi resigniert, »diese Liz hat zwei bewaffnete Wachmänner engagiert.«

»Mach dir keine Sorgen«, rate ich ihr, wohl wissend, dass

dieser Punkt durchaus Anlass zur Sorge bietet. Ich habe nicht die geringste Ahnung, wie es einer erschöpften Frau und einem verängstigten Mädchen gelingen soll, ohne Waffen jemanden zu befreien. »Wir lassen uns etwas einfallen.« Ich entferne den Akku meines Blackberrys, damit Greco mich dieses Mal nicht so leicht orten kann.

Am ganzen Leib zitternd, wacht Mac auf, rollt von dem Erbrochenen weg, um nicht in der Lache zu ersticken. Er kniet sich hin, atmet mehrmals tief durch und erinnert sich, was geschehen ist: Er sitzt in einem Fahrstuhlschacht in Lacie Chens Wohnhaus fest. Wie viel Zeit ist vergangen? Sucht sie schon nach ihm? Falls ja, wäre es durchaus möglich, dass sie den Fahrstuhl ruft und er dann zerquetscht wird.

Schwerfällig richtet er sich auf und versucht, sich im Dunkel zu orientieren. Im schwachen Lichtschein seines Handydisplays entdeckt er einen Meter über seinem Kopf eine 6 und eine Tür im Schacht. Dann erst kommt er auf die Idee, die Uhrzeit aus dem Display mit dem Zeitpunkt zu vergleichen, wo er sein Gespräch mit Lacie aufgezeichnet hat: Sieben Minuten sind verstrichen. Er steckt das Telefon in die Tasche, steht auf und schafft es gerade so, einen Fuß auf die schmale Kante vor der verschlossenen Tür zu setzen. Mit beiden Händen versucht er, die Tür gewaltsam aufzuschieben. Dabei brechen drei Nägel ab, doch der Schmerz, der durch seine Finger schießt, schürt nur seine Wut und seine Entschlossenheit.

Als er spürt, wie die Tür nachgibt, stöhnt er laut auf, erhöht den Druck, schiebt die beiden Elemente auseinander und zwängt sich durch den Spalt auf den Flur in der sechsten Etage. Da dieser Korridor mit dem auf Lacies Stockwerk identisch ist, kann Mac sich zusammenreimen, wo das Treppenhaus liegt. Er kann nur hoffen, dass der Eingang nicht auch zugesperrt ist. Wahrscheinlich hat Lacie einen Komplizen, der die Tür oben abgeschlossen und den Fahrstuhl sabotiert hat. Schweißnass und mit klopfendem Herzen sprintet Mac durch den Flur, gelangt ins Treppenhaus und nimmt zwei, drei Stufen auf einmal.

Er muss es nach unten schaffen, muss Billy die Aufzeichnung übergeben und in den Flieger nach Sardinien steigen.

Die Tür zum Foyer scheint verschlossen. Aber als Mac mit den Schultern dagegendrückt, öffnet sie sich ein paar Zentimeter und er sieht, wie jemand auf der anderen Seite dagegenhält. Ächzend setzt sein Widersacher seine ganze Körperkraft ein und versucht mit aller Macht, die Tür wieder ganz zu schließen, doch kurze Zeit später hat er nicht mehr genug Kraft um weiterzumachen. Als die Tür auffliegt, sieht Mac, wie ein dickbäuchiger Mann in grüner Hausmeisteruniform keuchend zu Boden geht.

»Zweihundert Dollar, José«, schallt Lacies körperlose Stimme durch das Treppenhaus. »Zweihundertfünfzig. Halten Sie ihn auf!«

José umklammert Macs Fußgelenk und bringt ihn zu Fall. Bevor er aufschlägt, erschüttert eine Explosion das Foyer, die Eingangstür wird aus den Angeln gehoben, Glasscherben prallen von den alten Blechbriefkästen ab.

»Hände hoch!«, schreit Billy.

»Dreihundert, José!«

»Ich mag zwar blank sein, aber bescheuert bin ich nicht«, murmelt José und lässt Macs Fuß los.

»Los, Mann, steht auf und hau ab«, drängt Billy seinen Freund. »Den Flieger darfst du auf keinen Fall verpassen.«

»Verhafte sie. Die beiden wollten mich umbringen.«

»Um die kümmere ich mich später.«

»Billy, Lacie weiß genau Bescheid über Alicia Griffins Ermordung und Millerhausens Vertuschungsmanöver. Wir dürfen sie damit nicht davonkommen lassen.«

»Nein, das dürfen wir nicht«, dringt eine laute, gereizte Frauenstimme ins Foyer, »und das werden wir auch nicht!« La-a trägt zwar noch das Kleid, das sie für den Kirchgang angezogen hat, hält aber auch eine Waffe in der Hand. Offenbar hat Billy sie verständigt, während er draußen auf Mac wartete. »Fahr ihn zum Flughafen, Billy. Ich habe das hier unter Kontrolle und gleich kommt die Verstärkung.«

Billy legt die Hand unter Macs Ellbogen und schiebt ihn vor sich her. Kaum sind sie auf der Straße, tauchen zwei Streifenwagen mit Blaulicht auf und legen eine Vollbremsung hin. Im Haus hört er La-a noch schimpfen: »Nie wieder Übernachtungsgäste.« Dann befiehlt sie mit fester Stimme: »Sie da! An die Wand und Hände auf den Rücken! Sie auch, hierher und zwar pronto! An die Wand und erzählen Sie mir ja nicht, Ihre Fruchtblase wäre geplatzt, denn das hätte ich mitgekriegt.«

Zwei Kollegen helfen ihr, Lacie Chen, die nun bei Kroll nicht mehr die Karriereleiter hochklettern wird, und den Hausmeister festzunehmen, der sich für das Risiko, das er eingegangen ist, viel zu billig hat kaufen lassen.

»Ich glaube, sie hat ihm für die Manipulation des Fahrstuhls nur hundert Mäuse versprochen«, weiht Mac Billy ein, der vor einer orangenen Ampel Gas gibt. »Er konnte sie noch auf zweihundertfünfzig hochhandeln, bevor du aufgetaucht bist.«

»Ein richtiger Sechser im Lotto.«

Mac lehnt sich zurück und holt sein Handy heraus, um Billy die Aufzeichnung zu mailen. »Sieh mal an, ich habe anscheinend aus Versehen auf Aufnahme gedrückt und auch unser Gespräch mitgeschnitten.«

»Haben wir was Schlimmes über Dash gesagt?«

»Nicht, dass ich mich entsinne.«

»Gut«, meint Billy lachend. »Dann haben wir ja nichts zu befürchten.«

Montag, 16. Juli

Nachdem wir fünf Autoverleihe abgeklappert haben, gelingt es uns, ein blaugrünes Citroën-Cabrio zu mieten. Eigentlich muss es repariert werden, weil sich das Dach nicht richtig schließen lässt. Der englisch sprechende Mitarbeiter beharrt darauf, dass er den Wagen nicht herausgeben kann, aber nach harter Verhandlung besinnt er sich eines Besseren und erhält für seinen Sinneswandel ein beachtliches Trinkgeld.

Mitten in der Nacht fahren wir auf menschenleeren Straßen an der Ostküste entlang nach Norden. Die Fahrt in der Dunkelheit ist anstrengend. Mittlerweile ist es bereits zwei Uhr. Nach meiner Schätzung wird es noch eine ganze Weile dauern, bis wir Liz Brauds Hotel erreichen. Seit einer Stunde leide ich unter Migräne und bin ganz schön erledigt. Es fällt mir schwer, die Augen offen zu halten und so fahre ich vor Orosei auf den Seitenstreifen.

Da es nachts empfindlich kalt wird und wir keine Pullis oder Decken dabeihaben, versuche ich, das Verdeck zu schließen, damit uns die Hitze, die unsere Körper abstrahlen, etwas wärmt. Dathi legt sich auf die kurze Rückbank, während ich es mir, so gut es eben geht, auf dem Fahrersitz bequem mache. Mein geschundener Körper hat sich von dem Unfall noch nicht erholt. Im silbernen Mondlicht entdecke ich auf meinem rechten Oberarm einen riesigen Bluterguss. Habe ich mir noch andere Blessuren zugezogen, von denen ich nichts weiß? Mehr blaue Flecken an Stellen, die ich nicht sehen kann? In dem Moment muss ich an Mac denken, den ich unglaublich vermisse. Wo steckt er jetzt?

Stunden später weckt mich die grelle Morgensonne auf. Dathi schläft noch. Ich steige aus dem Wagen und strecke mich. Meine Muskeln sind von der Kälte ganz steif. Die kleinste Bewegung schmerzt. Selbst das Denken fällt mir schwer. In meinem Kopf dröhnt ein Presslufthammer, der sich nicht abstellen lässt. In meiner Handtasche suche ich nach Schmerztabletten, wohl wissend, dass ich keine finden werde. Ich bin Mutter, habe die Vierzig überschritten und müsste eigentlich daran denken, Pflaster und Aspirin einzustecken, aber solche Binsenweisheiten beherzige ich nur sporadisch. Keiner kann aus seiner Haut, betont meine Mutter gern. Auch sie fehlt mir. Am liebsten würde ich sie jetzt anrufen, aber die Zeitverschiebung hält mich davon ab. Ob Mac sie wohl gesprochen oder besucht hat? Seit ein paar Tagen leide ich unter Heimweh. Ein Blick auf Dathi, die hinten auf der Rückbank schlummert, tröstet mich. Seit meiner Ankunft auf Sardinien war ich meiner Heimat nie so nah wie in diesem Moment.

Ich stecke den Akku ins Handy, um nachzusehen, ob mir jemand eine SMS geschickt oder eine Nachricht auf der Mailbox hinterlassen hat: Nichts. Obwohl ich inzwischen mitgekriegt habe, dass die Netzqualität an der Küste stark zu wünschen übrig lässt, wenn man sich nicht gerade in einem Hotel, Restaurant oder Geschäft aufhält, entferne ich den Akku wieder. Ohne den Citroën aus den Augen zu lassen, hocke ich mich hinter einen Busch, um zu pinkeln. Danach kehre ich zum Auto zurück und lege Dathi den Sicherheitsgurt an, damit sie auf der Fahrt in die Stadt nicht vom Sitz rutscht und aufwacht.

In Orosei finde ich eine Apotheke. Im Schaufenster hängen Plakate, die für Sonnenmilch werben. In hinteren Teil brennt Licht, aber die Tür ist zu meiner Enttäuschung noch zu. Während ich draußen in der schwülen Morgenhitze warte und mir der Geruch von frisch gebackenem Brot in die Nase steigt, taucht drinnen eine Frau auf und schaltet die Lampen ein.

»Avanti, Signora«, bittet sie, nachdem sie die Tür aufgeschlossen hat.

In der Apotheke lege ich als erstes den Handyakku ein. Sekunden später ertönt das Signal, dass Nachrichten eingetroffen sind.

»Cosa la serve?«, fragt die Angestellte mich. Als ich auf Englisch antworte, schüttelt sie den Kopf, zuckt entschuldigend mit den Achseln und verschwindet, um eine Kollegin zu holen.

Vor einem Regal mit Haarpflegeprodukten überfliege ich die SMS. Mac hat geschrieben, dass er im Flieger sitzt und um zwölf Uhr mittags in Cagliari landen wird. Ich muss trotz der Schmerzen schmunzeln. Macs nächste Nachricht dämpft meine gute Laune wieder. Mac ist davon überzeugt, dass die Rossis unser Haus in Brooklyn nie bewohnt haben, und instruiert mich, unter keinen Umständen mit ihnen in Verbindung zu treten. Seiner Meinung nach sind Mario und Maria an der Entführung beteiligt und schwer einzuschätzen. In der dritten SMS teilt er mir mit, dass er unsere ausgehungerten Katzen gefüttert hat und sie nun wieder putzmunter sind. Und in der vierten schreibt er, wie sehr er mich liebt.

Die amerikanische Botschaft hat drei Nachrichten hinterlassen. Mit zitternden Fingern rufe ich zurück und spreche mit Sam Quester, der die ganze Nacht vergeblich versucht hat, mich zu erreichen.

»Karin Schaeffer. Endlich. Wie geht es Ihnen?«

»Gut. Ich habe meine Tochter Dathi gefunden, musste den Sohn unserer Freundin jedoch auf dem Polizeirevier zurücklassen.«

»Ich weiß Bescheid. Machen Sie sich bitte keine Sorgen.« Sams betont ruhiger Tonfall verstört mich. »Fremont wird auf das Polizeihauptquartier in Cagliari gebracht. Dem Jungen geht es gut. Die Beamten dort haben entschieden, ihn auf freien Fuß zu setzen, doch wir möchten, dass ihn jemand von der FBI-Außenstelle in Rom in Empfang nimmt. Der Agent sitzt bereits im Flieger.«

»Was weiß das FBI?« Mir liegt viel daran, dass sie ganz genau Bescheid wissen, dass der Agent vor seiner Landung über alle Vorgänge informiert wird, damit ihm keine Fehler unterlaufen.

»Schwer zu sagen. Das FBI hat sofort reagiert, nachdem ich die Kollegen verständigt habe. Nach meinem Kenntnisstand wurde in New York eine Ermittlung angeschoben, eine große Sache, die mit Ihrem Fall in Verbindung steht, aber das ist, ehrlich gesagt, auch schon alles, was ich weiß. Wir kümmern uns hier nur um die entführten US-Bürger und sorgen dafür, dass uns die Polizei auf Sardinien dabei hilft.«

»Nein«, entfährt es mir. »Die lokale Polizei ist Teil des Problems.«

Ich erzähle ihm, was passiert ist.

»Ist das Ihr Ernst?«

»Ja. Ich halte es daher für besser, wenn Sie sie nicht mit einbeziehen.«

»Das verkompliziert die Angelegenheit.« Questers Tonfall legt den Verdacht nahe, dass er die Polizei vor Ort schon informiert hat. »Wo stecken Sie?«

»Haben Sie die hiesigen Behörden bereits kontaktiert?«

»Ich habe Nachforschungen angestellt.«

»Ich bin in eine Stadt namens Orosei gefahren, um Aspirin zu kaufen.«

»Dass Sie Kopfschmerzen haben, wundert mich nicht. Können Sie dort warten, bis wir Sie abholen?«

»Ich glaube, mein Sohn Ben wird nördlich von hier festgehalten. Er ist erst fünf und ich muss ihn finden. Und auch unsere Freundin Mary. Wo genau sie sind, kann ich nicht sagen, aber wir müssen nach ihnen suchen. Jetzt, wo die Katze aus dem Sack ist, befürchte ich, dass die Entführer ihnen etwas antun könnten.« Der Redewendung ist schlecht gewählt, denn sie erinnert mich an Jeff und Justin, die beinahe verhungert wären.

»Bleiben Sie in Orosei, Mrs. Schaeffer. Bitte. Lassen Sie uns nur machen.«

In der Leitung macht sich Schweigen breit.

»Danke«, sage ich schließlich. »Ich werde mein Handy ausschalten, aber regelmäßig überprüfen, ob Nachrichten eingegangen sind. Rufen Sie mich an, wenn Sie etwas erfahren?«

»Versprochen.«

Während ich die Regale auf der Suche nach einem bekannten Schmerzmittel abwandere, fällt mir auf, dass ich ihm nicht versprochen habe, in Orosei zu bleiben. Zu warten und mich in Geduld zu üben, erscheint mir geradezu grotesk. Was, wenn Sam Quester gar kein Mitarbeiter der amerikanischen Botschaft ist? Was, wenn er Enzio Greco kennt? Ich schaffe es einfach nicht, ihm zu vertrauen und hier zu warten.

Die Apothekerin findet mich und fragt: »Brauchen Sie Hilfe?«

»Ibuprofen.«

Ich folge ihr zu einem Regal, aus dem sie eine weiß-rote Schachtel Brufen Plus zieht. Sie mustert mich eindringlich, tippt auf die Packung und hält zwei Finger hoch. Ich zahle an der Kasse und kaufe noch eine Flasche Wasser, damit ich die Tabletten gleich einnehmen kann. Auf dem Weg zum Wagen erstehe ich in einer *Panetteria* Brot und Kaffee. Bei meiner Rückkehr ist Dathi wach und wirkt ziemlich angeschlagen.

Wir frühstücken im Citroën, genießen gesüßten Milchkaffee und das warme Brot. Danach fühlen wir uns so gestärkt, dass wir weiter nach Norden fahren können.

Kapitel 20

Bin gerade gelandet und muss noch durch den Zoll.
Wo bist du?

San Teodoro, Ostküste. Auf dem Weg
nach Norden. Dathi ist bei mir.

Werde Fremont abholen. Lokalpolizei übergibt ihn
der Militärpolizei, wo Greco nichts zu sagen hat. Treffe
dort FBI-Agenten aus Rom. Das mit Dathi – super!!!

Sie glaubt, sie wurden noch weiter nördlich
festgehalten, weiß aber nicht, wo.
Suchen weiter.

Melde dich.

Du dich auch.

Pass auf dich auf.

Du auf dich auch.

Das Revier, auf das Fremont diesmal gebracht wird, befindet sich in einem größeren Gebäude in einer größeren Stadt. Über der Eingangstür hängt die italienische Flagge an einer Stange. Dass sie ihn in den Streifenwagen gesetzt haben, ohne ihm Handschellen anzulegen, wertet er als positives Zeichen. Seine Handgelenke sind dank des Mistkerls, der in mitten in der Nacht verhaftet und gefesselt hat, immer noch ganz wund. Einmal abgesehen von dem Polizeichef hat keiner mit ihm geredet. Er versteht nicht, was hier vor sich geht und ist krank vor Sorge um Dathi. Haben sie sie auch verhaftet? Seit zwei

Tagen hat er weder gegessen noch geschlafen. Nur ein gammeliges Stück Käse haben sie ihm gegeben. Manchmal glaubt er zu halluzinieren. Letzte Nacht hat er sich beispielsweise eingebildet, Karins Stimme zu hören. Den von Maden überzogenen Käse hat er selbstverständlich nicht angerührt. Wieso auch? Im Gegensatz zu dem Bullen fand er das überhaupt nicht lustig. Da Karin nicht zu ihm gekommen ist, muss er wohl halluziniert haben. So viel ist klar. Wäre sie tatsächlich da gewesen, hätte sie ihn auch aus dem Knast geholt. Dessen ist er sich hundertprozentig sicher.

Vier Beamte führen ihn die Treppe hoch. So werden normalerweise nur Schwerverbrecher behandelt. Sie legen ihm zwar keine Handschellen an, aber sie lassen ihn nicht aus den Augen. Hoffentlich kommt nach den Ferien einer der Lehrer wieder auf die glorreiche Idee, die Schüler zu einem von diesen Was-habe-ich-diesen-Sommer-erlebt-Aufsätzen zu verdonnern. *Ich wurde von einem verschwitzten italienischen Typen entführt und dann wegen nichts und wieder nichts irgendwo in der Wildnis verhaftet.* Bislang war ihm gar nicht klar, wie sehr er Amerika liebt, und er kann es gar nicht erwarten, seinen Freunden auf Facebook von dieser üblen Geschichte zu berichten.

»Free!«, ruft jemand. Zuerst glaubt er, dass er nun tatsächlich frei ist, dass die Wachmänner sich in Luft auflösen und ihn ziehen lassen, aber dem ist nicht so. Als er sich umdreht, erblickt er zu seiner Überraschung ein vertrautes Gesicht und kriegt ganz feuchte Augen.

Mac. Neben ihm steht ein blonder Mann mit randloser Brille, der auch Amerikanisch spricht, was in Fremonts Ohren wie Musik klingt. Mit dem Dreitagebart sieht Mac ziemlich komisch aus und als er näher kommt, riecht er, als wäre Dusche für ihn neuerdings ein Fremdwort. Fremont drängt sich durch die Wachmänner und rennt zu Mac, der ihn in die Arme schließt.

»Hallo, mein Junge. Wie geht es dir?«

»Ganz okay, denke ich. Was für Arschlöcher.«

»Lass uns von hier verschwinden. Dann können wir reden.«

»Okay.«

»Das hier ist Guy de Luca von der FBI-Außenstelle in Rom.«

Guy reicht Fremont die Hand. »Immer zu Diensten.«

»War's das jetzt? Kann ich mich endlich vom Acker machen?«

»Einen Moment musst du dich noch gedulden.« Mac klopft Fremont auf den Rücken, als hätte er gerade einen Home Run hingelegt. »Guy muss noch ein paar Papiere unterschreiben und dann bist du frei.«

»Ich bin Free.«

»Du weißt, was ich meine.«

»Cool.«

»Hungrig?«

»Ist es heiß in der Hölle?«

Guys Handy klingelt. »Das ist hoffentlich der Anruf, auf den ich warte. Gib mir eine Minute, mein Sohn.« Er dreht sich um und telefoniert auf Italienisch.

»Ich dachte, der Typ wäre Amerikaner.«

»Ist er auch«, meint Mac, »aber er ist in Rom stationiert und zweisprachig.«

Dass der blonde Mann ihn Sohn genannt hat, gefällt Fremont. Da er den Samenspender, der sein biologischer Vater ist, nicht kennt, fühlt es sich gut an, wenn ein Mann mit Autorität so mit ihm spricht. Und es tut unglaublich gut, Mac zu sehen. Ganz große Klasse. Wieder steigen ihm Tränen in die Augen, doch er wird erst heulen, wenn er seine Mutter wiedersieht. So wie er sie kennt, wird sie ihn bei ihrem Wiedersehen sogar zum Weinen ermuntern, denn sie vertritt die These, dass man seine Gefühle nicht verstecken darf.

»Mit wem telefoniert der Typ vom FBI?«, fragt er Mac.

»Mit der Polizei, denke ich.«

Die Nachricht beunruhigt ihn, zumal er inzwischen mitgekriegt hat, dass man den hiesigen Bullen nicht trauen kann. »Keine gute Idee«, sagt er zu Mac und erzählt ihm von diesem alten Knacker mit den weißen Haaren, dem Polizeichef, der eng mit der Frau befreundet ist, die seine Mutter Liz nannte. Bei dem Gedanken an seine Mutter, die sich seinetwegen bestimmt große Sorgen macht, wird ihm ganz mulmig.

»Karin hat mir schon von dem Polizeichef erzählt.«

»Sie weiß Bescheid?«

»Sie war von Anfang an misstrauisch und Dathi hat ihren Verdacht bestätigt.«

»Sie ist bei Dathi!«, ruft Fremont erleichtert.

»Hier auf der Insel gibt es mehrere Polizeibehörden, Free. Der alte Mann mit den weißen Haaren ist Chef der regionalen *Polizia di Stato*. Wir werden von den Carabinieri, der Militärpolizei, unterstützt, die landesweit und regional ermittelt. Das FBI hat sich für sie verbürgt und den Kontakt hergestellt. Jetzt kommt alles in Ordnung.«

»Bist du dir da sicher?«

»Eigentlich schon.«

»Fuck, wenn du dich da mal nicht täuscht.«

»Also, wegen mir musst du keine Kraftausdrücke benutzen«, meint Mac, woraufhin sie in Gelächter ausbrechen. »Free, kannst du mir den Ort beschreiben, wo man euch eingesperrt hat?«

»Das war ein kleines Haus am Strand. Auf unserer Flucht sind Dathi und ich eine lange Straße hinuntergerannt. Straßenschilder habe ich erst in der Nähe von Olbia gesehen … Dem Verkehr nach zu urteilen eine größere Stadt. Es hat jedenfalls eine ganze Weile gedauert, bis der erste Wegweiser auftauchte. Da wir nach Süden getrampt sind, muss das Haus irgendwo nördlich von Olbia sein. Danach haben wir beschlossen, uns tagsüber zu verstecken.«

In dem offenen Cabrio gibt es keinen Schutz vor der Mittagssonne, aber der kühle, salzige Fahrtwind lindert die Hitze. Wären wir von Orosei direkt nach Norden gefahren, hätten wir höchstens ein paar Stunden bis San Teodoro gebraucht, doch da wir unser Ziel nicht kennen und kreuz und quer durchs Land fahren, hat sich die Fahrzeit verdreifacht. Irgendwo am Strand. Leichter gesagt als getan. Sardinien besteht im Grunde genommen nur aus Küste, an der ein Strand dem anderen folgt. *Irgendwo am Strand* kann praktisch überall sein. Während wir ziellos durch die Gegend fahren, vertraue ich darauf, dass Dathi den Ort erkennt, wenn sie ihn sieht. Und so klappern wir jede unbefestigte Straße ab, fahren immer wieder in Sackgassen, steigen aus und erkunden die Gegend zu Fuß. Nichts.

Doch dann erregt etwas ihre Aufmerksamkeit.

»Dort!« Sie zeigt auf einen Pfosten mit fünf blauen und zwei braunen Schildern, von denen bis auf zwei alle in dieselbe Richtung weisen. »In der ersten Nacht unserer Flucht sind wir an dieser Kreuzung vorbeigekommen.«

Sieben Schilder, sieben Möglichkeiten. »Weißt du noch, aus welcher Richtung ihr damals gekommen seid?«

»Ja, von hier: Olbia.« Sie deutet auf das oberste Schild, das uns nach links dirigiert.

Ich verlasse den schmalen Küstenweg und gebe auf der frisch asphaltierten Straße Gas. Wir folgen den Schildern durch verwinkelte Gassen ins Zentrum von Olbia. In dem Örtchen, das kleiner und moderner als Cagliari ist und deutlich mehr südländisches Flair besitzt, wimmelt es nur so von Touristen, Geschäften und Restaurants. Olbia liegt nur eine Dreiviertelstunde südlich von Liz Brauds Hotel bei Palau. Zwischen den beiden Städten kann man ohne großen Zeitaufwand hin- und herpendeln, was mich optimistisch stimmt und mein Herz höher schlagen lässt.

Werden Ben und Mary irgendwo in Olbia gefangen gehalten?

Irgendwo am Strand.

Am liebsten möchte ich schreien, um mich schlagen, flennen. *Ich brauche Ben*, vermisse seinen Geruch, möchte seine Wange auf meiner spüren. Falls wir ihn nicht bald finden, verliere ich den Verstand.

Ich zwinge mich, tief durchzuatmen.

Die aufkeimende Panik in Schach zu halten.

Mich nicht aus dem Konzept bringen zu lassen.

Ruhe zu bewahren.

Mac beobachtet, wie sich Fremont die Nase am Hubschrauberfenster platt drückt und angespannt die unter ihnen liegende Landschaft betrachtet, die einem abstrakten Gemälde in Erdtönen gleicht. Zum Schutz gegen den Rotorlärm trägt er eine Art Kopfhörer. Stünde ihm die Angst nicht ins Gesicht geschrieben, hätte man meinen können, dass er zum Zeitvertreib Musik hört. Was geht diesem Jungen, der auf einmal viel erwachsener wirkt, durch den Kopf? Was empfindet er in diesem Moment? Fremont ist alles andere als dumm und ahnt gewiss, dass die Suche nach seiner Mutter nicht unbedingt glücklich endet. Dabei darf man nicht vergessen, welche Faktoren ihn geprägt haben: Hautfarbe, anonymer Samenspender, eine hingebungsvolle, aber eben auch unorthodoxe Mutter, die nach ganz eigenen Regeln lebt. Fremonts suchender Blick spricht Bände. Der Junge hat nur einen Wunsch: Er möchte seine Mutter, die ihn über alles liebt, wiedersehen. Und Mac sehnt sich von ganzem Herzen nach Ben. Erst wenn sie ihre Lieben gefunden haben, werden sie zur Ruhe kommen können.

Der Pilot dreht ab, fliegt an der Küste entlang. Unter ihnen taucht eine Ansammlung von Gebäuden auf. Die Häuser sehen aus, als wären sie willkürlich an einen Steilhang mit Meerblick gestellt worden.

»Da unten ist Olbia«, brüllt Guy de Luca.

Mac und Fremont, die nichts verstanden haben, lüften eine Kapsel ihres Gehörschutzes. »Olbia«, wiederholt Guy.

Fremont richtet den Blick nach unten, konzentriert sich auf den Landstrich, den sie überfliegen, und sieht nichts, das ihm bekannt vorkommt.

Eine Viertelstunde später landen sie – ein Privatdetektiv, ein FBI-Agent, ein Carabiniere und ein nach außen hin stoischer Teenager – in Palau, um von dort aus zu Liz Brauds L'Hotel del Riso e dell'Oblio zu fahren. Lachen und Vergessen, was für ein Hohn. Schon bald wird dir das Lachen vergehen und das Vergessen schwerfallen, denkt Mac, als er aus dem Hubschrauber auf die sonnenverbrannte Erde springt.

Auf dem Flugfeld warten zwei schwarze Alfa Romeo mit roten Streifen. Vier Carabinieri harren in ihren Dienstfahrzeugen aus und warten, bis die Hubschrauberrotoren stillstehen.

Mac und Fremont steigen in den ersten Wagen und nehmen auf der Rückbank Platz, Guy de Luca hält auf ein anderes Fahrzeug zu. Auf der Fahrt wird kein Wort gewechselt. Niemand hat ein Auge für die Schönheit der Landschaft. Alle stellen sich innerlich auf das ein, was sie am Ende der Fahrt erwartet.

Sie erreichen die Hotelzufahrt, rollen gemächlich den von hohen Palmen gesäumten Kiesweg hinunter und halten vor dem herrschaftlich anmutenden, pinkfarben gestrichenen Hotel. Am Horizont glitzert das smaragdgrüne Meer. Kleine weiße Wolken ziehen vorbei. Mac sieht zu Fremont hinüber, dessen Hände auf dem Schoß liegen und zittern.

»Alles wird gut«, beruhigt er ihn, ohne zu wissen, ob er recht behalten wird, und legt seine Hand auf die des Jungen. Als Fremont seine Hand wie ein kleines Kind fest umklammert, wird Mac ganz schwer ums Herz. Sollte es ihnen nicht gelingen, Mary oder Ben zu retten, werden Fremont und auch er (wieder) einen herben Schicksalsschlag erleiden. Mac, dessen Eltern ermordet wurden, kann sich nicht vorstellen, dass er jemals in der Lage sein wird, den Verlust seines einzigen leiblichen Kindes zu verwinden. Dazu ist er einfach zu alt. In dem Moment begreift er, dass Fremont seine Hand nicht nur aus Dankbarkeit drückt. Der Junge möchte ihm damit zu verstehen geben, dass er nicht allein ist.

Die Fahrzeuge parken vor dem Hotel. Ein Gärtner hört auf, den Kies zu harken, und hebt neugierig den Kopf. Die vier Polizisten, Guy, Mac und Fremont steigen aus. In der offenen Eingangstür steht eine junge Frau mit kurzen dunklen Haaren, die ein durchsichtiges himbeerrotes Kleid über einem weißen Bikini trägt, und wirft ihnen einen abschätzigen Blick zu. Mac erkennt Blaine Millerhausen von dem Foto, das Mary ihm auf seinem Beobachtungsposten auf der Madison Avenue geschickt hat.

Sie trägt einen Diamantring an einem Zeh, der aufblitzt, als sie auf dem Absatz kehrtmacht und im Hotel verschwindet.

Was wird passieren, überlegt er, während er zusammen mit den Polizisten und Guy de Luca die Stufen hochgeht, wenn Cathy Millerhausen auf die Einhaltung ihres Ehevertrages pocht und Blaine damit um einen Großteil ihres Erbes bringt? Und auf einmal begreift er, um was es hier wirklich geht: Geld.

Im Grunde genommen ging es von Anfang an um die Aufteilung des Vermögens.

Wie oft sind ihm schon Geschichten zu Ohren gekommen, wo es einen Interessenkonflikt zwischen der ersten Ehefrau und deren Kinder und der zweiten Gattin und deren Nachwuchs gibt? Das erste Kind ist immer etwas ganz Besonderes … Dieser Gedanke lässt Mac, den Vater, frösteln, doch endlich versteht er, was es mit den Ereignissen der letzten Woche auf sich hat.

Blaine Millerhausens diamantbesetzter Zehring hat sie alle hierher geführt, ihr unbedingter Wille, auf nichts verzichten zu müssen. Aus diesem Grund musste auch Alicia Griffin sterben.

Die Gier, der Narzissmus, die Unbeirrbarkeit, mit der Godfrey Millerhausen und Liz Braud so vielen Menschen bewusst geschadet haben, nur damit ihre gemeinsame Tochter einen Großteil des Vermögens erbt, schockiert selbst einen so abgeklärten Mann wie Mac.

»Was wollen Sie?« Selbstsicher und mit erhobenem Kinn kommt Liz Braud, die blonden Haare zu einem Haarknoten zusammengefasst, hinter der Rezeption hervor.

»Kannst du die Leute, die dich entführt haben, identifizieren?«, fragt Guy Fremont.

Fremont, der neben Mac steht, deutet auf Liz und Blaine. »Diese Frauen. Beide.«

Liz, die Haltung bewahrt, beißt die Zähne zusammen und

schnaubt ungehalten. »Was erlauben Sie sich? Hier einfach so reinzumarschieren und …«

Guy fällt ihr ins Wort. »Wir werden Sie verhaften. Ob wir das hier in der Lobby machen oder etwas privater, liegt ganz bei Ihnen.«

»Und wer sind Sie?« Ihr Ton wird schärfer.

»Special Agent Guy de Luca, FBI-Attaché, Außenstelle Rom.« Guy spricht dann auf Italienisch mit den uniformierten Polizisten, die Liz und Blaine, die die Nähe ihrer Mutter sucht, umstellen.

»Was wollen Sie?«

»Wo stecken Mary Salter und Ben MacLeary?«

Sie verzieht den Mund, ohne zu antworten. Ihre Feindseligkeit ist deutlich spürbar.

Schließlich reißt Guy der Geduldsfaden. »Wir verhaften Sie wegen …«

»Lassen Sie uns in mein Büro gehen«, schlägt Liz jetzt vor.

»Zu spät. Sie hatten Ihre Chance. Wir werden uns im Streifenwagen auf dem Weg zum Revier unterhalten.«

Guy spricht wieder auf Italienisch mit den Beamten, die die Arme der beiden Frauen mit – für Mac ein Novum – mehreren Handschellenpaaren auf dem Rücken fixieren. An ihren Handgelenken wirken die Kettenglieder fast wie Modeschmuck, auch wenn die beiden Millerhausen-Frauen niemals auf die Idee kämen, solch billigen Tand anzulegen.

Während die Polizisten die Frauen unter den Blicken der staunenden Gäste durch die Lobby führen, fällt Liz verbal über Fremont her.

»Deine Mutter hält dich für tot«, verkündet sie hämisch und dreht sich weg, ehe er etwas entgegen kann.

»Du verfluchte, verfluchte, verfluchte …«, stammelt Fremont.

»Beruhige dich«, sagt Mac und legt ihm eine Hand auf die Schulter. »Das bringt nichts.«

»Wo ist sie?«, ruft Fremont den beiden Frauen hinterher, die mit keiner Wimper zucken. »Ihr wandert hinter Gitter!«, brüllt er, nur um ihnen einen Stich zu versetzen.

Da dreht Blaine den Kopf und zwinkert. »Das werden wir noch sehen.«

»Euer Freund«, schreit Fremont, »der Polizeichef wurde schon verhaftet und hat ausgepackt!«

Blaine reißt entsetzt die Augen auf, die Hals- und Rückenmuskeln ihrer Mutter treten vor Anspannung deutlich hervor. Dass dieser Anblick Mac solche Befriedigung verschafft, hätte er nicht erwartet.

»Und wieso fragst du dann, wo deine Mutter steckt, wenn du's schon weißt?«, entgegnet Blaine gespielt lässig.

»Antworte nicht«, rät Mac Fremont.

Guy folgt den Frauen nach draußen. Mac und Fremont sehen vom Eingang aus zu, wie die Carabinieri mit den beiden wegfahren. Guy erhält einen Anruf und geht beim Telefonieren auf und ab.

»Die Finte mit dem Polizeichef war gut«, meint Mac zu dem vor Wut zitternden Fremont. »Auch wenn das noch nicht stimmt.«

»Aber sie werden diese schleimige Type doch verhaften, oder?«

»Mit Sicherheit … unter der Voraussetzung, dass sie ihn erwischen.«

»Was soll das denn heißen?«

»In so einem Fall geht es immer auch um Politik, und Politiker sind manchmal korrupt. Wir wissen nicht, wie das in Italien läuft.«

Kopfschüttelnd gibt Fremont Mac mit einem Grunzen zu verstehen, dass er seine Meinung teilt.

Eine halbe Stunde später, während der Pilot den Hubschrauber startet, beendet Guy das Telefonat und brüllt gegen den Rotorlärm an: »Die Tochter ist eingeknickt und hat den Aufenthaltsort verraten. Sie werden außerhalb von Olbia festgehalten. Je nach Wind können wir dort in zehn, fünfzehn Minuten landen.«

»Was ist mit den Wachen?«, fragt Fremont. »Sie sind bewaffnet und haben bei unserer Flucht auf mich und Dathi geschossen.«

»Liz Braud hat sie abgezogen. Sie versuchen sich wohl abzusetzen und sie sind zur Fahndung ausgeschrieben. Wir können also zuschlagen. Es dauert nicht mehr lange, bis diese Geschichte ein Ende hat, Leute. Los jetzt.«

Guys aufmunternde Worte versetzen Mac und Fremont in Hochstimmung.

Dathi liest von meinem Handy die Routenbeschreibung ab. Wir haben sie bei Google Maps in einem Internetcafé in einem Dorf, dessen Name mir entgangen ist, heruntergeladen. Unser Ziel liegt irgendwo außerhalb von Olbia. Laut Macs SMS werden Mary und Ben östlich von Golfo Aranci festgehalten. Das Städtchen liegt in einer Bucht auf einer vom Tyrrhenischen Meer umspülten Landzunge. Als ich Dathi darüber in Kenntnis setze, ruft sie: »Hurra!«

»Mac möchte, dass wir warten, bis er dort eintrifft«, erkläre ich, »was nicht lange dauern wird.«

»Mac träumt wohl«, konstatiert sie mit einem schelmischen Grinsen. Meine Tochter kennt mich gut: Ich muss Mary und Ben endlich wiedersehen, und werde natürlich nicht warten.

»Bist du sicher, dass das die richtige Straße ist?« Je weiter wir fahren, desto mehr entfernen wir uns von der Zivilisation, was meiner Verfassung nicht förderlich ist.

»So steht es da nun mal.« Sie schaut aus dem Fenster. »Und außerdem gibt es hier weit und breit keine andere Straße. Oder siehst du eine?«

»Nein.«

Die Via Cala Moresca, eine schmale Fahrbahn zwischen Meer und Wildnis, scheint ins Nirgendwo zu führen. So weit das Auge reicht, ist auf diesem asphaltierten Weg kein Straßenschild, keine Kreuzung zu erkennen.

»Schau mal. Dort!«, ruft Dathi aufgeregt und reckt den Kopf.

Hinter einer Rechtskurve gabelt sich der Weg.

»Ich glaube, ich erkenne ein Haus«, ruft Dathi, »dort drüben, siehst du es? Und zwar genau dort, wo es laut der Wegbeschreibung sein soll.«

Hinter einer Baumgruppe kann man ein niedriges Gebäude ausmachen. Ohne zu überlegen, biege ich nach links ab.

Während der Hubschrauber ziemlich hart auf steinigem Grund unweit von Golfo Aranci aufsetzt, presst Mac den Rücken fest gegen den Sitz. Sein Blick schweift über den halb vertrockneten, mit niedrigem Gestrüpp bewachsenen Landstrich zwischen Stadt und Meer. Etwa dreißig Meter weiter vorn erspäht er eine staubige Straße, auf der ein schwarzer Alfa Romeo mit rotem Streifen mit eingeschaltetem Motor wartet. Hinter dem Steuer wartet ein Mann.

Wir erreichen das einstöckige Gebäude, wo auch die andere Straße endet, die ich an der Gabelung nicht genommen habe. Wie es aussieht, führen in diesen Fall buchstäblich mehrere

Wege zum Ziel. Sehr praktisch, wenn man sich einmal schnell vom Acker machen muss.

Gitter aus weiß lackiertem Schmiedeeisen sichern alle Türen und Fenster. Ein aufs Meer hinausgehendes Fenster steht offen, doch mein Gefühl sagt mir, dass das Haus leer ist. Diese tödliche Stille, die hier herrscht, macht mich erst richtig nervös.

Ich öffne die Fahrertür und will gerade aussteigen, als ein Schuss ertönt und unsere Windschutzscheibe zerspringt. Die Kugel bohrt sich in die Lederkopfstütze und reißt einen tiefen Krater in die Polsterung, wo eben noch mein Kopf war.

»Runter!«, warne ich Dathi, bevor die zweite Kugel einschlägt.

Wir verkriechen uns unter dem Armaturenbrett. Die Person, die auf uns schießt, geht über den Kies und kommt auf uns zu.

»Karin«, flüstert Dathi verzweifelt, »Karin.«

Ich weiß nicht, was ich sagen soll. Falls der Typ uns findet, werden wir sterben. Und er wird uns finden. Der Mann bewegt sich mit langsamen, selbstsicheren Schritten. Er hat in diesem Spiel die Oberhand und kann sich Zeit lassen.

»Ich dachte, die Wachen sind weg«, flüstert sie.

»Ich auch.«

Wir merken, wie er den Kotflügel berührt.

Und dann … pfeift eine weitere Kugel über uns hinweg.

»Bist du okay?«, wispere ich.

»Ja.«

Schritte. Männerstimmen. Als mir klar wird, dass ich Englisch höre, stoße ich vor Erleichterung einen Seufzer aus.

»Karin? Dathi?«

Macs Stimme ist Balsam für meine Seele. Ich richte mich auf und sehe, wie er sich in das Cabrio beugt und mich anstarrt. Ungeachtet seines Aussehens – er wirkt erschöpft, unrasiert und sorgenvoll – kann ich beim Anblick meines Mannes, den ich zweiundsiebzig Stunden schmerzlich vermisst habe, vor Freude kaum an mich halten. Auf der anderen Seite steht Fremont und hilft Dathi aus dem Cabrio. Und dann ist da noch ein blonder Mann, den ich nicht kenne. Er ist anscheinend kein Italiener, wirkt sehr professionell und ist wie aus dem Ei gepellt. Er ist mit einer Glock Kaliber 22 und einem Gewehr bewaffnet. Zu seinen Füßen liegt ein schwarz gekleideter Mann, der offenbar tot ist.

Als Karin mit Kopfverband und von Blutergüssen überzogenen Armen aus dem Cabrio krabbelt, stockt Mac der Atem. Sobald sie sich aufgerichtet hat, schließt er sie wortlos in die Arme, genießt ihre Nähe und saugt den antiseptischen Geruch in sich auf, der von ihr ausgeht und ihn daran erinnert, dass sie einen Unfall hatte und im Krankenhaus war.

»Was ist dir wiederfahren?«, flüstert er in ihr Ohr.

»Wir müssen Ben finden.«

Kapitel 21

Das Gewehrfeuer erschreckt Mary zu Tode und erinnert sie an jenen Moment, als Fremont und Dathi geflohen sind, an den Schuss, der kurz danach abgegeben wurde, an die brutale Erkenntnis, dass einer von ihnen tot ist.

Es dauert eine Weile, bis sie die Beine bewegen, die Füße auf den Boden stellen und sich aufsetzen kann. Prompt verschwimmt alles vor ihren Augen. Mit tiefen Atemzügen hofft sie, den Schwindel und ihren knurrenden Magen in den Griff zu kriegen. Sie hat ganz bewusst nichts gegessen, denn der Hunger verschaffte ihr Glücksgefühle und erlaubte es ihr, diesem grässlichen Ort zu entfliehen und im Kopf einen Film abzuspielen:

Sie ist in ihrem alten Apartment in Greenpoint, wo sie, die Ärmel hochkrempelt, mit Alma renoviert. Irgendwann entscheiden sie sich für ein Kind und trennen sich vier Jahre später. Der Mieter, der nach ihnen das Loft bezieht, zahlt ihnen für die Renovierung einen Abstand. Da sie das Kind ausgetragen und starke Muttergefühle entwickelt hat, besteht sie nach der Trennung darauf, Fremont alleine großzuziehen. Sie kämpft um ihren Sohn und verbietet der Frau, die sie betrogen und ihr Herz gebrochen hat, Fremont zu sehen. Sie teilen sich den Abstand, aber nicht das Kind. Sie ist todtraurig und allein, aber dank Fremont ist Einsamkeit ein Fremdwort für sie. Fremont Salter. Ihr über alles geliebter Sohn. Ihr Fleisch und Blut. Dieser Junge ist ihre Zukunft und führt ihr trotz Liebeskummer und Trennungsschmerz vor Augen, dass sie sich ohne Almas Zutun nicht auf die Mutterschaft eingelassen hätte.

Das Leben gleicht einem Fluss.

Man darf keine Angst haben, muss es nehmen wie es kommt.

Bei einem Besuch im New York Aquarium erzählte sie Fremont einmal, er wäre wie ein kleiner Delfin, der auf ihrem Rücken säße, dass sie ein hervorragendes Team wären und zueinander gehörten.

»Ich sehe nicht wie du aus«, konstatierte er, obwohl er zu jener Zeit gerade einmal sechs Jahre alt war.

»Tief drinnen sind wir beide gleich.« Ihr Kommentar stimmte ihn nachdenklich. »Free, du darfst nie vergessen, dass die Welt einem Regenbogen gleicht.«

Auf dem Sofa sitzend, kämpft sie immer noch gegen den Schwindel an. Der Polsterrand bohrt sich schmerzhaft in ihre nackten Kniekehlen. Auf dem groben Stoffbezug fühlt sich ihre Haut wie Reispapier an. Sie wagt es nicht, sich zu rühren. Sie stinkt nach Urin.

»Wir sind's!«, ruft draußen ein Mädchen, das wie Dathi klingt. Was aber nicht sein kann, denn Dathi ist auf Nimmerwiedersehen verschwunden oder tot. Und wenn Dathi auf der Flucht erschossen wurde, könnte Fremont noch am Leben sein. Und deshalb ist es vollkommen unmöglich, dass Dathi dort draußen steht und ruft, denn das würde ja bedeuten …

»Mary? Ben? Seid ihr da?« Ist das Karin, die da spricht? Mary bricht in hysterisches Gelächter aus. Jetzt fängt sie schon an, Stimmen zu hören.

Wieder ertönt ein ohrenbetäubend lauter Schuss, dessen Echo Mary durch Mark und Bein geht.

Als Nächstes fliegt die Tür auf und da das gegenüberliegende Fenster geöffnet ist, entsteht Durchzug. Zwei Geister treten ein – eine Frau und ein Mädchen. Von jeher war sie der festen Überzeugung, dass sie ein weibliches Erlöserduo an der Himmelspforte begrüßen wird. Doch dann tauchen hinter ihnen drei Männer auf. Und einer von ihnen ist … kann das denn wirklich sein?

Mit weichen Knien erhebt sie sich und empfängt mit ausgebreiteten Armen ihren Sohn, der sich ihr mit großen Schritten nähert. Seine Berührung, seine zarte Haut, sein vertrauter Geruch, seine Umarmung spenden ihr Kraft und Trost.

»Ich kann Ben nicht finden«, ruft Dathi mit ihrer glockenklaren Stimme, während sie das Haus durchsucht, das sie in- und auswendig kennt.

Ben.

Mary schlägt das Herz bis zum Hals. Nun ist der Moment gekommen, vor dem sie sich so sehr gefürchtet hat. Jetzt muss sie sich zusammenreißen und die Wahrheit sagen. Diese Menschen – ihre Freunde – sind gekommen, um sie zu befreien. Und sie muss ihnen die spärlichen Informationen geben, über die sie verfügt. »Sie haben ihn mitgenommen.«

»Wann?«, fragt Karin mit hochrotem Kopf und blutunterlaufenen Augen. Sie ist verletzt, hat einen Kopfverband und blaue Flecken auf den Armen, die Mary an das grauenvolle Foto erinnern, auf dem Karin gefesselt auf einen Stuhl sitzt. Und dennoch steht sie leibhaftig vor ihr! Fremont und Karin sind am Leben. Dafür ist Mary zutiefst dankbar.

»Gestern. Oder vorgestern. So genau weiß ich es nicht. Kurz nach Frees und Dathis Flucht.«

»Freitag«, schlussfolgert Karin. »Also vor drei Tagen.«

Mary lehnt sich an Fremont, der sie stützt. Und als Karin sie umarmt, zwingen die Schuldgefühle sie fast in die Knie. »Es tut mir unglaublich leid.«

»Was denn?«, fragt Karin sanft. »Du bist bei den Kindern geblieben und hast dich um sie gekümmert.«

»Ich habe zugelassen, dass sie Ben fortbringen.«

»Sie waren bewaffnet. Wie hättest du sie davon abhalten sollen?«

»Keine Ahnung, ich weiß es nicht …«

»Psst. Du hast alles getan, was in deiner Macht stand.«

Aber welchen Wert hat das, wenn es zu nichts führt?

Der andere Mann holt sein Handy aus der Tasche und sagt: »Ich will sehen, was ich tun kann.« Er geht nach draußen, um ungestört zu telefonieren. Mary fragt sich, wer er ist. Seinem Tonfall nach zu urteilen, will er ihnen beistehen, was Mary ein wenig aufmuntert.

»Ich habe im Haus ein Foto gefunden.« Sie räuspert sich und fährt mit festerer Stimme fort. »Darauf sind vier Personen beim Essen zu sehen: die Rossis, Blaine Millerhausen und eine ältere Frau, die meiner Meinung nach Liz Braud ist. Offenbar sind sie befreundet. Ich habe Mario Rossi eine Mail geschickt, ihn nach der Unbekannten und deren Aufenthaltsort gefragt. Sie haben mir nicht geantwortet. Und dann ist dieser Mann – er hatte eine Schlangentätowierung – aufgetaucht und hat uns entführt.«

»Warum hast du uns denn nicht über dieses Foto informiert?« Karin klingt leicht ungehalten.

Die berechtigte Frage lässt Mary zusammenzucken und verstärkt ihre Schuldgefühle. Selbstverständlich hätte sie Karin und Mac umgehend davon in Kenntnis setzen müssen. Sie gibt sich einen Ruck und zwingt sich, ganz offen zu sprechen. »Ich wollte nicht, dass ihr euch Sorgen macht.«

Karin und Mac tauschen vielsagende Blicke aus.

»Wo ist das Foto?«, möchte Mac wissen.

»In meiner Geldbörse, glaube ich. Ja, ich habe es ins Portemonnaie gesteckt.«

»Und wo ist sie?«

»Keine Ahnung. Sie wurde mir von dem Typen mit dem Schlangentattoo abgenommen.«

Der andere Mann kehrt zurück. Sein Blick verheißt nichts Gutes. »Beide Frauen bestätigen, dass der Wachmann Ihren Jungen dem Polizeichef übergeben hat. Wir konnten Grecos Handy per GPS orten. Sollte er sich also in der Nähe seines Telefons befinden, kriegen wir ihn. Und Ben auch, falls der Alte immer noch bei ihm ist.«

Kapitel 22

Der Hubschrauber scheint uns hinauf zur Sonne zu tragen. Während wir auf dem Weg nach Capo Caccia, das an der Westküste liegt, die Insel überqueren, starren Dathi, Mac und Guy de Luca – sie sitzen hinter dem Piloten und dem Kopiloten – wie gebannt aus dem Fenster. Mary, zwischen Fremont und mir eingeklemmt, drückt unsere Hände. Ich fühle mich leicht benommen und mutterseelenallein. Was, wenn Ben nicht mehr bei Enzio Greco ist? Was, wenn wir meinen kleinen Jungen nicht finden? Was dann?

Keiner sagt ein Wort. Worüber hätten wir auch reden sollen? Über unsere Ängste und Befürchtungen? Was soll das bringen? Keiner der Anwesenden macht Anstalten, mir zu versichern, dass alles gut wird. Dafür kann niemand die Hand ins Feuer legen. Da ich früher als Polizistin auch Vermisstenfälle bearbeitet habe, weiß ich aus Erfahrung, dass die Suche nach verschwunden Personen sowohl auf Fakten als auch auf Fiktion basiert. Man findet eine Spur und geht ihr nach. Landet man in einer Sackgasse, verfolgt man die nächste und dann die übernächste, bis man hoffentlich ans Ziel gelangt. Längst habe ich begriffen, dass sich die Hysterie, die das Verschwinden eines Kindes in Italien auslöst, nicht von dem Aufruhr unterscheidet, den so ein Vorfall zu Hause in den Staaten verursacht.

Minuten nachdem endlich alle zuständigen Polizeibeamten auf der Insel alarmiert wurden gingen die ersten Anrufe ein.

Im Norden der Insel ist jemandem ein kleiner Junge in einem Hotel in La Maddalena aufgefallen.

Jemand hat mitgekriegt, wie ein Fünfjähriger ohne Begleitung am Strand von Tortoli spazieren gegangen ist.

Jemand hat in Quartu Sant'Elena ein Kind mit einer Frau beobachtet, die wahrscheinlich nicht seine Mutter war.

An einer Straße in Vilamar wurden ein kleiner Junge und ein kleines Mädchen, beide allein und ungewaschen, gesichtet.

Obwohl Sarden und Touristen Ben überall auf der Insel gesehen haben wollen, ist keiner in der Lage, ihn zu beschreiben. Allerorten gute Samariter, die sich auf ihr Bauchgefühl verlassen und Hinweise geben, die uns nur in die Irre führen.

Doch dann meldet sich eine ältere Dame aus dem Dorf Codrongianos und schildert, was sie vor zwei Tagen erlebte: Ein fremdländisch sprechender Junge mit braunen Haaren kam weinend aus einem Café gerannt. Kurze Zeit später verfrachtete ein Mann mit weißen Haaren, der schon häufiger im Fernsehen aufgetreten ist, den Jungen einfach so – ohne Kindersitz – auf die Rückbank eines Fahrzeuges. Und als dann im Fernsehen über Bens Verschwinden berichtet wurde, erkannte sie den Jungen und den Polizeichef anhand der gezeigten Fotos.

Eine andere Frau – eine britische Touristin, die in Mugoni abgestiegen war – berichtet von einem älteren weißhaarigen Italiener, der auf Englisch mit einem starken Akzent auf einen Jungen einredete. Sie trugen offenbar eine Tüte mit Lebensmitteln und da der Mann einen Schlüsselbund in der Hand hielt, nahm die Frau an, dass die beiden nach dem Einkauf zu ihrem Wagen zurückkehrten.

Und heute Morgen hat ein Mann auf einem Spaziergang am Capo Caccia gehört, wie in einem alten Leuchtturm ein Junge und ein Mann miteinander in einer fremden Sprache redeten. Seiner Meinung nach handelte es sich dabei um Englisch, aber hundertprozentig sicher war er nicht. Obwohl er die beiden nicht sehen konnte, nahm er aufgrund der Stimme an, dass der Junge noch klein war.

Ein Blick auf die Karte verrät uns, dass sowohl Codrongianos als auch Mugoni zwischen Capo Caccia und Golfo Aranci liegen, wo Ben Marys Obhut entrissen wurde. Hat Greco ihn von einer abgeschiedenen Landzunge auf eine andere verfrachtet? Angesichts des gefährlichen Terrains auf dieser Insel wird mir angst und bang. Ich erinnere mich noch allzu gut, wie der silberne Sportwagen über die Klippe hinausgeschossen ist, höre deutlich, wie das Fahrzeug in der Tiefe auf der Meeresoberfläche aufschlug. Das hätte auch mein Schicksal sein können. Falls Ben immer noch bei Enzio Greco ist, wieso hat der Polizeichef einen am Meer gelegenen Unterschlupf gewählt?

Und dann geht mir ein Licht auf: Er plant eine Flucht per Boot. Während wir über die Westküste der Insel fliegen, überlege ich fieberhaft. Wenn Greco den Anschein aufrechterhalten will, er hätte nichts mit der Entführung zu tun, muss er Ben loswerden. Nur wie? Im Geist gehe ich die verschiedenen Möglichkeiten durch: Menschenhändler, somalische Piraten. Wer kommt sonst noch infrage?

Als der Hubschrauber nach links abdreht, falle ich auf Mary. Unter uns taucht eine Landzunge auf.

»Guy?«, rufe ich. »Ist es da unten?«

Er spricht mit dem Piloten, bevor er antwortet. »Ja.«

In der Ferne kann man an der Landspitze ein kompaktes Gebäude erkennen.

»Sieht nicht wie ein Leuchtturm aus«, gebe ich zu bedenken.

»Stimmt.«

Es ist für uns alle unbekanntes Terrain. Selbst Guy de Luca, der in Rom lebende Amerikaner, kennt sich auf dieser Insel nicht richtig aus. Einmal abgesehen von seinen Sprachkenntnissen und der Tatsache, dass er in seiner Funktion als FBI-Agent weitreichende Befugnisse hat, ist er auf Sardinien so fremd wie wir.

Eine einsame, gewundene Straße, die zu dem untypischen Leuchtturm führt, rückt in unser Blickfeld. Mehrere Polizeifahrzeuge und ein Krankenwagen, dessen Präsenz mich zutiefst verstört, kriechen im Schneckentempo um die Kurven. Hat die Polizei neue Informationen erhalten, nachdem wir Golfo Aranci verlassen haben? Oder rüstet man sich hier wie in den USA nur für alle Eventualitäten?

Vor dem Leuchtturm steht ein Auto auf einem staubigen Parkplatz.

»Ganz schön tief unten«, merkt Dathi an.

»Sieht von hier oben verlassen aus«, sage ich.

Mac und Fremont nicken zustimmend.

»Selbst wenn der Turm Besuchern offen steht«, erklärt Guy, »dürfte heute Ruhetag sein. Montags haben in Europa fast alle Museen und öffentlichen Einrichtungen geschlossen.«

Beim Landen spielt mein Gleichgewichtssinn verrückt. Ein Windstoß erfasst den Hubschrauber. Neben mir schließt Mary die Augen und krallt sich an ihrem Sitz fest. Fremont und Dathi halten die Luft an und starren aus dem Fenster, während wir so schnell an Höhe verlieren, dass es einem vorkommt, als rase einem die Erde entgegen. Die Landung auf dem steinigen Gelände verläuft alles andere als sacht. Die Hubschrauberrotoren wirbeln vertrocknete Grashalme und Steine auf, ehe sie stillstehen und der Kopilot die Tür aufstößt.

Guy de Luca springt als erster nach draußen. Mac, Fremont und Dathi folgen seinem Beispiel. Dass die Teenager uns auf dieser Mission begleiten, behagt mir gar nicht, aber nachdem es uns so viel Mühe gekostet hat, sie zu finden, sind wir nicht gewillt, sie auch nur für einen Moment wieder aus den Augen zu lassen. Ich helfe Mary beim Aussteigen.

Capo Caccia ist ein atemberaubendes und Furcht einflößendes Stück Land, auf drei Seiten vom Meer umspült. Das Ende der Welt. Wir stehen in der unbarmherzigen Sonne und stemmen uns gegen den Wind, der aus allen Richtungen bläst.

»Wie es aussieht, sind wir die ersten«, meint Guy.

»Nun, ich werde bestimmt nicht auf Verstärkung warten.« Entschlossen hält Mac auf den Leuchtturm zu. Guy folgt ihm.

Mary, die es trotz der Hitze fröstelt, stellt sich neben mich. Dass sie fix und fertig ist, ist nicht zu übersehen. »Warum bleibst du nicht bei Free und Dathi«, schlage ich vor, »und ihr behaltet euch gegenseitig im Auge, während wir uns im Leuchtturm umsehen?«

»Gute Idee«, findet Fremont. »Wir passen auf sie auf.«

»So machen wir's«, pflichtet Dathi ihm bei.

»Mir geht es gut. Ich möchte mich nützlich machen«, entgegnet Mary mit brüchiger Stimme.

»Das tust du doch.« Ich gebe ihr einen Kuss auf die Wange. »Bleib hier bei den Kindern.«

Ich renne Mac und Guy hinterher, was sich auf dem steinigen Gelände nicht ganz einfach gestaltet. Auf der Suche nach einer Tür oder einem Fenster laufen die beiden Männer um den Leuchtturm. Ich hole Mac ein und warte, während er mit aller Gewalt versucht, ein Fenster zu öffnen, dessen morscher Rahmen sich verzogen hat. Farbe platzt ab, Holzsplitter lösen sich, als wäre das Fenster seit Jahren nicht mehr geöffnet worden.

»Guy!«, rufe ich. »Hier geht's rein.«

Mac klettert auf den Fenstersims, hält kurz inne, wirft einen

Blick in den Raum und springt hinein. Ich folge seinem Beispiel, stütze mich mit den Armen auf dem Sims ab und lande ungeschickt auf allen Vieren in einem leeren, muffig riechenden Zimmer. Mein Aufprall löst ein Echo aus. Auf einmal tut mir jeder Knochen im Leib weh. Der deutlich jüngere Guy stellt sich besser an und landet elegant auf den Füßen.

»Teilen wir uns auf oder bleiben wir zusammen?«, fragt Mac.

»Allein kommen wir schneller voran«, gebe ich zu bedenken.

»Wenn wir zusammenbleiben, ist das Risiko geringer«, meint Guy. »Ist einer von Ihnen bewaffnet?«

»Nein«, antwortet Mac für uns beide.

»Dann gehe ich voran«, sagt er und zieht seine Waffe aus dem Schulterholster.

Im Erdgeschoss gibt es drei Räume: den, in dem wir gelandet sind, eine karge Küche und ein Wohnzimmer mit einem Kartentisch und drei wackeligen Klappstühlen. In der nächsten Etage befinden sich zwei mönchische Schlafzimmer, jeweils mit einem schmalen Bett, und ein Badezimmer, wo in der Mitte des Bodens eine ganze Fliesenreihe fehlt. Der Duschvorhang vor der nur zu Hälfte sichtbaren, an mehreren Stellen gesprungenen Badewanne ist von Schimmel überzogen. In der Wanne entdecke ich ein kleines grünes Plastikboot, wie man es in jedem gewöhnlichen Supermarkt kaufen kann. Mir bricht der kalte Schweiß aus.

Als ich mich nach unten beuge, um danach zu greifen, steigt mir Seifenduft in die Nase. Unter dem Boot klebt das Preisschild. »Das Ding ist noch nass.«

»Zieh bitte keine voreiligen Schlüsse«, warnt mich Mac.

Guys wohlwollender Blick beflügelt meine Fantasie. Ich male mir aus, wie Ben – womöglich erst vor Kurzem – in dieser ekelhaften Wanne gesessen hat, denke schnell an etwas anderes und stecke das Boot in meine Tasche.

Dafür, dass Ben hier gewesen ist, finden sich keine weiteren Anzeichen. Mit klopfendem Herz und dröhnenden Kopfschmerzen beuge ich mich über das vollkommen verschmutzte Handwaschbecken, werfe ein paar Tabletten ein, drehe den Hahn auf und spüle die Pillen mit Wasser hinunter. Danach durchsuchen wir jeden einzelnen Raum, öffnen Schränke, schauen in Ecken und unter Betten, kontrollieren die Kücheneinrichtung. Bis auf das Plastikboot deutet nichts darauf hin, dass hier in letzter Zeit jemand übernachtet oder eine Mahlzeit eingenommen hat.

»Hm, ich weiß nicht«, murrt Guy, während wir zu dritt auf dem Treppenabsatz im zweiten Stock stehen. Durch das Flurfenster fällt Licht, durch die Sonnenstrahlen schwirren aufgewirbelte Staubkörnchen.

»Wir müssen das Gelände absuchen.« Gerade als ich Macs Vorschlag zustimmen möchte und Guy schon ein paar Stufen nach unten gegangen ist, hören wir draußen Schritte.

Mac und ich stürmen zum Fenster. Guy zwängt sich zwischen uns. Mary und Dathi laufen zum Kliff. Fremont steht so dicht am Abgrund, dass man meinen könnte, er schwebe in der Luft. Der Junge winkt hektisch und ruft etwas, das wir im Leuchtturm nicht verstehen können.

Kapitel 23

Da ist er!« brüllt Fremont. »Ich sehe ihn! Da ist er!«

Dathi, die sofort an eine kaputte Puppe denken muss und nicht weiß, was mit *er* und *dort* gemeint ist, kriegt es mit der Angst zu tun. Liegt Ben dort unten?

»Ben«, ruft Mary keuchend, »Ben.« Vor lauter Erleichterung ist sie ganz aufgekratzt und vergisst, dass hinter dem Abgrund nur Luft, Himmel und Leere existieren.

Fremont beobachtet, wie Dathi seine Mutter beim Gehen stützt, und sieht Mary auf einmal mit ganz anderen Augen: Da ist eine Frau, die Hilfe braucht, eine Mutter, die bis auf ihn ganz allein auf dieser Welt ist. Er fühlt sich plötzlich nicht mehr nur wie ein Sohn, sondern auch wie ein erwachsener Mann. Warum hat er seiner Mutter nicht gesagt, sie solle am Hubschrauber warten und die Suche ihm und Dathi überlassen? Bis auf einen Müsliriegel und eine halbe Flasche Wasser hat Mary noch nichts zu sich genommen. Sie müssen dafür sorgen, dass sie wieder zu Kräften kommt, aber zuerst gilt es, Ben zu finden. Dathi – dieses dreizehnjährige Mädchen, das ihm in vielem etwas voraus hat – ist in den letzten Tage wie eine Schwester für ihn geworden und er spürt, dass ihre Freundschaft ewig währen wird.

Er befindet sich am Ende eines Weges, den man nur vom Rand der Klippe sehen kann. Auf dem Boden liegt ein Schild, auf dem *Grotta di Nettuno – Attenzione!* steht. In den Steilhang sind schmale Stufen gehauen. Ein niedriges Geländer schützt vor dem Sturz in die Tiefe. Hinter ihm fliegt die Leuchtturmtür auf und Karin, Mac und Guy kommen herausgestürmt.

Unten steigt der Mann mit den weißen Haaren gemächlich Stufe um Stufe die Treppe hinauf. Der Polizeichef, der offenbar nur so vor Selbstbewusstsein strotzt und sich an diesem Ort allein wähnt, gönnt sich eine Pause und schaut in aller Seelenruhe aufs Meer hinaus, doch als er weitergeht, den Blick hebt und sie sieht, registriert Fremont voller Schadenfreude sein Entsetzen.

»Sie«, schreit seine Mutter beim Anblick des Mannes, der Emiliana und Cosima oder Liz und Blaine bei ihren Machenschaften so tatkräftig unterstützt hat. »*Sie.*«

Fremont packt sie am Arm, damit sie nicht die Stufen hinunterfällt, doch sie schüttelt seine Hand ab und läuft los. Fassungslos heften sich Fremont und Dathi an ihre Fersen. Wie von der Tarantel gestochen, rennt Mary die Stufen hinunter und hält sich dabei am Geländer fest. Dass sie nach ihrer Gefangennahme zu derlei Höchstleistungen fähig ist, grenzt an ein Wunder.

»Wo ist Ben?«, kreischt sie in einem Tonfall, den er nicht kennt und der ihn frösteln lässt. »Wo ist er?«

Marys Verhalten lässt Fremont um weitere fünf Jahre altern und führt ihm plastisch vor Augen, welche Macht Schuldgefühle und Gewissensbisse haben können. Er begreift, dass seine Mutter denkt, sie hätte Karin und Mac im Stich gelassen und alle anderen enttäuscht. Sein vermeintlicher Tod hat ihre Zähigkeit und ihren Überlebenswillen geschwächt und er kann sich vorstellen, wie groß ihre Furcht gewesen sein muss, auch noch für Bens Tod verantwortlich zu sein. All das muss für jemanden wie sie vollkommen unerträglich sein. Die Stufen hinunterhetzend, beißt er die Zähne so fest zusammen, bis es schmerzt.

Mac setzt sich noch vor Karin und Guy in Bewegung und verstößt gegen die Abmachung, die sie getroffen haben: Derjenige, der bewaffnet ist, übernimmt die Führung. Aber in der jetzigen Situation pfeift er auf die Vereinbarung und rennt hinter Fremont und Dathi her, die Mary die steinernen Stufen hinunter folgen.

Von Guy weiß er, dass die Treppe zur *Grotta di Nettuno*, einer berühmten Höhle und Touristenattraktion, führt, die aufgrund des schwierigen Terrains nur selten besucht wird.

»Halt!«, ruft Mac.

Hinter ihm brüllt Karin: »Mary, Dathi, Free, wartet!«

Wie ein in die Enge getriebenes Tier macht Enzio Greco kehrt und rennt nach unten.

Doch ehe er sichs versieht, holt Mary ihn ein.

Zu Macs Verblüffung springt sie den alten Mann von hinten an und bringt ihn zu Fall. Eine unverständliche, italienische Schimpftirade hallt von den Felswänden wider.

Greco klammert sich am Geländer fest und schafft es, sich aufzurichten, obwohl Mary sich noch an ihn klammert. Ihre Finger bohren sich in seinen Hals, Nasenlöcher, Mund, Augen. Wieder ruft der alte Mann etwas auf Italienisch, woraufhin ihm Guy zweimal mit Nachdruck Paroli bietet.

Zu spät.

Greco drückt den Rücken durch, bäumt sich auf und dreht sich blitzschnell um die eigene Achse, um Mary abzuschütteln, die immer noch versucht, ihm die Augen auszukratzen.

»Mom, lass das!«, fleht Fremont seine Mutter an, die ihn nicht zu hören scheint und unbeirrt weiterkämpft, als würde sie von einem Motor angetrieben, der sich nicht abstellen lässt.

»Mary, nicht!«, ruft Dathi.

»Hör auf, Mary«, appelliert Karin.

Marys linke Hand löst sich und nur einen Sekundenbruchteil später rutscht ihr linker Fuß weg. Mit einem harten Ruck gelingt es Enzio Greco, sie über die Balustrade zu schleudern. In hohen Bogen fliegt sie durch die Luft und fällt in die Tiefe.

»Nein!«, schreit Fremont wie von Sinnen und beugt sich voller Entsetzen über das Geländer. »Mommy, Mommy, nein!«

Mac bleibt wie angewurzelt stehen. Karin, die nur ein paar Meter hinter ihm ist, hält mitten im Schritt inne. Dathi schnellt an ihnen vorbei. Als sie Fremont erreicht, strecken die beiden Teenager verzweifelt die Hände aus und greifen ins Leere.

Oben beim Leuchtturm trifft endlich die Polizei ein. Wagentüren werden geöffnet, Schritte ertönten, uniformierte Beamte preschen die Stufen hinunter.

Mit vereinter Kraft ziehen Mac und Karin Fremont vom Geländer weg und drücken ihn gegen die Felswand, wo er am ganzen Leib zitternd zusammenbricht. Wutschnaubend stürmt Guy mit gezückter Waffe an ihnen vorbei und zielt mit ruhiger Hand auf Greco. In dem Moment gelangt Mac zu der Überzeugung, dass der Agent tatsächlich in der Lage ist, im Laufschritt sein Ziel zu treffen, und hofft inständig, dass Guy auch abdrückt. Niemals zuvor hat es Mac so nach Rache gedürstet. Enzio Greco, der ihnen bei ihrem ersten Besuch Espresso servierte, ihnen seine Hilfe zusicherte, ihnen mit einem freundlichen Lächeln riet, sich keine Sorgen zu machen, muss sterben. Mac überlegt, wie viel Grecos Kooperation Millerhausen wohl gekostet hat, und wünscht sich in dem Moment nichts mehr als dessen Tod.

Dathi drückt mich, bis es wehtut, aber ich lasse sie gewähren. Mac stützt Fremont, diesem großen, schweren Jungen, während wir uns alle um ihn scharen und die Arme um ihn legen.

Keiner von uns glaubt, dass Mary den Sturz überlebt hat. Das ist einfach ein Ding der Unmöglichkeit. Und noch bevor die grauenvolle Erkenntnis, dass Fremont nun Waise ist, bei mir ankommt, habe ich eine Eingebung.

Er ist jetzt unser Sohn.

Er gehört zu uns und wir werden für ihn sorgen.

Während die Polizisten die Stufen hinunterlaufen, setzt bei mir Panik ein. Auf wessen Seite stehen diese Beamten? Halten sie sich an das Gesetz oder nicht? Entscheiden sie sich für Guy de Luca oder für Enzio Greco? Auf die Antworten muss ich nicht lange warten. Greco stoppt, senkt verschämt den Blick, als sich die Polizisten ihm nähern, und ahnt, dass ihm hier keiner helfen wird.

Er hebt ein Bein über die Balustrade und späht nach unten.

Er springt, denke ich.

Aber was sollen wir machen, wenn nur er weiß, wo Ben ist? Was, wenn mein Sohn nicht in der Grotte ist, wenn er seinem Leben ein Ende macht und uns vorher nicht verrät, wo er meinen kleinen Sohn versteckt hat?

»Wo ist Ben?«, rufe ich, reiße mich von meiner Familie los, nehme zwei Stufen auf einmal und renne hinter Guy her. »Wo ist er? Reden Sie!«

Kurz bevor Guy ihn erreicht, schwingt Greco das andere Bein übers Geländer, stößt einen anklagenden Schrei aus, als würde man ihn zwingen, sich zwischen Geständnis und Tod zu entscheiden, und springt.

Kapitel 24

Auf der Suche nach Mary und Greco fliegt der Hubschrauber die Küste ab. Guy, Mac und ich steigen die Stufen zur Grotte hinunter. Schaumgekrönte Wellen schlagen gegen die Felsplatte vor dem Eingang. Bei Flut steigt in der Grotte das Wasser und ein kleines Kind würde ins Meer geschwemmt.

Wir zwängen uns durch eine Felsspalte, arbeiten uns Meter für Meter durch die dunkler werdenden Schatten. Auf dem Boden schimmern Wasserlachen wie Glasscherben. Hinter einem Gang, gesichert von einem einzelnen durchhängenden Seil, spiegeln sich in einem See Stalagmiten – weiße Kalzitformationen, die an eine überdimensionierte Hochzeitstorte erinnern. Die hohe Decke ist in der Dunkelheit nicht zu erkennen.

»Ben!« Meine Stimme steigt auf, breitet sich aus, schallt zurück. »Ben, Liebling, wir sind's, Mommy und Daddy. Bist du hier? Ben?«

»Ben!«, ruft Mac. »Sag etwas, damit wir dich hören können.«

Die Echos überschlagen sich, bis die einzelnen Worte nicht mehr zu verstehen sind. Ich weiß nicht mehr aus noch ein. »Ben!«, wiederhole ich. Das Gefühl meiner Hilflosigkeit verstärkt sich von Minute zu Minute. »Ben, so antworte doch!« Aber falls er hier irgendwo steckt, falls er versucht, uns zu antworten, wird seine Antwort in der Kakophonie unserer Stimmen untergehen.

Wir gehen weiter, bis wir kaum noch etwas sehen.

»Warum haben wir denn keine Taschenlampe dabei?«, frage ich frustriert.

Mac, der genauso ratlos klingt wie ich es bin, sagt: »Weil wir nicht daran gedacht haben?«

»Pst«, flüstert Guy, doch auch seine verhaltene Aufforderung wabert durch die Grotte. »Hören Sie mal.«

Und ich denke: Wenn wir ihn finden und er ist tot, bin ich am Ende.

Und falls wir ihn nicht finden, drehe ich durch.

Und wenn wir ihn finden und er lebt, dann hat er zum zweiten Mal in seinem Leben eine Entführung durchmachen müssen, und dann lege ich einen Eid ab, dass wir – Mac und ich – in Zukunft das Schicksal nie wieder herausfordern, dass wir die Finger von Ermittlungen lassen, die unser Leben in Gefahr bringen, dass wir uns einen anderen Job suchen, etwas Sinnvolles tun, ein Geschäft eröffnen, ein Handwerk erlernen, ein Buch schreiben, dass wir irgendetwas tun, das es uns ermöglicht, für unseren Lebensunterhalt zu sorgen, ohne dass unsere Seelen Schaden nehmen, ohne dass wir und die Kinder physische Schmerzen erleiden müssen.

In dem Moment höre ich ein leises Echo, das von ganz weit her zu kommen scheint.

»A, B, C, die Katze lief im Schnee. Und als sie dann nach Hause kam, da hat sie weiße Stiefel an. Ojemine! Ojemine! Die Katze lief im Schnee.«

»Ben!«, schreie ich. »Wo steckst du?«

»Mami?« Seine hohe Stimme klingt ängstlich, als hätte er Zweifel, ob wir wirklich hier sind.

»Sing weiter, dann finden wir dich.«

»A, B, C, die Katze lief im Schnee.« Mit jedem Schritt wird sein Echo lauter und kräftiger.

Wir gehen weiter, stoßen auf eine Treppe, steigen die Stufen hinunter. Zuerst wird das Echo leiser, doch dann schallt Bens kleine Stimme wieder laut und deutlich von den Wänden wider. Durch irgendein Loch fällt Sonnenlicht in eine sepiafarbene Tropfsteinhöhle, in deren Mitte sich ein kleiner See befindet. Die scharfkantigen Spitzen der Stalaktiten durchbrechen die glatte Wasseroberfläche.

»A, B, C, die Katze lief im Schnee.« Jedes Wort ist jetzt ganz deutlich zu verstehen und wir sind inzwischen offenbar so nah, dass sich seine Stimme echt anhört und nicht wie eine Sinnestäuschung.

»Ben!«, versuche ich es wieder.

»Mami«, sagt mein kleiner Junge. »Ich bin hier.«

»O mein Gott«, murmelt Mac hinter mir. Ich höre noch Guys gleichmäßige Atemzüge, dann erstarre ich.

Auf der anderen Seite des Wasserbeckens sitzt Ben auf einem Felsvorsprung, in diesem Durcheinander aus Licht und Schatten kaum zu erkennen. Da harrt er aus, mein kleiner Liebling, als säße er im Kindergarten auf dem Boden und warte darauf, dass man ihm sagt, was er jetzt tun soll. Ganz verloren wirkt er auf diesem Stein. Keine Decke. Nichts zu trinken, sondern nur das Meerwasser, das gegen den Felsvorsprung schwappt. Der Mistkerl hat ihn hier gelassen, damit er ertrinkt, verhungert oder vor Einsamkeit und Angst elend krepiert.

»Ben«, sage ich mit einer Mischung aus Freude und Furcht. »Ich sehe dich.«

»Mami«, erwidert er nachdenklich, »du klingst so anders.«

»Kein Sorge, ich bin es wirklich«, beruhige ich ihn und versuche, nicht weinerlich zu klingen. »Halte durch, Schätzchen, wir kommen zu dir und holen dich.«

»Komm schnell!« Seine durch die Höhle hallende Bitte macht mir Mut und ich bin nur noch erleichtert.

»Ich bin schon unterwegs, mein Schatz. Ich bin schon unterwegs.«

Kapitel 25

Sonntag, 22. Juli

Seit wir in der Maschine nach New York sitzen, schaut Fremont aus dem verkratzten Fenster. Neben ihm ist Dathi in ein Buch vertieft, das sie am vergangenen Tag in Rom gekauft hat. Ich sitze auf der anderen Seite des Gangs und halte Bens Hand. Mein kleiner Sohn, der auf Macs Schoß sitzt, schaut sich auf dem winzigen Bildschirm voller Verzückung einen Zeichentrickfilm an. Von meinem Platz aus kann ich eigentlich nur verschwommene Pixel erkennen, aber ein riesiger gelber Fleck entpuppt sich als Bibo aus der Sesamstraße, den Ben über alles liebt.

Fremonts hohen hellbraunen Wangenknochen erinnern mich an Mary. Er ist seiner Mutter wie aus dem Gesicht geschnitten. Ich muss bei jeder Gelegenheit an Mary denken. Ihren Leichnam haben wir nicht gefunden. Falls die Haie nicht Witterung aufnehmen, werden ihre sterblichen Überreste der italienischen Polizei zufolge irgendwann ans Ufer geschwemmt. Die Beamten haben uns erklärt, was bei einem solchen Sturz passieren kann: Entweder man prallt auf hartem Gestein auf oder landet im Wasser oder die Kleider verfangen sich an einem Felsvorsprung und man bleibt dort so lange hängen, bis der Stoff reißt. Da man unterhalb der Klippe zwar Blut, aber nicht Marys Leichnam gefunden hat, gehen alle davon aus, dass sie ins Meer gestürzt ist. Nach dem Vorfall haben wir noch eine Woche auf Sardinien und in Rom verbracht, um den staatlichen Ermittlern zu helfen, den Fall aufzudröseln, und sehnsüchtig auf ein Lebenszeichen von Mary gehofft. Wäre es nicht möglich, dass ein vorbeischipperndes Boot sie aus dem Wasser gezogen hat? Oder dass sie irgendwo an Land geschwemmt wurde und sich an nichts erinnern kann? Was, wenn … Was, wenn …

In der Hoffnung, durch die spärlichen Wolkenlücken einen Blick auf das Meer zu erhaschen, das seine Mutter verschluckt hat, stiert Fremont immer noch nach draußen. Er ist nicht in der Lage, einen Schlussstrich zu ziehen, und ich hege den Verdacht, dass es noch Jahre dauern wird, bis er sich mit ihrem Tod abfinden kann. In der Botschaft in Rom hat man uns darüber aufgeklärt, dass sieben Jahre verstreichen müssen, ehe die Sterbeurkunde ausgestellt wird. Dass sie nicht gleich für tot erklärt wird, soll uns trösten, doch wir machen uns nichts vor: Mary ist von uns gegangen.

Ich versuche mir einzureden, dass Mary geflogen ist, nachdem Enzio Greco sie über das Geländer geworfen hat. In meiner Vorstellung schwebte sie an den Steilklippen vorbei, wurde wie eine Feder vom Wind fortgetragen und landete sanft im türkisfarbenen Wasser. Ein Teil von mir möchte glauben, dass sie es genossen hat, für einen kurzen Augenblick durch die Luft zu segeln. Doch in Wahrheit verstört mich die Vorstellung, wie sie im Meer aufschlug und bereitet mir physische Schmerzen. Jetzt, während wir den Ozean überqueren und endlich wieder nach Hause fliegen, fröstelt es mich und ich fühle mich innen und außen ganz wund. Ich streiche mit dem Daumen über Bens weiche Patschhand und merke, wie gut mir die Berührung tut.

Enzio Greco landete auf einen spitzen Felsvorsprung. Sein blutüberströmter Leichnam wurde geborgen und noch am selben Tag von den Carabinieri zur Gerichtsmedizin in Cagliari gebracht. Das amerikanische Außenministerium erwägt, ein Auslieferungsverfahren zu beantragen, um Liz Braud und Blaine Millerhausen in den Staaten unter Mordanklage zu stellen, aber Italien, das die beiden Frauen wegen Verabredung zu einer Straftat, Entführung und Korruption vor Gericht stellen möchte, ziert sich noch. Das Büro zur Verbrechensbekämpfung der internationalen Handelskammer stellt gerade eine Task Force zusammen, die prüfen soll, ob gegen die Millerhausen, die Rossis, Lacie Chen, Ian Gelson, Kroll und Barclays Anklage wegen Korruption erhoben werden kann. Nach dem, was in den Zeitungen steht, wurde der italienische Ministerpräsident über den Fall informiert. Die Aufarbeitung der Verbrechen, für die sich zwei Länder interessieren, wird aller Voraussicht nach mehrere Jahre dauern.

Daheim in New York steht Godfrey Millerhausen in seinem Apartment auf der Park Avenue unter Hausarrest und wartet dort auf sein Gerichtsverfahren. Mit dem Scheckabschnitt, den die Rossis versehentlich weggeworfen haben, konnte nachgewiesen werden, wie ihr Honorar von einer Offshore-Firma – ein Tochterunternehmen von Hauser International und damit Teil des Millerhausen-Imperiums – auf den Kanarischen Inseln überwiesen wurde. Wie sich herausgestellt hat, existieren die Rossis tatsächlich: Der Künstler und seine Ehefrau waren mit Liz Braud befreundet und brauchten dringend Geld.

Ich schaue zu Mac hinüber, der die Augen geschlossen hat. Sein von Lebenserfahrung, Weisheit, Trauer, Hoffnung und Liebe gezeichnetes Antlitz ist innerhalb der letzten Wochen stark gealtert. Oder vielleicht projiziere ich auch meine eigenen Gefühle auf ihn. Ich frage mich, ob er schläft. Als er tief Luft holt und langsam ausatmet, nehme ich mir ein Beispiel und tue es ihm gleich.

Als Cathy Millerhausen an jenem Junimorgen bei uns erschien und Mac anheuerte, weil sie wie so viele Klienten wissen wollte, ob ihr Mann sie betrügt, konnte keiner ahnen, wie kompliziert und schmerzhaft dieser Fall werden würde, welchen Preis wir persönlich am Ende dafür bezahlen würden.

Mary. *Mary*. Ich vermisse dich.

In dem Moment dreht Fremont den Kopf und schaut mir in die Augen.

Dass Fremont keinen Vater hat, daran ist er gewöhnt, doch mit dem Verlust der Mutter wird er sich nie abfinden. Immer wieder muss er an Marys so vertraute hellbraune, grün gefleckte Augen denken, während ihm Karins blaue Augen, in die er gerade blickt, beinahe fremd vorkommen. Karin und Mac sind überaus nett zu ihm, aber wird er ihnen jemals die Gefühle entgegenbringen, die er für seine Mutter empfunden hat?

Dathi tut so, als wäre sie in ihr Buch vertieft. In Wahrheit spürt sie die Blicke, die Karin und Fremont austauschen. Sie weiß, was in einem Waisenkind vorgeht, wie lange es dauert, mit der Situation zurechtzukommen. Sie fragt sich immer noch, ob es wohl Karma war, dass sie von weißen Amerikanern adoptiert wurde, doch inzwischen hat sie sich an ihr neues Zuhause gewöhnt. Sie erinnert sich sehr gut an ihre Eltern, aber der Schmerz über den Verlust – zuerst starb ihr Vater, dann ihre Mutter – wurde mit der Zeit schwächer, erträglicher und legte sich irgendwann ganz. So wird es Fremont auch ergehen und bis es so weit ist, wird sie ihm wie eine Schwester zur Seite stehen. Ob er mir wohl erlauben wird, bei seiner Band mitzumachen, überlegt sie. Sie singt gern. Ihre Mutter, ihre leibliche Mutter, ihre wahre Mutter hat sie immer ›mein Singvögelchen‹ genannt.

Mac tut jede Faser im Körper weh und egal, wie lange er die Augen schließt, er findet keine Ruhe. Im Flugzeug konnte er noch nie gut schlafen.

Er entsinnt sich, wie sehr ihn die Arbeit im vergangenen Jahr langweilte und wie ungern er den Millerhausen-Fall übernommen hat, weil er zunächst wie all die anderen Aufträge ausgesehen hat, in denen er einen vermeintlich untreuen Ehemann beschatten musste. Jobs, die es ihm zwar erlaubten, seine Rechnungen zu begleichen, die ihn jedoch abstumpften. Er hat den Auftrag nur des Geldes wegen angenommen und ließ ihn sofort fallen, als Kroll ihn mit einem deutlich größeren Stück vom Mammonkuchen köderte. Es ist noch gar nicht lange her, dass ihm dieser lukrative Auftrag, gepaart mit dem Urlaub, wie ein Lottogewinn erschien und er sich allen Ernstes einbildete, entspannt und mit einem Batzen Geld auf dem Konto zurückzukommen. Ein verhängnisvoller Trugschluss. Es wird noch eine ganze Weile dauern, bis er sich von diesem Fall erholt hat. Marys Tod setzt ihm schwer zu, und jetzt muss er sich auch noch um Fremont kümmern, einen Teenager, der bislang ohne Vater ausgekommen ist. Nicht, dass Mac sich mit Söhnen in der Pubertät auskennen würde. Irgendwo hat er einmal gelesen, dass heranwachsende Jungs hart daran arbeiten, ihre Väter abzulehnen, dass männliche Familienmitglieder sich irgendwann nahezu archaisch bekämpfen. Steht ihm das auch mit Fremont bevor, der nie einen Vater gehabt hat? Können sich ein Mann und ein Junge, die unvermittelt in die Rolle von Vater und Sohn schlüpfen müssen, gleichzeitig akzeptieren und ablehnen?

Ben, der auf seinem Schoß sitzt, erdet ihn wieder. Und Mac denkt: Heute ist ein guter Tag. Er könnte zwar noch besser sein, aber er gibt sich mit dem zufrieden, was ist.

Als sie durch den Zoll kommen, stößt Mac vor Erleichterung einen Seufzer aus. Billy, sein einäugiger Freund, überragt die anderen Chauffeure, die mit selbst gemachten Schildern auf ihre Kunden warten.

»Hallo!«, ruft Dathi und winkt.

»Billy, der Pirat«, murmelt Ben verschlafen und hebt kurz den Kopf. Mac, der Ben trägt, kommt es heute so vor, als wöge sein Sohn einen Zentner.

Schmunzelnd schiebt sich Billy durch die Menge.

»Danke, dass du gekommen bist«, meint Mac.

»Ich dachte, es würde euch guttun, ein freundliches Gesicht zu sehen.«

»Freundlich?« Dathi streckt die Hand aus und zieht an dem Gummiband, an dem Billys Augenklappe befestigt ist.

»Lass das, Kleine«, warnt Billy und schließt sie in die Arme.

Nacheinander umarmt und küsst Billy jeden von ihnen und Fremont drückt er ganz besonders fest. Seinen frisch gebackenen Sohn in den Armen seines besten Freundes zu sehen, tut Mac gut. Mit vereinter Kraft und dank der unterschiedlichen Hautfarben kann es ihnen vielleicht gelingen, diesen Jungen großzuziehen. Könnte er nicht zwei Väter, einen weißen und einen schwarzen, haben? Würde das in diesem speziellen Fall nicht sogar besser funktionieren als nur ein alter Herr? Damals, als Dathi zu ihnen kam, ahnte Mac, dass sie von nun an alles andere als eine konventionelle Familie sein würden, und fand sogar Gefallen daran, mit traditionellen Vorstellungen zu brechen. Rückblickend betrachtet war jene Zeit vielleicht eine Vorbereitung auf das Jetzt und Hier.

Billy nimmt Dathis und Fremonts Rucksack, wirft sie über die Schulter und schnappt sich Karins riesigen Koffer. Praktisch wie eh und je, nimmt sie Mac, der Ben trägt, das Gepäck ab.

»Alle Mann, mir nach.« Als wögen die schweren Koffer und Taschen nichts, schreitet Billy aufrecht und schnell voran und weicht geschickt jedem aus, der seinen Weg kreuzt. Als er merkt, dass die Truppe nicht Schritt halten kann, bleibt er stehen und dreht sich um: »He, legt mal einen Zahn zu, sonst kommen wir hier nie weg.«

Er führt sie nach draußen in die dunkle Sommernacht, in die heißen Abgasschwaden der Flugzeuge, durch die Menge erschöpfter Reisende. Im Parkhaus bleibt er vor einem frisch gewaschenen weißen Minivan stehen.

»Hast du den extra gemietet?«, fragt Mac, denn Billys Wagen ist alles andere als eine Familienkutsche.

»Dieser Siebensitzer hier gehört Dash. Sie leiht ihn uns bis morgen.«

»Nett von ihr.«

»Ja, sie hat ein weiches Herz.«

Sein Kommentar bringt Karin zum Lachen. »Klar«, spottet sie.

Mac und Billy sehen sie an. Im Gegensatz zu Mac, der vergangene Woche bei La-a gewohnt hat, kennt Karin ihre mütterliche Ader nicht. Irgendwann – wenn sie wieder ganz normale Unterhaltungen führen können und diesen Sommer Revue passieren lassen – wird er ihr von Dashs anderer Seite erzählen.

Bevor es mir auf unserer Vordertreppe gelingt, meinen Hausschlüssel aus der Tasche zu kramen, geht die Tür auf.

»Mom!« Ich schließe sie in die Arme und atme ihren vertrauten Geruch ein.

»Ich hoffe, du hast nichts dagegen«, sagt sie und drückt mich, »aber ich dachte, du freust dich vielleicht, wenn euch jemand willkommen heißt.«

»Richtig geraten.«

Mac bringt Ben sofort ins Bett. Billy parkt in zweiter Reihe und schleppt das Gepäck ins Haus. Hinter mir warten Dathi und Fremont geduldig auf den Stufen, bis meine Mutter und ich voneinander ablassen. Vorsichtig löst sich meine Mutter aus meiner Umarmung und herzt Dathi.

»Hallo, Pam«, murmelt Dathi.

»Wann nennst du mich denn endlich Oma?«

»Bald.«

Wie oft haben die beiden schon diese Unterhaltung geführt? Mom weiß genauso gut wie ich, dass Dathi sie Oma nennen wird, wenn sie so weit ist.

Als ich das Haus betrete, fällt mir auf, dass Fremont noch auf der Treppe steht, was ich als positives Zeichen werte. Dass Mutter ihn deutlich länger als mich und Dathi drückt, überrascht mich gar nicht. Sie weiß Bescheid und hat sich innerlich bestimmt schon auf einen weiteren Enkel eingestellt. Dass sie der neue Spross mit dem Afro um einen Kopf überragt, gelegentlich wie ein betrunkener Seemann schimpft, miese Zensuren hat und angesichts seines Verlusts vermutlich noch schlechtere Noten nach Hause bringen wird, stört sie nicht. Mutter drückt den Jungen an ihre Brust und streicht ihm behutsam über den Kopf.

Mom hat in der Küche Ordnung geschaffen. Von dem blutigen Gemetzel der hungrigen Katzen ist nichts mehr zu sehen. Auf dem Tisch steht ein Teller mit warmen, duftenden Haferkeksen – für mich ein deutliches Zeichen, dass das Leben weitergeht.

Kapitel 26

Mittwoch, 23. Juli

Die menschenleere Zaccheus Mead Lane mit den alten Bäumen, deren große Kronen Schatten spenden, wirkt sehr beschaulich. Zu meiner Freude fällt unser grüner Mini Cooper mit dem schwarz-weiß karierten Dach in dieser Gegend aus dem Rahmen. Ich kurbele das Fenster herunter und atme tief ein. Hier ist es längst nicht so heiß wie in Brooklyn, das wir vor einer Stunde verlassen haben. Das Leben in dieser friedlichen, grünen Oase mag durchaus bequem und behaglich sein, aber ich muss zugeben, dass ich mich in einer weniger mondänen Umgebung wohler fühle. Ab und an kommen wir an einem Tor inmitten von hohen Hecken vorbei, hinter denen sich große Anwesen befinden. Wir erreichen die Villa der Millerhausens und Mac fährt zwischen zwei mächtigen Steinsäulen hindurch die lange Auffahrt hinauf.

»Wann sind wir mit ihr verabredet?« Auf meiner Armbanduhr ist kurz vor drei.

»Sie weiß gar nicht, dass wir kommen.«

»Mac!«

»Karin, seit wann legst du denn gesteigerten Wert auf gute Manieren?«

»Was soll das denn heißen?«

Mac lacht vergnügt. Er weiß nur zu gut, dass ich Regeln nicht gern befolge. Stünden wir jetzt nicht vor diesem beeindruckenden Haus mit der riesigen Eingangstür, wäre ich nicht im Traum auf die Idee gekommen, dass es sich hier nicht gehört, unangekündigt bei jemandem aufzutauchen. Großer Reichtum wirkt einschüchternd, denke ich und verdränge diese Erkenntnis sofort wieder.

Mein Blick fällt auf die perfekt geschnittenen Buchsbaumkugeln. »Diese Dinger sehen wie Himmelskörper aus«, merke ich an.

»Ist mir bislang gar nicht aufgefallen.«

»Hättest du sie überhaupt bemerkt, wenn ich dich nicht mit der Nase darauf gestoßen hätte?«

»Wahrscheinlich nicht.«

»Siehst du? Du bist eben doch nicht so aufmerksam, wie du immer meinst.«

Er klingelt. Wir warten.

»Vielleicht ist sie nicht da«, gebe ich zu bedenken.

»Würden die Medien mich so belagern wie sie, würde ich mich auch einen Monat lang in meinem Haus verbarrikadieren.« Er läutet abermals. Jetzt hören wir, wie sich jemand der Tür nähert.

»Du hast eine gute Intuition«, konstatiere ich, »sehr ungewöhnlich für einen Mann, aber mir gefällt's.«

Als die Tür aufgeht, kommt uns ein Schwall kühler Luft entgegen. Cathy Millerhausen trägt ein limonengrünes, ärmelloses Sommerkleid und goldene Ohrringe. Mein Blick fällt auf den diamantenen Ehering. Dass sie ihn nicht abgelegt hat, kann ich nicht nachvollziehen. Die Haut auf ihren sonnenverbrannten Armen pellt sich. Und ich rieche das wunderbare Parfüm, das sie schon bei unserer letzten Begegnung getragen hat.

»Mac und Karin.«

»Sie können sich noch an meinen Namen erinnern?«, sage ich überrascht, denn wir haben uns nur einmal kurz gesehen.

»Das ist doch das Mindeste nach allem, was Sie meinetwegen durchgemacht haben, oder?«

»Hoffentlich stört es Sie nicht, dass wir hier ohne Voranmeldung auftauchen«, sagt Mac.

»Keineswegs. Ich kann etwas Gesellschaft von Erwachsenen gut gebrauchen. Bitte, treten Sie ein.«

Wir folgen ihr in das weitläufige Foyer. Auf einem Tisch steht eine lächerlich große Vase mit weißen Orchideen, neben der beeindruckenden Treppe liegen ein Fußball und zwei Paar Stollenschuhe, an denen Erde klebt.

»Puh, draußen ist es ganz schön heiß. Möchten Sie ein Glas Limonade?«

»Klingt verlockend«, antwortet Mac.

Auf dem Weg zur Küche kommen wir durch drei Räume. Jetzt verstehe ich, warum es so lange gedauert hat, bis sie die Tür öffnete. Überall herrscht eine gewisse Unordnung, die Familien nun mal zu Eigen ist: Bücherstapel auf dem Wohnzimmertisch, getragene Socken neben einem Polstersessel, eine Schokoriegelverpackung auf einem Sofakissen. Das Durcheinander passt nicht zu dem Bild, das ich mir von ihr gemacht habe. Ich hatte erwartet, dass es in einem solchen Haus Personal gibt, das ständig aufräumt und dafür sorgt, dass alles immer picobello aussieht. Cathy bemerkt meinen prüfenden Blick.

»Ich musste die Angestellten entlassen«, erklärt sie. »Unsere Haushälterin hat unsere Geschichte an eine Zeitung verkauft und da habe ich sie gefeuert. Alle anderen auch. Noch am selben Tag. Sie haben eine großzügige Abfindung erhalten und seither leben meine Jungs und ich hier allein. Wenn ich ehrlich bin, gefällt es mir so ganz gut.«

In der Küche sitzen die Zwillinge an einer Mittelinsel aus Granit und Mahagoni, löffeln Eiscreme und spielen Karten.

»Bobby, Ritchie, das sind unsere Freunde Mac und Karin.«

Dass sie uns als Freunde bezeichnet, freut mich. Auf der anderen Seite hätte sie uns wohl nicht hereingebeten, wenn sie uns nicht über den Weg trauen würde. Da ich ihren Söhnen bislang noch nie begegnet bin, weiß ich im ersten Moment nicht so richtig, wer Bobby und wer Ritchie ist. Beide Jungs sind blond und sehen sich sehr ähnlich. Ich mustere sie und komme zu dem Ergebnis, dass der Junge mit den kantigen Gesichtszügen, der gerade die Karten mischt, keinen besonderen Förderungsbedarf hat, sondern der etwas kräftigere Bursche mit den losen Schnürsenkel, dem es schwerfällt, auf dem Stuhl sitzen zu bleiben.

Der Junge, der die neu gemischten Karten verteilt, bestätigt meine These. »Okay, Ritchie, jetzt versuchen wir es noch mal.« Daraufhin verliert Ritchie zu unser aller Erstaunen die Beherrschung und fegt sein Blatt von der Granitplatte.

Erst als Cathy ihm die Hand auf die Schulter legt, beruhigt er sich wieder einigermaßen.

»Ritchie«, erklärt sie geduldig, »wenn Bobby die Karten austeilt, nimmst du sie so auf, wie ich es dir gezeigt habe, ja?«

»Ja«, sagt Ritchie und nickt, während sein Bruder die Karten vom Fußboden aufliest und abermals mischt.

»Sport funktioniert besser«, meint Cathy und holt drei hohe Gläser aus einem Hängeschrank, »aber ich möchte nicht, dass sie den ganzen Tag in der Sonne verbringen.«

Die Küchengeräte sind so gut hinter den Fronten versteckt, dass man sie kaum bemerkt. Die glänzenden Messingtöpfe und -pfannen, die an einem Regal über der Mittelinsel und nicht in der Nähe des achtflammigen Herdes hängen, wirken eher wie Dekorationsobjekte und nicht wie Küchenutensilien.

»Selbst gemacht.« Sie reicht uns die Limonade mit Pfefferminzblättern. Bei der Hitze ist das kalte, süßsaure Getränk eine Wohltat. »Die Minze wächst neben dem Poolhäuschen. Also, was hat Sie dazu veranlasst, so weit raus zu fahren?«

»Wir wollten nur nach dem Rechten sehen«, sagt Mac.

»Das ist sehr nett von Ihnen.«

»Ganz normales Prozedere nach Beendigung eines Auftrags.«

»Nein, normal ist das nicht. Aber trotzdem vielen Dank.«

Cathy hat selbstverständlich recht: Normalerweise endet der Kontakt mit einem Klienten nach Zahlung der letzten Rate, aber Mac ist es nicht leicht gefallen, die Millerhausen-Ermittlung wegen der Reise nach Europa zu unterbrechen. Insgeheim befürchtet er, dass seine (und meine) Ungeduld Cathy den Eindruck vermittelt hat, wir würden sie im Stich lassen. Und obwohl es uns auf Sardinien gelungen ist, Millerhausen zu entlarven, schämt sich Mac dafür, Cathys Anliegen vernachlässigt zu haben, weil er sie für eine eifersüchtige, paranoide Ehegattin hielt.

Cathy bringt einen Stuhl zur Mittelinsel und setzt sich. Wir gesellen uns zu ihr. Die Zwillinge kriegen das Kartenspiel nicht in den Griff und geben schließlich auf. Nachdem sie ihr Eis aufgegessen haben, verlässt Bobby, gefolgt von Ritchie, die Küche.

»Wann fängt hier die Schule wieder an?«, frage ich.

»Später, als mir lieb ist«, klagt Cathy. »Zumindest für Bobby. Ritchie wird das ganze Jahr über betreut. Anita, seine Sprachtherapeutin, müsste jeden Moment hier eintreffen.«

»Wie läuft es mit der Scheidung?«, erkundigt sich Mac.

»Sie wurde noch gar nicht in die Wege geleitet. Mein Anwalt prüft, ob es vielleicht besser wäre, wenn ich mich erst später offiziell von Godfrey trenne.« Ich ziehe die Augenbrauen hoch, was ihr nicht entgeht. »Komisch, nicht wahr? Aber solange ich mit ihm verheiratet bin, habe ich Zugriff auf Godfreys persönliches Vermögen. Das ermöglicht es mir, ganz legal Gelder abzuzweigen und Ritchies Zukunft finanziell zu sichern. Darüber hinaus kann ich die Vormundschaft regeln für den Fall, dass mir etwas zustößt. Kurz gesagt, mir bleibt Zeit, alles zu arrangieren. Und ich habe beschlossen, eine Stiftung zu gründen, die über seine Krankheit forscht, was mir wirklich sehr am Herzen liegt.«

»Das ist eine großartige Idee«, finde ich.

Sie berührt Macs Handrücken. »Ich muss zugeben, dass ich nicht dachte, dass diese Geschichte so enden würde, aber Sie … Sie haben mir geholfen und wenn man's genau betrachtet, auch vielen anderen Kindern, denen es wie Ritchie geht.«

Mac wendet den Blick von Cathy ab, betrachtet kurz die Küchenschränke und sieht mich an. Es fällt ihm sichtlich schwer, seine Gefühle im Zaum zu halten.

In dem Moment läutet es an der Tür.

»Das wird Anita sein.« Cathy erhebt sich.

Wir gehen mit ihr zur Tür, reichen uns zum Abschied die Hand. »Danke«, sagt sie, »und lassen Sie mal wieder von sich hören.«

Eine junge Frau mit einer vollgestopften Leinentasche grüßt Cathy auf dem Weg nach oben zu Ritchies Zimmer.

»Falls Sie Bobby sehen«, ruft Cathy ihr hinterher, »sagen Sie ihm, er soll sich selbst beschäftigen, während Sie mit Ritchie arbeiten oder ich bringe ihm Heads Up bei, wenn er möchte.«

»Ist das nicht Poker?«, frage ich.

Cathy wirft mir einen Blick zu, als wäre ich in ein Fettnäpfchen getreten. »Sieh mal an, Sie kennen das Spiel.«

»Ich bin ein Soldatenkind. Da müssen die Ehefrauen viel Zeit totschlagen, was mit Kartenspielen gut geht. Manche Frauen haben sogar um Geld gespielt. Heads Up ist echt knifflig.«

»Ja, manchmal schon.« Falls ich mich nicht täusche, errötet sie leicht.

»Ist nur für zwei Spieler, nicht wahr?«

»Ich wusste gar nicht, dass man auch zu zweit pokern kann«, wirft Mac ein.

»Leicht ist es nicht, aber es funktioniert.« Als Cathy die Tür öffnet, strömt ein Schwall heißer Luft herein. »Danke, dass Sie gekommen sind.«

Mac dreht sich um und umarmt sie. Da sich die Stimmung von einer Sekunde auf die andere verschlechtert hat, irritiert mich sein Verhalten. »Lassen Sie es sich gut gehen«, sagt er und streichelt ihr sogar über den Rücken. Dabei verfangen sich ein paar Haare in seinem Ehering. »Oh nein. Tut mir leid, das wollte ich nicht.«

»Nichts passiert. Ein paar Haare werde ich sicherlich nicht vermissen.«

Kapitel 27

Freitag, 10. August

Mit brennender Lunge und weichen Knien rennt Mac durch den Prospect Park und versucht, sich auf den Songtext von Sharon Jones' *100 Days, 100 Nights* zu konzentrieren, doch er muss permanent an Cathy Millerhausen denken. Er dreht die Lautstärke hoch und drückt die Stöpsel tiefer in seine Ohren. Vielleicht gelingt es ihm jetzt, Cathy zu vergessen und sich auf Sharons wunderbare Stimme und ihren großartigen Rhythm & Blues einzulassen. Karin hat recht: Sie müssen alles in ihrer Macht stehende tun, um endlich diesen grauenvollen Sommer hinter sich zu lassen.

Aber wie soll das gehen?

Es ist erst August, dieser Sommer ist noch längst nicht vorbei und es dauert noch eine Weile, bis der Fall wirklich abgeschlossen ist.

Er macht die Musik lauter und lauter, bis Sharons Stimme unerträglich verzerrt klingt, reißt die Ohrstöpsel heraus, bleibt stehen und geht in die Hocke, um nach Luft zu schnappen.

Wie hat er das nur übersehen können?

Es hat sich herausgestellt, dass Cathy Millerhausen früher in Las Vegas als Croupier in einem Kasino gearbeitet hat und, bis Godfrey Millerhausen eines schönen Tages an ihrem Tisch landete, ein ganz normales Leben führte. Einmal abgesehen von seinem Vermögen war er alles andere als ein Hauptgewinn. Und sie auch nicht, obwohl sie blendend aussah und – wie sich herausstellte – das Zeug zu einer guten Mutter hatte.

Normalerweise tut die Vorgeschichte einer Person bei der Aufklärung eines Verbrechens – jedenfalls vom juristischen Standpunkt aus betrachtet – nichts zur Sache. Aber was, wenn Mac auf die Idee gekommen wäre, Cathy zu Anfang der Ermittlung unter die Lupe zu nehmen? Wenn Karin oder Mary daran gedacht hätten, Erkundigungen über sie einzuziehen? Hätte er dann die Polizisten in Harrisburg gefragt, ob sie etwas über Cathy in Erfahrung gebracht haben? Hätten ein paar ganz gewöhnliche Fragen die Geschehnisse in eine andere Richtung gelenkt … und wäre womöglich Mary noch am Leben?

Mit dem Saum des T-Shirts wischt Mac seine verschwitze Stirn ab. Ein anderer, Endorphin-gepeitschter Jogger sprintet an ihm vorbei. Bei seinem Anblick wird Mac für einen Moment ganz neidisch. Es zeugt doch von Impotenz, denkt er, wenn man sich nicht entspannen kann, wenn man so lange grübelt, bis man ein Problem in seine hässlichen Einzelteile zerlegt hat.

Mac kann nicht aufhören, sich zu fragen, ob Godfrey Millerhausen Alicia Griffin getötet oder das Mädchen nur geschwängert hat. Kann man aus der Tatsache, dass das Opfer zum Zeitpunkt seines Todes von Godfrey Millerhausen schwanger war, was der Mann aus gutem Grund verheimlichen wollte, auch notwendigerweise schließen, dass er ihr Mörder ist?

Nein, auch wenn es ganz danach aussieht. Dass ihn alle für schuldig halten, ist Godfrey sicherlich nicht entgangen. Warum hat er nicht einfach auf die Anfechtung des Ehevertrags verzichtet und seiner Frau eine finanziell vorteilhafte Scheidung in Aussicht gestellt unter der Bedingung, dass Cathy über seine Affäre mit Alicia und ihre Schwangerschaft Stillschweigen bewahrt. Und auf einmal sieht Mac ganz klar: Godfrey hat ihr dieses Angebot unterbreitet und Cathy ist nicht darauf eingegangen, weil sie alles will.

Warum hat Mac ihre Motive nicht von Anfang an hinterfragt? Die Antwort liegt auf der Hand: Als Privatdetektiv tut man das eigentlich nicht. Er nimmt das Geld und erledigt den Job. Grinst und schweigt. Hofft, dass das Leben eine interessante Wendung nimmt. Freut sich schon auf die abrechenbaren Überstunden.

Und Cathy ist äußerst charmant. Offenbar hat sie auch den Polizisten aus Harrisburg die Unschuld vom Land vorgespielt. Denn niemand, niemand ist auf die Idee gekommen, sie zu überprüfen. Ganz im Gegenteil, diese Idioten haben sich allen Ernstes mit der These zufriedengegeben, dass ein Gefängnisinsasse während der Besuchszeit ein junges Mädchen aus einem anderen Bundesstaat schwängert. Damit war der Fall für sie abgeschlossen und sie konnten sich wieder anderen Aufgaben widmen.

Mac muss an einen Dokumentarfilm mit dem Titel *Paradise Lost: The Child Murders at Robin Hood Hills* und die beiden anschließenden Reportagen denken, die er einmal gesehen hat. Es ging um einen Mordprozess. Drei Jungs wurden zu langen Haftstrafen verurteilt und es dauerte fast zwei Jahrzehnte, bis mithilfe einer DNS-Analyse ihre Unschuld nachgewiesen werden konnte. Trotz fehlender Beweise waren der Richter und die Geschworenen felsenfest davon überzeugt, dass es sich bei den Verdächtigen um die Täter handelte. Die Teenager waren natürlich alles andere als Musterknaben: Sie nahmen Drogen, einer war geistig zurückgeblieben, ein anderer trug ausschließlich schwarze Kleidung. Dass all dies aus den Jungs noch keine Mörder machte, wurde konsequent ignoriert.

Bei Alicia Griffin liegt der Fall etwas anders: Die DNS-Analyse belastet Godfrey, doch sie beweist nur, dass er das Mädchen geschwängert hat.

Wer hat sie getötet? Diese Frage will Mac einfach nicht aus dem Kopf gehen.

Mac sucht Pachelbels *Kanon in D* heraus, steckt die Stöpsel in seine Ohren und setzt sich, begleitet von Violinen- und Cembaloklängen, in Bewegung. Beim Laufen denkt er an Karin und wie sehr er sie liebt, an seine Kinder, die er vergöttert, und endlich vergisst er Cathy Millerhausen.

Als das Handy in seiner Hosentasche vibriert, läuft er auf einen grasbewachsenen Seitenstreifen und bleibt dort stehen.

»Wir sind durch«, verkündet Billy.

»Willst du dich von mir trennen?«, versucht Mac sich an einem Scherz und muss husten.

»Bist du okay?«

»Ja, ich jogge gerade.«

»Seit wann läufst du?«

»Erst seit Kurzem. Ich muss meinen Kopf frei kriegen.«

»Na, das kannst du jetzt bleiben lassen, Bruder, denn ich rufe an, um dir eine Last von den Schultern zu nehmen.«

»Du redest wie ein Pfaffe.« Mac lacht vor Erleichterung, denn er ahnt, was jetzt kommt. Nun wird sich zeigen, ob es richtig gewesen ist, dem FBI Cathys Haare zu geben, die sich *zufällig* in seinem Ehering verfangen haben, ob es klug gewesen ist, Billy zu überreden, dass er die Exhumierung von Alicias Leichnam veranlasst.

»Vielleicht sollte ich den Dienst für Gott in Betracht ziehen«, sagt Billy, »denn meinen jetzigen Job kann ich wohl an den Nagel hängen. Habe ich dir erzählt, dass die Abteilung für interne Ermittlungen im September mit mir sprechen möchte? Wie mir zu Ohren gekommen ist, ölen sie schon die Guillotine.«

»Das tut mir leid, Billy.«

»Ist nicht deine Schuld.«

»Doch, ich habe dich da reingezogen.«

»Tja, nun, zur Strafe werde ich jetzt vielleicht dein neuer Partner.«

»Das ist keine Strafe.«

»Das denkst du jetzt.«

»He, spann mich nicht länger auf die Folter. Wie lautet das Ergebnis?«

»Das Parfüm, das den Gerichtsmedizinern aufgefallen ist, als sie Alicia in der Grube entdeckt haben –«

»Was ist damit?«

»Sie glaubten, Alicia hätte es aufgetragen, aber nach Aussage ihrer Eltern reagierte sie allergisch auf Parfüm und hat keines benutzt. Im Labor wurde der Duft nun getestet: Er heißt Joy.«

»Kommt mir bekannt vor.«

»Teures Zeug«, sagt Billy. »Selbst wenn Alicia Parfüm benutzt hätte, hätte sie sich dieses nicht leisten können. Es sei denn, Godfrey hätte es ihr geschenkt.«

»Cathy Millerhausen trägt oft Parfüm.«

»So ist es. Und nach ihren Kreditkartenabrechnungen zu urteilen, hätte sie besser Aktien des Herstellers gekauft.«

»Das beweist noch gar nichts.«

»Auf einem Stein in der Grube wurde ein Hautpartikel gefunden. Die DNS stimmt mit der von Cathy Millerhausen überein. Und Spuren von Joy hat man darauf auch nachgewiesen. Anscheinend war es Cathy, die den Stein in die Grube geworfen hat. Vielleicht wollte sie Alicia nur einschüchtern und hat es etwas übertrieben.«

»Durchaus möglich.«

»Da ist noch etwas: Das FBI hat rausgefunden, dass Dan Stylos sich in den Wochen vor seinem Ableben mit Cathy mailte. In ihrer Korrespondenz haben sich die beiden darüber ausgelassen, wie leid ihnen Alicia tut.«

Mac schnürt es den Magen zu, denn Billys Worte bestätigen seinen Verdacht. »Demnach wusste Cathy über Alicia Bescheid.«

»Und Stylos auch. Ich vermute mal, dass – seit Alicia bei Godfrey als Praktikantin angefangen hat – Cathy und Dan die Einzigen waren, die von der Affäre Wind gekriegt haben. Wenn man all die Mails liest, klingen sie irgendwie bedrohlich. So, als wollte Cathy dem Typen verklickern, ja niemandem zu verraten, dass sie von dem Mädchen weiß.«

»Puh.«

»Jetzt möchte das FBI sie auch noch für Stylos' Tod drankriegen.«

»Stylos ist vom Boot gestürzt und ertrunken.«

»Und Alicia ist in eine Grube gefallen und gestorben. Jemand hat die beiden bestraft. Und wir sollten auch nicht Carlos Lopez vergessen, der just in der Nacht, in der er für mich die Adoptionsunterlagen ausgegraben hat, bei einem Verkehrsunfall ums Leben gekommen ist.«

»Aber was beweist all das schon?«, gibt Mac verzweifelt zu bedenken. »Mit Mails und Parfüm kommt man vor Gericht nicht weit.«

»Vergiss nicht den Hautpartikel in der Grube.«

»Ein guter Verteidiger wird argumentieren, dass sich an Millerhausens Kleidung natürlich Hautpartikel seiner Ehefrau nachweisen lassen. Und ihr Parfüm auch.«

»Spielst du hier den Advokat des Teufels? Das war doch deine Idee. Und du hast deinen Willen gekriegt.«

»*Das* wollte ich bestimmt nicht.«

»Was denn dann?«

»Ich wollte, dass sich unsere ursprüngliche These bewahrheitet und Godfrey Millerhausen der Täter ist. Damit hätte ich mich zufriedengegeben. Ich möchte nach Hause kommen und mich nicht mehr dafür hassen, dass Mary sterben musste.«

»Für ihren Tod bist du nicht verantwortlich. Du hast keine Schuld.«

Mac, der in diesem Punkt vollkommen anderer Meinung ist, geht nicht auf Billys Appell ein.

»Bei unserem letzten Besuch hat uns Cathy köstliche Limonade serviert. So wollte ich sie in Erinnerung behalten. Und als ich sie zum Abschied in die Arme nahm, hoffte ich, dass am Ende alles gut wird.«

»Du hast mir doch erzählt, du hättest sie umarmt, um ihr ein paar Haare auszureißen.«

»Ja, weil ich kein Feigling, kein Idiot sein wollte, aber ich habe gehofft, dass ich mich täusche. Ich wollte wie ein kompetenter Ermittler vorgehen.«

»Hör mal«, sagt Billy. »Du bist ein hervorragender Privatdetektiv und das weißt du. Und außerdem geht es nicht darum, was wir wollen. Man muss sich mit dem zufriedengeben, was man kriegt.«

Mac steckt sein Handy ein und läuft weiter, ohne Musik.

Danksagung

Mein herzlicher Dank gilt allen Personen, die mich bei der Entstehung dieses Romans auf vielfältige Weise unterstützt haben: Meinen wunderbaren Lektoren Lucia Macro und Gillian Green und allen Mitarbeitern von Harper Collins an heimischen Gestaden und von Random House auf der anderen Seite des Großen Teichs. Ihre Kreativität und Hingabe haben ein Manuskript in das Buch verwandelt, das Sie jetzt in Händen halten. Bedanken möchte ich mich auch bei meinen Literaturagenten Matt Bialer und Dan Conanway, die zu unterschiedlichen Zeiten und jeder auf seine Weise in dieses Projekt involviert waren. Dieser Roman wurde im Lauf von mehreren Monaten in unterschiedlichen Ländern verfasst. Zu tiefem Dank bin ich Igor Tuveri und Galya Semeniuk verpflichtet, die mich in ihrem Haus auf Sardinien aufgenommen und es mir ermöglicht haben, diese ich Oliver, Eli und Karenna meinen Dank auszusprechen, die ordentlich Schwung in unser Heim bringen und mich stets anfeuern.